Nayantara Saghal, die Nichte Nehrus und Cousine Indira Gandhis, schreibt Romane und arbeitet außerdem als politische Journalistin. Sie schrieb viele Bücher, unter anderem auch ein Buch über Indira Gandhi und eine Autobiographie. Sie lebt heute in Dehra Dun, Indien. Für ihren Roman *Die Memsahib* erhielt sie in den USA den Academy Award.

Vollständige Taschenbuchausgabe Mai 1991
Droemersche Verlagsanstalt Th. Knaur Nachf., München

Titel der englischen Originalausgabe »Rich like us«
Umschlaggestaltung Manfred Waller
Umschlagfoto Photodesign Mall
Druck und Bindung brodard & taupin
Printed in France 5 4 3 2 1
ISBN 3-426-02991-X

# Nayantara Saghal:
# Die Memsahib

Roman des unabhängigen Indien

Aus dem Englischen von Werner Peterich

Knaur®

Der
indisch-britischen Erfahrung
und dem,
was Inder wie Briten daraus gelernt haben.

# DIE HAUPTPERSONEN

| | |
|---|---|
| Ram L. Surga | Ehemann Roses und Monas*, indischer Kaufmann |
| Rose | Engländerin, Rams Frau (die Memsahib) |
| Mona | Inderin, ebenfalls Rams Frau und Mutter Devikins' (Devs) |
| Dev(ikins) | Rams Sohn |
| Nishi | Devs Frau |
| Kishori Lal | Nishis Vater |
| Lala-ji | Rams Vater |
| Sonali | Rams Nichte. Ex-Beamtin in der Verwaltung Sonali übernimmt in diesem Roman die Roll der Erzählerin. |
| Ravi Kachru | hoher Beamter, Exgeliebter Sonalis |
| Marcella | zeitweilige Geliebte Rams. Engländerin |

* Ram L. Surga lebt mit Mona und mit Rose in einer sogenannten Common Law Marriage, einer eheähnlichen Gemeinschaft, die weder vom Staat noch von der Kirche abgesegnet ist, die aber dennoch einen gewissen Schutz genießt. Diese Form des Zusammenlebens ist für Indien typisch. Sie gestattet mehrere Ehefrauen. Ram macht Rose zu seiner Hauptfrau, eben zur Memsahib, die über Dienstboten und Angestellte herrscht.

# KAPITEL 1

Je reicher der Gastgeber, desto später das Abendessen. Das späte Dinner war ein Statussymbol wie der schottische Whisky, der fünfmal soviel kostete wie in Indien gebrannter, und das importierte Auto, ein besonders kostspieliger Luxus, das ihn von seinem Hotel abgeholt und hierhergebracht hatte. »Das erste, was die Reichen – von ihren Präsidenten oder Generälen, oder wer sonst ganz oben an der Spitze steht, mal ganz zu schweigen –, das erste, was die machen, ist, sich das größte und neueste Modell eines ausländischen Wagens anzuschaffen«, hatte man ihm bei einer Lagebesprechung vor seiner Reise gesagt. »Und warum auch nicht. Uns gefällt die Art und Weise, wie wir leben. Wer wollte es ihnen verdenken, daß sie so leben wollen wie wir? Außerdem kaufen sie deshalb, was wir zu verkaufen haben.«

»Möchten Sie noch ein Glas, Mr. Neumann?« fragte seine Gastgeberin.

»Vielen Dank, aber ich habe noch.«

»Es ist Scotch.«

Höflich abwehrend hob er die Hand. Das Zimmer war erstaunlich in seiner totalen Anonymität. Nirgendwo ein Echo der Vergangenheit, nichts, was auf die Zukunft gedeutet hätte. Rosen prangten stocksteif in blitzendem Kristall – offenbar im Dutzend eingekauft, nach dem Riesenaufgebot an präzisionsgeschliffenen Vasen, Aschenbechern und Schalen zu urteilen, die überall im Raum verteilt waren. Sein Gastgeber, der das Zimmer verlassen hatte, um einen Anruf entgegenzunehmen, kehrte zurück: ein Puttengesicht auf vorzeitig gealtertem Körper.

»Noch einen Drink, Mr. Neumann?«

»Noch nicht, danke.«

»Es ist Scotch.«

»Später vielleicht«, sagte er.

Seine Gastgeberin, zierlich und elegant in ihrem duftigen Baumwoll-Sari, saß mit angewinkelten Beinen auf dem Sofa. Eine ganze Batterie von Flaschen und Karaffen stand auf einem Teewagen neben ihr. Ohne sich um seine abwehrende Haltung zu kümmern, hob sie die Hand, um auf eine Klingel zu drücken, wobei die Klunker an ihrem Handgelenk im Schein der Lampe aufblinkten. Ein weißgekleideter Diener humpelte langsam über viele Meter Fußboden herbei, um sein Glas zu füllen und es ihm zu reichen.

»Wie Sie sehen«, nahm sein Gastgeber den Faden wieder auf, »ist dieser Ausnahmezustand genau das, was wir brauchten. Die Unruhestifter sitzen hinter Gittern. Eine Opposition haben wir nie gebraucht. So, wie das Land jetzt regiert wird, wo einer befiehlt und weder im Kabinett noch im Parlament jemand groß aufmuckt, bedeutet das, daß man die Dinge unverzüglich und ohne lange Pro und Kontra abzuwägen, vorantreiben kann. Streiks sind verboten. Und das alles wird sich sehr günstig auf die Geschäfte auswirken.«

Neumann hatte überall in der Stadt riesige Plakate mit dem strengen Gesicht der Premierministerin gesehen und Reklamewände, auf denen die volle Unterstützung des Volkes für den Ausnahmezustand deutlich wurde, der vor einem Monat ausgerufen worden war. Das hatte keinen besonderen Eindruck auf ihn gemacht. Auf den Mauern außerhalb seines kühlen, klimatisierten Hotelzimmers – wo immer es war, ob in einer Republik, einem Scheichtum oder einer Monarchie – blühten mit vorhersehbarer Regelmäßigkeit die grellen Plakatfarben und violetten Lettern auf, mit denen ein Staatsstreich, die Rückkehr eines alten Propheten oder der Aufstieg eines neuen Messias begrüßt und gefeiert wurde. Fast jeder gewaltsame Umsturz nannte sich Revolution, auch wenn dadurch nur eine herrschende Clique gegen eine andere ausgetauscht wurde. Politische Zuckungen ließen ihn kalt, und politische Klischees langweilten ihn. Man hatte ihm dazu geraten, sich in dem Gastland aus allen Kontroversen herauszuhalten, und das war ihm nicht schwergefallen. Wenn die an der Macht, wer immer sie waren, es schafften, daß man mit ihren wildwuchernden Behördenapparaten leichter zurechtkam, war er zufrieden. Mehr konnte man nicht verlangen. Gerade darum werde man sich kümmern, hatte sein Gastgeber ihm versichert. Neumann war zu Besuch hier, wie immer auf der Durchreise. Er hatte kein Interesse daran, seinen Aufenthalt zu verlängern. Was ihn gelegentlich dazu hätte verleiten können, wäre ein Fragment aus der Vergangenheit gewesen, irgendein phantastisch behauener, zerbrochener Stein oder ein Juwel von einem Tempel, das Werk von Steinmetzen und nicht von Baumeistern, Sammlerstücke für Kenner, die Zeit hatten und anderen Berufen nachgingen. Seine Kenntnisse der Geschichte und der Archäologie – früher seine ganze Leidenschaft – waren ebenso eingerostet wie andere einst zwingende Interessen, die er abgelegt hatte, weil sie nicht zur finanziellen Absicherung seines Glücks beitrugen. Jetzt, wo seine Arbeit hier getan war, hatte er es eilig heimzukehren. Morgen früh hatte er noch eine Verabredung im Industrieministerium; es dürfte nicht länger als zehn Minuten dauern, bis die Zusammenarbeit, auf die man sich bereits geeinigt hatte, bestätigt war. Morgen, um Mitternacht, würde er bereits auf dem Heimflug sein. »Ausländische Firmen sind früher schon nicht gerade überschwenglich willkommen geheißen worden«, hatte der Indien-Experte ihn informiert. »Sie sind empfindlich, was ihre Bodenschätze und die Bedingungen für die Zusammenarbeit betrifft. Es dauert ewig, bis Anträge bearbeitet werden, auch bei Joint-venture-Vorschlägen. Seit da gründlich durchgegriffen wurde, ist dort für uns manches leichter geworden. Was immer die Veränderungen drüben bedeuten mögen, was uns betrifft, ist ihre Haltung in bezug auf indische Mehrheiten und Besitzverhältnisse weniger doktrinär als früher. Die Partnerschaften laufen immer noch nicht ganz zu den Bedingungen, wie wir sie uns wünschen, aber immerhin sind wir ein ganzes Stück vorangekommen. Man muß die Sache so sehen: Das da draußen ist ein riesiger Markt. Selbst wenn nur zwei von hundert Indern brauchen, was wir herstellen, ist das immer noch ein größerer Markt als ein mittelgroßes europäisches Land.«

Eine Frau in ärmellosem Kleid aus bedrucktem Kattun und mit auffallend brandrot gefärbtem Haar kam nachdenklich und mit schwerem Schritt ins Zimmer.

»Mr. Neumann, darf ich vorstellen: meine Schwiegermutter«, sagte seine Gastgeberin.

Er erhob sich, um sie zu begrüßen, und nahm wieder Platz.

»Ich war oben bei meinem Mann«, sagte sie und senkte ihre Leibesfülle umständlich auf einen Sessel.

Die Pantomime des Einschenkens und Drink-Servierens wurde neuerlich vorgeführt, doch diesmal neigte der alte Diener den Kopf, um im Flüsterton etwas mit der Schwiegermutter zu besprechen, eine Unterhaltung, die sich über Minuten hinzog; also konnte es sich nicht um die rituelle Nachfrage handeln, wann das Essen aufgetragen werden sollte. Auch war sie ohnehin nicht die Herrin des Hauses; das war ja das zierliche und gezierte Wesen auf dem Sofa, und bis zum Dinner konnten noch Stunden vergehen. Endlich unterbrach der Gastgeber den geflüsterten Wortwechsel mit der barschen Aufforderung an den Diener, mehr Eis zu bringen.

»Mein Mann liegt krank oben, Mr. Neumann«, sagte Schwiegermutter und bedachte ihn mit einem verwirrten, aber eindringlichen Blick aus blauen Augen. »Er kann seit seinem Schlaganfall kein Glied mehr rühren. Der Arzt sagt, Ram könnte wieder gesund werden, aber genausogut wäre es möglich, daß er den Rest seines Lebens gelähmt bleibt.«

Neumann war kein Experte darin, wie das Englische in den verschiedenen Weltgegenden gesprochen wurde, aber diese breite Aussprache, bei der auch noch die ths an der richtigen Stelle kamen, war unverkennbar Cockney und verriet die waschechte Londonerin. Schwiegermutter nahm einen großen Schluck, ehe sie das Glas endlich absetzte und sich eine Zigarette anzündete.

Sein Gastgeber räusperte sich und fuhr fort: »Wir sind uns darüber im klaren, daß business business ist. Der Sohn des Premierministers ist selbst Geschäftsmann...«

»Er stellt ein Volksauto her«, ließ sich Zierlich und Manierlich vom Sofa her vernehmen.

»... und wo Sie jetzt den Minister gesprochen haben, wird unser Projekt bald in Gang kommen. Ihr Besuch im Ministerium morgen ist reine Formsache.«

»Dann sind Sie geschäftlich hier, Mr. Neumann?« erkundigte sich Schwiegermutter.

»Ja, Ma'am, das bin ich.«

»Ach, wer behauptet, business ist business? Das ist es nie gewesen. Das auch, aber noch vieles andere mehr. Sie wissen, was ich meine?«

Es war heute nicht mehr der Unterschied zwischen Frieden und Opiumkriegen, und es ging auch nicht mehr darum, daß Erdteile entfernt die Fahne des Empire aufgepflanzt und gehißt wurde; heutzutage ging es um andere Herrschaftsträume. Und nach dem Land gab es das Meer. Doch Schwiegermutter hatte offensichtlich etwas anderes im Sinn.

»Mein Mann hat was vom Geschäft verstanden. Zwei Unternehmen hat er von Null an aufgebaut, eines, als er jung war, aber das ist durch die Teilung kaputtgemacht worden...«

»Sie meint die Teilung des Landes in Pakistan und Indien, 1947«, erklärte der Gastgeber.

»... un' dann hat er noch mal ganz von vorn angefangen. Dazu hat einiges gehört, lassen Sie sich das von mir gesagt sein. Un' *sein* Vater hat mit einer Maultierkarawane angefangen.« Sinnend schaute sie ins Glas. »Stimmt einen nachdenklich, finden Sie nicht auch? Da brauchte man Maultiere, um Salz bis ganz an die Grenze zu transportieren un' Wolle mit zurückzubringen. Monate hat das gedauert, hin un' zurück. Aber das Geld aus diesen Maultierkarawanen, das war sein Startkapital, un' das hat meinen Mann geprägt, un' damit hat er sein eigenes Geschäft aufgebaut, un' dann ist er nach England gekommen, un' da hat er mich kennengelernt, un'...«

»Bis an die tibetische Grenze«, unterbrach sein Gastgeber sie. »Aber das ist schon sehr lange her, Mummy, und seit den Maultieren haben wir es ganz schön weit gebracht.«

»Komm mir bloß nicht mit ›ist schon so lange her‹. Was ihr heute Unter-Nehmer-Tum nennt, heißt doch nichts andres, als daß einer eben noch ein Nichts ist, un' in Null Komma nichts ist er Unter-Nehmer un' dicker Millionär. Woher kommt denn bloß das viele Geld plötzlich, möcht' ich mal wissen? Da sind mir die Maharadschas lieber.«

»Wirklich, Mummy, was hat das eine mit dem anderen zu tun?«

»Bei denen weiß man wenigstens, wo der ganze Plunder herkommt.« Eigensinnig kam sie wieder auf ihren Ausgangspunkt zurück. »Business ist nun mal nicht bloß business. Das hab' ich gelernt, als ich im Laden meines Mannes in Lahore an der Kasse saß, dem Geschäft, das *er* aus dem Nichts aufgebaut hat...«

Neumann bekam den Rest des Satzes nicht mehr mit, denn er malte sich die elektrisierende Wirkung ihres nicht zu bändigenden Feuerschopfes und der weißen Haut aus, all dessen, was rot und weiß und blau an ihr war – ein regelrechter Union Jack – und das an der Kasse des Ladens in Lahore. Die Erinnerung daran ließ ihre Augen blitzen, und ein Lächeln umspielte ihre Lippen. Plötzlich konnte er sie direkt vor sich sehen: glatt und jung, eine tolle Reklame für ein Geschäft, das seine Ursprünge einer Maultierkarawane verdankte, die sich über unwegsame Berghänge bis nach Tibet vorarbeitete.

»Mummy hat recht«, sagte die Stimme vom Sofa übertrieben geziert unter der schweren Artillerie des Cockney. »Sie redet von Public Relations, und die sind doch so überaus wichtig.«

»Verdammt – Public Relations! Ich rede von Menschen. Versteh'n Sie, was ich meine, Mister...«

»Neumann«, half er ihr.

»Von Menschen. Wie's sie heutzutage einfach nicht mehr zu geben scheint.« Wobei sie betont die beiden ansah, die ihre Kinder waren, und ihre ths überstürzten sich förmlich. »Nehmen Sie meinen Schwiegervater. Einen Vertrag hat der nie in seinem Leben geseh'n. Un' Englisch konnte er auch nicht. Nicht mal Tisch und Stühle wollte er haben in seinem Teil des Hauses. Er war ein Mann vom Lande, un' das ist er bis an sein Lebensende geblieben. Wer Geschäfte mit ihm machen wollte, kam un' setzte sich auf den Fußboden, Engländer so gut wie die andern, un' machten es auf seine Weise. Wußten schließlich, mit wem sie es zu tun hatten, einem richtigen soliden Geschäftsmann, von Kopf bis Fuß, einer, der sich mit allem und jedem auskannte, womit er handelte – nicht so wie heute, wo das Geschäft seine eigenen Wege geht un' der Kaufmann dasitzt un' nichts weiter tut, als sich über seinen Reibach zu freuen. Un' da gibt es Geschäfte, die haben mehr was von einem Kunststück. Ehe da einer piep sagt, sind sie schon da, wie aus dem Zylinder gezaubert.«

Neumann beendete die peinliche Pause, die sich breitmachte. »Dann ist er also nach dem Salzhandel woanders eingestiegen?«

Ihr überraschendes Lachen löste die Spannung und ließ wieder die junge Frau erkennen. »Ach du liebes bißchen, ja. Er wurde zu einem mächtigen Mann an der Börse. Dabei war von Bildung bei ihm wahrhaftig nicht die Rede. Mir hat er mal erzählt, das Lesen hätt' er sich beim Schein einer Petroleumfunzel in der Kammer hinter dem kleinen Verschlag beigebracht, in dem er Petroleum und Zündhölzer und Schnur und Kleinkram verkaufte. Komisch, wenn man all das viele Geld bedenkt, das er verdiente – das hat ihn nicht verändert. Die Stadt hat er immer gehaßt, jede Stadt. Hat gesagt, die Stadt, das wäre nicht der richtige Ort. Un' verdammt hart sein konnte er, da wurd' bei ihm nicht lange gefackelt. Deshalb ist es ja grade so komisch, daß wir so gut miteinander ausgekommen sind, er un' ich; aber er hat sich an mich gewöhnt, hat er. Er wußte eben, was echt war un' was nicht. Mit ihm haben die Leut' ihre Geschäfte auf Vertrauensbasis gemacht, versteh'n Sie. Da gab's nie was Schriftliches. Un' er hat sich kein einziges Mal getäuscht. Er hat eben in die Hände gespuckt un' angepackt, versteh'n Sie? *Das* nenn' ich Unter-Nehmer. Hat seinen Kopf gebraucht und es aus dem Nichts aufgebaut.«

»Sie stammen selbst aus einer Unternehmerfamilie?« erkundigte sich Neumann in einer langen Pause, die offenbar niemand bereit war auszufüllen.

»Ich doch nicht! Mein Vater war Arbeiter, hat sein Leben lang in einer Flaschenfabrik malocht. Un' in der harten Zeit, nach dem Krieg – dem Ersten Weltkrieg, mein' ich – ist er ewig arbeitslos gewesen. Immer nur für die Zukunft planen, ja, so waren meine Eltern: Nächstes Jahr können wir uns das leisten und übernächstes Jahr jenes, und das hier legen wir auf die hohe Kante. Dabei waren meistens bittere Zeiten, Sie wissen schon, was ich mein'; da haben sie's eben für noch härtere Zeiten auf die hohe Kante gelegt.« Eine Uhr schlug neun, und sie sagte: »Sagt mal, was ist denn mit'm Dinner? Mr. Neumann muß der Magen knurren. Meiner tut's jedenfalls.«

Schweigen breitete sich aus, bis der Gastgeber sagte: »Wir warten noch auf Ravi. Er hat noch einiges für Mr. Neumann zu erledigen.«

»Ach, der. Der braucht bestimmt die ganze Nacht, um herzukommen. *Den* hab' ich noch nie in Eile gesehen. Da kann ich ja genausogut noch 'n Gin trinken. Wie steht's mit Ihnen, Mr. Neumann?«

Vom Sofa her wurde diese Aufforderung durch Rekeln, Rascheln und hohe Flötentöne unterstrichen. Nachdem der Diener gekommen war und eingeschenkt hatte, raffte Schwiegermutter sich – offenbar auf ein dringliches Signal von ihm hin – von ihrem Sessel hoch und verließ mit ihrem Glas den Raum. Es dauerte noch eine weitere halbe Stunde, bis der späte Gast eintraf und man sich zu einem opulenten Dinner niederließ, das Neumann inzwischen nicht mehr genießen konnte, da ihm der Hunger längst vergangen war. Er fragte sich, wie das eigentlich sei mit der Saat, die er gesät, so daß in vielen tausend Meilen Entfernung gewaltige Räder sich in Gang setzten, die wiederum beherrscht wurden von Männern in Wolkenkratzern. Männern, die diejenigen, die um diesen Tisch herum saßen, nie zu sehen bekommen würden. Ihm gegenüber am Tisch saß der spät Eingetroffene, ein wichtiger hoher Beamter in der augenblicklichen Hierarchie, wie man Neumann gesagt hatte. Ein Teil jenes Fließbands, das dem Industrieminister jenes Geld zugeleitet hatte, das man angesichts der gewaltigen Investition und der großen Gewinne, die man sich davon erwartete, als relativ geringe Bestechungssumme betrachtete. Die Erfahrung hatte Neumann gelehrt, daß man Schlüsselfiguren nie unterschätzen sollte. In irgendeiner Disziplin mußten sie brillieren, und sei es in der schönen Kunst des Überlebens in wechselvollen Zeiten. Solche Leute mußten das Köpfen von Königinnen dirigieren oder das Guillotinieren von Aristokraten. Ja, sie mußten sich darauf verstehen, ganze Revolutionen in die richtige Richtung zu lenken und wenn das Pendel zurückschwang, mit demselben hinreißenden *savoir faire* kaiserlichem und dynastischem Glanz zum gelungenen Auftritt zu verhelfen. Die Schlüsselfigur, mit der er es hier zu tun hatte, war ein schmales Männchen mit strahlendgrauen Augen in einem bleichen, wie gemeißelten Gesicht. Die Art, wie der Mann sprach, verlieh allem, was er sagte, den Hauch von Vornehmheit. Neumann hatte Schauspieler dieser Art kennengelernt, die allein durch den Tonfall der Bemerkung »Ja, es ist ein schöner Tag« etwas von einer gewichtigen und tiefsinnigen Bemerkung verleihen konnten.

»Sie haben genau das richtige Grundstück für Ihre Fabrik«, bemerkte der Beamte.

»Dann handelt es sich um Ihr eigenes Land?« fragte Neumann seinen Gastgeber.

»Es war ein landwirtschaftlich genutzter Grüngürtel um die Stadt, der von den Bauern requiriert wurde«, antwortete der hohe Beamte an seiner Stelle, »die selbstverständlich dafür entschädigt wurden. Außerdem bedeutet es Arbeitsplätze für sie.«

»Das mit den Arbeitsplätzen ist ja alles schön un' gut«, kam es von der Schwiegermutter. »Aber was ist mit ihren Häusern?«

»Sie haben eine Entschädigung bekommen«, wiederholte der Gastgeber gereizt.

»Dir wär's wohl völlig egal, wenn die mit ihren Bulldozern kämen un' dies Haus dem Erdboden gleichmachten un' du 'ne Entschädigung kriegtest! Ent-schä-di-gung! Woher wollen wir wissen, ob sie genug Entschädigung bekommen haben?«

Der hohe Beamte rettete die Situation mit beispielhaftem Takt, indem er das Gespräch auf die letzte Londonreise seiner Gastgeberin lenkte.

Als Neumann mit dem Gastgeber schließlich zur Vordertür hinaustrat, nahm ihn die Feuchtigkeit in ihren heißen Würgegriff, klebte ihm Hemd und Hose an die Haut und kroch ihm von juckenden Stellen auf der Kopfhaut über die Stirn hinunter in die Augen. Lange, lanzettförmige Blätter eines Schlinggewächses hingen in diesem Licht schwarz und reglos von der Säulenhalle herunter, als stünden sie unter einem Bann. Kein Lufthauch regte sich. Die Bäume, die die kreisförmige Zufahrt säumten, schienen wie ausgemergelte Leichen in sich zusammengesackt von unsichtbaren Masten herunterzuhängen. Nur in dem blassen, kerzenerhellten Himmel über ihnen regte sich so etwas wie Leben. Kraftlos darüber hinzuckende Blitze und eine Ahnung von Donnergrollen versprachen Regen. Wie reichlich der Regen in den nächsten hundert Tagen ausfiel, würde darüber entscheiden, ob die Rinder des Subkontinents, die Reisernten und die Menschen überlebten oder zugrunde gingen. Die feisten Wangen und die schwammige ausgestreckte Hand seines Gastgebers hatten etwas Unwirkliches angesichts eines Klimas, das so grausam mit dem Leben umsprang. Er schüttelte die dargebotene Hand, ließ sich dankbar in das kühle, ledergepolsterte Wageninnere gleiten und lehnte sich zurück, um das Gefühl auszukosten, endlich dieser erstickenden Nacht und dem nicht enden wollenden Abend entronnen zu sein. Die Umrisse des mittelalterlichen Grabmals auf der andere Seite der Straße waren kaum zu erkennen. Bei seiner Ankunft vor Stunden war die Sonne in lodernder Herrlichkeit dahinter untergegangen, hatte den schwarz gewordenen, fleckigen Stein mit ihrer Glut umwabert und die roh herausgearbeiteten Wölbungen und Einbuchtungen mit einem unirdischen Schimmer übergossen. Der Stein steckte voller Geschichten, die alle bei weitem lohnender waren als die Kontakte, die er in dem Leben pflegte, das er gewählt hatte. Doch wie so viele andere würde auch dieses Bauwerk von ihm unerforscht seinen Verfall fortsetzen, friedlich in der Sommersonne zerfallen und mit geradezu menschlicher Ergebung den Monsun ausschwitzen. Als der Wagen zum Tor hinausrollte, erfaßten die Scheinwerferkegel eine Gestalt, die Neumann zusammenzucken ließ. Nur das Gesicht war noch ein Gesicht; zur Seite gedreht, dem Auto zugekehrt, saß es auf einem Hals, kaum dicker als ein Maisstengel. Wo die Stümpfe – einst Arme – aus dem Rumpf herausstanden, erkannte er Torbögen aus Knochen. Insgesamt ein großer beinerner Bogen, mehr Insekt als Säugetier, das sich auf den Knien quer über die Straße schob. Eine monströse Riesenameise, nur daß die Augen in dem fragend dem Auto entgegengereckten Gesicht vor Intelligenz sprühten. Dies war offensichtlich kein Anwärter auf einen Job, wenn die leichten Hütten der Bauarbeiter aus dem Boden schossen, tragbare Elendsquartiere aus Strohgeflecht und Tuch, aus denen Schwärme zerlumpter Kinder herausquollen oder in denen sie verschwanden. Neumann lehnte sich zurück und schloß die Augen. Wenn sie es machten wie wir, wären sie reich wie wir, hatte der Indienexperte ihm zu Hause gesagt. Aus fünfzehntausend Kilometern Entfernung hatte das so geklungen, wie die Wangen seines Gastgebers aussahen: feist und glatt und unfaßlich in der monströsen Hitze.

Als Dev nach der Verabschiedung von Mr. Neumann und Ravi wieder ins Haus kam, schäumte er vor Wut darüber, wie Rose sich benommen hatte. Doch Nishi erinnerte ihn daran, daß Rose immer zuviel redete, wenn sie trank; dank Ravi sei der Abend aber doch ganz gut gelaufen. Der Grundstein werde in zwei Monaten gelegt, und dann würde Dev endlich zu seinem Recht kommen. Nishi konnte verstehen, daß er den Wunsch hatte, einer eigenen Firma vorzustehen und nicht nur die Kleiderfabrik seines Vaters zu leiten. Das neue Vorhaben war ideal für Dev. Da die Grundausstattung des Maschinenparks bis zur letzten Schraube aus dem Ausland importiert wurde, blieben ihm alle größeren Sorgen erspart. Es war so einfach, wie auf einen Knopf zu drücken. Schläfrig suchte sie nach dem Satz, mit dem Ravi es ihr erklärt hatte: nicht ›auf den Knopf drücken‹, sondern ›den Schlüssel umdrehen‹. Man drehte einen Schlüssel um, und es war alles da, ohne daß man sich groß anzustrengen und eine Industrie von Null aufzubauen brauchte, wie Rose es so ermüdend geschildert hatte. Einen Schlüssel umdrehen, der sämtliche Geheimnisse der Besitzverhältnisse, der Befehlsgewalt und der Rangordnung gewissermaßen fix und fertig erschloß. Der arme Devikins, es wurde Zeit, daß sich für ihn mal etwas änderte. Das Wort ›umdrehen‹ drängte in ihr Bewußtsein.

Dev sagte: »Irgendwann drehe ich ihr den Hals um!«

»Aber Devikins, so was sagt man doch nicht«, murmelte Nishi in ihr Kopfkissen.

Warum sich über Rose aufregen und seine Zeit mit ihr verschwenden, wo es so viele andere Dinge gab, um die er sich kümmern mußte. Er sagte, er hätte keine Ahnung, wieso es so plötzlich mit der Kleiderfabrik bergab gegangen sei, mit der sein Vater vor zehn Jahren ins Auslandsgeschäft eingestiegen war. Aber wieso wußte er nicht, warum das Unternehmen wackelte und kurz vor dem Ruin stand und warum die Boutiquen in London und New York geschlossen hatten und keine Aufträge mehr kamen?

»Aber bei der letzten Sendung waren nicht mal die Nähte gerade genäht, Devikins«, hatte sie aufseufzend gesagt, als er sich über Mr. Goldfinkels Brief aufgeregt hatte. »Da ist einfach zu schnell und zu schlampig gearbeitet worden.«

»Hör doch auf! Die setzen sich doch nicht hin und nehmen jede Naht unter die Lupe. Das Kleid muß zusammenhalten, das ist alles. Was erwarten die denn, wenn sie gleich siebentausend Stück auf einmal ordern?«

Nishi, die bis zu ihrer Heirat ihre Kleider selbst genäht und Verständnis für die strengen Qualitätsansprüche hatte, denen man entsprechen mußte, wenn im Etikett ›hand-made‹ stand, hatte sich geschämt, die Sendung, von der sie jetzt sprach, überhaupt abzuschicken. Damit hatten sie den einzigen ihnen noch verbliebenen Großkunden, Mr. Goldfinkel, vertrieben. Die ehrgeizigeren von Daddy-jis Projekten waren bereits zusammengebrochen. Der elegante französische Designer war bei seinem letzten Besuch einfach fassungslos gewesen und hatte kein Wort mehr hervorgebracht. Nishi erkannte sehr wohl, daß er entsetzt und schockiert gewesen war. Es sei wirklich bedauerlich, hatte er schließlich gesagt, daß es seit Monsieurs Krankheit so kläglich mit der Qualität bergab gegangen sei. Vielleicht sollte man etwas sorgfältiger darauf achten, wie die Arbeiten ausgeführt wurden. Die Entwürfe selbst seien von überragender Qualität. Frederick Graham der Dritte war zwar nach außen hin jovial geblieben, hatte aber keine Zeit verloren, die Verbindung mit ihnen abzubrechen, nachdem er gesehen hatte, was geschah; dabei hatte er mit Daddy-ji noch Pläne geschmiedet, um in all seinen Läden überall in den Vereinigten Staaten eine Indien-Woche durchzuführen. Daddy-jis unersetzliche Kontakte hatten sich aufgelöst wie Eiswürfel in der Sonne. Dev mochte es zwar nicht, wenn sein Vater erwähnt wurde, doch fühlte Nishi sich verpflichtet, ab und zu seinen Namen zu nennen. Schließlich war er immer noch das Oberhaupt der Familie, auch wenn er zu nichts mehr zu gebrauchen war und gelähmt in seinem Bett lag.

»Daran bist du schuld«, hatte Dev zu ihr gesagt, als es um die letzte, so katastrophal ausgefallene Sendung an Mr. Goldfinkel ging. »Du achtest einfach nicht genug darauf, daß die Leute richtig arbeiten.«

Selbstverständlich mußte man dafür sorgen, daß die Arbeiter wußten, wo sie hingehörten, nur hatte Dev keine Ahnung davon, was Arbeit war. Das bedeutete nämlich regelmäßige Arbeitsstunden und Ferien und heutzutage auch ein bißchen Freundlichkeit, sonst fingen die Leute an, ungemütlich zu werden, Widerworte zu geben und frech zu werden und so weiter. Gestern, als die Schneider um eine freie Stunde gebeten hatten, war Dev an ihr vorbeigeschossen und hatte sie angeschrien, woraufhin es Nishi fast eine Stunde gekostet hatte, sie wieder einigermaßen zu beruhigen. Aufrührerisch hatten sie sich unter dem Mangobaum versammelt, und Mücken hatten über ihren Köpfen eine Mangofrucht umsummt, die zuvor von einem Papagei angeknabbert worden war. Der Oberschneider hatte bei allen neun Gurus geschworen, seinen letzten Faden in dieser Werkstatt eingefädelt zu haben. Jahre feiner Nadelarbeit, eine Brille mit dicken Gläsern und ein weißer

Bart hatten ihm ein ehrwürdiges Aussehen verliehen, und Nishi hätte ihn schon deshalb nicht angefaucht, weil er so alt war. Dev hingegen zog sogar die Schwestern und Mütter der Näher in den Schmutz, schimpfte, daß ihre Arbeitsplätze auf der Veranda leer wären, und begriff nicht, daß man Schneider nicht so behandeln konnte wie Köchinnen oder Hausdiener. Sie versuchte, zwischen ihm und der aufsässig herumstehenden Gruppe der Arbeiter zu vermitteln, bis der Oberschneider sich mit seiner Schar beraten hatte und erklärte, er werde die Sache vor die Gewerkschaft bringen, ein Wort, das den Streit wie Säure zerfraß und ihn beendete. Schneider waren selbstverständlich bloß Arbeiter und bildeten keine eigene Klasse, aber wenn selbst sie anfingen, sich gewerkschaftlich zu organisieren, war nicht abzusehen, was für Hindernisse sich noch vor ihnen auftürmen könnten. Ihr Rat an Dev lautete dahingehend, daß sie mehr Sendungen anfertigen könnten, wenn er nicht gleich in die Luft ginge. Später wurde das Problem durch den Ausnahmezustand von selbst gelöst, doch da waren sie schon nicht mehr in der Kleiderkonfektion tätig.

Durch die Wutanfälle, die sie und die Schneider sich von Dev gefallen lassen mußten, wurde gewissermaßen die Stärke aus dem Unternehmen herausgewaschen; von Stil konnte ohnehin keine Rede mehr sein. Ram-Rose-Moden, einst gleichbedeutend mit Eleganz und Qualität, waren zu Allerweltsprodukten verkommen, und zwar zu schlecht geschnittenen Allerweltsprodukten. Noch das einfachste Fließband hatte seine Qualitätsnormen und mußte genauen Angaben entsprechend arbeiten, auch wenn ein himmelweiter Unterschied bestand zwischen den hocheleganten Produkten, mit denen Daddy-ji die ausländischen Märkte bekannt gemacht hatte, und dem, was heute produziert wurde. Irgendwie hatte er das Geschäft ohne größere Turbulenzen vorangebracht und war mit mittelgroßen Bestechungen ausgekommen, wobei die Probleme auf indischer Seite mit Hilfe von ein paar Flaschen schottischem Whisky und Einladungen in Fünf-Sterne-Hotels gelöst worden waren. Jetzt schlugen sie sich mit allem möglichen Papierkrieg herum und versanken förmlich in einem Morast von hierarchisch aufgebauten Behörden, die alle geschmiert werden mußten, bloß um eine Sendung ins Ausland gehen zu lassen, sonst lagen sie wochenlang in den Warenhäusern herum und verrotteten. Außerdem mußten die Leute vom Zoll bestochen werden, Muster freizugeben, die gerade hereingekommen waren. Dev war von morgens bis abends schlecht gelaunt; dabei wäre es keineswegs nötig gewesen, in diese Situation zu geraten. »Wir brauchen einen Kontakt in politischen Kreisen«, sagte er immer wieder, obwohl Daddy-ji ohne ausgekommen war. Und wenn Dev einen politischen Kontakt brauchte, warum hatte er dann keinen, wo er doch mit so vielen von den höhergestellten Leuten die Schulbank gedrückt hatte?

Als Mr. Goldfinkel nach Indien kam, hatte sie das Gefühl, es wäre seine letzte Reise oder zumindest seine letzte, was sie betraf. Dabei war er wesentlich menschlicher und verständnisvoller als der eisige französische Perfektionist oder Frederick Graham der Dritte mit seinem jovialen Pokerface. Trotzdem hatte Dev sich nicht im geringsten daran interessiert gezeigt, den Abend zu einem Erfolg zu machen, als sie Mr. Goldfinkel und seine Gefährtin zum Essen in seinem Hotel einluden; dem Vernehmen nach, um über die Muster zu reden, die Nishi ihm am Nachmittag gezeigt hatte. Nishi wußte, daß der Abend so oder so über die Zukunft ihres Geschäfts entscheiden würde.

»Die verspielte Bluse kommt mit der besonderen indischen Stickerei und den Pailletten viel zu teuer. Versteh'n Sie mich nicht falsch. Ich hab' nichts gegen indische Stikkerei. Lucy ist ganz vernarrt darin, hab' ich nicht recht, Süße? Ich weiß, Sie brauchen sich über die Herstellungskosten keine Sorgen zu machen, wo Sie hier doch so billige Arbeitskräfte haben. Sie sind hier der Boß – aber haben Sie eine Ahnung, was das kosten würde, die in den Staaten herzustellen? Sie haben all die vielen Schneider hier auf der Veranda hocken – ist das ein Unternehmen! Wir hingegen müssen uns den Kopf darüber zerbrechen, wie wir das mit dem Preis machen, denn wenn es zu teuer ist, kauft der Kundenkreis, auf den wir spekulieren, die Sachen nicht.«

»Aber Mr. Goldfinkel...« begann Nishi.

»Nennen Sie mich Herb.«

Wirklich reizend von diesem Mr. Goldfinkel, nur war es irgendwie peinlich, ihn mit Vornamen anzureden, wenn dies der einzige Abend blieb, an dem sie ihn Herb nennen konnte.

»Ohne die Stickerei«, sagte Nishi, »macht die Bluse überhaupt nichts her. Sie fällt einfach nicht auf, und wer will sie dann schon kaufen?«

»Wer sagt das? Hat man erst mal seinen Artikel, muß man die Leute eben dazu bringen, daß sie ihn haben wollen. Wer will schon die Hälfte von dem haben, was man so kauft? Deshalb die Musikberieselung in den Supermärkten. Selbst wenn man schon fertig ist mit seinen Einkäufen, sieht man sich weiter um, weil man *Yes sir that's my baby* hört. Und wenn man nach Haus kommt, hat man sechs Sachen gekauft, die man eigentlich gar nicht haben wollte.«

»Ich bin noch nie in einem Supermarkt gewesen«, sagte Nishi.

»Hast du das gehört, Lucy? Sie ist noch nie in einem Supermarkt gewesen! Wenn sie rüberkommen und uns besuchen, mußt du mit ihr durch die Supermärkte ziehen.«

Wieder hatte er es verstanden, es so hinzudrehen, daß es sich nach einer guten alten Bekanntschaft anhörte, und Nishi hatte einen Kloß im Hals.

»Die Käuferschicht, die wir anvisieren«, wandte Goldfinkel sich an Dev, »ist äußerst preisbewußt. Ich weiß, Ihr Vater ist ganz anders an die Sache rangegangen und hat hochelegante Konfektion hergestellt, exklusiv, könnte man sagen, aber das ist nicht Ihre Zielrichtung. Und ich sage ja nichts weiter, als wie Sie besser fahren können.«

Dev, der kaum verhehlen konnte, wie sehr ihn all dies langweilte, sagte: »Aber wie lange wird denn der Bedarf an indischer Konfektion noch andauern?«

»Wen kümmert das? Sehen Sie es doch mal anders: Sobald die Nachfrage vorbei ist, können Sie sich aus dem Geschäft zurückziehen. Sie werden dann genug Geld verdient haben. Früher war's mal das Goldfieber, und heute ist es Konfektionsware. Sie stellen sie her, wir verkaufen sie. Und Nishi und Lucy, unsere beiden, bekommen soviel Klimpergeld, wie sie wollen. Was sagst du dazu, Süße?«

Lucy bedachte Mr. Goldfinkel mit einem durchsichtigen feuchten Traum von Blick unter hinreißend langen Wimpern, und Nishi meinte, selbst feuchte Augen zu bekommen, so nett und so freundlich war er. In tausend Jahren hätte Frederick Graham der Dritte mit dem langen Stammbaum nicht so lange um die katastrophale Sendung rumgeredet. Er hatte nicht mal bis eins gezählt. Doch Dev sagte kühl: »Das nenn' ich doch kein Geld.«

»Oh, ich weiß, Sie machen sich Sorgen wegen der Einfuhrquoten«, fuhr Mr. Goldfinkel fort, »aber das ist doch reine Zeitverschwendung. Man darf nicht warten, bis die Quoten kleiner werden, um das Zeug loszuwerden.«

»Einfuhrquoten sind wichtig, Liebling«, sagte Lucy.

»Okay, Quoten sind wichtig. Aber während wir hier sitzen und reden, werden sie kleiner und nicht größer. Aber soll doch jemand anders mit dem Kopf gegen die Wand rennen, weil er sich deswegen Sorgen macht. Sie und ich, wir sollten uns den Gewinn nicht entgehen lassen. Im Moment hat doch diese Branche einen Umsatz, den man nicht überbieten kann. Beteiligen Sie sich und machen Sie ein Vermögen.«

Man sollte doch annehmen, daß – wenn man nur gerade Nähte zu fabrizieren brauchte, um ein Vermögen zu machen – Dev sich hinsetzen und genau das tun würde. Wo man praktisch doch nur die Hand aufzuhalten brauchte, und ein warmer Goldregen kam herunter. Er selbst brauchte ja nicht zu arbeiten. Sie kaufte das Material ein und überwachte die Näher. Er hingegen schwebte über allem, während der französische Designer und Mr. Graham der Dritte das Kunststück fertigbrachten, sich in Luft aufzulösen. Und mit ihnen ein fleißig und umsichtig von Daddy-ji geplantes Geschäft. Mr. Goldfinkel und Dev tranken, während sie auf das Essen warteten, einen Scotch nach dem anderen, und Nishi nippte an einem Sherry, während Lucy zwei Gläser Mineralwasser ohne Eis und einen mit Süßstoff gesüßten Zitronensaft zu sich nahm. Wo jeder Gang des Dinners eine schöne Stange von Daddy-jis Geld kostete – sie setzten eben alles ein, um nicht auch noch dieses Geschäft zu gefährden –, hätte Dev sich zumindest Mr. Goldfinkels Vorschläge anhören und selbst einige Bemerkungen dazu beisteuern können.

»Wunderbar!« sagte Lucy, holte vernehmlich Atem und starrte wie gebannt auf den Bissen auf ihrer Gabel. »Was ist das?«

»Das? Ach, bloß ein Stück Gurke«, sagte Nishi, »in Joghurt-*raita*.«

»Es schmeckt einfach himmlisch«, sagte Lucy strahlend.

»Joghurt ißt Lucy besonders gern«, sagte Mr. Goldfinkel liebevoll. »Alle wollen abspecken, dabei könnten sie im Handumdrehen zehn Pfund abnehmen; sie brauchten sich bloß Lucys Diät anzuschließen. Es kommt eben drauf an, sich darüber klarzuwerden, was man will, und es dann zu verwirklichen. Ihr Vater war ein pfiffiger Kopf: nur exklusive Modelle, *Haute Couture*, wie die Franzosen sagen, oder wie Neiman Marcus, das ist ein Laden daheim in den Staaten, sie führt. Ich hab' in einem Verkaufsraum ihres Geschäftes in Dallas einen Pelzmantel gesehen -- *einen einzigen*! Phantastisch, wenn man soviel Verkaufsfläche hat und die Frauen von Ölmagnaten als Kundinnen. Aber bei uns läuft das ganz anders. Bei uns herrscht nämlich harte Konkurrenz.«

»Ich muß auch mal verschwinden, Liebling«, sagte Lucy zwei Minuten, nachdem Dev aufs Klo gegangen war. Nishi blieb allein mit Mr. Goldfinkel zurück.

»Was bezahlen Sie Ihren Schneidern, die da auf Ihrer Veranda sitzen und sticheln?«

Nishi sagte es ihm.

»Aber das ist doch phantastisch! Sie könnten eine Nachtschicht einrichten, ihnen ein bißchen was extra zahlen und damit Ihren Umsatz verdoppeln. Bloß hab' ich den Eindruck, als wäre Ihr Mann nicht richtig interessiert.«

»Wie kommen Sie darauf, Mr. Goldfinkel? Er ist sehr interessiert, wirklich. Er läßt sich nur so leicht entmutigen. Wir leiden unter so unendlich vielen Einschränkungen, und dann auf Ihrer Seite die Einfuhrquoten.«

»Regierungen sind schon ein Kreuz«, sagte er. »Der Teufel könnte sie erfunden haben, das können Sie wohl sagen.« Über sein *Chicken Tandoori* hinweg lehnte Mr. Goldfinkel sich vor. »Aber ich weiß nicht, ob bei Ihnen alles an der Regierung liegt, oder ob Sie geschäftliche Probleme haben oder irgendwelche anderen Sorgen. Ich glaube, Sie haben es mit einem Persönlichkeitsproblem zu tun, das Sie da mit Ihrem Mann haben. Bitte, daß Sie mich nicht mißverstehen! Ich habe das Gefühl, wir sind alte Freunde. Aber ich glaube, Sie müssen sich da mit einem Persönlichkeitsproblem herumschlagen.«

»Was für eines?« fragte sie begierig und sah ihre Felle davonschwimmen.

»Ich will Ihrer Kultur nicht zu nahe treten oder so, aber Ihr Mann ist auf einem Ego-Trip, und damit müssen Sie fertig werden.«

»Und was ist das?« fragte sie mit versagender Stimme.

»Was er signalisiert, ist, daß er nicht interessiert ist. Vielleicht möchte er lieber Flugzeuge fliegen, wer weiß, oder irgendein anderes Geschäft betreiben. In diesem jedenfalls müßte er sich verdammt anstrengen. Sie wissen ja, wie groß die Konkurrenz bei uns ist.«

»Ich weiß, und die Sendung...«

»Hören Sie auf mit den krummen und schiefen Nähten! Ich bin hergekommen, weil ich mir gesagt hab', wo schiefe Nähte genäht werden, kann man auch gerade nähen – vorausgesetzt, der Partner ist interessiert. Aber Sie und ich, wir dürfen nicht die Augen davor verschließen, daß er es einfach nicht ist.«

Niedergeschlagen senkte Nishi den Blick auf den orangefarbenen Blitz, der über Mr. Goldfinkels violette Krawatte zuckte.

»Bei der Konkurrenz, mit der wir uns in den Staaten herumschlagen müssen, haben die Schönheitschirurgen alle Hände voll zu tun, den Leuten ein aggressives Kinn zu verpassen.«

»Ein Kinn zu verpassen?« Nishi machte ein entsetztes Gesicht.

»Früher waren es Nasen, heute sind es Kinne. Da hat jemand ein fliehendes Kinn, was zur Folge hat, daß er keinen Eindruck auf seine Kunden macht; folglich legt er sich ein neues Kinn zu. Aber was ich Ihnen sage und Ihnen sagen will, ehe Ihr Mann vom Klo zurückkommt, ist, daß dies nicht das Richtige für ihn ist. Wäre es das, würde er sich auf dem Klo was einfallen lassen, um Boden zu gewinnen. Da gibt es bei uns in den Staaten zum Beispiel Firmen, die sind auf Ladeneinrichtungen spezialisiert. Eine gibt es, die hat die Mäander-Gänge eingeführt. Es geht also dauernd um die Ecke, damit der Kunde nicht einfach durchläuft, sondern irgendwie gezwungen wird, stehenzubleiben und wahrzunehmen, was auf den Regalen liegt.«

»Mäander-Gänge?« wiederholte Nishi verdattert.

»Yeah, und das ist bloß eine Möglichkeit, mehr zu verkaufen. Wenn ich mir die Schneider ansehe, die Sie da draußen auf Ihrer Veranda sitzen haben – damit ließe sich wirklich was auf die Beine stellen. Bloß: das ist es nicht, was Ihr Mann will. Vielleicht wissen *Sie* ja, was er will – das hier jedenfalls nicht. Sie könnten meine Tochter sein, und deshalb sage ich Ihnen, daß Sie es mit jemandem zu tun haben, der auf dem Ego-Trip ist.«

Bevor dieses faszinierende Klischee erklärt werden konnte, waren Dev und Lucy wieder da, und alle standen auf, um das Restaurant zu verlassen. Lucy überragte Mr. Goldfinkel. Dev und Nishi brachten sie noch bis vor die Tür ihres Hotelzimmers und fuhren dann heim, wobei Dev die ganze Fahrt über schlechter Laune war. Dabei hatte man ihm doch ein paar gute Ratschläge gegeben. Sie liefen Gefahr, auch diese Geschäftsverbindung zu verlieren.

»Das wird ein schlimmer Schlag für Daddy-ji, wenn er wieder gesund wird – den französischen Designer und Mr. Graham zu verlieren.«

»Er wird aber nicht wieder gesund, und folglich wird er auch nichts davon erfahren.«

»Nein, das wird er wohl nicht.« Ihr Schwiegervater hatte einen so guten Eindruck auf ihre Familie gemacht, mit seinem Aussehen und seinen guten Manieren. So ein Gentleman, der gut zu ihr war und besorgt um ihre Verwandtschaft.

»Hätte er keinen Schlaganfall gehabt, würde er auch bald sterben. Er wird schließlich älter.«

»Ach, Devikins.«

»Das ist es, was mit Indien einfach nicht stimmt. Es stehen viel zu viele alte Knacker an der Spitze.«

»So solltest du wirklich nicht von deinem Vater sprechen.«

»Warum nicht? Was hat er denn jemals anderes getan, als hinter weißen Frauen herzurennen, ihnen den Stuhl unter den Hintern zu schieben, ihnen aus Autos rauszuhelfen und sie hinterm Gebüsch zu vögeln?«

»Devikins!« entrüstete sie sich. »Er hat dir alles gegeben, was du hast!«

»Wem hätte er es denn sonst geben sollen? Er hat ja nur mich. Und wahrscheinlich hat er meinetwegen ein schlechtes Gewissen. Zumindest vor dem Schlaganfall.«

Es stand ihnen nicht zu, über ihre Eltern zu urteilen, dachte Nishi schweigend. Daß Daddy-ji die europäische Denk- und Lebensweise mochte, daraus hatte er nie ein

Hehl gemacht. Ihn aber zu beschuldigen, so wie Dev es tat, das ging zu weit. Dem Himmel sei Dank, daß die Jungen im Internat waren und von diesem Gerede nichts mitbekamen. Zu Hause angekommen, ging sie in Daddy-jis Zimmer hinauf, um sich zu vergewissern, daß die Nachtschwester auch da war. Die Tischlampe mit dem geschwungenen Arm beleuchtete das Filmmagazin der Schwester und warf ein grelles weißes Licht auf Rekhas letztes Liebesabenteuer. Die Gestalt auf dem Bett war entweder bewußtlos oder schlief. Nishi konnte einfach nicht vergessen, wie er zusammengebrochen war. Er war keiner, der im Zorn oft die Stimme erhob; trotzdem hatte der laute Streit Nishis Ohren erreicht, als sie in ihrem eigenen Zimmer saß, Eintragungen ins Haushaltsbuch machte und Rechnungen zusammenzählte. Sie war in dieses Zimmer hier gelaufen, das einst sein Arbeitszimmer gewesen war, und hatte gesehen, wie Dev und er sich gegenüberstanden – Daddy-ji mit wutverzerrtem Gesicht. Er wankte, machte einen unsicheren Schritt zurück, ließ sich langsam auf den Rand des Stuhls hinter sich sinken, rutschte herunter und bildete ein klägliches Häufchen auf dem Teppich. Seine letzten Worte waren zu gurgelnd herausgekommen, als daß sie sie hätte verstehen können. Einen Schrei ausstoßend, war sie zu ihm gelaufen, hatte vergeblich versucht, den schweren Körper aufzurichten, ihm dann ein Kissen unter den Kopf geschoben und ihm die Krawatte gelockert.

»Hör auf, dich wie eine kopflose Henne zu benehmen. Laß ihn in Ruhe!« befahl Dev. »Ich telefoniere nach einem Arzt.«

Während er am Telefon stand, kam Rose in das Zimmer.

»Was ist passiert?« Sie sank neben Ram auf den Teppich.

Dev legte den Hörer auf die Gabel. »Er hat irgendeinen Anfall gehabt.«

Roses Selbstbeherrschung war erschreckend. »Ram hat keinen Anfall gehabt«, sagte sie hart und tonlos. »Du hast das angerichtet. Ich hörte euch streiten, als ich in meinem Zimmer saß. So hat Ram noch nie geschrien, in seinem ganzen Leben nicht.«

Dev hatte das Zimmer verlassen. Gottlob, denn wenn er in einer solchen Stimmung war, konnte er rüde sein und schreckliche Dinge sagen. Nishi war bis zum Eintreffen des Arztes bei Rose geblieben. Sie war schließlich ihre Schwiegermutter. Tage später fand Nishi an den hintersten Rand ihres eigenen Schreibtischs geschoben einen Bogen Papier mit Ms und Rs vollgekritzelt, und darunter ganze Reihen voller Unterschriften: Ram L. Surya. Die letzten wiesen die eckigen Schriftzüge von Rams Handschrift auf, und die Ms sahen aus wie Us, wie bei ihm. Nur: warum sollte Daddy-ji seine eigene Unterschrift üben? Ob es darüber wohl zum Streit gekommen war? Eigentlich hatte sie Dev danach fragen wollen, doch dann waren die Jungen für die Ferien nach Hause gekommen, und sie hatte nicht riskieren dürfen, daß eine schlechte Stimmung aufkam. Nachdem sie wieder ins Internat abgereist waren, hatte sie es für klüger gehalten, die Sache auf sich beruhen zu lassen.

Mr. Goldfinkel hatte sie auf seine Weise verabschiedet, auf gut goldfinkelische Art. Und auch das erst nach seinem Rückflug nach New York. Einem langen, schwimmenden Seufzer gleich war seine Stimme eines Abends spät über den Indischen Ozean herübergekommen. »Mit Ihnen hätte ich Geschäfte machen können, Nishi, aber nicht mit Ihrem Mann. Wie ich Ihnen schon sagte: Er ist nicht interessiert.«

# KAPITEL 2

Es ist nicht zu fassen, was ein einziger Monat Zensur auszurichten vermag – genau das Gegenteil von dem, was ich von einer Nachrichtensperre erwartet hätte. Menschen, die ihr Leben lang von der Zensur gegängelt worden sind, haben mir gesagt, daß sie jegliche Neugier erstickt. Was man nicht hat, vermißt man nach einiger Zeit nicht mehr. Aber nach einem Monat explodiert das künstlich verordnete Schweigen. Die Tatsachen, die unterdrückt werden sollen, machen sich schrillstimmig bemerkbar. Seit dem 26. Juni war offiziell alles in Ordnung, doch es war unmöglich, die Widerspenstigkeit zu ignorieren, die sich in den ganz von der Polizei kontrollierten Straßen Neu-Delhis aufbaute. Von Alt-Delhi drang die Kunde von Aufruhr und Widerstand herüber, als den Slumbewohnern ihre Elendsquartiere niedergewalzt und sie selbst in ferne Gegenden verfrachtet wurden, wo sie das Auge des Betrachters nicht mehr beleidigten. Man mußte nicht viel Phantasie aufbringen, um sich den Haß und die Angst in den Kastenwagen mit den vergitterten Fenstern vorzustellen, die ähnlich aussahen wie die, mit denen man früher die streunenden Hunde eingesammelt hatte, um sie zu ertränken, und die jetzt in den Straßen auf und ab fuhren, um Leute zur Sterilisation aufzugreifen. Eines Abends sah ich einen solchen Wagen vor mir; das bedrohliche Leuchten seiner Rücklichter lebte länger als das in der dunklen Leere verschwindende Chassis. Daß es im Tihar-Gefängnis zu Hungerstreiks und einem Ausbruch politischer Gefangener gekommen war, wußten wir, weil die Regierung ein Dementi gedruckt hatte. Das Versammlungsverbot von mehr als fünf Menschen auf öffentlichen Plätzen bewirkte in den von Menschen wimmelnden Basars der alten Stadt überhaupt nichts, aber ich hatte gesehen, wie eine Gruppe von sieben oder acht Leuten vor einem Kaffeehaus am Connaught Place auseinander- und auf ein wartendes Auto zugetrieben wurde. Einer der jungen Männer wehrte sich gegen die Hand, die ein Polizist ihm auf die Schulter legte, woraufhin er mit Fußtritten traktiert wurde. Während er sich sträubte und schrie, als er zum Auto geschleift wurde, fiel ihm die Brille herunter. Bei dem ganzen unverkennbaren Machtapparat des modernen autoritären Staates um uns herum konnten wir eines mit Sicherheit sagen: daß hier von Ordnung wirklich nicht die Rede sein konnte. Trotzdem blieben meine Kollegen und ich, wenn wir uns auf den Treppen und auf den Korridoren des Ministeriums begegneten und vage lächelnd zunickten, niemals stehen, um einer den anderen zu fragen, wieso wir eigentlich weitermachten, als ob nichts geschehen wäre. Das Industrieministerium war ein wichtiges Ressort und mußte Resultate vorweisen.

Früher hatten wir Beamte von der Verwaltung als ›wir‹ gedacht und von den Politikern als ›sie‹ – die zwei Seiten einer Medaille. Was ›uns‹ verpflichtete, war mehr als bloße Disziplin – uns beseelte eine geradezu mystische Überzeugung. Unsere Aufgabe war es, frei zu sein von dem politischen Zirkus. Wir bildeten die Nachfolge des *Indian Civil Service*, jenes stählernen Rahmens, mit dem die Briten Indien beherrscht hatten – allerdings jetzt mit mehr Kompetenzen ausgestattet, als dem stählernen Rahmen in zweihundert Jahren jemals zugestanden worden waren. Außerdem galt es für uns, eine neue Tradition zu begründen, galt es zu beweisen, daß wir auch unabhängig von den britischen Herren etwas wert waren. Papa, der selbst noch dem I.C.S. angehörte, hatte mit einem Stolz, den ich aus seiner Stimme herauszuhören gewohnt war, zu mir gesagt: »Sonali, Leute wie du, besonders Frauen wie du, werden Indien wirklich indisch machen.« Das war an dem Tag gewesen, an dem mein Name ganz oben auf der Liste derer stand, die sich in freiem Wettbewerb um Stellen im Staatsdienst bemühten und sich dem Examen stellen wollten. Mein Vater war ein gefühlsbetonter Mann, und an diesem Tag vor fünfzehn Jahren hatte er Tränen der Rührung in den Augen gehabt – ich allerdings auch. Die Leistung hatte für ihn darin bestanden, an mich – und nur an mich von seinen beiden Töchtern – eine kostbare Verantwortung weitergegeben zu haben, an der bislang er allein getragen hatte; dazu seinen festen Glauben, daß gewaltige historische Veränderungen friedlich verlaufen könnten. Wenn auch Feuer und Fieber meiner Überzeugung sich von seiner unterschieden, verzauberte es uns doch beide – wie der Übergang vom englisch-ausgebildeten zum indisch-ausgebildeten Apparat sich ohne einen Mißton vollzog. Für Papa war die Arbeit sein Leben gewesen. Seine Erinnerungen daran waren sein Vermächtnis an mich. Wo war mit der Tradition, die wir hatten aufbauen wollen, etwas schiefgelaufen? Die Grenze zwischen Verwaltung und Politik war in den letzten Jahren derart verschwommen, daß fast nichts mehr davon zu erkennen war. Beide Seiten hatten sich hoffnungslos miteinander vermischt, das heißt, die Politiker pfuschten in die Verwaltung hinein, und Günstlinge wie Kachru – er ist das beste Beispiel – spielten Politiker, als ob ihr Leben davon abhinge. Was man von seiner Karriere bestimmt sagen konnte. Trotz der drei von zehn möglichen Punkten, mit denen die meisten von uns ihn bewerteten, war er plötzlich unverzichtbar, brauchte man ihn hier und da und überall, war er rechte Hand und linkes Bein der Premierministerin und Stütze ihres Haushalts. Und das nur zum Teil, weil er ein Kaschmiri und damit fast so etwas wie ein Blutsverwandter von ihr war. Er stellte jene unsägliche Mischung von Mittelmaß und respektvoller Reaktion dar, die noch dazu verbrämt war mit dem Auftreten und den guten Manieren, wie sie bei den politischen Bossen so gut ankamen.

Doch wieviel besser war der Rest von uns, die wir vorgaben, daß der Notfall wirklich den Ausnahmezustand verlangte, wo doch Verwaltungsbeamte wissen mußten, was ein echter Notstand ist? Sie hatten mit Notständen aller Art fertig werden müssen: der Teilung des Landes, Hungersnot, Krieg und Flüchtlingsströmen solch gewaltigen Ausmaßes, daß mit ihnen verglichen die Flüchtlinge von allen Katastrophen bis dahin sich ausnahmen wie kleinere Wanderzüge. Wir wußten, daß dies kein Notstand war. Wäre es das gewesen, hätten die Prioritäten ganz anders ausgesehen. Wir beteiligten uns ausnahmslos alle an einer ziemlich erbärmlichen Maskerade und bereiteten die Bühne für die Familienherrschaft. Außerdem beteiligten wir uns alle an einer Verschwörung des Schweigens, weshalb wir uns auch hüteten, jemals mehr als ›Hallo‹ zu sagen, wenn wir uns im Gebäude des Ministeriums begegneten, und auch außerhalb nicht miteinander redeten, woraufhin Sitzungen nach Dienstschluß zu richtigen Schweigesitzungen wurden. Keiner wollte Ärger. Solange es uns nicht persönlich betraf, machten wir mit und taten so, als wären die neuen Kleider der Kaiserin wunderschön. Um es vorsichtig auszudrücken: Wir verhielten uns realistisch. Wir wußten, daß wir es mit einer Macht zu tun hatten, gegen die wir nicht ankamen – weder als einzelne noch zusammen. Dennoch meine ich, die wirkliche Erklärung ist die, daß wir von Geburt an blind sind und von Eltern abstammen, die gleichfalls von Geburt an blind waren. Was wir nicht sehen wollen, sehen wir nicht, und wenn es sich nicht vermeiden läßt, etwas Häßliches wahrzunehmen, stört uns das nicht sonderlich. Das Erbe von Jahrhunderten hatte mich unempfindlich gemacht gegenüber dem, was ich am Connaught Place gesehen hatte. Ich selbst war schließlich noch nie mit Fußtritten traktiert worden; man hatte mich weder gestoßen noch geschlagen, noch mit Gefängnis bedroht. Das Erlebnis verstörte mich nicht länger als fünf Minuten. Außerdem standen wir uns trotz der Tatsache, daß unser Beruf uns heutzutage genausosehr trennte, wie er uns verband, als Verwaltungselite näher, als Menschen einer bestimmten Schicht es jemals können. Wir waren ein Club, und wir wußten, daß wir die Stürme draußen nur dann überstehen würden, wenn wir so taten, als gäbe es sie nicht. Deshalb taten wir so als ob, stiegen weiterhin wortlos die Treppen auf und ab und betraten unsere Büros und verließen sie wieder ohne überflüssiges Gerede. Wir hatten die Anweisung, daß Akten schnell bewegt zu werden hätten, und so schrieb ich an diesem Morgen, einen Monat nach dem 26. Juni, einen kurzen abschlägigen Bescheid auf den breiten Rand des mir vorliegenden Antrags. Ich hatte mich ausgiebig damit befaßt, aber eine andere Entscheidung war einfach nicht möglich. Es war ein geradezu absurder Antrag, bei dem es um nicht mehr und nicht weniger ging, als eine gesamte Fabrik aus dem Ausland zu importieren. Die Politik gestattete in der Industrie keine Zusammenarbeit mit Ausländern, zumindest nur unter Beachtung kompliziertester Auflagen. Nur wichtige Dinge, die die Industrie brauchte und die wir nicht selbst herstellen konnten, waren von dieser Liste ausgenommen. Solche Ausnahmen gab es eine ganze Menge, aber ein Brausegetränk namens Happyola gehörte nicht dazu. Als der betreffende Firmenvertreter bei mir vorsprach, sagte ich ihm das.

Verdutzt sah er mich über den Schreibtisch hinweg an.

»Ich dachte, die Politik hätte sich in dieser Beziehung geändert.«

»Es gibt solche Änderungen durchaus«, versicherte ich ihm, »aber auf diesen ganz bestimmten Fall treffen sie nicht zu.«

Er schien etwas sagen zu wollen, besann sich dann jedoch offenbar eines Besseren. Aber er stand auch nicht auf und verabschiedete sich. Er sah vielmehr wie vom Donner gerührt aus. Ich wartete und überlegte, was ich meinem abschlägigen Bescheid noch hinzufügen könnte.

»Ich habe ein Gespräch mit dem Minister geführt«,

sagte er, »und der gab mir zu verstehen, daß man das Projekt wohlwollend prüfen werde.«

Das war schon seltsam, aber da der Minister neu in diesem Ressort war und der schlimmsten Hitze durch Dienstreisen in heilsamere Klimazonen im Ausland zu entgehen trachtete und da ohnehin der einzige Minister, der etwas zählte, die Premierministerin war, hielt ich es nicht der Mühe wert, die Sache weiter zu verfolgen. Wenn der Minister vor seinem Abflug nach Wien mit ihm gesprochen hatte, konnte er ihm keine richtige Zusicherung gegeben haben, sondern mußte ihn mit der üblichen freundlichen Floskel abgefunden haben; die Einzelheiten zu klären blieb den verschiedenen Abteilungen vorbehalten.

»Es handelt sich um ein gutes Erzeugnis«, drängte mein Besucher, »und wir expandieren in Asien.«

Ausbildung und Erfahrung hatten mich gelehrt, gute harmlose Produkte mit Vorsicht zu genießen und die Verkäufer von Waren als die unerbittlichsten aller Menschen zu betrachten. Was sie verkauften, konnte sich als so harmlos wie radioaktive Strahlung erweisen, und die neue Gattung von Handelsvertretern, welche die High technology hervorgebracht hatte, machte sich keinerlei Sorgen über den etwaigen Fallout ihrer Waren an fernen Gestaden. Die von ihnen angepriesenen Produkte konnten aber auch wirklich harmlos und völlig überflüssig sein. Ich habe für Warenvielfalt und große Auswahl genausoviel übrig wie die meisten anderen Menschen, aber von einer gewissen Grenze an gehört Vielfalt in die Höhle Ali Babas und nicht in unser Land. Es gibt hierzulande einfach nicht genug Geld, um all diese Spielereien zu kaufen. Schon wollte ich meinem Besucher erklären, Asien sei eines jener Mosaike, in dem alle paar hundert Meilen ein anderes Regime und Regiment herrschten; unsere eigene Politik ziele auf Selbstversorgung ab, auf die Produktion von handfesthausbackenen Gütern, die wir dafür aber selbst hervorgebracht hätten; doch dann zügelte ich mich. Aussagen dieser Art konnte man guten Gewissens seit dem 26. Juni nicht mehr machen. Der Ausnahmezustand hatte die Leitlinien der Politik neue, ziemlich krumme Wege und Umwege gehen lassen, und die größte Demokratie der Welt wies mittlerweile verdammt viel Ähnlichkeit mit einer jener Bananenrepubliken auf, auf die wir so überheblich herabgesehen hatten. Was uns so grundlegend von ihnen unterschied, war mir nicht mehr so klar wie früher.

Ich sagte: »Es gibt bei uns eine Fülle von Erfrischungsgetränken, unter denen wir wählen können.«

»Aber Sie treten doch für den Wettbewerb ein.«

Wieder wies ich auf die Vorschriften hin. Ich erhob mich, wir schüttelten uns die Hand, und da er erkannte, daß alles gesagt war, verabschiedete er sich. Die Akte schickte ich auf den Weg hinauf zum Minister. Und am nächsten Morgen, genau einen Monat und einen Tag nach dem 26. Juni, kam Kachru in mein Dienstzimmer. Wir sind gleichaltrig, beide achtunddreißig, und wir gehörten innerhalb der Gesamtverwaltung derselben Behörde an. Ich hatte ihn beobachtet, wie er vorigen Winter in Delhi ein internationales Seminar geleitet hatte. Kachru beherrscht den augenblicklich gängigen sozio-ökonomischen Jargon im Schlaf, diese Zungenbrecher, die schlichten Sätzen für immer den Garaus gemacht und dafür gesorgt haben, daß Experten eines Fachgebietes für alle anderen Experten und für das allgemeine Publikum unverständlich sind. Flüssige Sätze waren ihm über die Lippen gekommen, so wie kostbare Seide abgehaspelt wird. Er strahlte Aufrichtigkeit aus. Stimme und Gebaren vermittelten Ernsthaftigkeit und Engagement. Und wenn man zum Schluß innehielt und überlegte, was er nun eigentlich gesagt hatte, war man fast versucht zu glauben, daß der Grund, warum er nichts Konkretes oder Tiefsinniges gesagt hatte, darin bestand, daß er versucht hatte, zu vereinfachen und für Delegierte aus der ganzen Welt ein Bündel von ungeheuer komplizierten Problemen zusammenzuschnüren. Den Komplimenten nach zu urteilen, mit denen er hinterher überhäuft wurde, mußte er ein Bombenerfolg sein, was mich mit dem beunruhigenden Argwohn nach Hause gehen ließ, daß auch alle anderen ein bißchen geschwindelt hatten. Kachru führte mit größter Selbstverständlichkeit jede gewünschte Scharade auf. Woran er in meinen Augen scheiterte, das waren die Realitäten. Doch wofür auch immer ich ihn hielt, er besaß die geschliffenen Umgangsformen eines Höflings und war ein Mann, der aus allem eine feierliche Handlung machte, vom Entzünden einer Zigarette bis zum Anknüpfen eines Gesprächs, und so war ich verblüfft, daß er bei mir so formlos hereinplatzte. Ich sah auf, da stand er und eröffnete mir mit dem gequälten Ausdruck eines Gynäkologen, der sich die Mißgeburt, der er auf die Welt geholfen hat, überhaupt nicht erklären kann: Er wisse zwar nicht, warum, doch müsse er mich als Abteilungsleiterin im Industrieministerium sofort ablösen. Er wartete darauf, daß ich etwas sagte, und als ich kein Wort hervorbrachte, spreizte er verzeihungheischend die Hände, drehte sich um und verließ das Zimmer. Wäre er hereingekommen und hätte auf mich geschossen, hätte ich nicht überraschter sein können. Dennoch erinnere ich mich, mit schmerzlicher Klarsicht gedacht zu haben, daß man von der Art von Robotern, zu denen wir von der Verwaltung verkommen waren, keinerlei Antwort erwartete. Von ihnen erwartet man, daß sie gehorchten. Zehn Minuten später wurde mir telefonisch mitgeteilt, ich würde auf einen Posten in meinem Heimatstaat versetzt, wo, wie ich bereits wußte – und die Bundesregierung selbstverständlich erst recht –, auf meiner Ranghöhe keine Stelle vakant war. Nicht nur, daß ich ohne jede Vorankündigung versetzt worden war. Man hatte mich degradiert, bestraft und gedemütigt. Und ich hatte nicht die geringste Ahnung, warum.

Um überhaupt irgend etwas zu tun, zog ich mit zitternder Hand die linke Schublade meines Schreibtischs auf. Um das Zittern zu verbergen, legte ich die rechte Hand über die linke. Und plötzlich befiel mich ein Schauder und ein Schrecken, als wäre ich körperlich angegriffen worden. Ich hatte keine Ahnung, was ich tun sollte. Heimgehen, mein Dienstzimmer räumen und meine persönlichen Sachen später abholen? Meinen Assistenten hereinrufen und ihn in die laufenden Arbeiten einweisen? Die ganze Welt wissen lassen, was passiert war, oder den Mund halten? Auf so etwas wie eine fristlose Entlassung wird man in der Ausbildung nicht vorbereitet. Infolgedessen tat ich gar nichts. Eine unendliche Müdigkeit lähmte mich. Da saß ich zwischen den wackligen Büromöbeln und den ungleichmäßig aufgehängten braun-beigen Vorhängen, und die uralte Klimaanlage summte laut. Ich hatte mich nie dazu aufraffen können, dies fünf mal sechs Meter große Dienstzimmer neu einzurichten, und so war der dafür bewilligte Haushaltsposten verfallen. Für mich war das mein Beitrag zu dem, was wir aufbauen wollten. Das Fenster ging auf ein Segment von Lutyens mathematisch geordnetem Neu-Delhi hinaus, eine gutgelenkte Welt, in der Dinge nach Plan erledigt wurden und nichts irgendwelchen Launen entsprang. Hinter dem Bereich, den ich überblikken konnte, lag das kreisförmig angeordnete und klar gegliederte Parlament mit seinen Säulengängen. Der Juli-Himmel, ein brodelndes Grau, war zwar der allesüberspannende Himmel eines Subkontinents, doch dieser Fleck hier über uns hatte etwas besonders charakteristisch und geduldig Indisches. Die Fremdheit dessen, was soeben geschehen war, der mitternächtliche Schlag zur Mittagsstunde, lähmte mich, bis mir klar wurde, daß überhaupt nichts Neues oder Umwerfendes passiert war. Es war nicht so, daß ein bösartiges Schicksal sich meine Person ausgesucht hätte, um mich zu strafen. Ich war nur von der Logik des 26. Juni eingeholt worden. Der gleiche lautlose Stoß, der mich in den Graben geworfen hatte, hatte Tausende von anderen ins Gefängnis wandern lassen, Aberhunderte in ferne ›Kolonien‹ verfrachtet, wo ihr Anblick nicht mehr störte, und dafür gesorgt, daß noch andere wie das Vieh in Sterilisationszentren zusammengetrieben wurden.

Als Stunden später bei mir daheim das Telefon klingelte, war es die warme freundliche Stimme von Rose, die ich hörte: »Sonali, du bist zu Hause? Ich wollte deiner Köchin eine Nachricht hinterlassen, daß du mich anrufen solltest, wenn du wieder da bist. Was machst du denn um diese Tageszeit zu Hause? Ich bin aber trotzdem froh, dich zu fassen gekriegt zu haben. Kannst du morgen kommen un' mich besuchen?«

Ich unterbrach den Fluß des Cockney, an dem auch über vierzig Jahre des Memsahib-Daseins nichts geändert hatten. »Ich kann nicht, Rose, ich fühle mich gar nicht gut.«

»Das hört man dir aber gar nicht an. Tut mir schrecklich leid, Liebes. Ruf mich an, wenn's dir wieder bessergeht. Ich muß mit dir reden.«

»Worum geht es denn?« überwand ich mich zu fragen.

»Das kann warten, bis es dir wieder bessergeht, Liebes. Brauchst du irgendwas? Soll ich kommen un' nach dir sehen?«

Ich lehnte ab. Es war mir im Moment unmöglich, jemanden wie Rose zu sehen. Papa war mit ihrem Mann befreundet gewesen, ich jedoch mochte sie um ihrer selbst willen. Was den Altersunterschied zwischen ihr und mir betraf – sie war immerhin schon dreiundsechzig –, so gab es Augenblicke, da ich das Gefühl hatte, sie wäre die jüngere von uns beiden. Rose strotzte vor Vitalität und Erwartung – zumindest bis Onkel Ram den Schlaganfall erlitten hatte. Als junge Frau muß sie unwiderstehlich gewesen sein. Ich sagte, ich würde mich mit ihr in Verbindung setzen, sobald es mir besserginge. Als ich auflegte, fühlte ich mich fiebrig und wußte, daß ich wohl wirklich krank war. Kachru und das, wovon der Arzt mir später sagte, es sei eine Hepatitis, hatten am selben Tag zugeschlagen. Gesund, hätte ich routinemäßig weitergemacht, hätte meine Arbeiten im Büro abgewickelt und versucht, Pläne zu schmieden, doch die Krankheit warf mich auf mich selbst zurück. Ich mußte das Bett hüten und erhielt vom Arzt Anweisung, das Haus nur im äußersten Notfall zu verlassen – eine Ermahnung, deren es nicht bedurft hätte, da schon das Reden für mich eine große Anstrengung war. Sofern man ihr eine Chance lasse, regeneriere die Leber sich glücklicherweise von selbst, sagte der Arzt. Und das sei nur gut, brummelte er, denn Hepatiden gäbe es dieses Jahr wie Erkältungen und Husten, wo doch die Abwässer der Stadt in den Jumna geleitet würden und Delhis Wasserversorgung durch den Schmutz gefährlicher machten denn je.

»Wieso wir alle dabei immer noch nicht zugrunde gegangen sind, mag der Himmel wissen«, sagte er. »Bei dieser mörderischen Sonne, Regenfällen wie die Sintflut oder, wenn es nicht regnet, erbarmungsloser Trockenheit.«

Sorgfältig verstaute er die Spritze, auf die er mein Blut aufgezogen hatte, in seinem Köfferchen, ging ins Badezimmer, um sich die Hände zu waschen, und trocknete sich diese mit dem Taschentuch ab.

»Nein, Sie stehen nicht auf, auch nicht, um ein Handtuch zu holen«, sagte er. »Wir sind ein hartherziges, gefühlloses Volk, Sonali, sonst hätten wir schon bei vielen Dingen Abhilfe geschaffen.«

»Sie meinen, die Sonne davon abgehalten zu scheinen?«

»Die Verwaltung, mein liebes Kind, die Verwaltung. Was ist aus ihr geworden? Warum schaffen wir es nicht, die Stadt mit sauberem Wasser zu versorgen? Und jetzt seien Sie schön brav und sehen Sie mal ein, daß Sie sehr krank sind.«

Er zog die Vorhänge vor, damit die Sonne nicht ins Zimmer schien, und sagte: »Was Ihnen passiert ist, tut mir leid, meine Liebe. Ich habe davon gehört.« Und übergangslos fügte er noch hinzu: »Ich weiß noch genau, als ich ein Kind war, stand meine Mutter morgens um vier auf, um zusammen mit den anderen Frauen zum Brunnen zu gehen und Wasser zu holen. Dann machte sie sich an die Hausarbeit, mahlte Gewürze und alles andere. Sie hat sieben Kinder bekommen, ohne jeden Beistand. Drei davon sind gestorben, ehe sie ein Jahr alt waren. Ich erinnere mich noch, wie sie sich nach einer ihrer Schwangerschaften aus dem Bett lehnte, um die *dal* – die Linsen – auf dem Herd umzurühren. Zu einer solchen Art Leben gehört einfach Mut.«

Ich lag steif und mit angespanntem Körper da, um nicht in Tränen auszubrechen – um meinetwegen, nicht um der Frauen im allgemeinen willen.

Ich hatte nichts weiter zu tun, als nachzudenken, und das hatte wahrhaftig nichts Beruhigendes, denn nichts von dem, woran ich geglaubt hatte, ergab noch irgendeinen Sinn. Es ergab überhaupt nichts mehr Sinn, denn in einem moralischen Universum besitzt entweder alles Bedeutung oder nichts. Meine Erinnerung ließ mich zurückkehren zu Berichten, bei deren Lektüre mir der Schrecken in die Glieder gefahren war und die ich verdrängt hatte, weil es zu schmerzlich war, sich an sie zu erinnern. Erschreckende Bilder zogen an meinem geistigen Auge vorüber. Die junge Frau, die von ihren Schwiegereltern keine drei Kilometer von meiner Wohnung entfernt verbrannt worden war, weil ihre Familie ihre habgierigen Forderungen nach noch mehr Mitgift nicht hatte erfüllen können. Sie war nur eine von dreihundert Frauen, die im Laufe eines Jahres in unserer Hauptstadt verbrannt worden waren. Gesetzesbrecher waren von der Polizei geblendet worden, um sie ein für allemal von ihrem Treiben abzuhalten – indem man ihnen mit Nadeln in die Augen stach, die zuvor in Säure getaucht worden waren. Pächter wurden umgebracht, weil sie es wagten, ihren Anteil an der Ernte zu verlangen. Entweder ich war verrückt oder aber so besessen von meiner Arbeit, daß ich Berichte wie diese aus meinem Kopf verbannte und sie vergessen konnte. Im Fieber sah ich den jungen Mann auf dem Connaught Place immer und immer wieder, wie er halbblind auf seine Brille zutappte, während der Polizist ihn in die entgegengesetzte Richtung zerrte und zog. Aber dieser junge Mann hatte zumindest geschrien und sich gewehrt, um sich zu befreien, während ich einfach weitergegangen war. Ich sah noch seine Brille da liegen, eine billige schwarzumrandete Brille, die der nächstbeste Vorübergehende entweder aufheben oder mit den Füßen zertreten konnte. Wenn mein menschliches Mitgefühl hier versagt hatte, wie sah das mit meiner beruflichen Ausbildung aus? Wie mußte ein Verwaltungsbeamter reagieren, der sah, wie ein Bürger mit Tritten traktiert und in Handschellen abgeführt wird, bloß weil er am Straßenrand gestanden und sich unterhalten hatte? Wenn ich Macht und Gewalt noch nie so unverhüllt auf der Straße demonstriert bekommen hatte, war es dann nicht so, daß irgend etwas ganz und gar nicht stimmte?

Ein von mir geschätzter Philosoph hat geschrieben, ein Feigling sei nicht ›eines feigen Herzens, einer feigen Lunge oder eines feigen Großhirns wegen ein Feigling... Nein, er ist es, weil er sich durch sein Tun zu einem Feigling gemacht hat... Ein Feigling definiert sich durch das, was er getan hat.‹ Da wachte ich auf, schwitzte, riß mir das Laken herunter und starrte in das heiße, leere Dunkel. Was, wenn es einen kollektiven Willen zur Feigheit gab und Männer und Frauen millionenfach, ein ganzes Volk, feige handelten? Gab es einen Ausweg? Wie naiv war da der gußeiserne Idealismus, mit dem ich aufgewachsen war und demzufolge wir ein maßvolles, tolerantes, durch und durch zivilisiertes Volk waren? Man hätte mir anderes beibringen, hätte mir sagen sollen, wie gleichmütig wir mit Grausamkeit und Verworfenheit umgehen. Ich war mit ungeheuerlichen Lügen groß geworden. Von meiner Krankheit genesen, streifte ich meine Erziehung, diesen hemmungslosen Idealismus, mit dem ich groß geworden war und den ich getragen hatte wie eine zweite Haut, ab. Es hatte etwas unendlich Erleichterndes, als ich mir in einer dieser Nächte, die kein Ende zu nehmen schienen, sagte: »In vieler Hinsicht sind wir Barbaren. Alles weist darauf hin.« Ich wünschte, alles, das man mir beigebracht hatte, in einer großartigen symbolischen Geste, wie etwa eine Absage an meine Religion, von mir zu werfen, doch das konnte ich nicht, weil Religion etwas war, das man mir nie beigebracht hatte. Sie nicht zu lehren hatte etwas von heiligem Hochmut. Man ging mit größter Selbstverständlichkeit davon aus, daß der Hinduismus nicht weitergegeben zu werden brauchte. Nichts auf der Welt kann ihn herausfordern oder ihn beirren. Also hatte ich keinen Text und keine Heilige Schrift, um sie aus dem Fenster zu werfen; aber ich wußte auch, daß es keine grundlegende Wahrheit gab, an die ich noch glauben konnte, weil so etwas wie eine grundlegende Wahrheit nicht existiert. Wenn etwas mich überraschte, so nur, daß ich an meinem Schreibtisch gesessen und gearbeitet und dabei geglaubt hatte, die Veränderung zum Besseren würde sich von selbst vollziehen, während ich da saß, solange ich meine Akten nur redlich bearbeitete und die richtigen Empfehlungen gab. Alles würde gut werden, weil es meinem Dienstzimmer gegenüber ein Gebäude gab, das Parlament hieß. Dennoch war eine Epoche zu Ende gegangen aufgrund von Entwicklungen, die wir nicht erkannten. Die Kontinuität der Vorgänge, der gleichbleibende Gang der Geschäfte, den Papa so hoch geschätzt hatte, war fein säuberlich unterbrochen und aufgehoben worden, wie man den Saum eines Kleidungsstückes anhebt, um ihn wegzustecken. Doch das Parlament stand weiterhin da, immer noch setzten dieselben Menschen sich darin zusammen, nach außen hin hatte sich in Delhi überhaupt nichts geändert, und über der Stadt spannte sich ein wolkenloser Himmel. Ich war von Symbolen besessen gewesen. Gut, die Symbole waren alle noch da. Ich wußte, daß ich allmählich gesund wurde, als ich – statt den Wunsch zu haben, Kachru samt seiner Speichelleckerei zu erwürgen – meine Wut weitere Kreise ziehen ließ. Der Ausnahmezustand hatte meine Laufbahn jäh beendet, doch plötzlich wollte ich in der rückgratlosen Unprofessionalität, die sich einem vorgegebenen Notstand beugte und ihren Kratzfuß vor ihm machte, keine Karriere mehr machen.

Gesund zu sein erwies sich als eine andere Art von Krankheit. Ich war ein völlig anderer Mensch, zwölf Pfund leichter, die Kleider schlotterten um mich herum; dabei galt es für mich, einen Neuanfang zu machen, und das in einer Situation, wo ich nirgendwo auch nur den geringsten Rückhalt hatte, denn schließlich war ich jemand, der offiziell in Ungnade gefallen war. Kein einziger meiner Kollegen hatte es für nötig gehalten, mich anzurufen, um sich nach meinem Befinden zu erkundigen. Dabei war die Wahrscheinlichkeit groß, daß die Nachricht über mich noch nicht die Runde gemacht hatte; im Grunde meines Herzens wußte ich, daß die indische Beamtenschaft kraft unausgesprochener allgemeiner Übereinstimmung zu dem Schluß gekommen war, ich wäre eines Morgens im Juli vorsätzlich durch die Falltür in meinem Dienstzimmer verschwunden, ohne irgendeine Spur zu hinterlassen. Nicht einmal des Mitgefühls derer, die mir wirklich nahestanden, war ich sicher. Makellos wie immer und diskret schimmernd wie eine Perle, kam meine Schwester mich besuchen. Sie war entsetzt über meine mißliche Lage, doch mein abgemagertes, bleiches Aussehen bekümmerte sie herzlich wenig und verleitete sie höchstens zu einer Bemerkung darüber, daß mir die Brille immer wieder von der Nase rutschte.

»Du solltest dir Kontaktlinsen zulegen.«

»Warum sollte ich ein Hehl daraus machen, daß ich Brillenträgerin bin, wo ich es doch nun einmal bin?«

»Ist es nicht schrecklich?« sagte Kiran immer wieder ernstlich bekümmert – allerdings nur darüber, daß ich plötzlich ein Niemand und ein Nichts war, und nicht darüber, wie man mich behandelt hatte. »Aber Sonali, da muß doch irgendein Mißverständnis vorliegen. Du solltest dich gleich an ganz oben wenden, dir einen Termin bei der Premierministerin geben lassen und ihr die ganze Sache erklären.«

In der Gesellschaft von Delhi herrscht die wunderliche Vorstellung vor, ›ganz oben‹ wäre ein vernunftbegabter menschlicher Ort, und Verschlagenheit und Gefühllosigkeit herrschten nur in den unteren Rängen, würden gewissermaßen hinter dem Rücken von ›ganz oben‹ ausgeheckt. Kiran läßt sich durch nichts von der Überzeugung abbringen, daß Macht gleichbedeutend sei mit Göttlichkeit. Die Einstellung von Rose ist mir da viel lieber. Rose macht kein Hehl daraus, daß sie von Politik nichts versteht, doch hindert sie das keineswegs daran, Urteile zu fällen, mit denen sie meistens den Nagel auf den Kopf trifft.

»Es hat keinen Sinn, sich an ›ganz oben‹ zu wenden«, erklärte ich schwunglos. »Denn der Befehl ist offensichtlich von höchster Stelle gekommen. Du weißt sehr wohl, daß alles von anderthalb Menschen kontrolliert wird. Jede andere Art, Entscheidungen zu treffen, ist schon vor Jahren abgeschafft worden. Schon vor diesem lächerlichen Ausnahmezustand.«

Obwohl niemand sonst im Zimmer war, blickte Kiran sich unsicher um. »Ach, meinst du?« sagte sie zweifelnd. »Nun, du könntest dich ja immer noch entschuldigen und wieder einsetzen lassen oder so etwas. Und dann, Sonali: Eine Versetzung in deinen Bundesstaat ist doch nicht dasselbe wie eine Entlassung, oder?«

»Entweder Demütigung oder Entlassung, das kann ich mir aussuchen. In Uttar Pradesch gibt es keine freie Stelle, die für mich geeignet wäre. Dort müßte ich mich mit einer untergeordneten Stellung begnügen, wie ich sie bekleidet habe, ehe ich nach Delhi kam.«

»Nun, das wäre immerhin etwas. Und später könntest du wieder in Gnaden aufgenommen werden.«

»O mein Gott!« sagte ich.

Mein Gesichtsausdruck muß sie davon abgehalten haben, mehr zum Thema zu sagen. Aufseufzend wandte sie den Blick ab. »Du solltest das nicht so verbissen sehen. Ich wünschte, Papa wäre noch am Leben. Er war der einzige, der dich verstanden hat.«

Doch Papa war seit Wochen tot, und Asche hinterläßt nicht einmal ein Grab, über dem man weinen kann. Was um alles auf der Welt gab es da überhaupt zu ›verstehen‹?

Daß man nicht auf dem Bauch liegen und um Gnade bitten und sich wie ein Wurm benehmen wollte statt wie ein Mensch, dem die ganze Liebe und der ganze Stolz einer Familie sowie eine vorzügliche schulische und berufliche Ausbildung zuteil geworden war?

Kiran erhob sich und wollte gehen. »Ich möchte dich nicht ermüden. Sobald der Arzt es erlaubt, mußt du hinüberziehen in das Haus.«

›Das Haus‹ war dasjenige, das Papa gebaut hatte. Er und Mama hatten mit Kiran und ihrer Familie darin gewohnt, und nach meiner Pensionierung sollte ich auch darin wohnen. So hatte Papa es sich jedenfalls vorgestellt. Das hatte ich auch vorgehabt, doch wenn ich in Frieden mit mir selbst leben wollte, mußte jeder Schritt, den ich nach meiner Genesung unternahm, darauf gerichtet sein, mich von jener Art Leben zu entfernen, wie Kiran und Neel es führten. Sechs Wochen später, als ich mich wieder bewegen konnte, ohne sofort erschöpft zu sein, machte ich mich daran, alle Verbindungen mit meiner Vergangenheit als Ministerialbeamtin zu lösen. Ich mußte noch einmal zurück in mein Dienstzimmer, um mich dort umzusehen. Zum letztenmal nahm ich kurz an meinem Schreibtisch Platz, und ein abrupt unterbrochener Gedanke spann sich wie von selbst weiter. Selbst ein Neuling in der Verwaltung kannte die wichtigsten Leitlinien der Politik. Worauf sie abzielte und was sie beinhaltete, war uns vom ersten Tag unseres Eintritts in den Staatsdienst eingebleut worden wie das kleine Einmaleins. Zweimal zwanzig ergibt niemals fünfzig. Und unter welchen Gesichtspunkten man es auch immer betrachtete, Happyola konnte nie und nimmer im vordringlichen nationalen Interesse liegen. Gewiß, Produktion war wichtig. Doch was sollte produziert werden und für wen? Mochten die Weltmärkte auch von anderen Ländern beherrscht werden, und mochten wir im internationalen Handel nichts gelten, ja, mochte man zehnmal von uns erwarten, daß wir billig verkauften und teuer einkauften – wir hatten längst den Entschluß gefaßt, es auf unsere Weise zu machen, alles möglichst selbst herzustellen und uns Hilfe nur zu unseren Bedingungen zu verschaffen und wenn wir sie wirklich wollten. Selbstverständlich wollen sie uns immer wieder einreden, daß Märkte so nicht funktionieren, daß man übergeordneten Gesetzen gehorchen muß, daß in der Welt jeder von jedem abhängig ist. Und da man nun mal abhängig sei, solle man lieber tun, was einem gesagt wird. Das mögen zwar die Fakten sein, doch seit wann bestimmen Fakten allein den Gang der Geschichte? Und genau das war es, woran uns gelegen war: den Gang der Geschichte zu bestimmen – nicht mehr und nicht weniger.

Von meinem Schreibtisch in meinem ehemaligen Dienstzimmer aus rief ich Rose an und führte das erste lange persönliche Gespräch, das ich seit Wochen geführt hatte; hinterher fühlte ich mich viel menschlicher.

»Ich möchte gern deinen Rat hören«, sagte sie, »aber morgen früh findet die Grundsteinlegung für Happyola statt. Wie wär's, wenn du hinterher zu mir kämst?«

»Ich werde mit dir hingehen«, sagte ich zu meiner eigenen Überraschung.

# KAPITEL 3

Kostbarkeiten gleich, die aufgefüllt werden mußten, wenn sie drohten, sich in nichts aufzulösen, barg Roses Zimmer geisterhafte Spiralen von Zigarettenrauch und Schwaden von Gin und Kölnisch Wasser. Das Morgenlicht strömte herein, doch Rose lag – eine Wange auf eine Hand gebettet – im Halbschlaf da. Die weiche rosa Decke hatte sie bis ans Fußende des Doppelbetts hinuntergeschoben, als sie irgendwann in der Nacht die Klimaanlage abgestellt und das Fenster geöffnet hatte. Das Zimmer wirkte wie eine Insel, die der Landmasse des Hauses selbst vorgelagert war, so wenig hatte es mit den Kuben und Rechtecken, dem Chrom und Glitzerglanz und dem schwarz-weißen Funktionalismus zu tun, der sonst darin herrschte. Hier gab es geblümten Chintz, Rüschen und Volants sowie pastellblaue und rosarote Babytöne, die sie in den Illustrierten bewundert hatte, als sie noch ein junges Mädchen gewesen war. Es war wie ein Wohnraum, der aussah wie ein Wohnraum und in dem sie den Rest ihres Lebens verbringen wollte. Oder den Rest von Rams Leben, denn nie zuvor war ihrer beider Leben so eng miteinander verbunden gewesen wie jetzt, auch wenn er nach seinem Schlaganfall der Sprache beraubt war und sein Arbeitszimmer nebenan in ein Krankenzimmer samt Bettpfanne, Tropfgestell und Nachtschwester verwandelt worden war. Und obwohl die einzige Kommunikation zwischen ihnen jetzt ein Flackern des Erkennens in seinen Augen war, jenes schwache Flakkern, das lebendiger war als alles, was im Rest des Hauses geschah, und das Bände sprach und ihr verriet, wie sehr sie einander brauchten, und daß jeder von ihnen nur so lange leben würde wie der andere. War das der Grund, warum sie sich vor dreiundvierzig Jahren in London in einer Konfiserie begegnet waren und warum sie, Rose – als gehorche sie lautlosen Befehlen und werde wie an Fäden zu ihm hingezogen –, Heimat und Elternhaus verlassen hatte, ohne zurückzublicken? War dies denn der Sinn von Rose und Ram – oder waren das bloß Krankenzimmerphantasien, die sie Abend für Abend ganz durcheinanderbrachten und benebelten, wenn sie an seinem Bett saß?

Neuerdings führten alle Träumereien sie zurück in die Vergangenheit, zu ihrer Mutter mit der vor Angst fast kreischenden Stimme, die sie eine Närrin nannte und ihr sagte: »Ich weiß nicht, was in dich gefahren ist, Rose! Wieso hast du deine Verlobung mit Freddie gelöst? Ich bin entsetzt und dein Vater auch!« Arme Mum! Alles zum Teufel! Nicht wegen der gelösten Verlobung, sondern weil Ram, mit dem sie ausging, ›ein Schwarzer‹ war. Rose, der es ebensosehr darum ging, genau zu sein, wie um zu begütigen und zu beschwichtigen, hatte gesagt: »Er ist kein Schwarzer. Un' du weißt das auch, du hast ihn schließlich geseh'n, Mum.« – »Ist mir egal, ob er nun 'n bißchen heller oder dunkler schwarz ist, und deinem Vater auch.« Männer wie er, die noch dazu mit dem Geld nur so um sich warfen, taugten nichts; und dieser hier sei obendrein auch noch ein Schwarzer – das war es, was sie meinte. »Daraus kann nichts Gutes werden, Rose, und egal, was für ein Gentleman er ist – er bleibt immer noch 'n Schwarzer, und wenn er dich zehnmal in diese eleganten Restaurants ausführt, die dein eigener Verlobter sich nicht leisten kann, und weiß der Himmel was sonst noch!« Die geballte Aufmerksamkeit der Männerwelt, die Rose ihr gutes Aussehen eingetragen hatte, war der Grund, warum sie bereits mit zwanzig über eine große Erfahrung im Umgang mit dem anderen Geschlecht verfügte – und das, obwohl Rose ganz bewußt Jungfrau geblieben war. Ram sah darin fast eine persönliche Beleidigung. Einmal war er nach Bezahlen der Rechnung wütend zum Lokal hinausgestapft, und sie hatte allein nach Hause gehen müssen. Gleichwohl hatte er es weder mit List noch mit Tücke geschafft, sie in sein Bett zu bekommen. Außerdem war es ein besonders schönes Lokal gewesen, auf der einen Seite hatte die Kapelle gespielt wie im Kino, auf den Tischen hatten Blumen gestanden, und sie hatte ihn und sich samt den Blumen in dem Spiegel neben ihrem Tisch bewundern können. Der Kellner hatte gerade flambierte Kirschen mit Vanilleeis vor sie hingestellt, da schlug Ram vor, daß sie nach dem Essen in seine Wohnung gingen. Dieser Vorschlag war nicht einer Eingebung des Augenblicks entsprungen, da war sie ganz sicher; er hatte vielmehr den ganzen Abend und während der Vorführung von *Red Dust* mit Jean Harlow daran gedacht.

»Ich weiß nicht, was das heißen soll, Mr. Ram L. Surya«, hatte Rose lakonisch erklärt. Den Löffel mit der Kirsche, den sie schon fast bis zum Mund geführt hatte, ließ sie sinken, pflanzte dann ihre Arme abwehrend auf die Tischplatte und sah ihm gerade in die Augen. »Ich hab' nichts weiter getan, als meine Arbeit gemacht un' ein Pfund Pralinen, Kaffeesahne und Ingwerplätzchen für einen guten alten Kunden abgewogen, der regelrecht jeden Montag...«

»Regelmäßig«, verbesserte Ram sie.

»Hören Sie bloß auf, mir Englisch beizubringen«, fuhr sie wütend über die Unterbrechung fort. »Wer, bilden Sie sich eigentlich ein, daß Sie sind? Ja, was bilden Sie sich bloß ein, eines Tages aus heiterm Himmel aufzutauchen un' mich 'n paarmal zum Essen auszuführen un' dann?«

Angesichts ihres rechtschaffenen Zorns wandte Ram sich wieder seinen Kirschen zu und schob sie gelangweilt in ihrer Schale herum. Statt sich auf die Suche nach leichterer Beute zu machen, war er entschlossen, sie zu bekommen. Es ärgerte ihn, daß ein Mädchen, dessen Bekanntschaft er so mühelos gemacht hatte, buchstäblich die Situation fest in der Hand hatte. Eine kleine Verkäuferin aus einem Schokoladengeschäft, die mit ihm redete wie eine gesellschaftlich Gleichgestellte. Die zufällige Begegnung mit ihr hatte ihn veranlaßt, seinen Aufenthalt auszudehnen. Die beiden Kabel, mit denen sein Vater ihn heimbefahl, waren unbeantwortet geblieben, doch die Ungeheuerlichkeit seines Tuns beunruhigte ihn nicht weiter. Rose jedoch ließ nicht im geringsten erkennen, daß sie nachzugeben bereit sei, obwohl sie sich völlig darüber im klaren war, wer er war. Er war ein Mann. Er war reich. Und er lebte in Übersee. Was sonst brauchte sie zu wissen? Das Getue, das sie um ihre alberne Jungfräulichkeit machte, war geradezu lächerlich. Mit ihrem Freddie aus der Flaschenfabrik hätte sie das elegante teure London nie kennengelernt.

»Na schön«, sagte er eisig, stieß unvermittelt seinen Stuhl zurück und stand auf. »Es besteht kein Grund, daß wir uns wiedersehen.«

Mit welcher Entrüstung sie über ihn herfiel, hätte er nicht erwartet. »Wollen Sie damit sagen, das wär' der einzige Grund, warum Sie mich ausgeführt haben? Un' ich dumme Pute hab' mir eingebildet, Sie hätten wirklich was für mich übrig! Sie haben verdammt recht: Es besteht nicht der geringste Grund, daß wir uns wiederseh'n.«

Das war der Augenblick, da er das Geld für die Rechnung auf den Tisch legte und hinausmarschierte, ohne sie auch nur eines weiteren Blickes zu würdigen. »Un' was ist mit Ihren Kirschen?« Danach hatte auch sie das Lokal verlassen, mit soviel Anstand und Würde, wie sie hatte aufbieten können – freilich nicht, ohne zuvor ihre flambierten Kirschen aufzuessen und dann auch noch seine Portion; wozu dem Wirt was schenken? Zwei Tage später war er vormittags in den Laden gekommen und hatte förmlich und steif – nicht bei ihr, sondern bei ihrer Kollegin Vi, die am anderen Ende der Theke bediente – gesagt, er wolle die größte Packung gemischter Pralinen, die sie hätte, »für eine junge Dame«, die er kenne. Rose hatte seinen Blick aufgefangen und gekichert, woraufhin er zu ihr gekommen war, sich über die Theke gelehnt und so leise gesagt hatte, daß Vi es nicht hören konnte: »Ich sehe ein, daß ich um Sie werben muß, wie es sich gehört.«

»Was soll das heißen, gehörig um mich werben?«

»Wie es sich gehört«, verbesserte er.

»Ach, Sie woll'n mir meine eigene Sprache beibringen. Un' was woll'n Sie mir als nächstes lernen?«

»Sehr, sehr viele Dinge«, versprach er und sah ihr eindringlich, begehrlich und begehrenswert in die Augen.

So sprechende Augen hatte sie noch nie zuvor erlebt; sie besaßen die Macht, Türen zu anderen Welten aufzustoßen, und sie zitterte vor lauter Erwartung, immer jedoch noch auf der Hut, denn das Schicksal suchte im allgemeinen Konfiserien nicht auf. Und jetzt nahm Rams bestimmte Rede die Stelle ihres fröhlich-ziellosen Geplappers während ihrer Ausflüge ein.

»Was hängt er hier eigentlich rum?« hatte ihre Mutter mehr resigniert als wütend wissen wollen, als sich sein Aufenthalt in die Länge zog. »Hat er denn kein Zuhause, in das er zurückkehren kann?«

»'türlich hat er das, Mum. Er kauft Sachen ein. Das hat mit seiner Firma zu tun, die er da hat, wo er zu Hause ist.«

»In all der Zeit, die ihr zusammen seid, hättest du wahrhaftig mehr über sein Geschäft rausfinden können.«

»Wir haben furchtbar viel un' über alles mögliche miteinander geredet.«

Sie machten mehr Spaziergänge, besuchten weniger Restaurants und gingen auch weniger ins Kino, und was Ram erzählte, ließ eine ganz neue Welt für sie entstehen, zog sie tief in diese Welt hinein und schloß die Tür, wenn Rose darin war.

»Mein Vater ist auf seine Art ein richtiges Genie«, sagte Ram. »Hätte er nicht die Begabung gehabt, Geld zu machen, wäre er wohl der Prophet irgendeines schrecklichen, das Fleisch kasteienden Ordens geworden. Was er macht, macht er gründlich.«

»Für mich hört sich das erschreckend an.«

»Das ist er wohl auch. Als Kind hat er mir oft Prügel verabreicht. Das ist der Grund, warum ich schließlich rebelliert habe. Er war einfach zu streng mit mir.«

»Was soll das heißen: rebelliert, wo du doch unter einem Dach mit ihm gelebt hast?« Sie gab sich besondere Mühe, korrekt zu sprechen. Es war nicht einfach, mit den Bildern zurechtzukommen, die er beschwor. Ihr fehlten einfach die Wörter, es ihm darin gleichzutun.

»Nun ja, eben innerlich rebelliert. Ich lass' einfach nicht mehr zu, daß er mein Leben für mich regelt, sondern gehe meine eigenen Wege. Das ist wahrscheinlich der Grund, warum meine Moral nicht ganz so ist, wie sie vielleicht sein sollte.«

»An deiner Moral ist nichts auszusetzen«, erklärte sie bieder, »solange du dich beherrschst.« Doch dann hatte sie sich beeilt, von diesem gefährlichen Thema loszukommen.

»Ich habe mich aber nicht beherrscht. Und trinken tue ich auch. Für meinen Vater ist Alkohol das Böse schlechthin.« Sie schlenderten nach einem Picknick im Park durch die Gartenanlagen von Hampton Court. Ram hatte ihr vom kurzen Glück der Anne Boleyn erzählt, als handelte es sich um die Geschichte seines und nicht ihres Landes, und sagte: »Mein Vater würde Heinrich VIII. ablehnen, wenn er von ihm hörte. Und ihn für einen Wilden halten.«

»Einen Engländer un' dann für einen Wilden?«

»Menschen, die Alkohol trinken und in ihrem Badewasser liegen, ganz zu schweigen von Heinrichs Tischmanieren und daß er ein Weiberheld war und daß er die Klöster ausgeraubt und mit der Kirche gebrochen hat. Wenn die Macht der Gefühle meines Vaters die Briten aus Indien hätten vertreiben können, gäbe es längst keinen einzigen Engländer mehr bei uns.«

Erstaunt hatte Rose ihn angesehen. »Warum mag er denn die Engländer nicht?«

»Er sieht nicht ein, warum indische Baumwolle uns zu

horrenden Preisen als englisches Tuch zurückverkauft wird. Und warum soll es in unseren Läden nichts anderes geben als ›Cooper's Marmelade‹, wo wir doch Zitrusbäume in Hülle und Fülle haben. Mein Vater ist Geschäftsmann.«

Doch der eigentliche Grund, so entdeckte Rose später, war der Befehl, der in seiner Jugend in seiner Heimatstadt erlassen worden war und dem zufolge die Inder auf dem Bauch kriechen mußten, wenn sie auf einem bestimmten Straßenabschnitt an einem Europäer vorüberwollten. Hier war im Jahre 1919 eine englische Missionarin namens Miß Sherwood vom Fahrrad gezerrt und zusammengeschlagen worden. Deshalb hatte man dort ein Gerüst zum Auspeitschen aufgestellt, sechs junge Männer daran festgebunden und ausgepeitscht. Rams Vater, der sich geweigert hatte, auf dem Bauch zu kriechen, war gleichfalls ausgepeitscht worden. Rose war erschrocken, obwohl Ram – das Schattenmuster der sich bewegenden Blätter auf dem Gesicht – sich daraus genausowenig zu machen schien wie aus der Enthauptung von Anne Boleyn.

»Aber macht es dir denn gar nichts aus?« Sie wollte es unbedingt wissen.

»Warum vor Wut schäumen über etwas, woran man doch nichts ändern kann?« Eines Nachmittags erzählte er ihr dann mit ganz natürlicher Alltagsstimme, er habe eine Frau und ein kleines Kind. Der Schock machte sie sprachlos. Doch nach einigem Schweigen fing sie dann an, mit einer Stimme, von der sie hoffte, daß es *ihre* natürliche Alltagsstimme sei, Fragen nach ihnen zu stellen. Im Geiste versuchte sie, mit diesem neuerlichen Aufruhr in ihrem Kopf und mit der Tatsache fertig zu werden, daß sie es mit einem Mann zu tun hatte, der ihr von Brautwerbung sprach, obwohl er bereits verheiratet und Vater eines Kindes war.

»Un' wie alt ist das Kind?«

»Es ist vorigen Monat geboren worden. Mein Vater hat mir die Nachricht von seiner Geburt telegrafiert.«

»Dann hast du es noch nicht mal gesehen!«

Inzwischen brauchte er sie nicht mehr zu umwerben. Sie war in einen emotionalen Irrgarten geraten und wurde wider Willen immer weiter hineingezogen, obwohl Ram nichts weiter tat, als ganze zwei Wochen nur ihre Hand zu halten, ehe er sie – das Opfer ganz beiläufiger und völlig unüberlegter Zauberei – bat, seine Frau zu werden. Immerhin verriet es, welch weiten Weg sie mittlerweile zurückgelegt hatte, daß sie mit fast versagender Stimme nur fragen konnte: »Wie sollen wir heiraten, wo du doch schon verheiratet bist«?

»Meine Religion gestattet einem Mann, mehr als nur eine Frau zu haben.«

Die saftige Antwort, mit der sie früher darauf reagiert hätte, kam ihr gar nicht erst über die Lippen. Sie bewegte sich auf unbekanntem Gelände und hatte die Orientierung verloren; sie wußte nicht, wie sie nach Hause zurückfinden sollte. Sie mußte ihn heiraten – ein genauso gesunder Wunsch, das wußte sie, wie von einer Gangway in die tiefe blaue See hineinzuspazieren. Als sie ihre Stimme wiederfand, geschah das, um ihn zu fragen: »Aber was ist mit deinem Vater?« Und endlich einmal wußte Ram keine Antwort.

Ihre Mutter, die auf die frohe Nachricht von Rams Abreise wartete, war verzweifelt über Roses Entschluß, mit ihm zu gehen.

»Wahrscheinlich bleibt dir gar nichts anderes übrig, und er hat dir keine Wahl gelassen...«

»Ach, Mum, so ist das überhaupt nicht.«

»Wie kannst du einen Mann heiraten, der schon verheiratet ist? Er wird dich rauswerfen, wenn er genug von dir hat; nicht mal Christ ist er. Und wer soll dich da draußen beschützen?«

Arme Mum, die überhaupt nicht mehr wußte, wo ihr der Kopf stand, und die alles doppelt laut sagen mußte, weil Dad zu traurig und zu verwirrt war, um überhaupt etwas zu sagen. Vor allem nachdem Freddie Arbeit in der

Flaschenfabrik gefunden hatte und einen schönen sicheren Job hatte und alles. Rose war genauso durcheinander wie ihre Mutter und genauso fassungslos wie ihr Vater und konnte nicht erklären, was sie tat. Sie wußte nicht mehr, was mit ihr los war, und kannte sich selbst nicht mehr wieder. Ihre Eltern zu verlassen war die einzige bewußt grausame Tat, deren sie sich je im Leben schuldig gemacht hatte. Aus dem Traum ihrer Eltern von sicherer Zukunft und Reichtum schien wirklich nie etwas zu werden, und jetzt ließ auch die Tochter sie noch im Stich, entzog sich ihnen die einzig greifbare Sicherheit, die sie kannten. Rose weinte bitterlich, als sie sich Lebewohl sagten, doch in ihrem Entschluß fortzugehen, war sie – merkwürdig – nie wankend geworden. Leichter war es gewesen, sich von Freddie zu verabschieden, dem einzigen Menschen, der das Schicksalhafte an ihrer Begegnung mit Ram erkannte – Ram selbst erkannte es übrigens auch nicht. Sie fühlte sich von jeder Schuld freigesprochen, als er sehnsüchtig sagte: »Ich hab' von Anfang an gewußt, daß du nichts für mich bist, Rosie, ein Mädchen mit deinem Aussehen, und dann kommt dieser Kerl daher – na ja, es war, als ob du bloß darauf gewartet hättest, daß es passiert.«

Zusammen waren sie und Ram nach Indien gereist und hatten sich die ersten paar Tage dauernd gestritten – immer über seine Versuche, mit ihr zu schlafen. Er war schlecht gelaunt und gereizt, starrte stundenlang aufs Meer hinaus, bis er eines Abends vor der Tür ihrer Kabine ihr Gesicht mit beiden Händen umfaßte und sagte: »Ich verstehe dich, Rose, ich verstehe dich ja.« Sie hatte ausgerufen: »Ach, Liebling, wirklich?« und sich ihm dankbar und leidenschaftlich in die Arme geworfen, um sich dann überstürzt wieder daraus zu befreien, denn zwei Körper waren nun mal zwei Körper und Wärme war Wärme, und sie liebte ihn sehr.

Eine volantbesetzte Tüllgardine blähte sich zitternd und bauschte sich nahe bei Roses Bett in den Raum hinein. Der Lufthauch, der ihr übers Gesicht strich, weckte sie. Doch sie zögerte, der Gegenwart ins Auge zu blicken, und ließ sich zurücktreiben in einen Halbschlaf. Komisch, wenn sie darüber nachdachte, daß sie sich Ram vom Leib gehalten hatte, bis sie verheiratet gewesen waren – denn am Ende war es doch nie zu einer Trauung gekommen, die sie oder ihre Eltern als wirklich rechtmäßig betrachtet hätten; schließlich hatte er bereits eine Frau. Doch ihn sich vom Leib zu halten hatte sehr wenig damit zu tun gehabt, ihre Jungfräulichkeit zu bewahren. Für sie war das vielmehr die einzige Möglichkeit gewesen, ihm zu zeigen, daß sie einen eigenen Kopf und eigene Gefühle hatte. In den Jahren hinterher hatte es reichlich Gelegenheiten gegeben, da die düsteren Prophezeiungen ihrer Mutter sich hätten bewahrheiten können – hätte er nicht vorher gelernt, sie als die Persönlichkeit zu achten, die sie war; denn Ram war ein Mann, der weibliches Fleisch sehr wohl schätzte. Und komisch auch, daß sie aufgehört hatte, sich Gedanken darüber zu machen, ob ihre Ehe christlich-legal war oder nicht. Die Heiligkeit altehrwürdiger Tradition hatte nicht vermocht, Ram an seine erste Frau zu binden und gebunden zu halten. Er hatte Rose die umständliche Hochzeitszeremonie geschildert, die sich über Stunden hingezogen und in der sorgfältig ausgewählten zweiten Tagesstunde einer schweißtreibenden Mainacht begonnen hatte. Priester hatten lange über Horoskopen gebrütet und Tag und Stunde ausgewählt. Jede Einzelheit war so geplant, daß sie den Sternen nicht zuwiderlief. Zur Zeremonie hatten Weihrauch und Blumen, Reis, Butter, im Singsang heilige Texte vortragende Priester und das Umschreiten eines Feuers gehört; Hunderte von Gästen waren als Zeugen geladen gewesen. Wenn all das keine Gewähr gegen ein Scheitern bedeutete, was dann? Rose hatte ihre Zukunft auf das gegründet, worauf sie am meisten vertraute, ihren Instinkt, und der hatte sie nicht getrogen. Sie hatte an die romantische Liebe geglaubt, und die hatte sie erlebt – freilich ganz anders, als sie sie sich vorgestellt hatte: keine Hochzeit, die damit begann, daß sie selbst in weiße

Spitzen gehüllt, ein Bukett mit Frühlingsblüten im Arm, vor den Traualtar trat und sagte: »Ich, Rose, nehme dich, Ram, zum Manne.« Die Wirklichkeit sah so aus, daß sie einen Sari trug, mit dem sie kaum zurechtkam, ihre Beine sich unter ihr verkrampften und ihre Füße kribbelten, als wären sie eingeschlafen. Daß ihr die Hitze des Feuers ins Gesicht schlug, wenn der Priester seinen nasalen Singsang unterbrach, um dieses und jenes hineinzustreuen; und daß sie die Ohren voll hatte von fremdländischen Lauten. Und schließlich, als sie vor Erschöpfung fast den Verstand zu verlieren drohte, das Frau-Werden. Wenn auch nichts so gewesen war, wie sie es sich ausgemalt hatte, so galt das auch für nichts sonst später – bis auf Rams Vater.

Spät, aber heiter gestimmt, trafen sie nach einer langen staubigen Eisenbahnfahrt von Bombay, wo das Schiff angelegt hatte, in dem Hause ein. Dort hatten sie unverzüglich das Zimmer seines Vaters aufgesucht. Ein Teil der Strohmatten war mit einem weißen Tuch bedeckt. Mit untergeschlagenen Beinen saß er darauf vor einem niedrigen Tisch und blätterte die Seiten von etwas um, das aussah wie ein Schulheft mit vielen Zahlenreihen. Er hob das ausgemergelte Gesicht mit dem freudlosen Blick, sagte, ohne die Stimme zu erheben: »Schaff mir diese Frau aus den Augen!« und wandte sich wieder seinen Zahlen zu.

Sie und Mona, Rams Frau, wohnten in verschiedenen Stockwerken – doch die Stimmen, durch was die Stimmen nicht alles hindurchdrangen! Die erste, so erinnerte Rose sich, war die von Monas Priester, der ein endloses Dankgebet für Rams glückliche Heimkehr sprach. Und dann Monas Stimme, wie sie zwischen Küche und Hof hin- und hereilenden Dienstboten Anweisungen gab, wie sie einmal die Woche das Austeilen von Essen an die Bettler beaufsichtigte, die Stimme der Herrin des Hauses, wer immer sonst in diesem Hause noch leben mochte. Außerdem gab es jede Woche einen Tag, da die Hausherrin für ein langes Leben und Wohlstand ihres Gatten fastete. Und neben Fasten und Gebeten gab es Monas lautes, hemmungsloses Weinen.

Sonali stellte ihren Wagen unter einem Baum ab, stieg die Treppe hinauf, ging den Korridor hinunter, der zu Roses Zimmer führte, und dachte daran, wie hinreißend Rose ausgesehen hatte, als sie sie kennenlernte: weiße Haut und rotes Haar, wie Milch und Blut. Auch jetzt schienen Schminke und Puder, die jede andere Frau nur älter gemacht hätten, bei ihr eine auffallende Unschuld zu betonen, wie sie eine Frau in Roses Alter gar nicht haben konnte. Fast jeder, der die füllige Frau, die ihre mittleren Jahre bereits hinter sich hatte, sah, mußte unwillkürlich an ihre verschwundene Jugend und Schlankheit denken. Es bedurfte kaum mehr als eines Lächelns, und schon erwachte eine junge, strahlende Rose vor dem ahnungslosen Fremden. Nicht einmal bei ihrer Art zu reden – heute nach einem zusätzlichen Glas Gin häufig umständlich und zu Wiederholungen neigend – konnte man sich des Gefühls erwehren, hier habe sich alles gegen das natürliche Älterwerden gewehrt. Rose war zu einer Legende geworden, und das nicht, weil englische Frauen selten gewesen wären.

Sonali klopfte, drückte geräuschlos die Klinke hinunter und trat ein. Daß Rose schlief, versetzte ihr einen kleinen Schock. Es war kaum zwei Monate her, daß sie sich das letztemal gesehen hatten, doch das Strahlen, an das Sonali sich erinnerte, mußte aus früheren Zeiten stammen. Die Rose, die da vor ihr lag, war fast eine alte Frau und ließ Sonali daran denken, wieviel von ihrem eigenen Leben bereits verstrichen war. Mit dreiundsechzig hat man nicht mehr viel vor sich, aber mit achtunddreißig noch weniger. Sie fing die pinkfarbene Wolldecke auf, die vom Bett herunterrutschte, woraufhin Rose sich rührte und erwachte. Sie setzte sich auf und streckte Sonali die Arme entgegen.

»Aber, aber, meine Liebe – hast du mir nicht gesagt, es ginge dir gut? Du bist ja kaum mehr als Haut und Knochen.«

Mütterliche Wärme ging von ihr aus und umschloß Sonali mit einer schützenden Hülle von Fürsorge.

»Es ist schon spät, Rose. Beeil dich! Die Grundsteinlegung fängt bald an«, drängte Sonali.

Sonali hatte den Minister seit seinem Abflug ins Ausland nicht mehr gesehen, doch jetzt war es, als sähe sie ihn zum erstenmal. Das lange graue Haar und die lange Nase, die ihm ein Fluidum von sauertöpfischer Gelehrsamkeit verliehen, waren ihr durchaus vertraut. Er stand im Ruf der Frömmigkeit, galt als überaus kultivierter, tiefreligiöser Mensch, als Gönner der Priester und Astrologen und als Almosenspender für die Armen. Bei der täglichen *durbar* in seinem Hause berührten die Menschen seine Füße, eine Begrüßung, die er billigte. All das wußte sie zwar, doch bisher hatte sie ihn als Individuum in seinem Büro gesehen, das hinter seinem Schreibtisch saß und arbeitete, nicht so, wie sie ihn jetzt sah, als den Politiker, der sich im Glanz des öffentlichen Auftritts sonnte. Man hatte Willkommensbögen für ihn errichtet, und aus Neu-Delhi hatte man mit Lastwagen Schulkinder herbeigeschafft, die Wimpel mit der Aufschrift ›Sie stellte sich zwischen Ordnung und Chaos‹ schwenkten und Lieder zum Lob des Ausnahmezustands sangen, als der Minister aus seinem Wagen auf den roten Teppich stieg, der ganz bis zum baldachinbedeckten Podium entrollt worden war. Sonali hatte schon andere Grundsteinlegungen erlebt, dabei jedoch nur halb zugeschaut und mit halbem Ohr zugehört, während sie hin und her geschossen war und sich um den organisatorischen Ablauf gekümmert hatte. Diesmal hatte sie Muße, sich die Veranstalter anzusehen. Der von Menschen gebildete Korridor hatte die Hände fest zusammengelegt und die Augen wie gebannt auf den Minister gerichtet, doch ein paar Enthusiasten durchbrachen die Reihe und krochen voran, um seine Füße zu berühren, wobei sie sich auf dem kurzen Weg auch noch gegenseitig anrempelten. Verwirrung breitete sich aus, als sein Gefolge aus den Autos hervorstolperte, das dem seinen folgte. Einer seiner Gefolgsleute wäre ums Haar gestrauchelt und hingeschlagen, hätte der Sicherheitsbeamte hinter ihm ihn nicht am Rücken seiner *kurta* gepackt und ihn mit geübtem Griff wieder auf die Beine gestellt. Sekundenlang drohte das Chaos, dem der Ausnahmezustand entgegenwirken sollte, die ganze Szene zu überrollen, bis die Sicherheitsbeamten, deren Taschen vor lauter Revolvern dick vorstanden, vorwärts drängten, um ihm sicheren Durchgang zu verschaffen, so daß der Korridor aus Menschenleibern erleichtert aufatmete und murmelte, Gott sei Dank, das wäre geschafft, neuerdings weiß man ja nie, und die Feinde des Volkes lauern überall. Ein beseligendes Lächeln um den Mund, kam der Minister aus dem Durcheinander heraus und setzte, von Dev geleitet, seinen würdigen Gang auf das Podium zu weiter fort. Köpfe drehten sich, da er vorüberging, und wurden zum Profil, ein einziger ägyptischer Fries, der den Würdenträger hingerissen betrachtete, ehe er wieder nach vorn zurückschnellte. Der Hauch der Lobhudelei begleitete ihn bis zu den Topfpflanzen auf dem Podium, wo ein zurückhaltender, aber zustimmender Applaus ihn für seine Ankunft belohnte. Auf der anderen Straßenseite, dunkel vor der Sonne, hoben Bauarbeiterinnen ihre kleinen Kinder in die Höhe, die fein gefältelten Röcke umwogten ihre Fesseln, und sie gingen davon. Nur Roses handloser Bettler blieb zurück.

»Man hat das Gefühl, dem schmilzt die Butter im Munde nicht«, flüsterte Rose, als der Minister Nishi und die anderen Ehrengäste auf dem Podest begrüßte. »Jetzt, wo er das Geld in Wien oder wo er sonst gewesen ist, in Sicherheit gebracht hat, kann er seine Gedanken ruhig Gott zuwenden.«

»Er kommt zwar gerade aus Wien«, stimmte Sonali zu, »doch dachte ich, unrechtmäßige Gewinne bringt man in der Schweiz unter.«

»Ach, wo auch immer, ich weiß nicht. Warte mal, ich habe gehört, wie sie sich darüber unterhielten. In Venedig... nein, in Venezuela, ja, das ist es.«

»Aber der Minister ist nicht in Venezuela gewesen.«

»Er war in Wien, aber verabredet war, daß das Geld auf ein Konto in Venezuela eingezahlt wurde.«

»Er sammelt Spenden für seine Partei. Das ist allgemein bekannt.«

»Wenn das Geld für die Partei sein sollte, was soll es dann in Venedig... in Venezuela, mein' ich?« hielt Rose dem entgegen.

Der in der ersten Reihe auf dem Podium sitzende Kachru schien in ausgezeichneter geistiger Verfassung; er war zur rechten Zeit am rechten Ort, und die Dinge vollzogen sich genau in der von ihm vorgesehenen Reihenfolge. Nie waren seine Überlebensfähigkeiten so auffällig zutage getreten, dachte Sonali; er wirkte ganz als Zuschauer bei einem Ereignis, das gewiß von ihm bis ins Detail geplant worden war. Eine andere Erklärung gab es nicht für die Tatsache, daß sie aus ihrer Stellung herausgehebelt worden war – weder für ihn noch für sonst jemand. Dev erhob sich, um den Minister willkommen zu heißen und ihm zu sagen, wie glücklich es ihn mache, daß der Grundstein für die Happyola-Fabrik von keiner anderen Persönlichkeit gelegt werde als von ihm, dessen Namen gleichbedeutend sei mit Religion, Tradition und moralischen Werten, aber, wie er gleich hinzusetzen wolle, auch gleichbedeutend mit der Moderne; das beweise schon seine väterliche Liebe und seine nie ermüdende Anteilnahme am Entstehen des Happyola-Projekts, ohne die es nie zu diesem glücklichen Tag hätte kommen können. Dev zog ein Taschentuch und putzte sich die Nase. Stellvertretend für seinen Vater, der ernstlich erkrankt daniederliege und für den dieser Tag gleichfalls der glücklichste seines Lebens gewesen wäre, heiße er nunmehr den Ehrenwerten Herrn Minister doppelt herzlich, tief bewegt und von Sohnesliebe erfüllt willkommen. Als nächster ergriff der Minister das

Wort und sprach in honigsüßem, einschmeichelndem Hindi über die Veden, über den immerwährend strahlenden Glanz der indischen Vergangenheit und das verpflichtende Erbe, von dem hohen Stellenwert, den Selbstlosigkeit und Opferbereitschaft in Indiens Tradition einnehmen, und der nicht minder strahlenden Zukunft des Landes, die durch den Ausnahmezustand gewährleistet werde. Er wolle die Zeit der Zuhörer nicht über Gebühr strapazieren und nur bis auf das Jahr 1917 zurückgehen, da er in Champaran im Bundesstaat Bihar zum erstenmal Mahatma Gandhi erlebt habe, als dieser dort unter den Indigo-Arbeitern den Champaraner *Satyagraha* organisierte. Der Mahatma habe ihn dahingehend erleuchtet, seinen Beruf als Anwalt und das Leben im Luxus aufzugeben und als Schüler demütig in seine Fußstapfen zu treten. Bis heute sei er ein einfacher Nachfolger Gandhis geblieben, auch wenn sein Lebensweg ihn vom Mahatma zu Madame Gandhi geführt habe. Gleichwohl sei er nur ein Staubkorn zu ihren Füßen, genauso, wie er es zu Füßen des Mahatma gewesen. Dann breitete der Minister die Jahrzehnte seiner Jüngerschaft vor ihnen aus, verlieh seiner Freude darüber Ausdruck, welchen Dienst er seinem Vaterland als Minister leisten dürfe, und so Gott und Madame es wollten, werde er bis zu seinem Todestag im Kabinett seine Pflicht tun. Nun jedoch ein Wort zu dem Ausnahmezustand, der bei seiner Ankunft auf so zartfühlende Weise im Liede dargestellt worden sei. Jetzt, da der Ausnahmezustand der Schuldknechtschaft und anderen gesellschaftlichen Übeln ein Ende bereite, erwarte auch die schwächeren Schichten der Gesellschaft ein neues Zeitalter des Aufstiegs und des Wohlstands. Der Minister ließ den Blick über seine Zuhörer schweifen. Wenn er um sich blicke, so sagte er, sehe er Menschen, die besser genährt und besser gekleidet wären als je zuvor. Dieser Eindruck habe sich auf seinen Reisen durch das Land bestätigt. Darüber solle jedoch nicht vergessen werden, daß die Sorge der Regierung vordringlich den Schwachen und Armen, den Unterdrückten und den

Benachteiligten gelte. Grundlegende Veränderungen seien das Gebot der Stunde; die jedoch seien nur mit Hilfe einer Partei und einer Führung durchzusetzen. Zum Schluß warnte er, noch sei es nicht gelungen, allen gerechten Interessen zum Durchbruch zu verhelfen. Linke Abenteurer und rechte Reaktionäre warteten nur auf die nächste Gelegenheit, das Chaos zu verbreiten, doch die große Führerin, die nie verfehlt habe, die Feinde des Volkes zu vernichten, sei auf der Hut – und mit diesen Worten sei es ihm ein Vergnügen, den Grundstein zu legen für das Happyola-Werk, ein glückverheißendes Zeichen für die strahlende Zukunft des Landes.

»Wohl mehr für seine eigene strahlende Zukunft«, brummte Rose, während er den Grundstein legte.

Wächter umgaben aufgeregt die VIPs und schwirrten um sie herum, als diese vom Podest herunterstiegen und sich zu dem Pavillon begaben, in dem Kaffee gereicht wurde.

»Ich verbrenn' mir bei diesen Leuten mit Sicherheit den Mund«, sagte Rose. »Laß uns zurückkehren ins Haus.«

»Es ist kein Geheimnis, daß er Spenden sammelt«, sagte Sonali, nachdem sie sich mit einer Tasse Kaffee in Roses Zimmer niedergelassen hatte, »aber ob das mit Venezuela stimmt, weiß ich nicht recht.«

»Die das Geld sammelt, ist seine Schwiegertochter. Dev ist mit einem ganzen Koffer voll bei ihr gewesen. Ich habe gehört, wie er davon erzählte. Nicht mal zählen tut sie's. Sie braucht es bloß in die Hand zu nehmen, un' sie weiß genau, wieviel es ist. Der Geldschrank steht bei ihr im Schlafzimmer. Sie hat auf ihrem Bett gesessen un' die Bündel mit den Scheinen eins nach dem anderen reingeworfen. Un' bei der Übung, die sie darin hat, muß sie ziemlich zielsicher sein.«

»Hat Dev dir das erzählt?«

»Dev würde mir nie was erzählen. Ich hörte, wie er anfing, davon zu erzählen, als ich rausging, um dem Bettler was zu essen zu geben; an dem Abend, als der Happyola-Mann zum Dinner kam, war das. Un' als ich zurückkam, hatten sie das Thema immer noch beim Wickel. Aber das ist nicht alles. Nachdem sie das Geld in ihren Safe geworfen hatte un' im Schneidersitz auf ihrem Bett hockte, un' es genau die Summe war, die sie verlangt hatte – erst da ist sie damit rausgerückt, daß das nicht genug sei, un' der Rest müsse im Ausland bereitgestellt werden, wenn er die Happyola-Lizenz wirklich haben wolle.«

»Und hat Dev mehr aufgetrieben?«

»Es ist Rams Geld, das er aufgetrieben hat; er selbst hat nie auch nur einen Heller verdient, das weißt du doch. Aber die zusätzliche Summe kam von dem Happyola-Mann, Mr. Neumann. Für die Happyola ist das Kleinkram, un' so sind jetzt alle glücklich: Dev un' Neumann un' Shirimuti auf ihrem *charpoy*, wie sie Geldbündel in der Hand wiegt.«

»Wie hast du das nur alles mitbekommen?«

»Sie reden dauernd über so was. Da kriege ich natürlich einiges mit. Un' auf Devs Partys geht das weiter – warum sonst sollten Auto- un' Maschinenteile für die Happyola-Fabrik eintreffen? Ich hab' gehört, wie Dev einem seiner Kumpane davon erzählte.«

Das jedenfalls erklärte, wieso Happyola, ein Kind des Ausnahmezustands, mit einer Blanko-Einfuhrgenehmigung unten im Keller verbotene Güter für die Autoherstellung lagern konnte, während oben Maschinen eine braune Brauselimonade herstellten.

»Was mich beunruhigt«, sagte Rose, »ist, daß ich nicht weiß, wie die Rechtslage ist, falls Ram was zustößt. Er hat nie ein Testament gemacht. Wir sind eine Großfamilie, und Dev bedient sich schon jetzt mit Rams Geld.«

»Hast du schon einen Anwalt konsultiert?«

»Es gibt da einen Familienanwalt, aber mit dem könnte ich nicht offen über Dev reden. Wen kann man heutzutage schon konsultieren? Das ist heute ja alles ganz anders als früher. Neulich abend war der neue Arzt da, den Dev aufgetrieben hat. Er hat Ram untersucht, un' Dev hat ihn eingeladen, zum Dinner zu bleiben. Es war eine Party, un' sie hatten alle schon eine ganze Menge intus, un' der Arzt redete von einem Patienten un' dessen Leber, Lunge oder Nieren, was weiß ich, als wäre es Fleisch in einem Metzgerladen. Ich kann dir gar nicht sagen, was für Gefühle das in mir ausgelöst hat.«

Sonali, die sich immer noch von dem Schock erholte, daß Happyola über Autoteilen schäumte, spürte, wie ihr Herz schneller schlug bei dem Gedanken daran, daß der Arzt durch den Whisky zu einem Gesellschaftsraubtier gemacht wurde, indem auf erschreckende Weise selbst seine medizinische Auffassung vom Alkohol beeinflußt wurde, während Rose beobachtete und zuhörte.

»Wir haben früher auch getrunken«, sagte Rose, »aber wir haben uns auch unterhalten, anständig. Devs Gäste trinken und grölen. Ich wollte dem Arzt sagen, er soll aufhören, so zu reden. Nicht, daß er lauter gewesen wäre als alle andern; man mußte ja schreien, um gehört zu werden, un' er *hat* laut alles rausposaunt über irgendeinen Patienten von ihm. Nur hörte sich das mehr so an, als versuchte er, ihn umzubringen, statt zu heilen. Er sagte, es wär' durchaus möglich, ihn zu erledigen, ja, genau das hat er gesagt, ihn mit Salztabletten zu erledigen, ganz gewöhnlichem Salz statt einer Medizin; denn gewöhnliches Salz in ausreichend hohen Dosen könnte einen Menschen in seinem Zustand umbringen. Sonali, warum siehst du mich so an?«

»Über wen haben sie geredet, Rose?«

»Das weiß ich nicht. Es war ein solcher Pöbelhaufen, un' sie redeten von Politik, un' dabei kam das auf.«

Dabei hatte sie sich umgedreht und gesehen, daß Rose die Augen auf sie gerichtet hatte, und gewußt, daß sie zuhörte, wie ein Arztschlächter ein erschreckend einfaches Mittel verschrieb, mit dem man einen Tod hinter Gittern herbeiführte, was dann zur Folge hatte, daß zwei Tage zu nationalen Trauertagen für einen alten und fehlgeleiteten Freiheitskämpfer erklärt wurden, der bedauerlicherweise im Gefängnis an Altersschwäche gestorben war.

Einigermaßen beklommen sagte Sonali: »Ich werde so schnell wie möglich mit einem Anwalt für dich reden. Neel kennt bestimmt einen.«

»Ravi war an dem Abend dabei«, erinnerte Rose sich.

»Der ist überall. Auf den kann keiner verzichten.«

»Ravi hat einfach nicht genug rotes Blut in den Adern, das ist sein Problem. Es war sehr vernünftig von dir, ihn nicht zu heiraten«, sagte Rose.

Und als Sonali sich erhob, um zu gehen, sagte Rose noch: »Können wir denn für den Bettler keine Handprothese bekommen, Sonali? Ohne künstliche Hände kann er überhaupt nicht arbeiten.«

# KAPITEL 4

Ich wollte, daß mein Teil des Hauses möglichst anders aussah als der von Kiran und Neel; allerdings ging das auch nicht anders, denn ich hatte schließlich nicht soviel Einkommen wie sie. Ich wäre froh gewesen, wenn ich mehr hätte ausgeben können. Ein Journalist hatte mir nach einem Interview mit dem Verteidigungsminister in dessen Haus einmal gesagt: »So ein bescheidener Mann. Er lebt wie jeder andere Mittelschichtangehörige mit Familie.« Zu viele der bescheidenen Männer und Frauen, die – zusammen mit ihren Söhnen und Töchtern, Schwiegersöhnen, Schwiegertöchtern und besten Freunden – über uns herrschen, haben uns anderen für immer jede Bescheidenheit ausgetrieben. Auf jeden Fall sind Armut und Bescheidenheit etwas für die, die mehr als genug haben. Die Inder versuchen, ihren Anteil an den Gütern dieser Erde zu ergattern. Ich wollte nicht mehr als Zimmer, die zu mir passen. Jede Art von Protz ist mir zuwider. Ich glaube, einer der Gründe, warum ich nie geheiratet habe, waren die Hochzeiten, die ich als Kind erlebt hatte. Nie werde ich die von Bimmie vergessen, die erst sechzehn war und noch in die zehnte Klasse der Klosterschule ging, die auch Kiran und ich, die wir viel jünger waren, besuchten. Weil wir mit unseren Eltern viel zu spät losgefahren waren, wurde unser Auto an diesem Septemberabend von der langen und sich windenden Autokolonne des Bräutigams eingekeilt. Wir kamen nur mit beklemmender Langsamkeit voran und mußten alle paar Minuten direkt neben der Musikkapelle in roten Uniformen mit Silberborten und -litzen auf der einen Seite und Männern mit Gaslaternen, die von langen Stangen auf ihren Schultern herunterhingen, auf der anderen halten. Bäume glitten in den Lichtkegel und zogen sich, als wir vorüberfuhren, wieder ins Dunkel zurück; Schlaginstrumente blitzten im grellen Licht von Acetylenscheinwerfern. Hätte ich die Hand ausgestreckt, ich hätte die aufgeblähten Backen eines Trompeters berühren können. Ich sah, wie ihm der Schweiß übers Gesicht perlte und das Haaröl den Rand seiner Kappe dunkel färbte. Seine Trompete kreischte in eintönigen Ausbrüchen über dem Mißklang von Zimbel und Trommel auf, die weiter vorn auf der Straße geschlagen wurden; die gesamte unmelodiöse Dissonanz war gefangen in heißem grellen Flimmern. Ganze Breitseiten von schrillen Tönen brachen sich Bahn, zerrissen die Luft draußen und prallten in einem Tohuwabohu von Lärm und Getöse aufeinander, das dermaßen überwältigend war, daß ich mir die Ohren zuhalten mußte. Es war eine Erleichterung, als es uns endlich gelang, uns aus der Autokolonne herauszumanövrieren und über eine andere Straße zum Haus der Braut zu gelangen.

»Was für ein Radau! Sie müssen aber auch immer übertreiben!« beklagte meine Mutter sich, als wir durch die Tore in den überhell in allen Regenbogenfarben erleuchteten Garten hineinfuhren. »Pandschabis haben eben keinen Geschmack.«

Kiran und ich folgten ihr in den Raum, in dem die Braut, die aussah wie ein Zelt, wartete. Ich konnte ihr Gesicht unter dem blutroten und goldenen Sari, den man ihr tief über die Stirn gezogen hatte, nicht sehen, doch hingen meine Augen ohnehin wie gebannt an ihren Händen, die spinnwebgleich mit feinen Goldkettchen überzogen waren, einem regelrechten Fadenspielgewirr, das mit Ringen an ihren Fingern verbunden war. Eine wichtigtuerische Verwandte zog Bimmies Sari vor ihrem Gesicht auseinander, um meiner Mutter dicke Stränge von Goldketten zu zeigen, die unter den funkelnden roten und grünen Steinen an ihrem Hals prangten. Ich brachte etwas so Rotes und Grünes und Großes nicht mit Rubinen und Smaragden in Verbindung und fragte die Wichtigtuerin, ob es sich bei diesen dicken Klunkern wirklich um solche kostbaren Edelsteine handele, woraufhin diese zu meiner erbost mich anfunkelnden Mutter gewandt sagte: »Ist sie nicht ein kluges Köpfchen?« – »Sonali, benimm dich!« Ich jedoch war fasziniert von Bimmies Nasenring, den Sandelpasten-Flecken auf dem Gesicht, den niedergeschlagenen Augen und ihren handfesselbewehrten Händen, die sie unterwürfig auf der roten Seide auf ihrem Schoß ruhen ließ. Das konnte doch nicht Bimmie sein! »Hallo, Bimmie!« zischte ich. Sie sah auf, und sie war es in diesem Zelt, mit den Ketten an Fingern und Händen, den Farbflecken im Gesicht – meine Schulkameradin Bimmie und niemand anders. Klagelaute wallten in mir auf und brachen wie Donnerschläge aus mir heraus. »Du kannst dich auf eine tüchtige Tracht Prügel gefaßt machen, wenn wir nach Hause kommen, Sonali. Ich weiß nicht, was in dich gefahren ist.« Die Wichtigtuerin überbot sich in ihrer Beflissenheit und sagte: »Du wirst auch noch an die Reihe kommen, kleiner Liebling, keine Sorge«, während andere Wichtigtuerinnen an Bimmie herumzupften, ihr den Kopf hochschoben, sich an ihren Spangen und Ketten zu schaffen machten, ihr die Wangen streichelten und ihr süßes gefügiges Wesen priesen. Das machte mir deutlich, daß sie keine Ahnung hatten, wie Bimmie eigentlich war, und sie nur versehentlich eingefangen und als wandelndes Zelt hergerichtet hatten. Mein klagender Protest trug nicht dazu bei, Bimmies Zukunft fernzuhalten. Diese konnte ich trotz des Lärms, den ich selbst vollführte, unter Trompetengeschmetter und Trommelgedröhn heranrücken hören. Trompetenstöße verkündeten ihr Eintreffen, und alles stürmte aufgeregt hinaus auf die Freitreppe, um sie willkommen zu heißen. Nur einige wenige blieben zurück, um Bimmie hinauszugeleiten, die so langsam voranschritt, als wäre sie plötzlich uralt geworden, den Kopf hängen ließ und den Sari übers Gesicht gezogen hielt. Bimmie! Mein Herz war plötzlich schwer wie ein Stein.

»Kirans Hochzeit wird nicht so werden, nicht wahr?« setzte ich meiner Mutter auf der Heimfahrt zu.

»Aber wo denkst du hin? Wir sind schließlich keine Pandschabis. Und deine auch nicht.«

»Was sind wir denn?«

»Du weißt ganz genau, was wir sind, also stell keine dummen Fragen.«

Das Haus gehörte meiner Mutter, und folglich herrschte darin die Kultur meiner Mutter. Wir waren also Kaschmiri, und das Kaschmirtum entfaltet sich um so machtvoller, als es ein völlig imaginäres Gebiet bewohnt. Die Völkerwanderung aus dem Kaschmirtal an den Hof der Moguln in Agra, zu der es vor drei Jahrhunderten gekommen war, hätte genausogut vor drei Minuten stattgefunden haben können. Unsere Sitten und Gebräuche, unser Essen und unsere Hautfarbe könnten frisch aus dem Kaschmirtal herübergeholt worden sein. Sämtliche Lekkerbissen aus Papas Heimatstaat Maharaschtra gingen an uns vorüber, und es wäre dumm gewesen zu fragen, warum, denn welcher Kaschmiri würde, sofern er richtig im Kopf ist, etwas anderes essen als kaschmirisches Essen? Hohe Kastenzugehörigkeit – alle kaschmirischen Hindus waren Brahmanen – und ihr Nutzen als Verwaltungsbeamte für die räuberischen Invasoren müssen es gewesen sein, die sie davor bewahrten, von den in Kaschmir eingefallenen Afghanen abgeschlachtet oder zum Islam bekehrt zu werden. Der Kampf ums Überleben schmiedete sie zusammen, machte Gewinn und Verlust zur Grundlage von Macht und Einfluß und verlieh einer der ältesten Aristokratien der Erde die Aura königlicher Herablassung den Bewohnern der indischen Ebenen gegenüber. Außerdem hatten die Kaschmiri Indien seit der Unabhängigkeit regiert; folglich hatten sie – ich meine, hatten *wir* – ein Recht darauf, selbstgefällig zu sein und uns als etwas Besonderes zu fühlen. Doch ob Kaschmiri oder nicht – vor einer Verheiratung gab es kein Entrinnen. Das war es, worum sich im Leben alles drehte, von Kabul bis zum Meer.

»Ein passender junger Mann für Sonali« – wenn dieser Satz fiel, packte mich im Alter von zwölf, dreizehn Jahren helles Entsetzen, und ich gebärdete mich wie eine Furie. »Aber wirklich, Sonali, du brauchst dich doch nicht gleich wie eine *jungli* aufzuführen, sobald von Heirat die Rede ist. Kein Mensch zwingt dich zu was.« Kein Mensch zwang mich. Nur lauerten sie alle darauf, mich zu fangen wie einen fliegenden Fisch, der aus den Wellen in die Höhe schießt – so wie man Bimmie gefangen hatte, mitten in der Luft, als sie einen Basketball ins Netz warf –, warteten darauf, ›Ha, jetzt haben wir dich!‹ zu sagen und ein süßes gefügiges Wesen aus mir zu machen. Und als Kachru sich als ›der passende junge Mann‹ erwies, wurde ich, als ich durchs Zimmer ging, von den Blicken seiner Mutter eingefangen und wie ein Schmetterling aufgespießt. Bhabi-jän, wie Kachru und wir anderen alle sie nannten, drückte mich mit dem wissenden Blick an sich, der da besagte: ›Zukunft geklärt‹, und das heitere Lächeln in ihrem Gesicht schien bereits über Schwangerschaften zu wachen.

Mich mitzunehmen zu ihrer Mata-ji war die Art meiner Mutter, mich zum Gesetztwerden zu bringen – als ob ich ein abnorm aufgegangener Teig wäre, den eine heiligmäßige Gegenwart schrumpfen lassen und in die richtige Form zusammendrücken konnte.

»Was hat sie getan, um eine Heilige zu werden?«

»Getan hat sie nichts. Heilige sind Heilige, weil sie gut und heilig sind. Sie beten und denken an Gott. Und stell keine albernen Fragen.«

Bis jetzt kannte ich nur die Klosterheiligen, die Pfeile in den blutenden Leibern stecken hatten, die Augen schmerzlich zum Himmel gerichtet, und deren Gipsstatuen von Terrakotta-Putten umgeben waren. Diese Heiligen waren Fischer und Steuereinnehmer gewesen, ehe sie Heilige geworden waren. Sie hatten sich ihren Heiligenschein verdient. Jetzt starrte ich den Fleischkloß an, die Heilige meiner Mutter, die weder aß noch trank, noch sich bewegte und kaum je ein Wort sprach – davon, daß sie sich ihren Lebensunterhalt verdiente, ganz zu schweigen. Ihre Anhängerinnen fütterten die sanften, zerfließenden Massen, kleideten sie an und aus, brachten sie ins Badezimmer und stopften sie oder ließen sie verhungern, wie es ihnen gerade gefiel. Wieder etwas Unbeseeltes wie das, was die herannahende Hochzeit aus Bimmie gemacht hatte. Draußen warteten in schmutzstarrende Saris gekleidete kleine Mädchen mit geschorenen Köpfen – Mädchen, die jünger waren als ich – darauf, daß Reste aus der Küche der Heiligen zu ihnen hinausgeworfen würden; ihre leise durcheinander murmelnden Stimmen zu einem Wispern abgewürgt, das leiser war als das Flügelrauschen von Fledermäusen. Meine Mutter versetzte mir einen Stoß, damit ich aufhörte, sie offenen Mundes anzustarren, dann eilten wir an ihnen vorüber. Kinderwitwen. Ihr Karma. Daran kann man nichts ändern. So wie wiederholte Besuche bei der Heiligen nichts für mich änderten. – Trotzdem, es tut ihr gut, in ihrer Gegenwart zu weilen, das übt einen heilsamen Einfluß auf sie aus, mach das jetzt nicht kaputt! erklärte meine Mutter Papa, wenn ich an seinem Hals hing und murmelte: Muß ich wieder zu der Heiligen gehen?

Die Heilige sorgte dafür, daß ich nie ›gesetzt‹ wurde. Kachru und ich entflohen jeder auf seine Weise: er aufs College nach Delhi, ich nach Lucknow, während unsere Mütter Pläne schmiedeten und darauf warteten, daß wir die Examenshürden nahmen. Aber ja, doch! Eine Ehe, durch und durch und von oben bis unten durch Kaste, Religion und Herkunft, durch *koftas* und *mitha bhatta* zusammengefügt; etwas Besseres gebe es nicht, sagten sie. Dabei vergaßen sie völlig, daß Papa aus Maharaschtra stammte. Du irrst, Sonali, sagte meine Mutter, auch seine Familie stammt aus Kaschmir. Die Sarasvat-Brahmanen stammen ursprünglich alle aus Kaschmir. Die meisten von uns haben sich zwar im Norden niedergelassen, doch einige sind auch weiter nach Süden gezogen. Nicht nach Süden, berichtigte sie sich hastig, sondern weiter südwestlich; aber sie stammen alle aus dem Norden, nur, daß sie ein bißchen weiter gezogen sind, das ist alles. – Aber sie haben so gar nichts Kaschmirisches, erklärte ich. Ich meine, Papa ist doch niemand, den man als *hell* bezeichnen würde. Der Blick, mit dem Mama mich ansah, brachte dieses und ähnliche Argumente zum Schweigen. Für einen Mann hat dein Vater eine sehr schöne Hautfarbe. – Wieso sie aber seit dreihundert Jahren Kokosnuß und Knoblauch und Fisch äßen statt *kofta* und *mitha bhatta* und *chaman*. Und immerhin hätten sie seit dreihundert Jahren – das Arabische Meer vor sich – immer an andere Erdteile und überhaupt wie Seefahrer gedacht. Und wieso sie denn Marathi sprächen – woher denn all dies komme? – Richtig rührend, wie das Mädchen an seinem Vater hängt, sagte Bhabi-jän und durchbohrte mich mit liebevollem Blick.

Papa, erklärte ich ihm von panischer Angst ergriffen, sobald ich Examen gemacht und meinen B.A. in der Tasche habe, gehe ich ins Ausland. Es ist mir völlig gleichgültig, daß du Kiran nicht ins Ausland geschickt hast; ich bin nicht Kiran. Ich esse für mein Leben gern Kokosnuß und Knoblauch, liebe Marathi und die Küche von Gudscharat und von den Malabaren. Und Konkali-Fisch-Curry. Unser Indien ist zu drei Vierteln von Wasser umgeben; folglich muß es Hunderte von Arten der Fischzubereitung geben, und Tamil ist die älteste Sprache der Welt. Warum solltest du mir einen Bengali-Namen gegeben haben, wenn es dieses andere Indien nicht gäbe? Papa blickte von dem Buch auf, in dem er gerade las, machte im Geiste eine lange Reise von der Hochebene des Dekkan nordwärts, fort von aufgewühlten Wassern, von denen ich keine Ahnung hatte, die ich jedoch in seinem dunklen und nicht hellhäutigen Gesicht spürte, und bedachte mich mit dem bezauberndsten Lächeln, das es gab. – Das hängt ganz davon ab, mit welcher Note du deinen B.A. machst, Sonali. Wenn du meinst, die Universitäten im Ausland nähmen drittklassige Studenten, schlag dir das aus dem Kopf. – Und das war es wahrscheinlich, was mich dazu brachte, zu büffeln und mich im Konkurrenzkampf zu behaupten; das mich zu einem Star unter den Studenten machte und mich befreite von ›passenden‹ jungen Männern und der Ehe; das mich ins Ausland trieb und zu allem anderen. Von meiner Karriere bis zum Entschluß, keine Kontaktlinsen zu tragen, und meinem Wunsch, daß mein Wohnzimmer nach mir aussehen sollte.

Meine Sachen wurden von der Dienstwohnung gebracht, in der ich als Staatsbeamtin gewohnt hatte; der größte Teil davon waren Bücher. In einer anderen Ecke des Raums, der jetzt mein Wohnzimmer sein sollte, standen zwei Koffer mit Papas Papieren, die Kiran aus der Abstellkammer hatte holen lassen, jetzt, wo ich Zeit hatte, sie durchzusehen und zu ordnen. Ich saß auf einer meiner Bücherkisten und hatte die Brille neben mich gelegt, so daß ich den Mann, der hereintrat, nicht sofort als Kachru erkannte.

»Kann ich behilflich sein?«

Ich nahm meine Brille und setzte sie auf.

»Ich hoffe, ich dränge mich nicht auf«, sagte er.

Gutmütig und zum Reden aufgelegt, kam er herein.

»Ich wußte nicht, daß du krank warst«, fuhr er fort. »Das tut mir leid. Ich hatte ja keine Ahnung. Und an dem Tag der Happyola-Feier, als Dev und Nishi es mir erzählten, warst du schon wieder fort, ehe ich zu dir durchkommen konnte.«

Ich nahm die Brille ab und legte sie wieder auf die Kiste neben mich. Selbst nach dem ›Du Tarzan, ich Jane‹ gibt es etwas zu sagen, gilt es, eine gewisse warme Atmosphäre herzustellen – doch welche gemeinsame Ebene konnte es jetzt noch zwischen Kachru und mir geben? Die Spannungen zwischen uns waren fast so alt und verschrumpelt, wie das Teichwasser unten in seinem Garten vor Jahren ausgesehen hatte, kurz bevor der Monsun es von seinen Runzeln befreite und glättete und wieder verjüngte bei dem ersten berauschenden Wolkenbruch, in den wir hinauszulaufen und in dem wir zu singen und zu tanzen pflegten. Er setzte sich auf eine Kiste und wandte mir das Gesicht zu.

»Du hast jedes Recht, böse zu sein, Sonali. Es tut mir leid, daß sie ausgerechnet mich als deinen Nachfolger bestimmt haben. Ich weiß, wie du über den Ausnahmezustand denkst, aber wir haben doch alle nur unsere Pflicht getan.«

Das Pflichtbewußtsein von Staatsbeamten kennt keine Grenzen. Austerlitz und Dachau, Ausnahmezustände und Völkermorde beweisen das zur Genüge. Ich jedoch konnte nicht einfach immer weiter meine Brille abnehmen und sie wieder aufsetzen. Auch bestand keinerlei Notwendigkeit zu fragen: Wärest du so begeistert vom Ausnahmezustand und von einer königlichen Familie, wenn diese Familie aus einem Gebiet südlich von Vindhyas käme, wenn sie dunkelhäutig wäre und Tamil oder Telegu spräche, wenn ihr Name Venkataraman oder Balasubramaniam lautete? Ich wußte sehr wohl, daß Kachrus Sonne im Norden aufgehen mußte, an den Ufern des Jehlum in Kaschmir, und nicht weiter südlich unter dem Horizont versinken durfte als in der Gangesebene. Was ich fragen wollte, war, wie ausgerechnet er es geschafft hatte, den langen Weg vom Kommunistischen Manifest bis zum Royalisten zurückzulegen? Ob er denn nicht irgendwo in seinem Inneren sähe, wie absurd das alles sei?

Doch was hatte es für einen Sinn, ach, was überhaupt hatte noch einen Sinn? Die Vergangenheit lag hinter mir, und wenn ich an die Zukunft dachte, dann konnte ich nicht weiter sehen als bis zu einem Anwalt für Rose und Händen für den Bettler.

# KAPITEL 5

Rose war nach ihrer Ankunft in Indien sehr unglücklich gewesen. Was sie erfüllt hatte, war ein rebellisches, zu Taten reizendes Elend gewesen, etwas völlig anderes als das schleichende Unbehagen, das sie heute, vierzig Jahre später, verspürte. Es war nicht nur dies Haus, obwohl die kleine Wohnung, die sie und Ram nach der Teilung in Delhi bezogen hatten, nicht nur schöner gewesen war, sondern auch noch in Reichweite von Freunden gelegen hatte; doch das Haus in Lahore mit den hohen Decken, ineinandergehenden Zimmern und dem vielen, nur karg möblierten Raum, in dem man sich nie ganz ungestört fühlte, war schließlich ihr Zuhause geworden. Da war ein Bett noch ein Bett gewesen, nicht so wie der weiche Pfühl mit seinen zwei Spannen breiten Sprungfedern und Faserauflage auf weiteren zwei Spannen breiten Holzgestell, auf dem sie jetzt schlief. Die *nivar*-Betten in Lahore hatten zwar spartanisch ausgesehen, waren aber kühl und bequem gewesen. Sie waren einmal im Monat in den Garten hinuntergeschafft und die Stoffbänder auf den Holzrahmen gestrafft und nachgeflochten worden, ließen sich mühelos aus dem Haus hinaus- und wieder hineintragen und gingen auch die enge gewundene Treppe zur Dachterrasse leicht hinauf, wo es etliche Grade kühler war als sonst im Haus und wo sie und Ram bei großer Hitze unter einem Moskitonetz geschlafen hatten. Das Essen war auf Holz und Kohle gekocht worden. Elektrisches Licht gab es in Lahore bereits seit sieben Jahren, aber einen Kühlschrank hatten sie ebensowenig wie ein Klo mit Wasserspülung, das Ram erst hatte einbauen lassen, als die Badezimmer erneuert worden waren. Rams Frau, Mona, und sein Vater lebten mit dem kleinen Dev im Erdgeschoß, und wenn sie feindselig waren – was konnte ein Eindringling wie sie anderes erwarten? Ihre Reaktion war durchaus natürlich. Der unerklärte Krieg, der heute um sie herum wogte, war wesentlich schwerer zu begreifen.

Ram hätte in Lahore ein anderes Haus nehmen sollen, doch hatte sie aufgehört, ihn immer wieder zu bedrängen, als er sagte, Menschen und Besitz ließen sich nicht ohne weiteres trennen, die Großfamilie der Hindus bilde dem Gesetz nach eine juristische Einheit; aber von den Gesetzen einmal abgesehen, ließen menschliche und Blutsbande sich nicht zerreißen. Und wenn er es auch nicht aussprach – aber welcher Mann würde schon von seinem neugeborenen Sohn wegziehen? Sie fragte sich, was sie sich nur gedacht hatte, sich wider jedes bessere Wissen einzubilden, daß Ram und sie in einem eigenen Haus leben könnten, das von einem Garten umgeben war, in dem englische Blumen blühten, und das ihnen auf wunderbar englische Weise Geborgenheit schenkte. Welcher Teufel hatte sie geritten, sich einzubilden, daß es nur sie und Ram gab?

Monas Protest war alles andere als lautlos. Den Allmächtigen anflehend, einmal klipp und klar zu sagen, was sie in ihren früheren Existenzen Böses getan habe, daß sie solch ungeheuerliche Behandlung verdiene, hatte sie steinerweichend geweint. Rose, die sie noch nicht zu Gesicht bekommen hatte, hörte nur ihr lautes, nervenzehrendes Wehklagen. In manchen Nächten wurde es so unerträglich, daß Ram, der sich auf seinem Bett hin und her wälzte, schließlich aufstand und nach unten ging. Manchmal belegte Mona ihren Mann für ein paar Minuten, manchmal für eine Stunde und manchmal für eine ganze Nacht mit Beschlag. Die schimmernden Sterne waren durch das Moskitonetz deutlich zu erkennen, wenn Rose hellwach auf dem Rücken lag, sie zählte und verfolgte, wie Monas

Vorwürfe nach und nach abebbten und das einträchtige Gemurmel zweier Stimmen ihren Platz einnahm. Geräusche, die sie nicht deuten konnte, fanden den Weg von Monas Zimmer herauf, das auf den Garten hinausging. Viel später, wenn sie Rams Schritte auf der Treppe hörte, wachte sie wieder auf. Die Leuchtziffern ihres Weckers auf dem Nachttisch verrieten ihr, daß von der Nacht nicht mehr viel übrig war.

»Ich glaube, ich halt' das nicht mehr länger aus, Ram.«

»Was denn?« besaß er die Stirn zu fragen.

»Daß du mit zwei Frauen lebst.«

Er lag ausgestreckt auf seinem Bett und war viel zu gut gelaunt und träge, um zu streiten. »Der Herr Krischna hatte dreihundert.«

»Ach, wirklich? Und was hat er die restlichen fünfundsechzig Tage des Jahres gemacht?«

Ram lachte und gab zu, ein gewisses Maß an Gunstverdoppelung werde sich wohl als nötig erwiesen haben.

»So kann ich einfach nicht weitermachen.«

Ram verschränkte die Arme unterm Kopf und betrachtete einen anderen Himmel, versenkte sich in ein anderes All. »Wieso kränkt es uns, Rose, hier oben zu leben und Mona unten leben zu lassen? Es muß noch andere Fälle wie unsere in dieser Stadt geben, wenn sie auch nicht so offen gezeigt werden. Ich kenne einen Mann, der seine erste Frau samt ihren fünf Kindern in seinem Dorf unterhält und hier in der Stadt mit seiner zweiten Frau lebt; aber alle Welt weiß Bescheid, was hat es also für einen Sinn, es zu verheimlichen?«

»Ich bin kein ›Fall‹«, sagte Rose.

»Natürlich nicht, Liebste. Aber so was wie Scheidung gibt es nicht. Eine Hindu-Ehe ist kein Vertrag, sondern ein Sakrament.«

»Es hat keinen Sinn, all diese schwierigen Wörter zu benutzen. Du weißt genausogut wie ich, daß das lächerlich ist.«

»König Dasrath, Ramas Vater, hatte vier Frauen«, fuhr er liebenswürdig fort.

»Ich dachte, es wären die Mohammedaner, die vier Frauen haben.«

»Moslems dürfen nur vier Frauen haben. Wir sind da wesentlich unternehmungslustiger, das geht bis zur Polyandrie. Im Mahabharata* heiratet eine Frau fünf Brüder, und das auf ganz ungezwungene, reizende Weise. Einer der Brüder geht zu seiner Mutter, die blind ist, und sagt: ›Mutter, wir haben etwas Kostbares gefunden.‹ Woraufhin sie erwidert: ›Dann teilt es unter euch, meine Söhne.‹«

»Warum haben sie ihr nicht gesagt, daß es eine Frau war, die sie gefunden hatten, und nicht irgendein Ding?«

»Sie haben es in der Tat nicht ganz eindeutig ausgedrückt, und da hat Draupadi eben alle fünf Brüder geheiratet.«

»Ich finde sie ekelhaft, diese Poly-was-weiß-ich.«

»Christlich ist sie nicht«, räumte er ein, »und viel Gutes hat Draupadi von ihren fünf Männern nicht gehabt. Sie sind sie beim Würfelspiel losgeworden – nachdem sie alles andere, was sie besaßen, bereits verloren hatten.«

»Reizende Vögel«, sagte Rose.

»Mythen sind nun mal so, sie zeigen menschliches Verhalten ungeschminkt. Sieh dir die Griechen an.«

»Ich hab' keine Ahnung von den Griechen, aber ich denke, wenn man sich recht verhalten will, tut man das einfach, und wenn man es nicht will, schiebt man die Schuld auf das, was die Mutter aus einem gemacht hat – oder auf die Griechen.«

»Meine gute christliche Rose!« sagte Ram entzückt und amüsiert zugleich.

Sollte sie jetzt über Mona lachen, die unten das Baby stillte, dessen Geburt Ram per Kabel übermittelt bekommen hatte, als er um Rose warb und sich benahm wie Kö-

* *Mahabharata*, Nationalepos der Inder, Werk verschiedener Verfasser, entstanden zwischen dem 4. vorchristlichen und dem 4. nachchristlichen Jahrhundert. A. d. Ü.

nig Heinrich VIII.? Was war schon komisch an Babygeschrei, das nachts und am frühen Morgen heraufdrang, und an Mona, deren Brüste schwer waren von Milch und die praktisch unter ihren Betten lag? Wenn sie doch bloß ein eigenes Haus hätten! Die Sterne verblaßten, der Himmel wurde grau, irgendwo im Garten sang ein Vogel. Die Küchentür ging auf und wurde laut zugeknallt. Das war bestimmt Kumar, der das Feuer anmachte und den Kessel fürs Teewasser aufsetzte. Sie hörten ihn auf der Treppe das Tablett heraufbringen. Rasch setzte er es ab und verschwand wieder. Rose stieg aus dem Bett und setzte sich auf einen der beiden harten Holzstühle, die sie auf der Terrasse stehen hatten, um ihren Morgentee zu trinken. Ihr Rücken war kerzengerade. Ihre Nerven gingen nicht mit ihr durch. Sie hatte die Schocks der ersten Eingewöhnungswochen überstanden. Ram und sie stritten nicht mehr, sondern unterhielten sich wie zwei vernünftige Menschen in mittleren Jahren, die ihre Stürme hinter sich hatten. Rose war wütend und erbittert und fand, man hätte ihr unrecht getan. Sie brauchte Ram allerdings nur zu bitten, ihr eine Passage nach England zu buchen, und er würde es tun. Er war großzügig mit Geld, und es war reichlich davon vorhanden. Aber sie wollte nicht zurück nach Hause und ihn hier zurücklassen, damit er Mona in ihren Weinkrämpfen tröstete und beflissen zu ihr eilte, wenn er nachts gerufen wurde, und zusah, wie sie ihr Baby stillte. Ein Mann, der in der Intimität aufblühte und der sich im Gegensatz zu den meisten anderen Männern zunehmend für seine Frauen interessierte und in ihnen aufging. Aber selbst wenn es anders gewesen wäre, Rose hätte ihre Ehe genausowenig aufgeben können wie eine Antarktisexpedition mitten auf dem Meer oder eine Geschichte, die noch nicht zu Ende erzählt war, wo man doch noch nicht wußte, was als nächstes kommen würde und was danach. Aus welchem Grund auch immer, sie fing sich und blieb in Indien. Während der christlichen Trauungszeremonie, die es für sie nie gegeben hatte, wurde es kurz und bündig ausgedrückt: in guten und in bösen Tagen. Sie schenkte eine Tasse Tee ein und reichte sie Ram.

»Was wäre, wenn eine Frau heute fünf Brüder heiratete?«

»Wenn es sich gut angelassen hätte, könnte die Ehe auch weiterbestehen. So was gibt es in einigen Gemeinschaften in sehr entlegenen Gegenden, aber sonst nirgends mehr.«

Diesem Ram war einfach nicht beizukommen; er konnte dem Teufel das rechte Hinterbein abschwatzen. Sie jedoch konnte immer nur das eine abgegriffene alte Argument ins Feld führen – daß dies im Jahre 1932 für ein Ehepaar eine völlig hirnverbrannte Art zu leben sei.

»Tee zu Ende, Memsahib?« Kumar stand neben ihrem Stuhl, ebenso jung wie sie selbst, ein mitfühlender Geist in einem exotischen Haushalt, jemand, der nichts gegen sie hatte und billigte, was sie tat. »War er in Ordnung?«

»Ja, Kumar, wunderbar, der Tee.«

Als Rose sich hinterher im Waschbecken die Hände einseifte, mußte sie unwillkürlich an ihre Mutter denken, wie sie bis zum Ellbogen in der dampfenden Kernseifenlauge der wöchentlichen großen Wäsche schwitzte, wie sie die Wäsche bei Sonnenschein zum Trocknen draußen auf die Leine hängte, sie häufiger jedoch dicht an dicht überm Küchenherd trocknen mußte. Schüchtern legte Dad Mum den Arm um die Taille, woraufhin Mum seufzte und mehr abgespannt als böse sagte: »Ach, laß das, Alf. Bloß daß du Schluß gemacht hast, bedeutet noch lange nicht, daß ich mit meiner Arbeit fertig bin.« Müder Sex nachts, Angst davor, noch weitere Mäuler füttern zu müssen. Der schüchtern-zaghafte Schwung, bei dem Rose entstanden war, mußte aus Angst, daß etwas ›passierte‹, auf Grund gelaufen sein; sich zu lieben hatten sie verlernt. War es vorgekommen, daß sie sich angesehen hatten, und nicht nur am Ausguß in der Küche und beim Wäschezuber und schmutzigen Schaufeln? Hatten sie einander jemals lange genug einer im Auge des anderen gespiegelt gesehen, um die Gedanken des anderen lesen zu können? Davon war auch in den Augen der Eltern der Nachbarskinder nichts zu merken. Überall die Straße entlang spiegelten Häuser, die sich glichen wie ein Ei dem anderen, gleiche Enttäuschungen und Niederlagen; höchstens, daß die Eintönigkeit dieses Lebens anders als bei ihren Eltern durch Kindergeplapper unterbrochen wurde. Die Erwachsenen um Mum herum redeten von nichts anderem als von ›Mitteln dagegen‹: von Tränken und Aufgüssen, Gebeten und Stricknadeln, Scheren und Schnaps – alles Hoffnungen wider alle Hoffnung, dadurch die Schwangerschaft unterbrechen zu können. Fehlgeburten waren besser als nichts, doch zuletzt war man doch wieder mit neun Monaten Schwangerschaft und schweren Geburten dran, bekam seinen geschundenen und ausgelaugten Körper zurück: ein schlaffer, leerer Sack, der neuerlich gefüllt wurde. Rose hörte, wie Frauen zu ihrer Mutter sagten: »Du weißt ja nicht, was für ein Glück du hast.« Und da war sie, Rose, und auch sie hatte dieses ›Glück‹, auch wenn ihr Leben so schon chaotisch genug war, ohne daß sie auch noch ein Kind gebraucht hätte. Die Frauen aus der Straße ihrer Kindheit hätten es ihr gesagt, hätten mit einem Blick die Anzeichen oder deren Fehlen erkannt – daß sie längst hätte schwanger werden müssen, falls sie es jemals werden wollte. Der Zufall hatte Rose auf eine andere Wiese geführt. Sie selbst hätte gesagt, Ram besitze das wunderbare Feingefühl der Blinden und der Tauben, wäre er nicht so gründlich vertraut gewesen mit den Freuden der Sinne, hätte er nicht frohlockt über alles, was seine Hände und Augen berührten, hätte er nicht diese besondere Freude gehabt an den Kostbarkeiten aus dem Schatzhaus, das er aufgeschlossen hatte, den Luxusausgaben, die er dort in einem ganz persönlichen Alkoven verwahrte, mit Illustrationen von Hofdamen und ihren Liebhabern, Pfauen und Lotusblüten, Büchern mit persischen und englischen Liebesgedichten – und selbstverständlich Rose selbst. Es war seine Welt, von der Dachterrasse bis zum Alkoven, und sie war der Gast, der aufgenommen, bewirtet und aufgefordert wurde, das Leben zu genießen. Für ein solches Leben mit all seinen silbernen Muskatnüssen und goldenen Birnen, ohne Sorgen und ohne Verantwortung, mußte man irgendwie bezahlen, oder nicht?

»So kann ein verheiratetes Paar einfach nicht leben, Rose, ich begreife nicht, wie du damit fertig wirst. Dick sagt, du wärest eine Heldin, so, wie du damit fertig wirst.«

»Ach, ich weiß nicht, Minnie.«

»Ich wüßte niemand, der das könnte. Stell das Tablett hierher, Boy!«

Boy hatte, wie Rose bemerkte, einen grauen Kinn- und Backenbart.

»Wie heißt er?« fragte sie, nachdem er gegangen war.

»Ich hab' keinen Schimmer«, sagte Minnie. »Wir nennen den Diener im Haus immer Boy, und den Koch Achmed. Dick hatte schon vor unserer Heirat einen Koch, der Achmed hieß, und seither haben wir so viele gehabt, daß ich mir ihre Namen nicht merken kann. Hier, probier mal von diesem Käsegebäck. Unser neuer Achmed hat gelernt, es zu backen. Aber wie kommt ihr denn nun zurecht, Rose? Das muß doch sehr bitter für dich sein.«

»Er kann sie schließlich nicht aus'm Haus werfen, oder? Das wäre herzlos«, sagte Rose.

»Das meine ich ja gerade, du bist so großmütig.« Minnie goß heiße Milch in Roses Kaffee. »Aber es muß an deinen Nerven zehren, du solltest öfter rüberkommen.«

»Ich komme doch schon jeden Dienstag, Minnie.«

»Was ist schon jeder Dienstag, wenn man fern von zu Hause ist? Warum fährst du nicht mit Dick und mir rauf nach Simla – das heißt, falls Ram dich nicht hinbringt.«

Aber ich möchte bei Ram sein, und dies hier *ist* mein Zuhause, ich bin nicht fern von zu Hause, wollte sie sagen.

Doch Erklärungen waren für sie immer ein endloses Tauziehen; sie zog immer an beiden Enden. Wenn sie gewann, verlor sie gleichzeitig. Was immer geschah, sie verlor.

»Ach, was ich dir noch sagen wollte: Dick hat angerufen, als er ins Büro kam, um zu sagen, daß in einer halben Stunde eine Demonstration stattfinden soll und daß es auf den Straßen bestimmt zu Unruhen kommt. Warum bleibst du nicht bis zum Lunch? Dick kann dich doch später heimbringen.«

»Ich habe versprochen, zum Lunch wieder dazusein. Ram bringt einen Bekannten zum Essen mit. Wenn ich jetzt gehe, gerate ich schon nicht hinein.«

»Du verstehst nicht, Rose. Diesmal werden es Rowdys sein, die darauf aus sind, Unruhe zu stiften – nicht unsere Art von Indern. Es ist zu riskant. Ram wäre bestimmt nicht damit einverstanden.«

Rose, die darauf bestand, trotzdem zu gehen, fand sich auf einer von Menschenmassen nur so wimmelnden Durchgangsstraße mitten in dem Demonstrationszug wieder. Die Menge, die sich zu beiden Seiten des Autos wie die Wassermassen eines geborstenen Staudamms vorwärts wälzte, überzeugte sie, daß sie dieses hinderliche Motorspielzeug einfach überrollen würde, wenn sie nur könnte. Vor dem Automobil floß sie zusammen und bildete eine breite und massive Barriere wie eine zu Eis erstarrte Wasserflut, streifte weiter links und rechts andere Menschentrauben, Ladenbesitzer, die mit vor der Brust verschränkten Armen draußen vor ihren Läden standen, während sich auf den girlandengeschmückten Balkonen über ihnen andere Menschen drängten. Durch das Rückfenster warf Rose einen Blick hinter sich: Die Menge war kompakt und nicht zu durchbrechen. Was hatte der Chauffeur sich dabei gedacht, hier hineinzufahren? Unbekannte Gesichter mit unergründlichen Mienen umgaben sie, und ein ganzes Stück voraus konnte sie einen Mann herumwirbeln und ein paar Schritt zurückkommen sehen; sie sah, wie er die Arme in die Luft reckte und sich himmelwärts die Lungen aus dem Leib schrie. Der Fluß aus Menschenleibern nahm die Worte auf und brüllte sie donnernd hinaus, ein rauhstimmiger, ekstatischer Aufschrei, der die breite Straße entlang widerhallte.

»Was rufen sie?« erkundigte sie sich beim Chauffeur.

*»Inquilab Zindabad.«*

Weder übersetzte er für sie, noch drehte er sich zu ihr um, als er es sagte, obwohl das Auto fast auf der Stelle stand und er die Hände ruhig auf dem Lenkrad liegen hatte. Er war mit dem Spektakel draußen verbunden, saß wider Willen hinter dem Steuerrad, nichts als vergleichsweise dünnes Blech zwischen sich und dem Mob. Sollte der Wagen sich auflösen und verschwinden, würde er einer von ihnen werden, würde sich derselbe merkwürdige Ruf *Inquila-a-b* auch von seinen Lippen lösen. Menschenmassen wurden gegen das Auto geworfen und rempelten es an, Hände verschmierten die Fenster, die Rose in panikartigem Bedürfnis nach Schutz hochgekurbelt hatte. Dennoch fühlte sie sich nicht sicherer hinter einer Fensterscheibe, die so leicht mit einem Stein zertrümmert werden konnte; auch waren die schmierigen Händeabdrücke darauf so beleidigend wie ein Schlag ins Gesicht. Der Chauffeur, der für gewöhnlich so eigen war mit dem Wagen, herrschte den Pöbel draußen nicht einmal an, die Hände von den Scheiben zu lassen. Angst ließ Roses Eingeweide sich verkrampfen. Sie drückte sich zurück in die Polsterung, hielt die Handtasche gepackt und mußte an Miß Sherwood denken, die man vom Fahrrad gezerrt, zusammengeschlagen und totgetrampelt auf der Straße hatte liegenlassen. Da saß sie selbst jetzt in einem Automobil – doch wieviel Schutz bot ein Auto, wenn sie das Blut einer Engländerin rochen? Plötzlich löste der Mob sich auf, endlich fuhr das Auto wieder, der Demonstrationszug kam rasch voran und war plötzlich verschwunden.

Rose setzte sich auf, kam sich merkwürdig verlassen vor und fragte sich, ob sie das Ganze wirklich erlebt hatte, so schnell war alles vorbei. Die Straße sah wieder normal aus, die Ladenbesitzer standen hinter ihren Verkaufstischen. Von den Demonstranten war nichts mehr zu sehen, und kein Mensch beachtete sie auch nur. Ihr Protest trug sie irgendwo anders hin. Für Rose hatten sie keine Gefühlsregung übrig, nicht einmal Haß. Sie war niemandem wichtig. Sie war ruhig und gefaßt; sie würde das Land verlassen. Niemals würde es *ihr* Land sein, und nie würde Ram es ihr einfacher machen, darin zu leben. Wieso hatte sie es überhaupt so eilig, zu ihm zu kommen? Nachdem der Chauffeur sie vor der Haustür abgesetzt und den Wagen in die Garage gefahren hatte, verweilte sie noch auf der Veranda vor dem alten Schirmständer mit dem Spiegel darüber, um ihr angespanntes Gesicht zu betrachten, das sie fremd, klein und weiß vor den flammendroten Bougainvilleas anstarrte, die die mit rotem Kies bestreute Auffahrt säumten. Ich muß mich frei machen von Dingen, die ich ohnehin nicht verstehe. Wie kann ein Mensch zwei Leben leben, auf zwei Seiten stehen, ohne dabei den Verstand zu verlieren? Die Halle war kühl und leer, doch hörte sie im Wohnzimmer eine Männerstimme aufgeregt sagen, nie hätte es zivilen Ungehorsam in diesem Ausmaß gegeben, bei dem auch noch Tausende von Frauen verhaftet worden wären. Lord Willingdon müsse die Lage völlig falsch eingeschätzt haben, sonst hätte er niemals Befehl gegeben, Gandhi nach seiner Heimkunft von der Round Table Conference* verhaften zu lassen. Das sei der Anfang vom Ende der britischen Herrschaft.

»Rose, ist dir auch nichts passiert?« Ram trat vor, legte beschützend den Arm um sie und drückte ihr ein Glas Limonade in die Hand. »Wie bist du durchgekommen? Keshav will uns glauben machen, dies sei der Anfang vom Ende des Empire. Aber laut Keshav ist die Britenherrschaft immer gerade im Begriff, zu Ende zu gehen. Jeden-

* Die 2. sog. *Round Table Conference* fand 1931 in London statt. Gandhi kehrte 1932 nach Indien zurück und wurde dort ins Gefängnis gesteckt. A. d. Ü.

falls, wenn sie schnell vorbei ist, braucht er nicht mehr in den Civil Service einzutreten.«

Du machst wohl Witze, wollte sie sagen, so gehen Weltreiche nicht zu Ende. Der Protestzug war an ihr vorübergegangen. Keiner hatte einen Stein auf das Auto geworfen, das Fenster zertrümmert oder sie auch nur angeschaut. Aber sie war nicht sonderlich gebildet; was hatte sie schon für eine Ahnung von Geschichte und Politik?

»Was halten Sie davon?« fragte Keshav sie.

»Ich?« Sie war erstaunt. »Ich verstehe nichts von Politik.«

»Ram sagt, Sie wären in den Protestmarsch hineingeraten. Wie war Ihr Eindruck?«

»Ich fand nicht, daß es wirklich bedrohlich aussah, jedenfalls nicht so, als ob zum Beispiel die Armee sich gegen die Regierung gewendet hätte oder so. Das würde allerdings wirklich das Ende bedeuten.«

Noch eine Meuterei, lachten sie, was denn noch? Wenn es erst dazu kommen müßte, würde die Sonne über dem Britischen Empire niemals untergehen.

»Dann, fürchte ich, müssen Sie doch in den Staatsdienst eintreten«, sagte Ram.

»Staatsdienst in jedem Fall«, pflichtete Keshav ihm bei, »denn wir werden ja weiterhin das tun, was unsere Eltern von uns erwarten.«

Rose, jetzt zu neugierig, um sich zurückhalten zu können, fragte: »Aber warum treten Sie in den I.C.S. ein, wenn Sie möchten, daß die britische Herrschaft endet? Auf wessen Seite stehen Sie eigentlich?«

Später konnte sie sich an den genauen Wortlaut seiner Antwort nicht erinnern, nur, daß sie alles instinktiv begriffen hatte. Das heillose Durcheinander ihrer eigenen Tage setzte sich und kam zur Ruhe, als er sich selbst beschrieb – dabei hätte sie es sein können, an die er dachte –, als zwei Menschen nämlich, zugleich daheim und im Exil, begeistert und tiefunglücklich, indisch und britisch, gerettet und dem Untergang geweiht.

»Dem Untergang geweiht, klingt ein bißchen melodramatisch«, hatte Ram eingewandt.

»Dem Untergang geweiht sind wir aus Gründen wie etwa Ramas Grausamkeit. Für uns ist das Ramajana* ein heiliges Buch, und wir verehren einen Mann, der seine schwangere Frau allein in den Wald getrieben hat. Nicht einmal das Gottesgericht, das ihre Reinheit durch Feuer bewies, konnte sie retten. Woher soll ich wissen, was ich zu tun habe? Oder auf wessen ›Seite‹ ich stehe, wie Rose es ausdrückt, wenn selbst das, was wir verehren, Bedenken weckt?«

»Mythen und Legenden«, sagte Roses Ram nachsichtig. »Keshav stammt aus einer Familie von Feministen, Rose. Sein Vater ist in einem Protestzug der Suffragetten in London mitmarschiert – vermutlich war er der einzige Mann. Und Keshav muß der einzige Mensch auf Erden sein, der Verrenkungen macht wegen Sita, die vor zweitausend Jahren gestorben ist, falls sie überhaupt gelebt hat.«

»Was ist das Ramajana?« fragte Rose.

»Ein kurzes Gedicht, das aus 24.000 Doppelversen besteht, die in sieben Bücher unterteilt sind«, sagte Keshav.

Verzagt fragte Rose: »Was soll das heißen: kurz?«

»Nun, ich meine im Vergleich zum Mahabharata, das 100.000 Doppelverse lang ist.«

»Ich hab' keine Ahnung, was in all diesen Versen steht«, sagte Rose, »aber ich würd' meinen, richtig zum Untergang bestimmt sind Sie nicht. Es ist mehr so, als ob Sie auf einer Schaukel säßen: mal oben, mal unten, un' das

* *Ramajana*, altindisch, ›Ramas Lebenslauf‹, neben dem *Mahabharata* das zweite große Epos der Inder. Das Epos berichtet, wie der Königssohn Rama seine Gattin Sita, die ihm der Riese Rawana geraubt und nach der Insel Lanka entführt hat, mit Hilfe des Königs der Affen und seines Ministers Hanuman wiedergewinnt. – Rama wurde als irdische Erscheinungsform Wischnus angesehen. Deshalb wird das *Ramajana* als ›heiliges‹ Buch verehrt. A. d. Ü.

kann einen schon verrückt machen, wenn das nie ein Ende nimmt.«

Keshav, der sie ernst und eindringlich ansah, dachte, sie müsse an Mahatma Gandhi, Lord Willingdon und den I.C.S. denken. Ja, sagte er, genau das sei es, worauf er sitze: eine Schaukel. Und das Geschaukele mache ihn in der Tat verrückt.

»Wie geht es unserer Marcella?«

Sie kicherten über Marcella, wenn sie dienstags beim Tee zusammensaßen. Zum erstenmal gesehen hatten Rose und Minnie sie im Bridgezimmer in Simla, das Grünes Zimmer genannt wurde: Die Männer hatten sie nach einer Aufführung von *Lady Windermeres Fächer*, der auch der Gouverneur beigewohnt hatte, umsummt wie Fliegen einen Honigtopf.

»So was ist nie ein gutes Zeichen – nicht, wenn es so viele sind«, hatte Minnie Rose erklärt, als sie mit einem kleinen Glas Whisky, das Dick ihnen brachte, ehe er zu seinen Freunden an die Bar zurückkehrte, etwas abseits beisammensaßen.

»Aber wieso denn?«

»Wenn sie sich einen Mann angeln will – und wir wissen, daß sie das will –, ist die Nachfrage nach ihr einfach zu groß. Daß sie so aussieht wie Marlene Dietrich, beeinträchtigt ihre Chancen. Simla ist nicht Hollywood. Du wirst schon sehen: So schnell findet die keinen. Hast du jemals Florence Mason kennengelernt? Die hat gleich in der ersten Saison, die sie hier in Indien war, einen Mann gefunden; dabei sieht sie aus wie eine gekochte Stachelbeere, aber das hat überhaupt nichts zu sagen. Dick sagt, er begreift nicht, was der Mann an ihr findet, aber Männer sind die letzten, die so was verstehen. Natürlich, jede Neue wirbelt Staub auf, bloß weil sie neu ist.«

Rose folgte Minnies Blick quer durch den Raum, bis

zu Marcella, die wirklich außerordentlich neu hier war: von den adretten Goldzöpfen, die sie um den Kopf gelegt trug, bis zu den mit Silbersandalen angetanen Füßen unter dem hauchdünnen Chiffonrock.

»Komisch, so eine altmodische Frisur«, meinte Rose. »Irgendwie paßt das so gar nicht zu allem anderen, findest du nicht auch?«

»Der dicke Lidschatten sieht nuttig aus«, verkündete Minnie.

»Ich sehe keinen Lidschatten«, sagte Rose fasziniert.

»Ich auch nicht, aber dazu sind wir eben nicht groß genug. Dick hat es gesehen, als er gestern abend mit ihr tanzte. Er tanzte gerade einen verträumten Foxtrott, als die Band zu Paul Jones überging, und ausgerechnet da bekam er Mrs. Mulligan, die gut zwei Zentner wiegt. Aber er sagte, Macellas Lider wären das reinste Giftgrün. Du hättest mal sehen sollen, wie er die Augen verdrehte, um mir zu verstehen zu geben, was er meinte. Ich bin fast gestorben vor Lachen. Aber eins kann ich dir sagen, liebste Rose, wenn er das Zeug an mir sähe, würde er keineswegs die Augen verdrehen, sondern die Augenbrauen hochziehen.«

Danach zu urteilen, wie Ram in die Luft ging, wenn sie ein bißchen mehr Make-up auftrug als gewöhnlich, hielt Rose das für mehr als wahrscheinlich.

»Findest du, daß ich hohe Wangenknochen habe?« wollte Minnie wissen.

Sie hob das Kinn und drehte das kleine spitze Gesicht im Lampenlicht des Grünen Zimmers von einer Seite zur anderen. Rose sah sich ihre Wangenknochen sehr genau an.

»Ziemlich hoch«, stimmte sie zu. »Aber natürlich nicht so hoch wie bei manchen.«

»Na schön. Ich hab' ein bißchen mit diesem schwarzen Zeug für die Augen herumprobiert, um mir ein geheimnisvolles Aussehen zu verleihen und die Wangenknochen ein bißchen höher erscheinen zu lassen, da kommt

Dick nach Haus und sieht mich am Frisiertisch sitzen – dabei hab' ich es nur mal ausprobiert – und schreit mich an: ›Was bildest du dir ein, wer du bist – Anna May Wong vom Strich? Wisch dir diesen Dreck ab, es sieht entsetzlich aus.‹ Ich begreife nicht, wieso Männer sich über Make-up dermaßen aufregen können. Du etwa?«

»Ist das nicht der Adjutant des Gouverneurs?« fragte Rose und wies auf eine der Fliegen, die Marcella umsummten.

»Und ob er das ist. Im Gouvernment House nimmt man sie überhaupt sehr zur Kenntnis. Man könnte meinen, er hätte den dienstlichen Auftrag, eine hochgestellte Dame zu eskortieren. Zwei Beine und eine vom Gouvernment House zur Verfügung gestellte Rikscha reichen nicht aus! O nein, o nein! Sie hat beste Beziehungen, nicht wahr, unsere Marcella?«

»Du meinst, zu irgendeinem Lord?«

»Soweit ich gehört habe. Da fragt es sich doch wirklich, wen sie zum Mann bekommt. Da ist Willie Leonard, Nummer zwei bei ›Wilcox and Kings‹. Er hat sogar einen Stammbaum. Aber Dick sagt, er wird nie Nummer eins, denn jeden Abend Punkt neun ist er sternhagelvoll, so daß sein Diener ihn ins Bett bringen muß. Sie müssen jemand anders aus England herschicken, wenn McCavity nächstes Jahr in den Ruhestand tritt.«

»Sie könnten doch den Inder, der unter Willie ist, zum nächsten Chef machen«, sagte Rose.

»Das würden sie nie tun. Dick sagt, ein Inder versteht eben nie, mit kritischen Situationen wie etwa dem Zusammenbruch der Produktion oder überhaupt irgendwelchen ernsten Schwierigkeiten fertig zu werden. Mein Gott, tut mir leid, Rose, ich habe damit wirklich nichts sagen wollen.«

»Keine Sorge, Minnie. Ich weiß, daß du das nicht wolltest.«

»Aber egal – *den* könnte Marcella doch nicht heiraten, oder... Rose, ich könnte mich in den Hintern treten«, sagte Minnie völlig zerknirscht. »Ich weiß nicht, was in mich gefahren ist.«

»Keine Sorge, Minnie«, sagte Rose mechanisch. »Was meintest du noch in bezug auf Marcella?«

»Ich wollte sagen, Willie ist der Junggeselle mit den besten Beziehungen, nur daß er jeden Abend voll ist wie eine Strandhaubitze. Scheidet er aus, wäre da noch Percy Harwell. Sein Vater ist Sir Soundso, aber kein erblicher Adel, verstehst du. So ein Titel ist nun mal nicht erblich. Aber kannst du dir Marcella als Percys Frau vorstellen? Ich sehe sie einfach nicht mit jemand, der jeden Abend dieselben drei Witze erzählt, und wenn er ein noch so dikkes Bankkonto hat! Wenn ich mir noch ein einziges Mal anhören muß, was Tante Mathilda am Hochzeitstag von Entchen zu Entchen sagte, ersäufe ich Percy in seinem *chota peg*. Und das hat überhaupt nichts damit zu tun, daß er ein großes Tier ist und Dick nicht. Er ist einfach nicht Marcellas Typ.«

»Nein«, sagte Rose langsam. »Nein, das ist er nicht.«

Marcella ließ einen an Bilder in Märchenbüchern denken, an die Gänsemagd, die in Wirklichkeit eine Königstochter ist, an Prinzessinnen mit spitz zulaufenden hohen Hüten und Gazeschleier hintendran, fließenden Gewändern mit Wespentaille, wie sie vor zinnenbewehrter Burg Schwäne füttern. Schneeköniginnen und Eisprinzessinnen.

Irgendwo im Haus wuchs ein Kind heran. Seine Kleider und Windeln hingen hinten im Garten auf der Wäscheleine. Dev, der sich in seinem Bettchen umdrehte, darin herumkrabbelte, sich an den Stäben hochzog, kraftvoll das Stehen übte und schließlich im Garten auftauchte, war, seit er den Mutterschoß verlassen hatte, zum erstenmal sichtbar. Der Anblick des Kindes von Rams Fleisch und Blut versetzte Rose einen gehörigen Stich. Dann stimmte es also, daß sie dieses Kind hatten, wohingegen sie nicht schwanger geworden war, was vielleicht alles leichter und

– mochte sie sich noch so sehr dagegen wehren – akzeptabler gemacht hätte, weil eine Frau nun mal ein Vehikel für die nächste Generation ist und die existierende Weltordnung zusammenbrechen würde, wollte man daran etwas ändern. Aber sie hatte diesen Zweck, für den Frauen da sind, nicht erfüllt, und so war Dev das einzige Zeichen, das in diesem Haus auf eine Ehegemeinschaft von Mann und Frau hinwies.

Von der Dachterrasse aus konnte sie ihn frühmorgens auf unsicheren Beinchen im Garten herumlaufen sehen; immer war seine *ayah* dabei, die mit einem Glas Milch in der Hand hinter ihm herlief, dieses auf den Verandastufen absetzte, um hinter ihm herzujagen wie ein Wikingerschiff unter vollen Segeln, wobei ihre Schnabelnase die Richtung wies und ihr *dupatta* hinter ihr herwehte.

»Was sagt sie?« fragte Rose Kumar.

»Sie nennt *baba* Scheibe von ihrer Leber, Perlenschnur. Kosenamen, wie man sie Kindern gibt«, gab Kumar ihr Bescheid.

Die Perlenschnüre patschten durch die Chrysanthemen und fegten, für alle Beschwörungen taub, um eine Hibiskushecke herum.

»Heute abend muß ich *baba* zu einer Geburtstagsfeier bringen«, sagte Kumar.

»Das geht nicht. Du weißt doch, daß wir Gäste auf einen Drink hier haben.«

Verlegen blickte Kumar auf seine nackten Zehen hinunter.

»Warum kann Devs *ayah* ihn nicht hinbringen?«

»Wir müssen gehen. Befehle.«

Diese Befehle kamen von Mona, die wußte, daß ihr Mann eine Party gab und Rose sich auf Kumar verließ. Die anderen Dienstboten pflegten Mona zu berichten, was es zu essen und zu trinken gab und was gesprochen wurde, kleine belanglose Intrigenwindungen und -spiralen, dem Leben im Erdgeschoß Würze zu verleihen und Rose oben wütend zu machen. Ohne eigenes Kind würde Rose nie

Herrin des Hauses sein, nicht einmal in ihrer eigenen Hälfte. Sie würde durch diese Familie – dieses erschreckend unerschütterliche Stück Beständigkeit – hindurchgehen und nicht die geringste Spur hinterlassen. Sie war weniger als ein Nebelgespinst, von ihren Träumen und Alpträumen würde nichts zurückbleiben, niemand würde es bedauern, wenn sie fortging, keine Träne über die Vergänglichkeit ihres Daseins vergießen. Aber Monas Sohn wuchs, und Monas Krieg artete zu einem Hindu-Moslem-Aufstand in der Küche aus, wo der Moslem-Koch für das englische Essen und der Hindu-Koch für das indische Essen sich bis aufs Blut wegen Holz und Kohle, Öl, Reis, Tee, Zucker und der Frage bekämpften, wer nun befugt sei, wem Anweisungen zu geben.

Das Eßzimmer wurde von beiden Parteien benutzt; eilends fortgenommene und durch andere ersetzte Teller und Speisen machten die Zwietracht besonders deutlich. Als Rose sich bei Ram über die Verschwendung beklagte, sagte er, die Feuer in der Küche gingen niemals aus, *chappati*-Teig sei stets bereit, Gerichte warteten darauf, unerwarteten Gästen serviert zu werden, deshalb sei alles in Ordnung so. Aber selbstverständlich war es das nicht. Stimmen verbreiteten die gereizte Stimmung im ganzen Haus, wobei Monas eigene Stimme Rose frühzeitig die Vorstellung austrieb, unten wohne etwas Zerbrechliches und Schüchtern-Scheues. Wenn es um die Partys ging, brauchte Mona kaum Spitzel. Zafar Khans dröhnende Frage: »Wie geht's Rosenknospe heute?« Und die lautstark geführte Unterhaltung mit Ram, in deren Verlauf diesem gesagt wurde, ein Mann brauche eben für jedes Lebensalter eine Frau (wobei er wohlgefällig Rose ansah, als wäre sie ein besonders saftiger Braten auf dem Verkaufstresen des Metzgers), wurde bis in die hinterste Ecke des Gartens getragen. Dort hallte sie in den Ästen alter Bäume wider, auf daß Vorüberkommende sie hörten, und wühlten sich durch uralte Wurzeln in den alten Boden, damit Generationen von Regenwürmern sie verdauten und sich an sie erinnerten. Längst abgedroschene Witze, die freilich wieder und immer wieder erzählt wurden, verbanden ihn mit Ram in der alten, tiefen Kumpanei einer labyrinthisch verschlungenen Vergangenheit. Manchmal kam Rose sich auf solchen Partys genauso verlassen vor wie Mona unten, ja, schlimmer noch, weil die Augen der Begum Zafar schwarz und ohne ein einziges Mal zu blinzeln keine Sekunde von ihr abließen. Die Begum gestaltete ihre Nachtwache durch immer neue Gläser von Fruchtsäften und Tellern voll Khebab erträglich, während Zafar dröhnend sagte: »Bring Rosenknospe mit zum Tennis, Ram«, oder: »Fährst du diesen Sommer mit Rosenknospe nach Kaschmir oder nach Simla?«

»Der Weg in den Himmel ist für dich wohlgepflastert«, gratulierte Zafar Ram bei seiner Ankunft diesen Abend, »oben mit einer Cocktailparty und unten mit einer Gebetsversammlung.« Dann hatten sie sich umarmt, sich gegenseitig auf den Rücken geklopft, und dies hatte zu einer ihrer überschäumenden, zweisprachig geführten Unterhaltungen geführt, einer Unterhaltung mit Zickzackstich gewissermaßen, bei der man immer wieder ins Englische verfiel, um genauso rasch wieder in die eigene Muttersprache zurückzufallen. Rose fiel wieder ein, daß es einer von Monas religiösen Abenden war, wobei ein Pandit aus dem Ramajana rezitierte und ihr Freundinnen unerschrocken und kampflustig zur Seite standen. Nach einer Weile pflegte die Begum Zafar – überzeugt, daß ihrem Status als Ehefrau in der nächsten halben Stunde kein Schaden zugefügt werden würde – ihre Augen von Rose loszureißen, um sich seideraschelnd und mit geblähtem Sari hinunterzubegeben zu Monas *kirtan* und sie zwischen kürzeren Ramajana-Episoden vernehmlich flüsternd zu bemitleiden.

Rose sah durch das Zimmer zu Ram und Zafar hinüber. Sie begriff das ganze Theater um die Religion nicht und die Rufe in den Straßen, *Hindu-Muslim ek ho*, mit denen beiden Glaubensgemeinschaften eingebleut wurde, zusammenzustehen und eine Einheit zu bilden, wo sie das doch schon längst taten. Ram und Zafar waren doch das beste Beispiel dafür. Was könnte sie schon auseinanderbringen? Als ob sie Blutsbrüder wären, dachte sie: Beide groß und mit Adlernase, bedächtig und durch nichts zur Eile anzutreiben, stattliche Männer, eingebildet und liebenswert und beide auf die gleiche Weise unerträglich. Sie waren sich in allem so nahe, daß man kein Reiskorn zwischen sie zwängen konnte. Wenn Ram ein moslemisierter Hindu war, war Zafar ein hinduisierter Moslem. Wozu also das ganze Geschrei? Wenn sie etwas von beiden wußte, dann, daß der eine wie der andere nach dem irdischen Leben auf einen Himmel voller Huris hoffte und daß für beide dieses Stück Erde hier Heimat war und kein anderes. »Ihr beide seht wie Brüder aus«, sagte Rose zu ihnen, woraufhin Zafar zu ihr herüberkam und ihr beteuerte: »Das sind wir auch, Rosenknospe, das sind wir auch. Unser Ururgroßvater vor zweitausend Jahren war der Gesandte Alexander des Großen im Pandschab.«

Wieder die Griechen. »Wollen Sie damit sagen, Sie stammten von den Griechen ab?«

»Und den Afghanen, den Türken, den Mongolen und den Persern – allerdings nicht unbedingt in dieser Reihenfolge. Die beiden zivilisierten Beispiele der Gattung Mensch, die Sie vor sich sehen, sind das Endergebnis und die Folge von was weiß ich wie vielen sich kreuzenden Karawanen, von Völkerwanderungen und eindringenden Horden.«

»Was soll dann das ganze Gerede darüber, die Moslems wären anders als die Hindus und wollten ihren eigenen Staat – und wohin soll das überhaupt führen?«

»Ah, Pakistan!« sagte Zafar und wäre an seinem Drink fast erstickt.

»Nennen sie es so?«

Doch Zafar und Ram wollten sich ausschütten vor Lachen über den Witz des Jahrhunderts und waren außerstande, zusammenhängend zu reden. Dies war der Augenblick, den die Begum Zafar, die männlicher Kumpanei aus Prinzip mißtraute, für den passenden Zeitpunkt hielt, um sich zu entfernen. Die Gesellschaft noch mit einem letzten Funkeln bedenkend, begab sie sich hinunter zu Mona.

»Ich würde sagen, Sie haben einen in der Krone«, schalt Rose. »Und nachdem Sie es der Begum gelobt haben, sollten Sie überhaupt nicht mehr trinken.«

»Ich hab' zwar geschworen – aber war ich nüchtern, als ich schwor?« wandte Zafar sich an den Raum, was bei Rose den Eindruck hervorrief, als zitiere er irgend etwas Bekanntes; doch bei dieser Art Unsinn wußte man ja nie. Jetzt wandte sich das Geplauder Pakistan, Kythera und anderen mythischen Orten zu.

»Wo liegt Kythera?« fragte Rose Zafar. Das Verschwinden der Begum hatte sie unendlich erleichtert.

»Überall und nirgends. Genauso wie Pakistan«, sagte Zafar. »Es ist das Land Ihrer Träume, Rosenknospe. Kythera ist das Land, in das Sie aufbrechen wollten, als Sie ihre heimatlichen Gestade verließen.«

Wie sollte man verstehen, was sie redeten, zumal sie nicht mehr ganz nüchtern waren, dachte Rose und nahm neben einem Army-Major mit wildem Schnauzbart und berechenbareren Sätzen Platz. Doch nichts war verständlich, wo doch lautstark Monas Religionsausübung sich meldete und jede Pause im Gespräch ausfüllte. Melodiös hob und senkte sich die Stimme des Pandit, drang durch das Fenster hinter ihnen herein und deklamierte Mysterien, die genauso vollständig waren wie die, die oben Rose umgaben. Immer wieder beschwor er in seinen Erklärun gen zwischen den Lesungen Ischvar. Ungeachtet der Rhythmen des Ramajana ließen sich die ›*Oof toba, toba*‹s und ›*Hai, hais!*‹ der Begum Zafar und ihre Anrufungen Allahs vernehmen, auf daß er Mona ein besseres Los beschere. Ischvar und Allah, zwei unterschiedliche, souveräne Gottheiten, die über Tempel und Moschee geboten, über Hindu-Wasser und Moslem-Wasser auf den Bahnhöfen. Ihre Namen waren nicht miteinander zu verbinden bis zu dem Tag Jahre später, da Rose sie in einer Lobpreisung anderer Art zu Ischvar-Allah zusammengefügt fand.

Nach der Party schlug sie wißbegierig in Rams Lexikon nach. Kythera, Beiname von Venus-Aphrodite, vom gr. Kythereia, von Kythera/Cythera, griechische Insel, die mit der Aphrodite in Zusammenhang gebracht wird. Südöstlichste der Ionischen Inseln vor der Südküste des Peloponnes. Kythera, eine der Aphrodite Geweihte. – Nun, jedenfalls war es eine richtige Insel, etwas Reales, nicht so wie Pakistan. Zugleich war es auch etwas aus dem Reich der Phantasie, eine Insel für die, die an die Liebe glaubten. Habe ich mich also nach Kythera aufgemacht? fragte sie sich, als sie durch die nach Mitternacht gespenstisch daliegenden Räume ging, nachdem alle Spuren einer Cocktailparty und eines *kirtan* verschwunden waren und die Menschen im Tiefschlaf lagen. Sie setzte sich in die Mitte des jetzt nicht mehr von dem wilden Schnauzer besetzten Sofas; ihr frisches Nachthemd fing in der Wärme des Raums bereits an, schlaff zu werden. An einer der Wände sprang schwarze Kalligraphie, zerbrechlich wie Filigran, gazellenleicht über eine vom Mondlicht überflutete Seite, die breit eingerahmt wurde von Goldblättern und Blumen. Komisch, etwas Handgeschriebenes einzurahmen! Eine ganze Menge von Dingen, aus denen sie tagsüber nicht schlau wurde, klärte sich im Laufe von Roses nächtlichen Wanderungen und teilte die Nacht in kleine Portionen ein, mit denen sie zurechtkam. Von einem Gitter aus Mondschein auf dem Sofa in einzelne Teile zerlegt, konnte sie Fragen beantworten, die keine Fragen mehr waren: Trat Keshav zur Musik des *Inquila-a-a-b* in den Staatsdienst ein, wurden Rose und Mona von Devs gebieterischem Geschrei nach Milch mitten in der Nacht aus dem Schlaf gerissen, erblickten Rose und Mona eine der anderen Gesicht im Spiegel, waren beide durch unverbrüchliche Sakramente gebunden, Rose in Indien, in Kythera, ihrem Exil und ihrem Zuhause. Ihr Geist wurde in der Nacht lebendig und erlebte die Geister von Wesen, die es längst vor diesen Mauern gegeben hatte, vor dieser Stadt, schon lange vorher, bis sie die Schreie neugeborener Zwillinge in einer Einsiedelei im Wald hörte. Und glaube ja nicht, damit wäre diese Geschichte zu Ende, hatte Keshav gesagt. Ganz zuletzt, als das Leben sogar der lang-leidenden Sita zuviel wurde, betete sie zur Erde, ihrer Mutter, und flehte sie an, sich zu öffnen und sie aufzunehmen, was die Erde tat; d. h., hatte Ram angemerkt und nach einer zweiten Portion Hammel-Curry gelangt, sie starb. Oder wurde von der Gesellschaft ermordet, verbesserte Keshav ihn, denn wie freiwillig sind freiwillige Tode, und war es hinterher Glückseligkeit oder die Hölle auf Erden, die *satis* dazu brachte, den Scheiterhaufen ihres Gatten zu besteigen und sich lebendig verbrennen zu lassen? Warum sollte eine bezaubernde Prinzessin die Erde anrufen, sie zu verschlukken, wenn nicht das Leben für sie zu einer Wildnis geworden wäre?

Wenn das Prinzessinnen widerfährt, was ist dann mit gewöhnlichen Menschen? Rose behielt diese Überlegung im Gedächtnis, doch sollte es Jahre dauern, ehe sie auf eine weitere, nicht minder erschreckende Geschichte stieß, als ein Bettler ihr vom Ganges und von den Hunderten von Ziegelöfen an seinem Ufer erzählte, die sich öffnen und Frauen verschlingen. Wie? Immer noch? Hast du dir das ausgedacht? fragte sie. Menschen, die soviel durchgemacht hatten wie er, dachten sich Sachen aus, ihr Verstand verwirrte sich. Ich brauch' mir das nicht auszudenken, sagte er, und ihr summte der Kopf vor lauter Namen, die er ihr nannte, Muzzafarpur, Samstipur, Bhojpur, Beguserai, Monghyr, Purnea, Gaya, Patna, Chapra, den heiligsten aller Flüsse entlang, wo heute und nicht in den Jahrhunderten vor Christi Geburt Arbeiterinnen in den Brennöfen verschwanden, wo sie arbeiteten. Und die Schweinelöcher, in denen sie lebten, in die sie aber manchmal nie wieder zurückkehrten, wurden von den Ofenmeistern und ihren Männern benutzt, wenn diese für den Tag Schluß machten mit dem Ziegelsteintragen. Manche kehrten, wenn sie hart und alt geworden waren, zurück in ihr Dorf, um junge Mädchen für die Brennöfen anzuwerben. Woher weißt du all dies? fragte sie. Weil meine Frau auf diese Weise verschluckt wurde, erwiderte er. Und der Bettler paßte mit seinem Aussehen zu der Geschichte: ein Mann, der sich nicht einmal die eigenen Tränen abwischen konnte.

# KAPITEL 6

Nishi konnte für sich beanspruchen, Ravi in ihr Leben gebracht zu haben. Sie hatte ihn um zehn Uhr morgens bei einem Tages-Einweihungsflug der Air India nach London kennengelernt. Dev hätte ihn nie als jemand akzeptiert, den Daddy-ji und Rose bereits kannten, besonders Rose. Vom Fenstersitz in der Kabine aus sah Nishi zu, wie andere Passagiere vom Warteraum der VIPs über den Asphalt zum Flugzeug gingen, als ein Herr auf den Platz neben ihr gewiesen wurde. Sie meinte, neben dem allerwichtigsten Mann in der Verwaltung zu sitzen, als Champagner in einem gefährlich im Gleichgewicht gehaltenen Glas vor ihn hingestellt wurde, ehe die Maschine an den Start ging und sich in die Luft erhob. Alles war möglich, wenn man auf gleicher Höhe mit sonnenbeschienenen Wolken saß, und die Vorsehung geht seltsame Wege. Die Vorsehung hatte sie ohne Mitgift aus einer Familie mit acht Kindern, die sich Kleider und Schlafgelegenheit teilten, und einem Vater, der es nie geschafft hatte, das Vermögen, die Stellung und die Illusion wiederzuerlangen, um die die Teilung des Landes ihn gebracht hatte – die Vorsehung hatte sie aus dieser Familie herausgeholt und hineinversetzt in den Luxus von Daddy-jis Haus. Jetzt wollte es die Vorsehung, daß sie Ravi beim Lunch der Fluglinie im Post-Office-Tower-Restaurant in London gegenübersaß; und diese Begegnung war nicht minder unwirklich als das Flugzeug, das kaum wahrnehmbare Rucken des Drehturms und der sich verändernde Ausblick, der sie daran erinnerte, daß sie hoch über der Stadt aßen und tranken. In Ländern wie Schweden sei man in bezug auf Menschenrechte ziemlich zimperlich, hörte sie ihn zu seinem Nachbarn sagen; unglaublich die Fragen, die die Schweden wegen läppischer fünfzig- oder auch hunderttausend Verhaftungen stellten. Doch davon abgesehen, sei sein Auftrag in Europa ziemlich leicht gewesen. Nachdem abgedeckt und der Nachtisch serviert worden war, sprach der England-Manager der Air India sein: »Wir haben heute unter uns ...«, und Ravi erwiderte mit ein paar Dankesworten im Namen aller Passagiere. Beim Himbeer-Soufflé, als er sich seinem Nachbarn gegenüber darüber ausließ, daß die Premierministerin keinen einzigen Schritt ohne öffentliche Unterstützung mache – wobei ihre Partei, falls überhaupt, nur ein Hindernis bei dem direkten Kontakt zum Volk und den Veränderungen darstelle, die sie herbeiführen wolle, um den Bedürfnissen der Massen zu dienen –, erkannte er Nishi und lächelte ihr freundlich zu. Vom Wein mutig gemacht, lehnte sie sich vor und sagte atemlos: »Wie etwa der Verfassungsänderung, um sich zur Präsidentin auf Lebenszeit ernennen zu lassen?« Das war schließlich in aller Munde.

Abrupt sagte er: »Wo haben Sie das gehört?«

Nishi machte hastig einen Rückzieher: »Ach, nirgends. Es gehen soviel Gerüchte um, man sollte nichts darauf geben.«

Er jedoch kam ihr dankenswerterweise zu Hilfe und sagte, die Verfassung müsse wirklich geändert werden, allerdings erst, wenn ein entsprechendes Klima dafür geschaffen worden sei; diesem Ziel diene ja der Ausnahmezustand, und genau in diesem Punkt würden eben Leute wie sie wichtig. Mit so etwas Schwerwiegendem wie einer Klimaveränderung betraut, beteuerte Nishi ihre Inkompetenz, als er sich dafür einsetzte, Aktionsgruppen von Anwälten, Lehrern, Unternehmern und so weiter zu bilden, die die Aufgabe übernehmen sollten, eine solide öffentliche Basis für eine Verfassungsänderung aufzubauen, um die reale Macht der Premierministerin zu stärken. Plötzlich fragte er sie: »Ob Ihr Mann wohl interessiert wäre, einer solchen Gruppe beizutreten?« Nishi nahm einen Schluck Eiswasser, um einen klaren Kopf zu bekommen, und griff dann dankbar zu, als die Vorsehung ihr noch einmal ein Geschenk hinhielt.

Sie war zwar nur fünf Tage fort gewesen, doch im Haus knisterte es förmlich vor Spannungen, und sie wünschte von Herzen, Daddy-ji würde, worauf freilich nichts hinwies, endlich gesund werden und die Zügel wieder in die Hand nehmen. Am ersten Abend zu Hause, nachdem sie Rose gute Nacht gesagt hatte und mit Dev im Schlafzimmer allein war, sagte sie: »Devikins, Mummy möchte etwas Geld haben.«

»Nun, dann gib es ihr.«

»Das, was ich ihr geben sollte, ist schon alle.«

Dev stieß einen ungeduldigen Laut aus. Er werde sich morgen drum kümmern, sagte er, doch mußte er das vergessen haben, war er doch in seinem Arbeitszimmer vollauf mit drei Männern beschäftigt, von denen der eine einen Dolch in seinem Gürtel trug und die beiden anderen Pistolen. Nachdem sie den ganzen Tag darauf gewartet hatte, daß er sich erinnerte, suchte sie am Abend Rose in ihrem Zimmer auf. Roses Bettzeug war gelüftet worden, und Kumar ging fürsorglich um das Bett herum und stopfte die mit Farnen und Blumen bedruckten Laken unter die Matratze. Die Schuhe waren geputzt, standen fein säuberlich vor der Wand aufgereiht und warteten darauf, weggestellt zu werden. Kleider lagen über Stühlen. Schranktüren standen offen, damit die Feuchtigkeit des Monsuns sich verflüchtigte, und Schnappschüsse lächelten sie von Glastischen her an. Am Spiegel des Frisiertischchens war eine Postkarte festgesteckt: rosa und weiße Damen in gepuderten Perücken und Ballkleidern streckten sich schmachtend auf der grünen Uferböschung eines Flusses aus; in der Nähe lagen Segelschiffe vor Anker. Das Zimmer war erfüllt von Licht und Erinnerung. Nishi setzte sich auf einen chintzbezogenen Sessel, schloß die Augen und atmete den

Duft von ›Yardley's English Lavender‹ ein, der Roses weich gepolstertes, puderbestäubtes Zimmer durchzog. Zuvor war Rose in Daddy-jis Zimmer gewesen, wo sie jeden Abend eine ganz bestimmte Zeit verbrachte, nicht nur, um der Schwester eine Ruhepause zu gönnen. Dazu hätte es auch Dienstboten gegeben. Einmal war Nishi hineingegangen und hatte gesehen, wie eindringlich sie Daddy-ji ins Gesicht sah, als ob die Kraft ihres Blicks ihn dazu bringen könnte, sich zu rühren, zu lächeln und zu sprechen.

Kumar brauchte nicht zu sagen: »Memsahib geht spazieren.« Sie wußten beide, daß sie das nicht tat. Mit vorgerecktem Kinn deutete er in Richtung Fenster. Nishi ging hin, und da war Rose wie immer, ging neben dem Grabmal auf und ab, wobei ihr Gang eine merkwürdige Ähnlichkeit mit dem von Kumar aufwies, wie dieser hier oben das Laken feststopfte. Das häßliche Grabmal hockte bucklig im Dämmer, und Nishi riß sich von seinem Anblick los, um sich lieber dem hell erleuchteten Zimmer zuzuwenden. Sie trat an den Frisiertisch heran, nahm die Schwanendaunen-Quaste aus Roses Puderdöschen, drückte sie leidenschaftlich an ihre Nase, lief die Treppe hinunter aus dem Haus hinaus und rief dabei Mummy, Mummy, bis sie Rose endlich sah. Rose kam es vor, als käme ein Kind im Dämmer über den ungepflegten Rasen auf sie zugelaufen und stolperte über kleine Steine, die überall auf dem unebenen Boden verstreut lagen. Außer Atem erreichte Nishi sie, ergriff ihre Hand, schwenkte diese im Gehen und plapperte: Mummy, du solltest nicht soviel allein sein, warum hast du mich nicht gerufen, ich wäre doch mit dir spazierengegangen, es ist schlecht, soviel allein zu sein. Und das alles in einem Ansturm von Zuneigung abzüglich Verständnis, also genau richtig für dies Zwischenreich, das Rose, die weder Gattin noch Witwe war, bewohnte. Wie ein Kind oder wie ein lebhafter junger Hund, der vorstürmt und dann erwartungsvoll, den Kopf auf die Seite gelegt, zurückblickt, wandte sie sich immer wieder Rose zu. Ein Gesicht, so klar konturiert, als wäre es mit einer scharfen, blitzenden Schere aus Papier ausgeschnitten. Kein Fleisch, das Falten in diesem Gesicht warf oder Schatten hervorrief. Roses Gesicht war in ihrer Jugend weich gerundet gewesen und mit zunehmendem Alter immer voller und fleischiger geworden, ein Zerrbild dessen, was es einmal gewesen war. Nishi, die nichts zuzusetzen hatte, würde immer so bleiben, würde so aussehen wie ein Kind, sich verhalten wie ein Kind, vielleicht immer schutzbedürftig sein und bleiben, auch jetzt mit fünfunddreißig noch. Und gleichzeitig jemand, dessen gewinnendes Wesen und behende, mühelose Bewegungen merkwürdig beunruhigten.

»Der Sonnenuntergang ist schön, nicht wahr?« sagte Rose, die keine Worte fand, ihn zu beschreiben.

Das Dunkel, das sich längst angekündigt hatte, brach herein, und zu Nishis Überraschung sah das bucklige Grabmal, das sie so haßte, aus der Nähe plötzlich alt und vertrauenerweckend aus, ein verträumter, fast schwebender Hügel, wohingegen das Haus mit seinen erleuchteten Fenstern wie frisch aus dem Boden gestampft, hart und abweisend aussah. Noch ehe sie ihre Persönlichkeiten sich auf diese eigentümliche Weise hatte kreuzen und verwirren sehen, war sie, durch nichts getrieben, das sie hätte beim Namen nennen können, die Treppe hinunter und vom Haus fortgelaufen. Jetzt hielten sie und Rose sich in stillschweigendem Einverständnis immer noch im sich vertiefenden Dunkel draußen auf und waren nicht bereit, jene unsichtbaren Fußböden wieder zu betreten, bevor sie nicht unbedingt mußten.

»Was sind das für Zäune, die sie da ziehen?« erkundigte sich Rose.

»Damit wird das Gelände für das Jugendlager abgesteckt – für Ausbildung und Freizeitgestaltung, für Bogenschießen, Scheibenschießen und so weiter. Dev organisiert das. Verstehst du, es sollen mehrere Jugendlager entstehen, eines nach dem anderen. Sobald die Regenzeit vorüber ist.«

»Ist das der Grund, warum diese Schlägertypen mit den Pistolen hergekommen sind?«

»Müssen sie wohl«, sagte Nishi wie abwesend.

»Die sind aber mindestens vierzig«, sagte Rose. »Wenn das Jugendliche sind, bin ich ein Wickelkind.«

Nishi keuchte vor Lachen. »Wie komisch du sein kannst, Mummy.«

»Ich dachte, sie sollten Bäume pflanzen und nicht auf Schießscheiben schießen.«

Als sie die Vordertür erreichten, sagte Nishi: »Ich will dir was sagen, Mummy, mach mir eine Liste. Ich fahre morgen in die Stadt und bringe dir mit, was du brauchst.«

Plötzlich glomm es in Roses Augen auf, und sie sagte: »Wenn du in die Stadt fährst, komme ich mit.«

»Ja, natürlich«, stimmte Nishi zu. Warum hatte sie nicht selbst daran gedacht? Unvermittelt stand sie vor Dev, der in der Tür wartete und sie blockierte.

»Ich brauch' den Wagen morgen«, sagte er.

»Na schön, Devikins, dann fahren wir eben ein andermal.«

Seit ihrer Schulzeit im Kloster hatte sich nichts mehr so sinnfällig ergeben. Die geometrisch angelegten Blumenbeete des Klosters hatten etwas Heiteres gehabt, ebenso die geschrubbten, wimpelförmigen Gesichter der Nonnen, die Glocken, die mittags zum Angelus gerufen hatten. Himmel und Hölle, Engel und Teufel, alles dort, wo es hingehörte. Ganz anders jedenfalls als der Lärm und das Durcheinander in dem Haus, in dem, eines nach dem anderen, die Kinder ihrer Mutter zur Welt gekommen waren und hatten leben müssen, nachdem das Pflegeheim sie hinausgeworfen hatte. Das Kloster war der einzige Ort, wo Nishi sich nicht über alles und jedes im Zweifel gewesen war – bis der Ausnahmezustand das Land genauso bewohnbar gemacht hatte. Zuvor war es das reinste Chaos gewesen, die Menschen hatten nach höheren Löhnen geschrien oder nach einer Prämie oder einfach nur so; zu viele politische Parteien, was so demütigend war, wenn man es Ausländern erklären mußte. Und dann – über Nacht – hatte sich eine magische Ruhe herabgesenkt, so wie in Taiwan oder Singapur. Die Idee von einem Führer, zu dem man aufsehen konnte, ließ ihr Herz höher schlagen, erfüllte ihr Bedürfnis nach Sauberkeit und Ordnung. Und eine Frau ganz an der Spitze brachte wenigstens *eine* Frau außer Reichweite der Schrecken, auf die alle anderen gefaßt sein mußten. Außerdem war der Ausnahmezustand so populär! Das konnte man an den Abordnungen von Lehrern, Anwälten, Schulkindern und so weiter sehen, die jeden Tag eintrafen, um der Premierministerin zu gratulieren. Die Delegationen wurden am Tor angehalten und durchsucht und – nachdem sie von einem Beamten aussortiert worden waren – in Warteräume dirigiert. Das allgemeine Publikum wurde auf den Rasen geführt; Leute wie sie selbst wurden in einen ovalen Vorraum gebracht. Sie nahm sich einen Stuhl und betrachtete die Wand über den Köpfen derer, die ihr gegenübersaßen. Als ihre Blicke sich begegneten, lächelten sie einander wortlos und verklärt an, ehe sie wieder wegsahen. Nishi war sich sicher, daß diese Leute, genauso wie sie selbst, beim Warten an nichts Bestimmtes dachten. Man hatte keine Zeit, vor einer Audienz mit der Führerin über irgend etwas nachzudenken, denn schließlich konnte sich jeden Augenblick die Tür öffnen und der nächste gebeten werden einzutreten. Immerhin erfüllte sie das mystische Glühen von Menschen, die das patriotisch Richtige taten, oder von Pilgern, die eine gefahrvolle Reise unternommen hatten und von weit her kamen, um den großen Zeh zu küssen, der von Pilgerküssen bereits ganz abgewetzt war.

Innerlich gehoben durch die beiden Minuten in Gegenwart der Führerin, suchte sie ihren Vater auf. Sie bat den Fahrer, den glänzenden weißen Mercedes etwas um die Ecke so zu parken, daß er außer Sicht war, obwohl die Gasse um die Ecke viele Schlaglöcher aufwies und er ihrer

Anweisung nur höchst widerwillig folgte. Der Laden ihres Vaters am Connaught Circus war in einem noch heilloseren Zustand, als sie ihn je erlebt hatte. Ballen von Material für Duschvorhänge versperrten den Eingang. Sie mußte sich um sie herumzwängen, und sein unbeholfener Diener, der in blaugestreiftem Pyjama und schmutzigem Hemd mit einem Armvoll Plastikeimern in verschiedenen Farben herauskam, die ihr Vater aus irgendeinem unerfindlichen Grund offenbar draußen auf dem Gehsteig zum Verkauf aufstellen wollte, hätte sie ums Haar umgeworfen.

»Idiot!« sagte sie wütend, während der Einfaltspinsel sich so nachdrücklich entschuldigte, daß die obersten Eimer anfingen zu wackeln und ihr auf die Zehen fielen. Der Boden im Laden selbst war übersät mit noch mehr Plastikeimern, Bechern und Seifenschalen, Besen und Bürsten und anderem Badezimmerzubehör; die Regale – für gewöhnlich vollgestopft mit Waschmitteln und Toilettenpapier – waren leer. Ärgerlich überlegte sie, wieso ihr Vater Badezimmerzubehör verkaufen mußte statt irgendeine etwas weniger banale Ware. Er saß nicht an seinem Platz am Tisch, sondern in einer Ecke an einem der Regale. Über seine Stahlbrille hinweg sah er sie an.

»Ach, du bist es! Wird aber auch Zeit. Mutter setzt mir schon die ganze Zeit zu, dich rüberzuholen.«

Er wandte sich wieder dem Regal zu. Nishi unterdrückte ihre Verärgerung. »Ich habe Obst und Schokolade für sie mitgebracht.«

Er stieß einen Grunzlaut aus, forderte sie jedoch nicht auf, Platz zu nehmen. Es blieb seinem Einfaltspinsel von Diener vorbehalten, herangewatschelt zu kommen und ihr einen klapprigen Stuhl zu bringen. Ihr Vater hatte vielleicht das Regierungs-College in Lahore besucht, sah jedoch so aus, als wäre er nie in seinem Leben aus diesem schäbigen alten Laden am Connaught Circus herausgekommen. Er hatte einmal gesagt, nachdem er die Mitgift aufgebracht hatte, um vier Töchter zu verheiraten (sie nicht inbegriffen), habe er das Gefühl, sein ganzes Leben in diesem Laden verbracht zu haben. Was mehr oder weniger stimmte, da die Teilung des Landes ihm – emotional, familiär und faktisch – den Boden unter den Füßen weggezogen und ihn mit kaum einer *paisa* in der Tasche ins Nichts katapultiert hatte. Bloß weil ein bis zum Skelett abgemagerter alter Fanatiker, der nicht einmal die Sprache seines Volkes sprach, kaum jemals etwas anderes als britische Kleidung trug und nicht einmal ein orthodoxer Moslem war, plötzlich eine islamische Heimat wollte, einen Riesenwirbel gemacht und die ewige Verdammnis gepredigt hatte, bis er sie bekam. Ihr Vater war nie ein gläubiger Mensch gewesen, doch seit der Teilung war er aus wahltaktischen Gründen Hindu, und es schien ihm eine diebische Freude zu bereiten, jetzt ein langes rotes *tilak* auf der Stirn zu tragen, um aller Welt zu zeigen, daß er ein treuer Anhänger der konservativen Volkspartei Jan Sangh sei, obwohl er ihre Mutter daheim ständig mit seiner Gottlosigkeit durcheinanderbrachte. Das war durchaus gefährlich, denn seit der Proklamierung des Ausnahmezustands war seine Partei unter Überwachung gestellt und alle Anführer und viele von den organisierten Arbeitern ins Gefängnis geworfen worden. Falls nötig, so hatte sie sich vorgenommen, würde sie mit Ravi sprechen, um ihn zu beschützen, doch vorläufig wollte sie versuchen, ihn dahin zu bringen, Vernunft anzunehmen. Es war schon schwierig genug, mit seinem Eigensinn fertig zu werden; aber noch beunruhigender war es, mit der fünfunddreißigjährigen Erwachsenen zurechtzukommen, zu der sie nur in seiner Gegenwart wurde – wobei sie eine ganz andere Stimme bekam und ihr erwachsenes Selbst über tausend Dinge Bescheid wußte, die sie mit ihrem üblichen Geplapper nicht verscheuchen konnte wie flaumige Küchlein.

»Was machst du denn – den Laden sauber?« fragte sie.

Er wandte sich vom Regal ab, stemmte die Hände in

die Hüften, ein verhutzeltes schmales Bündel von einem Mann. »Nein, ich bin nicht dabei, die Regale zu räumen. Das haben schon diese Leuteschinder getan, und alles kaputtgemacht, auseinandergerissen und durcheinandergeworfen.«

»Pst, pst, doch nicht etwa die Polizei?« – »Wer stolziert denn sonst rum wie der Nabob von Ist-mir-doch-egal?«

»Bitte, hör auf, so zu reden«, flehte sie ihn an, »sie tun doch nur ihre Pflicht. Aber warum sind sie denn überhaupt hergekommen?«

»Um nachzusehen, ob auch jeder Artikel, den ich verkaufe, mit einem Preisschildchen ausgezeichnet ist. Aber da ich noch nie ein Preisschildchen an irgendeinem Artikel gehabt habe, den ich in diesem Laden verkaufe, und das seit dem Jahre 1948, also seit siebenundzwanzig Jahren, und da der Preis von allem und jedem hier auf der Liste an der Wand steht – wo sie selbstverständlich nicht nachgesehen haben – und das seit siebenundzwanzig Jahren für meine Kundschaft eine durchaus zufriedenstellende Einrichtung gewesen ist – warum muß ich da jetzt jeden Artikel mit einem Preisschildchen auszeichnen?«

»Hör auf, hör auf, wenn dich jemand hört – und wenn das heutzutage Vorschrift ist, warum es nicht einfach tun?«

»Nun, was glaubst du, tue ich gerade?«

»Ach so.« Es erfüllte sie mit tiefer Befriedigung, daß er tat, was man ihn geheißen hatte. Vielleicht wurde dann wieder alles gut. Doch um seine Sicherheit zu gewährleisten, fragte sie: »Würdest du dich wohl einer Gruppe von Leuten anschließen, Geschäftsleuten wie du...«

»Wo anschließen?« unterbrach er sie.

Seit Daddy-ji krank daniederlag, war er nicht zu ihnen ins Haus gekommen. Er ließ sich rüde über Dev aus und nannte seine Freunde schwachsinnig und Trottel, statt dankbar zu sein, daß zumindest sie von allen seinen Töchtern ihn keine Mitgift gekostet hatte. Ihre Mutter hatte recht, Gott dankbar zu sein gehörte nicht zu seinen Wesenszügen.

»Im Haus der Premierministerin«, sagte sie.

»Aus was für einem Grund versuchst du, mich da hinzulocken?«

»Weil alle hingehen«, sagte sie geduldig, »du mußt es in der Zeitung gelesen haben – um zu gratulieren.«

»Ihr zu gratulieren, daß sie eine Menge Leute eingelocht hat? Ums Haar hätten sie auch mich eingelocht, bloß weil an meinen Artikeln die Preise nicht ausgezeichnet sind. Einen Vorwand brauchen die nicht. Einfach ab ins Kittchen. Wenn du meinst, dafür müßte man jemand gratulieren, bist du verrückt.« Ohne zu fragen, war der Einfaltspinsel von Diener in den Laden nebenan hinübergegangen und hatte eine eisgekühlte Flasche von einem abscheulichen Getränk geholt, das sie schon dem Aussehen nach anwiderte; gleichwohl war sie aus Gründen der Höflichkeit gezwungen, ein paarmal daran zu nippen, ehe sie das Glas absetzte. »Die sind so versessen darauf, die Leute einzusperren, daß sie heute zehn Gefangene in einer Zelle haben, in der früher nur einer saß; die Klos sind verstopft, und es gibt keinen Tropfen Wasser.«

»Das stimmt nicht. Im Fernsehen haben sie gesagt, die Gefangenen werden gut behandelt; und woher willst du das überhaupt wissen?« – »Im Fernsehen haben sie behauptet, JP* wär' ein tollwütiger Verschwörer. Die sollten sich mal auf ihren Geisteszustand untersuchen lassen! Natürlich weiß ich das. Wo die gesamte Sanskritabteilung der Universität eingesperrt ist, muß doch was durchsickern.«

Sie wußte, daß er Freunde an der Universität von Delhi hatte; jetzt erschrak sie darüber, was das alles bedeuten konnte.

* Gemeint ist Jai Prakash Narayan, Rivale und Gegenspieler Pandit Nehrus im sozialistischen Flügel der Kongreß-Partei. A. d. Ü.

»Hoffentlich stehst du nicht in Kontakt mit diesen Leuten.«

»Wie sollte ich? Das können nicht mal ihre Verwandten. Obwohl sie euch im Fernsehen weismachen wollen, sie würden so zartfühlend behandelt. Aber es sickert so manches durch.«

»Das glaube ich nicht. Ich kenne ein hohes Tier in der Verwaltung, der sagt, die Gefangenen werden sehr gut behandelt. JP ist nicht einmal im Gefängnis, sondern im Krankenhaus.«

»Wenn die mit ihm fertig sind, ist er reif fürs Grab. Im Krankenhaus sollen sie ihn festhalten, sagst du? Nun, um so bequemer haben sie es, ihn kaltzumachen mit all dem, was im Krankenhaus mit ihm geschieht. Hinterher werden sie dann behaupten, er wäre alt und krank gewesen...«

»Er *ist* alt und krank.«

»Und das wäre auch ich im Handumdrehen, wenn die mich in die Finger kriegten. Zuletzt lassen sie ihn mausetot durch die Hintertür verschwinden. Seit dieses Pack an der Macht ist, ist das schon zu oft passiert – auch schon vor deinem kostbaren Ausnahmezustand.«

»Ich weiß nicht, wie du dazu kommst, so zu reden.«

»Sie können es nicht ertragen, jemand so Sauberes vor Augen zu haben – da sehen sie im Vergleich noch widerlicher aus, als sie es ohnehin schon sind.«

»Hör mal, ich bin nicht hergekommen, um über Politik zu reden. Diese Gruppe von Geschäftsleuten tut sich zusammen, um der Premierministerin Vorschläge über ihre Geschäftspolitik zu unterbreiten und neue Industrien ins Leben zu rufen und eine Menge anderer Sachen, die für dich interessant sein könnten.«

»Ein Vorschlag, den sie machen könnten, wäre, daß sie aufhören sollen, bereits existierende Unternehmen zu ruinieren.«

»Dev meint, du solltest dich um eine Vertretung für das Auto von Madames Sohn bewerben und das ganze Badezimmerzubehör rausschmeißen. Besonders ehrenwert ist das nicht.«

»Es ist wohl ehrenwerter, Vertreter für ein Auto zu sein, das es gar nicht gibt. Und woher soll ich das Geld nehmen, um eine Vertretung zu kaufen: Die Vertretungen für den Wagen von Madames Sohn sind nicht ganz billig, nach dem, was ich gehört habe.«

»Das Geld stellt Dev dir zur Verfügung.«

»Und wer stellt den Wagen zur Verfügung? Oder will Dev auch den aus dem Zylinder hervorzaubern?«

Er war in einer seiner Launen, die einem auf die Nerven gingen, und ihre Geduld war zu Ende.

»Warum tust du nicht einfach, was ich dir sage?« rief sie. »Warum bist du mit Mama nicht zur Grundsteinlegung gekommen? Warum kannst du nicht *vernünftig* sein?«

Und da war er, plötzlich alt und krank vor ihren Augen, und es bestand vollkommenes Einvernehmen zwischen ihnen. Wut lag mit Schmerz in ihrer Brust im Widerstreit, Wut darüber, daß Polizisten sein ›Saniflush‹ und ›Odonil‹ und Mops und Eimer durcheinandergeschmissen hatten, wo es doch seine Bücher und Papiere hätten sein müssen, private Untersuchungen über all das, was er untersucht hätte, wäre dieses Land nicht gewaltsam in zwei Teile auseinandergerissen worden, damals, als sie sieben Jahre alt gewesen war und noch fünf Brüder und Schwestern darauf gewartet hatten, geboren zu werden, und er sich viermal fast zu Tode geschuftet hatte, um am Ende von acht Kindern vier mit einer Mitgift versehen zu können. Manchen abgefahrenen Bus holte man eben nie wieder ein.

»Die Schokolade und das Obst für Mama«, sagte Nishi leise und stellte ihm den Korb, den sie mitgebracht hatte, auf den Tisch.

Um die Ecke prangte an rissigen und abblätternden Mauern, die immer und immer wieder mit Plakaten überklebt worden waren, ein brandneues, von dem herab die große Führerin sie anlächelte, und ein brandneuer glänzender, noch feuchter Schnurrbart zierte ihr Lächeln. Obwohl Nishi rasch von einer Seite zur anderen blickte, konnte sie keine Spur von einem davonlaufenden Missetäter oder einem Tropfen verschütteter Farbe entdecken. Der weiße Mercedes sah aus wie eine Portion Schlagsahne, die am Ende einer verstopften Abwasserleitung wunderbarerweise intakt geblieben war.

Ravi hatte dafür gesorgt, daß die Versammlung in einer Suite des ›Intercontinental‹ abgehalten werden konnte, da ihr eigenes Heim zu weit entfernt lag für die Gattinnen der anderen ›Neuen Unternehmer‹. Die Reaktion war ermutigend gewesen, und die Hotelleitung stellte Kaffee und Snacks zur Verfügung. Als sie den Lift zum fünften Stockwerk bestieg, stellte sie fest, daß sie vergessen hatte, das Zwanzig-Punkte-Programm mitzubringen. Sie mußte sich doppelt Mühe geben, um auch ohne Programm gut zu sein; schließlich ging es um den Geist der Sache, ging es darum, die Gattinnen dazu zu bringen, ihre Energie und Ideen zu bündeln, um den Ausnahmezustand immer populärer zu machen. Es gab für die Damen viel zu tun: Gruppen zur Premierministerin zu bringen, damit sie ihr gratulierten, Bäume zu pflanzen und ihre Dienstboten davon abzuhalten, Kinder in die Welt zu setzen. Bei ihrem Eintreffen wurde bereits heftig über diese Dinge diskutiert. Der kleine Saal war voll von gefärbtem Haar, importierten Duftwässern und dem festen Fleisch von Frauen, die die vierzig längst hinter sich hatten, deren hauchzarte Sommersaris nicht das geringste mit quellenden Speckfalten um die Bauchpartie zu tun zu haben schienen und deren Söhne bei der ›Gulf Oil‹ und der Weltbank angestellt waren. Nishi kam sich jung, klein und mickrig vor.

»Einzelne Drohungen bewirken überhaupt nichts«, sagte Leila gerade aus der Sicherheit der Wechseljahre heraus. »Ich habe meiner *ayah* mehr als einmal mit der Entlassung gedroht, falls sie noch ein Kind bekommt, aber sie wirft ein Balg nach dem anderen. Jetzt hat sie schon das vierte! Ich sage Ihnen, es ist ein Alptraum.«

»Lassen Sie ihr doch die Eileiter abbinden.«

Das hatte Leila schon beim letztenmal tun wollen, aber das Balg war drei Wochen zu früh gekommen, oder das elende Weib hatte ihr absichtlich etwas vorgeflunkert, was das Datum betraf. Nun war es jedenfalls da, entstanden, ehe sie sie ins Krankenhaus hatten bringen können, und das nach all den Mühen, die Pritam sich gemacht hatte, um alles in die Wege zu leiten.

Nishi trat an einen Tisch am Ende des Raums, auf dem eine Schale mit Azaleen prangte, Block und Bleistift lagen und ein Glas und ein Krug bereitstanden. Zögernd klopfte sie mit einem Löffel an ein Glas und bat um Aufmerksamkeit. Dann stellte sie fest, daß sie kein Wort herausbrachte. Diskret räusperte sie sich und begann.

»Ich weiß, wie sehr Ihnen allen die Zwanzig Punkte am Herzen liegen. Deswegen sind wir schließlich alle hergekommen.«

Kuchen- und Sandwichkrumen bedeckten das Buffet. Ein Kellner kam mit heißem Kaffee und frischen, duftenden *samosas*. Erwartungsvoll sahen die Versammelten Nishi an.

»Ich habe die Zwanzig Punkte zu Hause vergessen«, entschuldigte sie sich, »aber ich weiß ja, wie sehr Sie alle dafür eintreten. Nun, und da habe ich mir gedacht, warum diskutieren wir nicht formlos über Mittel und Wege, um die Zwanzig Punkte populär zu machen oder – da ich sie ja nicht dabei habe – über Möglichkeiten, den Ausnahmezustand zu einem noch größeren Erfolg zu machen, als er es jetzt schon ist, natürlich.«

Bedrohlich blickte das geballte Mittelalter sie über die Weite des Raums hinweg an, und Nishi meinte, einen Hauch Selbstgefälligkeit und Ironie aufgrund ihrer Unerfahrenheit in diesen Blicken zu lesen. Mit der Unerfahrenheit wäre sie ja noch durchgekommen, wäre sie nicht außerdem noch so mickrig und klein; Gott sei Dank hatte sie wenigstens eine helle Haut.

»Und deshalb...« Wieder räusperte sie sich. »...falls Sie irgendwelche Vorschläge haben, wie wir die Zwanzig

Punkte populärer machen können – oder irgendwelche anderen Vorschläge –, bitte, sagen Sie sie.«

Nervös lächelte sie und wartete darauf, daß irgendwelche Hände in die Höhe gingen. Statt dessen übernahm Leilas Stimme das Kommando, ohne zuvor auch nur um das Wort gebeten zu haben.

»Worum es uns vor allem zu gehen hat, liegt ja auf der Hand. Das habe ich schon erklärt, ehe Sie kamen. Empfängnisverhütung. Wir sollten das Stichwort von der Regierung übernehmen. Ich weiß aus zuverlässiger Quelle, daß Lehrer entlassen werden, wenn sie nicht nachweisen können, daß sie mindestens fünf Menschen dazu gebracht haben, sich sterilisieren zu lassen. Natürlich müssen sie den Eingriff zuerst bei sich selbst vornehmen lassen. Diese Art von sachlichem Programm müssen wir für die Hausangestellten auf die Beine stellen, da gibt es gar nichts.«

Einmütiger Applaus begrüßte ihre sachliche Ankündigung. Nishi reckte über die Azaleen hinweg den Kopf, um Leila sehen zu können; dann schob sie sie ein wenig beiseite, doch die Leitung der Versammlung war ihr entglitten, und Leila war es, die jetzt die Flut von Kommentaren lenkte und mit weiteren Informationen aus zuverlässiger Quelle auf Vordermann zu bringen versuchte. Was sie jetzt zu sagen habe, solle übrigens nicht weitererzählt werden, denn schlechte Nachrichten müßten unterdrückt werden, die untergrüben nur die Moral, aber es habe regelrechte Aufstände gegen die Samenstrangdurchtrennung beim Mann gegeben. Das Ehrgefühl der Moslems sei dagegen, und es wäre der Gipfel der Dummheit, damit anzufangen, moslemische Dienstboten zu sterilisieren. Wie man da verfahren solle, darüber könne man entscheiden, nachdem die Hindus sterilisiert worden wären, da habe Pritam sich klipp und klar ausgedrückt, obwohl er selbstverständlich warnen müsse, daß dies die Bevölkerungsrate bei den Moslems ansteigen und bei den Hindus möglicherweise sinken lasse. Aber mit diesen Einzelheiten brauchten sie sich jetzt wohl nicht zu befassen.

»Und was ist mit den Christen?« wollte jemand wissen, während die Versammlungsleiterin darauf wartete, konsultiert zu werden. »Meine *ayah* ist katholisch. Sie würde sich nie einverstanden erklären, und entlassen kann ich sie nicht, dann stünde ich mit meinen drei Kindern da. Aber wie steht es mit den Protestanten?«

Keiner wußte über den Standpunkt der Protestanten Bescheid, aber es gäbe hier ja auch nicht so viele protestantische Dienstboten, sagte Leila, »die überlassen Sie getrost mir«. Nishi schob die Azaleen noch ein Stück beiseite und machte sich die Pause mutig zunutze. »Wenn wir nur die Hindus sterilisieren, wird das den Hindus gar nicht gefallen. Um die Religion sollten wir uns überhaupt nicht kümmern.«

»Richtig, sehr richtig«, unterstützte Leila sie, »wir leben schließlich in einem weltlichen Staat. Aber fangen wir mit den Hindus an. Erst einmal einen Anfang machen, um ihnen zu zeigen, daß wir es ernst meinen. Das heißt, wir sollten einen von diesen Lieferwagen organisieren, ein Sterilisationszentrum aufbauen und alle unsere Dienstboten an einem bestimmten Tag dorthin bringen. Das ist eine Frage der Organisation und des Managements, sagt Pritam. Sobald wir ihm ein Zeichen geben, stellt er uns einen Wagen zur Verfügung. In der Keksfabrik haben sie so viele Lieferwagen. Einer ließe sich bestimmt erübrigen, und die Fahrt brauchte ja nicht umsonst zu sein. Es könnten auch gleichzeitig Kekse ausgeliefert werden.«

Pritams Hilfe wurde angenommen und ihm im voraus gedankt; nur sollten sie kein Wort darüber verlauten lassen, sagte Leila; Pritam würde sich wahnsinnig freuen. Frauen, die sich tatkräftig für Indien einsetzten, hätten seine ganze Unterstützung; jedenfalls, wenn es sich um konstruktive Arbeit handelte, nicht etwa um lautes Geschrei nach Rechten für die Frau.

»Das wäre dann also beschlossen«, sagte Nishi aufseufzend. »Noch weitere Vorschläge?«

Der kreativste betraf eine Blumen-Woche, in der es gelte, die Zwanzig Punkte in Ikebana auszudrücken. Und da wir schon von Blumen sprechen, sagte die Österreicherin, von der der Vorschlag kam – so verzweifelt sie gewesen sei, als sie letztes Wochenende nach Mussoorie hinaufgefahren wäre und erlebt habe, wie kahl die Berghänge aussähen, auf denen nie wieder ein Grashalm wachsen werde, so entzückt sei sie, von einer so großartigen Bewegung zu hören, die sich ›Chipko‹ nenne und ganz im Geiste von Mahatma Gandhis *satyagraha* arbeite, wo die Menschen die Bäume umklammerten, wenn die Arbeiter des Bauunternehmers kämen, um sie abzuholzen...

»Mrs. Mathur, Mrs. Mathur« – Nishi versuchte, die Dame mit beschwörenden Handbewegungen zu beschwichtigen und den Sturzbach aufzuhalten, denn ihr war gerade noch rechtzeitig eingefallen, daß die Verträge für das Fällen der Bäume vom Industrieminister persönlich vergeben worden waren, auf den Aufruf zum *satyagraha* Gefängnis stand und der Hotelraum mit Wanzen bestückt sein könne. Doch Mrs. Gerda Mathurs beredtes Eintreten für die wunderbare ›Chipko‹-Bewegung nahm seinen Lauf. Wenn ihre Ausführungen von dem mit elektrischen Medien beauftragten Zensor wirklich mit Hilfe einer verborgenen Abhöranlage aufgenommen wurden, mußte Ravi ihnen eben helfen; doch als erstes mußte Mrs. Gerda Mathur hingehen, die Premierministerin zur Ausrufung des Ausnahmezustands beglückwünschen und sich in das Gratulationsbuch eintragen.

Die nächste Aufgabe, vor die Nishi sich gestellt sah, bestand darin, die Dienstboten zu Hause zusammenzutrommeln, was nicht lange dauerte. Es waren keine Moslems oder Protestanten darunter, was die Sache kompliziert hätte, und die Hindus begriffen sofort, daß sie nur die Wahl hatten zwischen Sterilisation und Entlassung – bis auf Kumar, der halsstarrig war, wie es nur ein alter Diener sein kann. Rose, die ihr Zimmer nie vorm Frühstück verließ, kam im Morgenrock heraus, als sie Nishi auf dem Korridor mit Kumar streiten hörte und ihr kindlich-schrilles Gezeter sich zu immer größeren Höhen aufschwang.

»Die Sterilisation ist nichts Schlechtes, Mummy«, piepste sie, als Rose erschien.

»Dieser Mann«, sagte Rose, »ist so alt wie dein Vater. Würdest du deinen Vater in ein Sterilisationszentrum schleifen?«

Nishi erbleichte, und ein Schauder durchlief sie. Nie in ihrem Leben hatte sie mit Rose gestritten, doch gerade jetzt hätte sie zuschlagen können, nicht Rose, versteht sich, die sie mochte, sondern das Gespenst, das sie geweckt hatte, die gefürchtete und quälende Angst, die Nishi seit dem Ausnahmezustand nicht losließ – die Angst nämlich, daß jemand ihrem Vater etwas antun könnte. Abgesehen davon, daß es galt, Dev voranzubringen, war dies ja gerade der Grund, warum der Ausnahmezustand unterstützt werden mußte. Wie kannst du es wagen, wie kannst du es wagen, wollte sie wie von Sinnen schreien, er hat doch schon so viel durchgemacht. Wie kannst du es wagen, seinen Namen zu nennen; jemand könnte es hören! Rose, die mitbekam, daß Nishis Pupillen sich verengten, sagte nichts weiter. Kumar war immerhin gerettet, doch Nishi, die durchs Haus fegte, um die Dienstboten zusammenzurufen und sie in den Lieferwagen der Keksfabrik zu treiben, verdoppelte ihre Anstrengungen, um den Ausfall eines Menschen wettzumachen, und so fiel sie plötzlich über den Bettler her und stieß zu. Ein Kampf entspann sich, wie zwischen bizarren Lebensformen, ehe das Leben auf der Erde menschlich wurde. Voller Entsetzen sah Rose, was sich unten im Garten abspielte. Was war nur in das Mädchen gefahren; verlor sie etwa den Verstand? Nishi, neben dem Lieferwagen mit der rosa Aufschrift ›Knuspriges Teegebäck‹, die die Operation des Einfangens überwachte, hatte den fanatischen Ausdruck eines Folterers im Gesicht, als der schiefgesichtige, einäugige Junge des Kochs mit dem verstümmelten Torso des Bettlers rang, und der Bettler handlos und und verkrüppelt um sich schlug und sich geschickt jedesmal entzog, wenn der andere dachte, er hätte ihn gepackt. Das Gerangel war immer noch im

Gange, als Rose die letzte Treppenstufe erreichte, sich auf Nishi stürzte, ihr mit Gewalt Einhalt gebot und damit das fanatische Befehlsband zerriß, das zwischen ihr und dem Jungen des Kochs bestand. Sanft schüttelte Rose sie, und Nishis Augen hatten Mühe, sich auf sie zu konzentrieren.

»Es ist völlig sinnlos, ihn mitzunehmen«, sagte Rose. »Er ist ja nicht mal ein ganzer Mann. Er zählt nicht.«

Nishi nickte und ging, nachdem sie dem Fahrer des Lastwagens Anweisung gegeben hatte, seine Passagiere zu ihrem Ziel zu bringen und sie, nach vollzogener Sterilisation und nachdem er seine Kekse abgeliefert hatte, wieder zurückzubringen. Der keuchende Bettler reckte nach dem Ringkampf grüßend einen zitternden Armstumpf, als wollte er vor Rose salutieren, die sich an der Verandawand festhalten mußte, um nicht das Gleichgewicht zu verlieren. Er sah aus wie das Endergebnis einer anderen gewalttätigen Auseinandersetzung, dieser Armstumpf. Sie nahm sich vor, ihn bei Gelegenheit danach zu fragen. Der handlose Gruß ließ sie an seine Hände und den Kampf um sein Menschsein denken. Jedesmal, wenn sie ihn von diesem Tag an von ihrem Schlafzimmerfenster aus sah – aus dieser Entfernung nicht größer als ein Käfer, der in der Nähe des Grabmals herumkrabbelte –, konnte sie ihn sich heil und ganz aufrecht gehend, laufend und springend vorstellen, und so wurde er jeden Abend im Licht der Sterne wieder wunderbar ganz.

# KAPITEL 7

Neels Freund, der Anwalt, kam zum Abendessen, und da ich immer sehr spät begreife, was Sache ist, begriff ich auch erst beim Betreten des Wohnzimmers, daß eine Dinnerparty nicht die beste Gelegenheit war, für Rose Rat einzuholen, wo doch außer dem Anwaltsehepaar noch zwei Universitätsprofessoren und der Chefredakteur einer Zeitung zu Gast waren. Doch lag es weniger an der Party als solcher, als vielmehr daran, was aus Partys geworden ist. Schreibtischarbeit muß etwas haben – Lesen und Schreiben als Lebensersatz, das einen daran hindert zu sehen, was sich vor der eigenen Nase abspielt. Nicht, daß ich beim Dinner viel mitbekommen hätte. Kiran hatte darauf bestanden, daß ich meine Brille nicht aufsetzte (»Dann sieht niemand, was für schöne Augen du hast«), und so konnte ich mir nur ein recht verschwommenes Bild von den Meinungsmachern unserer Gesellschaft machen.

Die Unterhaltung war ein See, milchig-trüb mit sanft bewegter Oberfläche, der müßige Gedankenaustausch von Menschen auf der Gewinnerseite des Lebens, die beim Streitgespräch nicht aus der Haut zu fahren brauchen. Die Diktatur um uns herum war ein Naturereignis, nichts Menschengemachtes, ja, überhaupt nichts ›Gemachtes‹. Sie besaß jene Natürlichkeit, jene Mutter-und-Kindhaftigkeit von etwas Gewachsenem, und sie ließ sich kultivieren. Oder nach einer anderen Leseart: Sie war ausgegraben worden, stellte einen wundervollen archäologischen Fund dar, den sichtbaren Beweis für die frühen Blüten unserer

Kultur, Institutionen, die überdauert hatten, den Beweis dafür, daß die Familie zählte. Was war schon daran auszusetzen, daß in unserer Republik ein Sohn die Nachfolge seiner Mutter antrat? Und welche Mutter irgendwo auf der Welt würde nicht Himmel und Hölle für ihren Sohn in Bewegung setzen?

»Besonders dann, wenn er ein solches Organisationstalent bewiesen hat«, sagte der Chefredakteur einer einflußreichen Tageszeitung.

Man müsse schließlich irgendwo anfangen, verdeutlichte er witzig, und genau das habe Madames Sohn getan: die unteren Klassen sterilisiert, wilde Siedlungen dem Erdboden gleichgemacht, Slumbewohner vertrieben, um Delhi schöner zu machen, Jugendlager mit Aussteigern an der Spitze eingerichtet, Faulpelzen und Rohlingen, die sonst nichts weiter als Faulpelze und Rohlinge geblieben wären. Da nun diejenigen, die gegen ihn waren, aus dem Weg geschafft seien, würde nun bald ein patriotischer, gleichsam handgesponnener und handgewebter Wagen – jede Schraube und jede Mutter in Indien hergestellt – über unsere Straßen rollen. Man sehe sich nur an, wie er mit vollen Segeln tatkräftig in das Machtgefüge eingestiegen sei, wohingegen noch sein Großvater* jahrelang im Gefängnis hätte schmachten und seine Mutter mit Puppen hätte spielen müssen, ehe sie den Einstieg in die Chefetage geschafft hätten. Der Chefredakteur rief leichte Wellenkringel auf dem See hervor. Er war der lustige, Spaß liebende Typ. Man durfte lachend einem von beiden kritisch gegenüberstehen, entweder der Mutter oder dem Sohn, aber nicht beiden. Außerdem wußte jeder, daß der Sohn ihn zum Chefredakteur gemacht hatte – nachdem der unbequeme Vorgänger, der die Stirn besessen hatte zu berichten, der ›indische Volkswagen‹ sei bei Probefahrten in einem Graben gelandet, und seither sei nicht mehr die Rede davon,

* gemeint ist Pandit Jawaharlal Nehru, erster indischer Premierminister und Vater Indira Gandhis. A. d. Ü.

ihn zu bauen, entlassen worden war. Auf hartnäckige Fragen hin mußte der kommunistische Professor von der Universität Delhi, der pro Mutter und anti Sohn war, zugeben, daß erst der Sohn es geschafft habe, die Mutter zu bewegen, energisch durchzugreifen. Wobei sie den Präsidenten im Schlafanzug überrascht habe, fügte der Chefredakteur hinzu, und das Kabinett in der Unterhose, was diesen Hohlköpfen mal zeige, wer der Boß sei. Entscheidungsfreudigkeit sei gefragt, nicht Zögerlichkeit wie beim Großvater mit seinem Harmoniebedürfnis und seiner Seelenerforschung, seinem Sein oder Nichtsein und Im-Kampf-sind-alle-Waffenbrüder.

»Und jetzt hat Madame freie Bahn und kann ihre Pläne für die Armen verwirklichen«, sagte Kiran gefühlvoll.

Sie saß neben der Anwaltsgattin, und zwar in einer Haltung, die als klassisch weiblich galt, nachdem Weiblichkeit von Mütterlichkeit zur Madonnenhaftigkeit degradiert worden war, von der Göttin zur Ehefrau, Tochter oder Muttergottes. Zumindest die Professorengattin, die selbst eine Professorin war, hatte eigene Ansichten und vertrat eine eigene Haltung.

Die Männer schienen zu sprechen, als gälte es, ihre Aussagen zu Protokoll zu geben, dabei lief gar kein Tonbandgerät. Jetzt war der Anwalt an der Reihe. »Es ist völlig natürlich«, begann er. »Gibt es denn im ganzen Land eine Mutter, die nicht versucht hätte...« Ich unterbrach ihn und fragte nach dem Gesetz über die Hindugesetze. Wie ein Staffelläufer übernahm es freundlicherweise der Chefredakteur, sich darüber auszulassen, daß das Erbprinzip in einer Demokratie etwas völlig Natürliches sei.

»Das Gesetz über die Hindugesetze, sagen Sie?« meinte der Anwalt stirnrunzelnd, gewann aber seine gute Laune rasch wieder zurück – es war erst Viertel vor acht, er konnte seine Aussage ja später auf Band sprechen – und sagte mir, seit 1957 habe eine Witwe die gleichen Ansprüche auf Besitz und Vermögen wie alle anderen Familienmitglieder. Ich erklärte ihm bei der Person, um die es gehe, handele es sich um Rose, und es gäbe Spannungen in der Familie.

»Aber Dev macht sich doch fabelhaft, oder?« wandte sich der Anwalt bestätigungsheischend an Neel. »Ein tolles Anwesen, was er da draußen hat.«

»Das gehört seinem Vater«, sagte ich. »Könnten Sie nicht für Rose tätig werden? Onkel Ram wird sich nicht erholen; vielleicht lebt er nicht mehr lange. Ihr geht es darum, eine Vereinbarung aufzusetzen, mit der ihre Rechte geschützt werden.«

»Das ist nicht nötig. Dem Gesetz nach hat sie Anspruch auf einen bestimmten Anteil.«

»Den wird sie nie bekommen. Und sie hat nicht die Mittel, ihn vor Gericht einzuklagen.«

»Dazu würde ich ihr auch nicht raten. So ein Rechtsstreit dauert Jahre. Es wäre besser, sie würde sich mit Dev einigen. Ich sehe da kein Problem. Wo Dev sich doch so fabelhaft macht.«

»Er ist ein Schwachkopf«, sagte ich unverblümt, »und jetzt steht er auch noch an der Spitze dieses Riesenunternehmens.«

»Aber, aber«, meinte der Anwalt beschwichtigend und wägte meine schönen Augen gegen meine Taktlosigkeit ab. Meine Augen trugen den Sieg davon. »Eine weltweit operierende Gesellschaft würde doch nicht mit jemand zusammenarbeiten, der seinen Job nicht versteht. Das erste, was die tun würden, wäre doch, ihn unter die Lupe zu nehmen.«

»Dann müssen sie wissen, daß er ein Schwachkopf ist.«

Gutgelaunt lachte er auf. »Neel, deine Schwägerin ist aber sehr hart in ihrem Urteil über Dev. Er wäre doch wohl nicht Vorsitzender der Neuen Unternehmer, wenn er keine Ahnung hätte.«

»Ach, das ist er jetzt auch noch?«

Er nickte und wandte sich nochmals an Neel: »Bist du dem Verein beigetreten?«

»Noch nicht, aber ich habe es vor. Es kann nur von Vorteil sein, einer Organisation anzugehören und die Ansichten der Industrie einheitlich vorzutragen.«

Wozu waren dann die Handelskammern da, und wie konnte Neel einem Verein beitreten, dessen Vorsitzender ein Schwachkopf war – ausgerechnet er mit seiner Ausbildung und Erfahrung? Gutmütig fegte Neel meine Bemerkungen beiseite. Ich hatte davon zwar noch nichts gehört, aber wenn die Anwälte sich jetzt zu den Neuen Anwälten zusammenschlossen, fand ich nie einen, der bereit wäre, sich mit Dev anzulegen. Suchend sah ich mich nach Kiran um und sah, wie sie sich mit der Anwaltsgattin ausführlich über die Kinder unterhielt.

»Wir kennen Dev seit unserer Kindheit«, sagte ich. »Würdest du ihn zuverlässig nennen?«

»Er ist Vorsitzender der Neuen Unternehmer«, versicherte sie mir.

»Da haben Sie es, meine Liebe«, sagte der Anwalt liebenswürdig. »Ich kenne die Familie selbst seit Jahren. Ich würde Dev nicht gern in Ungelegenheiten bringen. Aber aus welchem Grunde sollte er nicht die Interessen seiner Stiefmutter wahrnehmen? Er macht sich doch fabelhaft. Sehen Sie bloß mal, wie die Fabrik jetzt hochgezogen wird. Haben Sie jemals erlebt, daß etwas so schnell hochgezogen wird?«

Das hatte ich wirklich nicht. Andere Geschäftsleute brauchten Monate, um ihren Zement freigegeben zu bekommen. Auch hatte ich noch nie erlebt, daß ein ländliches Gebiet mit einer solchen Geschwindigkeit in eine Industriezone verwandelt wurde, dazu für ein einziges Unternehmen, und das, nachdem die Stadtplaner von Delhi beschlossen hatten, dieses Gebiet für die ländliche Erschließung unangetastet zu lassen.

Kiran forderte uns auf, zum Essen Platz zu nehmen, erklärte uns anmutig, was es gebe, welche Gewürze die Fischsauce enthalte und woraus der Salat bestehe. Weiterer weiblicher Charme wurde auf die verschiedenen Chutneys und Süßsauer-Eingelegtes verwandt. Und dann gab die akademisch gebildete Elite der Hauptstadt eine Vorstellung, worüber sich die oberen Schichten der Dritten Welt unterhalten, wenn die demokratischen Institutionen gerade wieder einmal von einer Flutwelle überrollt worden sind. Der Salon-Professor, dessen Gattin weiter unten an der Tafel gekonnt Madames jüngste Aktionen verteidigte, erzählte bis ins einzelne gehend von der Klinik in der Sowjetunion, wo er acht Monate lang kostenlos auf Arthritis behandelt worden war. Der Chefredakteur umriß den morgigen Leitartikel, in dem er zu sagen gedachte, Madame habe es guten Glaubens für ihr verfassungsmäßiges Recht angesehen, die Verfassung außer Kraft zu setzen. Zwar werde er sagen, er bedauere, daß Freiheit und Recht auf Leben ausgesetzt wären, doch werde er sich zu dem Schluß durchringen, daß es leider keine Alternative gegeben habe. Der Anwalt faßte alles zusammen, als er seine fachliche Ansicht kundtat, daß die Verfassung gründlich geändert, wenn nicht gar völlig neu geschrieben werden müsse, um Madame die Macht zu geben, alle hochexplosiven zerstörerischen Kräfte zu bekämpfen und die Privilegien zu zerschmettern, gegen die sie von Kindesbeinen an gekämpft habe. Delhi sei schließlich immer eine herrschaftliche Stadt gewesen, oder? Wann sei es nicht ein Leben absoluter Herrscher gewesen, die glaubten, Gott und die Engel stünden auf ihrer Seite? Was sei denn eigentlich so neu an Sonderbefugnissen und erblicher Herrschaft? In der willkommenen Pause, ehe der Hauptgang aufgetragen wurde, erging Kiran sich reizend über den Pudding.

Widerspruch und Gegenargumente hätten durchs Zimmer fegen und es zum Rotieren bringen müssen. Wir lebten schon in verwirrenden Zeiten! Marxisten und Hindus verbrüderten sich im Gefängnis, Salonkommunisten bejubelten die Monarchie, und das Tausendjährige Reich war im Gewand eines Ausnahmezustands angebrochen, an dessen Spitze ein Mütterchen Zarina stand, deren unwissende kleine Bauern mit dem Segen der Mutter ganz glücklich waren. Doch Stühle und Tische blieben stehen, und das Essen ging friedlich weiter, bis Kirans Gäste die Demokratie ebenso behaglich zu Grabe getragen hatten, wie sie zuvor die Fischsauce in den Säften ihrer kapitalistischen und kommunistischen Mägen ertränkt hatten. Wenn Verfassung und Gesetze zu einem solchen Ärgernis geworden waren – wo sollte ich da einen Anwalt für Rose finden? Nachdem die Gäste heimgegangen waren, war ich so verwirrt, daß ich in mein Zimmer ging, meine Brille aufsetzte und mich hinhockte, um nachzudenken. Selbiges tat ich. Wozu Premierministerinnen und Ausnahmezuständen die Schuld geben? Von oben bis unten waren tausend Leute beteiligt, bloß weil, wie Rose es ausgedrückt hätte, wenn einer ›famos‹ ruft, eben alles famos ist. Ich rief Rose an.

»Neels Freund, der Anwalt, war heute zum Dinner hier«, sagte ich. »Ich habe deinetwegen mit ihm gesprochen, aber er will nicht helfen. Er war genauso wie der Arzt, von dem du mir erzählt hast.«

»Verflucht und zugenäht!« sagte Rose, die sofort kapierte. Für jemand, von dem man eigentlich annimmt, daß er abends immer ein bißchen angedudelt ist, begreift sie schneller als die meisten. »Wie war noch sein Name?«

»Sein Name?«

Ich zerbrach mir den Kopf, schließlich mußten wir einander vorgestellt worden sein, aber es fiel mir nicht ein; genausowenig wie die Namen des Chefredakteurs oder der beiden Professoren. Sie waren nun mal Der Anwalt, Der Chefredakteur, Die Professoren.

»Na, wenn das nicht die Höhe ist«, sagte Rose und gluckste. »Aber was macht es schon für einen Unterschied, ob er hilft oder nicht. Sie sind nun mal Anwalt, Kaufmann und Chef – wie Kirschsteine auf'm Teller – un' keine Menschen.«

Damit traf sie, was den Abend betraf, den Nagel auf den Kopf, und, wie es in der Bibel heißt, den nächsten Morgen genauso wie alles, was wir vom Rest unseres Lebens erkennen konnten. Auch die Professoren lagen auf diesem Teller; infolgedessen wurde es Zeit, sie neu durchzuschütteln, um sie hinrollen zu lassen, wo zuvor Schuster und Schneider gewesen waren. Denn die Macher und Flikker von Dingen benahmen sich, soweit wir wußten, immer noch wie Menschen und nicht wie Kirschsteine. Ich lächelte zum erstenmal an diesem Abend, und das Lächeln galt ausgerechnet auch noch einem Telefon.

Ich ging zu Bett und dachte an Rose, ihr Wortgeklingel und ihre Schlafliedchen. Und im Zusammenhang damit oder vielleicht gerade deshalb an ihre unbeirrbare Klarsicht trotz ›Gin and Lime‹. Offenbar wurden einem Kümmernisse und Katastrophen wesentlich klarer und rückten einem näher, wenn man Mitleid mit Bo-peep gehabt und die Schrecken von Miß Muffet miterlebt hatte. Rose war jung und unverbildet geblieben. Sie blutete, wenn sie verletzt wurde. Sie war keine große Leserin, es sei denn, der Illustrierten ›Woman and Home‹ und den Artikelchen über die britische Königsfamilie. Das brauchte sie auch nicht zu sein. Die großen Leser hatte ich heute beim Dinner erlebt. Es hatte eines des Lesens und Schreibens Unkundigen wie Akbar bedurft, mit Jesuitenpatern über Dogmen zu disputieren, ein Fatehpur Sikri* zu bauen und die Einheit der Religionen zu preisen.

* Fatehpur Sikri, vom Großmogul Akbar Mitte des 16. Jh.s erbaute Hauptstadt westlich von Agra, die trotz großartiger Hebewerke wegen Wassermangels aufgegeben werden mußte und heute eine prachtvolle, für die Architektur der Mogulzeit aufschlußreiche Ruine darstellt. Erhalten geblieben ist unter anderem das Haus, in dem Akbar mit den Vertretern der verschiedenen Religionen jene Dispute über Religion und freie Religionsausübung führte, auf die hier angespielt wird. A. d. Ü.

# KAPITEL 8

Eine von Roses törichteren Wunschvorstellungen war, daß alles besser werden würde, wenn Mona tot wäre. Wenn sie nur tot wäre, tot, tot, tot, um diesen Wunsch kreisten ihre Gedanken Nacht für Nacht für Nacht. Es ist böse, so etwas zu denken, Rose, sie hat dir nichts getan, und es ist nicht ihre Schuld. Die Nacht wollte und wollte kein Ende nehmen. Beobachtet vom Auge eines senkrecht stehenden Mondes, lag sie da und lauschte auf den sirrenden Gesang der Moskitos, die über dem Moskitonetz das Leben und die Zeiten feierten. Ram hatte ihr gesagt, wenn man sie sirren hört, sind es keine Malaria-Moskitos. Trotzdem stachen sie. Ein ganzer Schwarm schwirrte über ihr, und das klang, wenn sie sich in dem kleinen Badezimmer auszog, durchdringend wie eine summende Stimmgabel und verengte sich zu einem nadelspitzen Ton, wenn sie die Treppe zu ihrer Dachterrasse hinaufstieg und sie ihren Kopf umgaben wie ein Heiligenschein. Wenn sie zu Bett ging, roch sie nach Zitronella, und Laken und Bettzeug waren ausgiebig mit Zitronengrasöl beträufelt. Insekten, die außerhalb des Netzes surrten wie Propeller und die Flügel ausbreiteten wie Schirme, kündeten das Nahen des Monsuns an, der die Küste herauf über die Ebene zog. Gingen die Lichter aus, erstarben fast alle Laute; nicht die der Moskitos. Nachts verloren Hunde das bißchen Vernunft, das sie tagsüber bewahrten, und bellten stundenlang mit zermürbender Hartnäckigkeit, während irgendwo in der Ferne der haarsträubende Schrei eines Irren die Dunkelheit durchstieß. Die Schakale fingen schrill und solo an, glitten dann die Tonleiter herunter, stiegen wieder an und heulten und heulten sich in immer hysterischere Höhen hinauf, das ganze Rudel fiel ein, bis das wahnsinnige und zerrissene Jaulorchester sie soweit brachte, daß sie meinte, sie selbst sei es, die den Verstand verlor. Sei vernünftig, Rose, du liegst hier oben auf der Terrasse, während sie sich unten herumtreiben, weit weg am Rand der Stadt. Du hast doch gehört, was Ram gesagt hat. Meinst du, sie haben es auf dich abgesehen, laufen meilenweit, hetzen die Treppe herauf und springen einfach durch die Tür, die abgeschlossen bleibt, bis Kumar sie am Morgen öffnet? Die Tür ist zu, daran gibt's nichts zu rütteln, und diese Horde von Hirnlosen kommt nicht näher, sondern treibt dich von dort, wo sie ist, nämlich meilenweit entfernt, zum Wahnsinn. Sie jedoch hörte es hecheln und hatte den Geruch von Fell in der Nase. Im Geiste sah sie ihre Augen und ihre heraushängenden Zungen. Von Entsetzen gepackt, setzte Rose sich auf. Sie schwitzte, und ihr Herz schlug wie wild. Sie holte die Taschenlampe unter ihrem Kopfkissen hervor und ließ den Lichtkegel über die ganze Terrasse wandern. Durch das Netz war nichts als Leere und Dunkel zu erkennen. Ram schlief; er würde noch das Jüngste Gericht durchschlafen. Nur Laute aus Monas Schlafzimmer waren imstande, ihn zu wecken. Sie drückte ihr Gesicht ins Kissen und verstopfte sich die Ohren. Mona war nur zwei Jahre älter als sie. Sie würde noch lange nicht sterben. Sie würden zusammen leben und zusammen sterben, eine unmögliche Situation, die jeden Morgen neu in den Bereich des Möglichen rückte und Wirklichkeit wurde, wenn sie die Treppe hinunterstieg in den Alltag und versuchte, damit zurechtzukommen. Sie bemühte sich, Dev für sich zu gewinnen. Es war ungesund, wie das Kind ständig an der Mutter hing, wie die Dienstboten ihm durchs ganze Haus mit Essen und Spielsachen hinterherliefen, wenn er nicht essen mochte, oder einfach nur so. Er bildete den Mittelpunkt eines ganzen Haushalts von Verehrern; auch von

Ram wurde er sträflich verwöhnt. Er konnte sich nicht selbst aus- und anziehen, und er wich vor ihr zurück, wann immer sie versuchte, sich ihm zu nähern. Das mußte seine Mutter ihm eingebleut haben, denn von sich aus sind Kinder nicht unfreundlich. Die Bewohner des Erdgeschosses waren strikt gegen sie, und doch erhob sie sich jeden Tag aufs neue und hoffte aufs neue; ein schmerzliches, problemgefülltes Glück trug sie durch die Stunden.

Im Laden war es einfacher, weil der Mona nicht gehörte. Den hatten sie und Ram ganz für sich allein. Er war ziemlich zentral gelegen, ihre Freunde konnten auf einen Plausch vorbeikommen, und sie genoß es, sich in dem geschäftigen kosmopolitischen Teil der Stadt aufzuhalten, in der Nähe der Kinos und ihres Friseurs. Bei der Art von ausgesuchten und verspielten importierten Waren, wie Ram sie auf Lager hielt, war sie sich nicht sicher gewesen, ob sie viel verkaufen würden, aber sie hatten eine treue Stammkundschaft für feines Bone-China-Porzellan aus England, Brüsseler Spitze, chinesische Jade, in winzigem Perlstich bestickte Taschen aus Österreich und irische Tischwäsche. Rose war gerade dabei, mit Hilfe des Verkäufers ein Sèvres-Kaffeeservice auszupacken, als sie Marcella in der Tür stehen sah. Sie war also wieder zurück. Das helle Sonnenlicht und das Gewirr des rasch vorüberflitzenden Verkehrs auf der Straße hinter ihr verlieh Marcellas Silhouette etwas von dunkler Dauer; nur ihren Kopf vergoldete ein heller Schimmer.

»Kann ich Ihnen behilflich sein?« Ungehemmt wie immer, wenn es um die Bedienung seiner Kunden ging, war Ram an ihrer Seite.

Marcellas Brauen schoben sich nur ganz gering in die Höhe. Sie sagte: »Ich möchte eigentlich nichts kaufen. Ich möchte mich bloß umsehen.«

»Wie reizend!«

Da das etwas war, was kein Verkäufer hätte sagen können, faßte sie ihn mit seinem makellosen Anzug noch einmal ins Auge und wurde sich seiner makellosen Aussprache bewußt, woraufhin sich der Hochmut der Dame, so fand Rose hinter ihrem Sèvres, ein wenig legte und zu etwas Gewöhnlicherem, wiewohl immer noch unverkennbar Marcellahaftem wurde. Ram brachte sie zu Rose.

»Wenn ich mich nicht irre, haben wir uns bereits im Grünen Zimmer in Simla kennengelernt«, sagte Rose.

»Ja, natürlich«, sagte Marcella, die sich offensichtlich nicht erinnerte.

Zusammen mit Ram schlenderte sie durch den Raum, stieß kleine Schreie des Entzückens beim Anblick von chinesischem Brokat und einer Göttin aus weißer Jade aus, und Ram erzählte ihr die Geschichte von jedem einzelnen Stück. Sie nahm einen Bogen Pergament zur Hand, das auf dem Tresen lag, freilich nicht zum Verkauf, sondern weil es gerahmt und im Wohnzimmer an die Wand gehängt werden sollte.

»Das sieht aus wie eine Hindugottheit«, sagte sie. »Dabei hatte ich gedacht, es wäre eine Mogul-Malerei.«

»Es ist eine Illustration aus dem Leben Krischnas. Akbar der Große ließ die Hindu-Epen übersetzen und illustrieren. Er interessierte sich sehr für das Land, über das er herrschte.«

»Es ist wunderschön«, sagte sie, hielt es in die Höhe, meinte, das rot-blau-goldene Mosaik sehe detailgetreu aus, wie gestickt, und die dichtgedrängte Gruppe blaßblauer Kühe in der Ecke, die das Gesicht einem zunehmenden Mond zuwandten, hätte etwas genauso Vertrauensseliges wie christliche Madonnen. Das Bild müsse ja horrend teuer gewesen sein.

»Es ist eine Reproduktion, allerdings eine aus der Mogul-Zeit«, sagte Ram. »Die Mogul-Kaiser ließen Kopien von Bildern anfertigen, die ihnen gefielen, und verschenkten sie an Gäste, die sie bewunderten. Diese hat mein Vater in den zwanziger Jahren in einem der Holzhäuser auf der Hawa-Kadal-Brücke in Srinagar entdeckt und für ein paar Rupien erstanden. Man hat es dazu benutzt, die Sprünge im Fenster zu überkleben, um die Kälte draußen zu halten.«

»Nicht zu glauben!« sagte sie. »Wie überaus spannend! Ich hatte ja eigentlich nicht vor, etwas zu kaufen, aber jetzt kann ich mich nicht entscheiden, was ich hierlassen soll. Am liebsten möchte ich alles mitnehmen.«

»Kommen Sie und trinken Sie nebenan eine Tasse Kaffee mit mir. Dann können Sie sich entscheiden«, lud Ram sie ein. »Rose, kommst du mit?«

»Gleich, wenn ich hiermit fertig bin.«

Für gewöhnlich ließen sie ihren Kaffee herüberkommen und tranken ihn im Laden. Selbstverständlich hatte Ram eine Nase für einen guten Kunden und kehrte immer den Gentleman heraus, besonders, wenn ihre Freundinnen kamen; trotzdem kämpfte Rose mit unguten Gefühlen. Wer hatte nur den Suezkanal gebaut? Verdammter Narr, wer immer es war! Diese Frauen, die sich hier draußen einen Mann angeln wollten, wären dann jedenfalls nicht gleich schiffsladungsweise angekommen, wenn die Schiffe die lange Reise um das Kap der Guten Hoffnung hätten machen müssen. Marcella hatte schon einmal versucht, hier auf Männerfang zu gehen; wozu war sie also zurückgekommen?

Ram und Marcella saßen an einem Ecktisch. Rose sah es sofort, und man mußte schon blind sein, um nicht auf den ersten Blick zu erkennen, wie blendend sie zusammenpaßten, groß, schlank und elegant. Aber es war mehr als nur das. Das Wort, nach dem sie suchte, wollte sich nicht einstellen. Es war die Art, wie sie dasaßen, Arme und Beine durch jahrhundertealte Übung, jede Situation zu beherrschen, in ebendiese unnachahmliche Haltung gebracht. Es war ihre Redeweise, doch spielte es keine Rolle, worüber sie redeten oder ob sie überhaupt redeten. Sie paßten zueinander, schicksalhaft geradezu, absolut mühelos. An ihnen stimmte einfach alles auf erschreckend bestürzende Weise. Warum um alles auf der Welt sollte Marcella sich mit dem betrunkenen Willie oder Percy abgeben, bloß, weil der einen Sir Soundso oder sonstwen zum Vater hatte, wo es doch Ram gab. Dann jedoch verscheuchte sie diese unsinnigen Gedanken und trat zu ihnen an den Tisch. Es war unsinnig, sich mit solchen Hirngespinsten zu quälen, bloß weil Ram und Marlene Dietrich zusammen eine Tasse Kaffee tranken, bevor die Diva zurückkehrte zu ihren Einkäufen, auf die hohe See oder nach Hause. Ram erhob sich, um Rose den Stuhl unterzuschieben, und plötzlich veränderte sich die Atmosphäre, wurde zu einer, die zur Ehefrau Rose paßte, dem Kind Rose, der hübschen gewöhnlichen kleinen Rose. Über ihren Kopf hinweg unterhielten die Ewachsenen sich und ließen sie nachsichtig mit Hilfe kleiner Erklärungen daran teilnehmen.

»Diese ganz ungewöhnliche Klarheit ihrer Stimme«, sagte Marcella gerade und wandte sich Rose zu. »Fanden Sie nicht auch? In einem so kleinen Raum, und dann noch mit dieser schauderhaften Akustik, hätte ich angenommen, daß alles und jedes sich nur sehr laut anhören würde. Aber diese ganz und gar ungewöhnliche Klarheit...«

Sie unterhielten sich über *Lady Windermeres Fächer*, über die Aufführung im Grünen Zimmer im Simla bei Marcellas erstem Aufenthalt dort. Rose fand, daß die Stimme der Hauptdarstellerin zwar schön und klar gewesen sei, doch von einer ungewöhnlichen Klarheit hatte sie nichts bemerkt. Marcellas Oberschichtakzent hatte geschlagene zehn Minuten lang ein ganzes Ballett um zwei Wörter herum aufgeführt, wo sie doch nur hatte sagen wollen, daß die Schauspielerin, die die Lady Windermere gespielt hatte, eine hübsche Stimme habe. Viel Getue um nichts weiter als Silben und Betonungen; wegen einer bestimmten Aussprache soviel Theater zu machen!

»Ich bin ganz hingerissen von Indien«, sagte Marcella. »Ich konnte es einfach nicht erwarten, wieder herzukommen, und als die Craiks mich aufforderten, herzukommen und zu bleiben...«

Rose lauschte Beschreibungen vom Government House, Ausführungen darüber, was ihre Exzellenzen in puncto Renovierung zu tun gedächten, über den erlesenen Geschmack Ihrer Exzellenz, und wie lieb sie beide seien. viel, viel zu gütig.

»Du hast dich nicht gerade besonders reizend benommen, meine Liebe«, sagte Ram voller Bedauern, als sie wieder in ihrem Laden waren und Marcella mit ihren Einkäufen abgezogen war. »Du hast kaum ein Wort gesagt.«

»Nun, wo sie schon so reizend war, wäre es einfach zuviel gewesen.« Rose verstaute ihre Handtasche unter dem Tresen, holte sie wieder heraus, fummelte an der Schließe herum und sagte ohne Sinn und Verstand: »Ich glaube, ich gehe zum Friseur.«

Ram war überrascht, sagte jedoch: »Ja, tu das, ich werde im Geschäft bleiben.«

Sie jedoch konnte nicht anders und sagte gehässig: »Wie macht sie das eigentlich, Indien vom Government House aus hinreißend zu finden?«

»Das ist doch nur eine bestimmte Art zu reden«, sagte Ram.

Doch eine bestimmte Art zu reden stellte eine unüberwindbare Stahlbetonmauer zwischen einer Hälfte der Welt und der anderen dar. ›Bei Claudette‹, nicht größer als ein abgeteilter Korridor, begrüßte Rose Mr. Parameshwar Singh – Claudette –, für den sie weiß und klassenlos war, ganz besonders herzlich. In ein sauberes Tuch eingewickelt, verwahrte er in einer schmutzigen, mit ihrem Namen gekennzeichneten Schublade ihre eigene Bürste, Kamm und Haarnadeln. Er machte ihr nie eine Ölmassage. »Das würde Ihr Haar dunkler machen, Madame, wie das unserer indischen Damen.« Er kümmerte sich von Anfang bis Ende selbst um sie und schickte seinen Gehilfen an die Tür, wo der Junge, eine Hüfte vorgestreckt, sich rekelte und die Welt an sich vorüberziehen ließ. Sie senkte den Kopf, tauchte ihn ins Becken hinein, und das schaumige Shampoo, das Mr. Singh benutzte, lief ihr in die Augen, daß es brannte, rann ihr das Kinn herunter und näßte den Rand ihrer gefältelten Bluse. Mr. Singhs Spezialität war das Schneiden, nicht das Waschen von Haaren, doch sein Gehilfe war noch schlimmer. Er rubbelte das Haar kräftig trocken, drehte einzelne Strähnen zu dünnen Locken zusammen, die er mit Hilfe von Klipps eng an die Kopfhaut anliegen ließ, und buk sie unter einer mörderisch heißen Trockenhaube knochentrocken. Wie benommen tauchte sie daraus wieder auf. »Ich hoffe doch, Sie haben gute Nachrichten von Ihrer Familie aus London, Madame?« – »Ja, vielen Dank für die Nachfrage, Mr. Singh.« – »Ich hoffe doch, es geht ihnen gut.« – »Ja, vielen Dank, es geht ihnen gut.« Mr. Singhs Akzent und der ihre waren – wiewohl grundverschieden – wunderbar geeignet, sich zu einem gemütlichen Plausch hinzusetzen; bei Marcellas war es gleichsam so, daß sie nicht Platz nahm, sondern stehen blieb. »Zweifellos werden Sie und Sir bald nach London fahren.« – »Nun, nicht so bald.« – »Zweifellos hat Sir alle Hände voll mit Geschäften zu tun.« – »Ohne Zweifel.« Obwohl kein Zweifel bestand, daß Sir heute vormittag alles andere als das getan hatte, es sei denn, man nannte Marcella mit ihrem Mogul-Gesäusele und dem Kaffeetrinken Arbeit. Mr. Singh nahm die Klipps heraus, strich mit einem Hauch von Brillantine in den Handflächen über ihre Korkenzieherlocken, bürstete die rote Kräuselung aus und drückte sie mit geschickten Fingern zurecht. Wohlgefällig strahlte er ihr Spiegelbild an, fest überzeugt, daß sie hoch zufrieden sei. Es hatte ausgesehen wie der letzte Schrei – es *war* der letzte Schrei. Sie und Minnie hatten es in Minnies jüngster Ausgabe von ›Woman & Beauty‹ entdeckt und sich die Frisur gegenseitig gemacht – bis Marcella mit ihren strengen goldenen Märchenbuchzöpfen dahergekommen war.

»Gefällt dir meine Frisur so?« fragte sie Ram.

»Ist sie denn nicht genauso wie immer?«

»Ja, das ist sie. Gefällt sie dir?«

»Selbstverständlich.« Er schien verwundert.

Doch die unversöhnliche, ewige, unveränderliche Frisur von Marcella verfolgte Rose bis in den Traum. Rapunzel, Rapunzel, laß dein Haar herunter. Und herunter fielen die goldenen Flechten – Flachshaar, gesponnen von Zauberspindeln, und wer immer unter diesem hohen Fenster des Turms gestanden, hatte danach gegriffen wie nach einer Rettungsleine und war damit an den Quell allen Geheimnisses, allen Zaubers und aller Freude gelangt. Marcella macht mir überhaupt nichts aus, redete sie sich ein; was mir was ausmacht, das ist ihr Haar. Du hast ja einen Stich, Rose.

Eines Morgens brachte sie das Thema bei Minnie zur Sprache.

»Was, Marcellas Haar?« tirilierte Minnie. »Das kann man doch keine *Frisur* nennen. Ich meine, so was würdest du doch nicht *Frisur* nennen.«

»Nein«, sagte Rose zweifelnd.

»Wovon redest du eigentlich?«

Wenn sie das wüßte!

»Komisch, findest du nicht auch«, sagte Minnie. »Da kommt sie von ganz oben, und ihre Kleider sind nur so lala, und dann diese Haare! So was hat man vielleicht vor zwanzig Jahren getragen.«

Oder vor hundert Jahren oder zweihundert, oder in irgendeinem zeitlosen Zeitalter der Vergangenheit oder der Zukunft. Ein paar Tage nach Marcellas Besuch im Laden wurde Dev krank. Mona schickte die *ayah* hinauf auf die Dachterrasse, um Ram zu wecken, und er ging mitten in der Nacht hinunter, um den Arzt anzurufen. Rose bekam kaum etwas davon mit. Mona war zu einem Phantom im Haus geworden, das irgendwo am Rand herumspukte, aber nicht weiter wichtig war.

»Ich wollte fragen, ob Sie und Ihr Mann Zeit hätten, nächsten Mittwoch zum Dinner zu kommen.« Es war Marcella am Telefon. »Nur eine kleine Party, die Lady Craik unbedingt für mich geben möchte.«

Die schriftliche Einladung kam, nachdem sie angenommen hatten. Schon sonderbar, welcher Formen diese vornehme adlige Welt sich befleißigte. Erst fühlten sie vor, ob jemand Zeit hatte, dann schickten sie die Einladung, statt eine Einladung hinausgehen zu lassen, um festzustellen, ob jemand kommen würde oder nicht. Und da waren sie, Ihre Exzellenzen: auf der Party, die sie für die wirklich nur allerengsten Freunde von Marcella gaben, unter einem Kristalleuchter, an den Wänden aufgereiht eine ganze Legion von Dienern mit roten Leibschärpen und dazu passenden roten Turbanen. Eine weitere Legion stand mit einer Olive, einer Auster oder irgend etwas anderem in der Hand herum, das aus weiter Ferne von einem hohen Berg oder aus der Tiefe der See bis hierher gereist war, um seine Tage auf einem Präsentierteller aus purem Silber zu beenden. Seine Exzellenz und Ihre Exzellenz geruhten das Haupt huldvoll in diese Richtung oder in jene zu neigen, ganz wie Seine Majestät, deren Vertreter sie waren, und auf daß niemand das jemals vergesse! Und selbstverständlich waren da auch die Adjutanten, die Ober-*boxwallahs*, folglich waren Minnie und Dick nicht in Frage gekommen, des weiteren hiesiger Landadel, kostbare Treibhausblüten einer wie der andere, und kein einziger gewöhnlicher Sterblicher außer ihr selbst darunter. Glanz und Gloria des Empire, entfaltet im intimen Rahmen einer kleinen Dinnerparty für Marcella. Ram schien ganz in seinem Element, wie ein Fisch im Wasser, und Marcella eine grüngeschlängelte Meerjungfrau. Brunnengeplätscher der Unterhaltung und geschnittene Zypressen des Gelächters. In dem großen Spiegel zwischen zwei leuchtendrot beturbanten Schildwachen sah Rose, wie Rose beim Gongschlag, der das Dinner ankündete, zusammenzuckte. Der zweite Akt begann. Als die gemessene Prozession an ihr vorüber in den Speisesaal einzog, dessen riesige Türflügel von weiteren livrierten Dienern aufgehalten wurden, stand sie wie erstarrt da beim Anblick ihres hektisch-roten Haars, ihrer im weißen Gesicht fiebrig glühenden Wangen, als ob hartes Sonnenlicht sich zufällig in diesen Salon verirrt hätte, um sich grausam ausschließlich auf sie zu richten.

Ihr Tischherr war jene Fliege, die Marcella im Grünen Zimmer umsummt hatte; in seiner prachtvollen Uniform sah er aus wie ein Filmstar, nur nicht besonders intelligent, oder? Er schien nicht zu wissen, daß Pferde Geld kosten, aber auch nicht, wie sie vom Lohn eines Fabrikarbeiters hätte Reiten lernen sollen. »Dafür könnte ich Ihnen eine Menge über Pralinees erzählen«, erbot sie sich, »ja, könnten Sie das wirklich«, lachte er brüllend auf und ging zu den Theaterstücken dieser Saison in London und Noël Cowards wahnsinnigem neuen Erfolgsstück über. Doch erst im dritten Akt, als getanzt wurde, verstand Rose die Tücke der Wasserstraßen dieser Welt und begriff instinktiv (was ihr einen eisigen Schauder über den Rücken jagte), warum der Suezkanal gebaut worden war. Ram und Marcella tanzten Walzer. Es konnte gar nichts anderes sein als ein Wiener Walzer, so wie sie sich – Zwillingssäulen – von der Hüfte an nach außen bauschten, eine königliche Zeremonie, mit der eine gräßlich schöne und protzige Epoche eingeführt wurde. In England, als Rose sonntags in die Kirche gegangen war, hatte sie dem An- und Abschwellen der Orgelmusik gelauscht, wie sie die Glasmalereien der Fenster hinaufgebraust war bis zum Deckengewölbe, um dort innezuhalten, mit gerade ebendiesem Gefühl von Angst und Schrecken, die so gewaltig waren wie das Ringen nach Atem. Die Musik, die die Kirche bis zum Bersten erfüllt hatte, konnte nirgendwo hin; sie hatte ein absolutes und unerträgliches Recht, genau dort zu sein, wo sie war. Nichts war dasselbe nach dem Walzer.

Ram ritt mit Marcella und ihren Freunden aus und spielte mit ihr Tennis. Es hatte seit Wochen keine wirkliche Kommunikation mehr zwischen Rose und ihm stattgefunden, als er eines Nachts um drei Uhr morgens heimkam, ohne den geringsten Versuch, sich zu verstellen, sein Schritt auf der Treppe ganz offen und normal. Er legte sich ins Bett, und an seinem unregelmäßigen Atem erkannte sie, daß er nicht schlief. Fünf Stunden später, als sie aufgestanden und bereits angekleidet war, war er immer noch nicht wach. Fortan machte er die Nacht zum Tag. Ihr Schmerz und ihre Wut suchten nach einem Ventil und ballten sich in ihr zusammen wie ein Orkan, ohne daß ein Wort gesagt worden wäre: Orgelmusik, die drohte auszubrechen und doch nicht ausbrach. Was konnte man schon sagen? Wem sollte sie die Schuld geben? Die Verführerin aus dem Märchen hatte ihr Haar gelöst, und der zur Verzauberung Auserkorene hatte die goldene Flechte gepackt, war hinaufgeklettert und sollte fürderhin im Turm wohnen und nie wieder von dieser Verzauberung loskommen. Man konnte nichts, absolut nichts daran ändern. Sie hatte nicht einmal gewöhnliche Alltagsworte, unter denen sie hätte wählen können, von Worten, um einen Bann zu brechen, ganz zu schweigen.

Jetzt waren die monderhellten Zimmer mehr denn je ihr Reich, kühne Kalligraphie und Kühe, so vertrauensvoll wie Madonnen, die gewohnten Gefährten im schlaflosen Dunkel. Bilder verloren viel von ihrer Fremdheit allein schon dadurch, daß man sie immer wieder betrachtete. Mondenschein lag fest auf Polstern und flüssig auf Glas. Es zerschnitt sie in Streifen, wenn sie durch die Räume huschte, deren Fensterläden des fliegenden Nachtgetiers wegen geschlossen waren. Mit den Sohlen ihrer nackten Füße berührte sie Mondscheindiamanten. Erinnerungen an Gesagtes, an Namen, die sie tagsüber gehört, fielen ihr wieder ein. Komplizierte Satzgebilde, unverständliche Sprachen wurden verständlich, waren nichts Fremdes mehr auf ihren nächtlichen Wanderungen. Nie gesprochene Worte waren doch ausgesprochen worden: »Ich, Rose, nehme dich, Ram«, in einer englischen Kapelle; draußen war Frühling. Ein Windstoß vom Wohnzimmerfenster wühlte in Roses roten Locken, kühlte ihr das heiße, feuchte Gesicht und den Nacken, legte sich wieder, und in der vollkommenen Stille ließ der dünne, schluchzende Laut des reinen Kummers, den niemand hören sollte, Rose die Tränen in den Augen erstarren.

Jahre später – allerdings, wenn sie genau nachzählte, waren es nur vier Monate –, als Rose alt und im Leid erfahren war, reiste Marcella ab. Ram fuhr mit ihr zum Bahnhof, brachte sie an den Zug nach Bombay, wo sie das Schiff nach England besteigen sollte, kam zurück und suchte Rose. So wird er aussehen, wenn er alt ist, dachte Rose, als er – ein wenig gebeugt und alles andere als makellos – über den Rasen auf sie zukam. Als ob für ihn jetzt alles vorbei ist, dachte sie. Er sah mitgenommen und krank aus, als ob die Beeinträchtigung irgendeines Organs dieses in Zukunft nur unvollständig würde funktionieren lassen. Seine Augen waren dunkle Löcher. Und Rose, die die fatale Gabe hatte, in einem solchen Augenblick genau das Verkehrte zu sagen, brach endlich das Schweigen zwischen ihnen, indem sie herausplatzte: »Du hast sie wahnsinnig geliebt, und jetzt ist sie fort.« Dann brach sie in hilfloses Weinen aus und vergoß die Tränen, die er nicht vergießen konnte.

König Edwards Romanze hatte überall im Empire Schlagzeilen gemacht. Rose und Minnie, die am Radio gemeinsam seiner Abdankungsrede gelauscht hatten, seufzten darüber, daß der König seine Krone für eine Frau geopfert hatte, die keine von beiden gern ansehen mochte. »Hart wie sonstwas sieht sie aus«, sagte Minnie. »Daraus wird nichts Gutes kommen.« Ram hatte auf nichts verzichtet; es war vielmehr Marcella, die auf ihn verzichtet hatte. Oder es war die Geographie, die sich eingemischt und einen Ozean zwischen sie geschoben hatte. Rose sollte es nie erfahren; und da der Krieg ihr blühendes Geschäft mehr und mehr beeinträchtigte, ohne daß sie dessen recht gewahr wurden, hatte sie andere Sorgen.

Im Sommer vor dem Krieg waren Rose und Ram in England gewesen, um Mum und Dad zu besuchen und ihnen das Versprechen abzunehmen, nächstes Jahr nach Indien zu kommen; jetzt jedoch konnte niemand mehr reisen. Und Ram war immer noch nicht wieder der alte. Anders als der König hatte er für sein Opfer nichts bekommen.

# KAPITEL 9

Wann kommt es zu der ersten ›richtigen‹ Begegnung mit jemand, den man sein Leben lang kennt? Wir wurden im Abstand von vier Monaten im selben Zimmer derselben Klinik geboren, und unsere Mütter kannten sich genauso wie schon ihre Mütter davor. Bei den gemeinsamen Speisevorschriften, wie von allen Indern nur wir kaschmirischen Hindus sie haben, weil wir alle Brahmanen sind und folglich nicht die Gefahr einer Verunreinigung besteht, hatten Ravi Kachru und ich oft bei ihm zu Hause oder bei uns ein *thali* geteilt, während Kiran eins mit seiner Schwester teilte. Ravi verstand es, sich immer die saftigsten Brocken aus jeder *katori* herauszufischen und mich unterdessen reden zu lassen; dabei schob er den Reis beiseite und putzte die Leckerbissen weg, während ich aus dem Fenster schaute; so kam er vor mir an die Markknochen und die dicken Stücke *chaman*. Obwohl wir verschiedene Schulen und Colleges besuchten, trafen wir uns regelmäßig in den Ferien, und nachdem wir beide unseren B.A. gemacht hatten, fanden wir uns gemeinsam in Oxford wieder. Die ersten beiden Semester waren für mich ein einziger Kampf mit dem Wetter, dem Lernen und dem Heimweh. Gegen Ende des Wintersemesters fand ich dann plötzlich eine Nachricht von Ravi in meinem College vor, in der es hieß, er werde mich morgen zum Mittagessen abholen. Mit dem Bus fuhren wir bis zu jenem Forellenhof, wo Trauerweiden sich anmutig über eine rustikale, über die Isis führende Brücke neigten. Wir waren an grünen

Wiesen vorübergefahren, und die niedrigen Hügel mit der Sonne darüber waren das Schönste, was ich mir vorstellen konnte. Als ich mich durch den Oxforder Winter zitterte, hatte ich schon geglaubt, sie nie wiederzusehen. Ravi holte Sandwiches mit geräuchertem Lachs und für jeden ein Glas Wein aus dem Gasthaus und trug beides zu einer der Bänke, die den Fluß entlang stehen. Nachdem er beides abgesetzt hatte, richtete er sich auf, legte eine Hand bebend aufs Herz und sang ›Happy Birthday‹, wobei er italienisches Opernpathos auf so komische Weise parodierte, daß die Leute um uns herum lächelten und Beifall klatschten. Ich hielt ihn davon ab, vor lauter Begeisterung noch einmal loszuschmettern, indem ich ihn neben mich auf die Bank zog.

»Daß du es nicht vergessen hast!«

»Ein Geschenk habe ich dir allerdings nicht mitgebracht«, sagte er. »Das hier muß reichen, denn ich bin restlos pleite.«

»Was könnte ich mir sonst noch wünschen? *Das* hier ist mein Geschenk – und schau, die *Sonne*!«

»Und der Mond und die Sterne«, bot er großherzig an. »Was ich so an dir liebe, Sonali, ist, daß du so glücklich bist mit den Dingen, die nicht zu haben sind.«

Wir waren beide in Oxford glücklicher, als wir es je zuvor gewesen waren. Das Nicht-Habbare und Immaterielle schlug uns beide in seinen Bann. Existiert die Welt, weil wir glauben, daß es sie gibt, oder würde sie es auch ohne unsere Vorstellung tun? Sind Ideen wirklich das Allerwichtigste, und sind sie unwandelbar und unveränderlich? Es ging uns nicht gerade um die Frage, wie viele Engel auf einem Stecknadelkopf tanzen können, denn theologische Neigungen verspürten wir beide nicht; aber es gab andere, ähnlich faszinierende Bilder innerer Vorstellungen. Wir bewohnten sämtliche Jahrhunderte, die ihre unlöslichen Probleme so ursprünglich und glänzend frisch vor uns ausgebreitet hatten, als hätten sich nicht schon Generationen vor uns damit beschäftigt und als würden nicht

Generationen nach uns es wieder tun. Sie gehörten uns. Mehr als Ravi hatte vor allem ich das Gefühl einer neugewonnenen Freiheit. Ich war meinem Sari und meinen beiden langen Zöpfen entronnen. Ich trug Rock und Bluse, und das Haar hüpfte mir auf den Schultern, wie es wollte. An diesem Tag allerdings kristallisierte sich die Freiheit im Wetter, das Heiterkeit und Hingerissensein hervorrief und kein Feind war, mit dem man fertig werden mußte. Während wir mit frisch gefüllten Gläsern im Gras lagen, gab es unendlich viel zu erzählen, und wir verglichen mit Feuereifer unsere Eindrücke, die wir während des bisherigen Studiums gewonnen hatten.

»Ich müßte ›motivierter‹ sein, wie ein amerikanischer Freund von mir sagt«, berichtete Ravi.

»In bezug auf was?«

»In bezug auf das Nächstbeste, egal, was es ist, das Abc des Lebens, dideldum. Die Amerikaner planen ihr Leben genauso rigoros wie die Russen ihre Ökonomie. Alles läuft ab wie eine Uhr oder ein Computer. Übrigens: Läuft ein Computer ab?«

Ich weiß immer noch nicht, ob ein Computer abläuft, doch dies war 1959, und damals wußte ich nicht einmal, was ein Computer war. Ravi hielt das Weinglas in die Höhe, um zu beobachten, wie das Sonnenlicht hindurchschimmerte; fröhlich einigten wir uns dahingehend, daß wir in bezug auf solche Dinge beide hoffnungslos unbeleckt von jedem Wissen wären. Motivationen wollten wir getrost den Ideologen, den Müsliessern und den Vitaminaposteln überlassen; schließlich hatten die soviel Energie und Tatkraft aufgebaut, daß es ganz natürlich war, wenn sie beidem für den Rest ihres Lebens auf Gnade und Ungnade ausgeliefert waren. Für uns hingegen – der Isis-Fluß, der ja erst zur Themse wird, nachdem er Oxford hinter sich gelassen hat. Und wenn etwas von diesem Zauber an uns hängenblieb, was wollten wir mehr? An diesem Nachmittag floß der magische Fluß kaum. Der Sommer kam und stand still. Der Tag war ein Tag im Garten Eden.

Ravi und ich vertrödelten ihn in beseligender Selbstgefälligkeit, wahrhaft viktorianisch in unserem Glauben an Indiens unvermeidlichen Fortschritt, an den friedlichen Wandel, daran, daß die Demokratie für immer Bestand hätte. Wir würden ewig studieren und vollgestopft mit unnützem Wissen heimfahren, nachdem wir das ›Wenn ich nicht denke, höre ich dann auf zu sein?‹ richtig einsortiert hatten. Und warum Shelley, da er eine Feldlerche besingt, sagte: Vogel, du bist nie gewesen. Die Unabhängigkeit war zwölf Jahre alt, und wir konnten uns darin sonnen. Das Abstrakte würde unsere Energien absorbieren. Es war alles wunderbar fest gefügt, als wir an diesem Tag auseinandergingen, löste sich jedoch auf wie schlechter Leim beim ersten Sturm, der durch unsere ahnungslosen Seelen fegte, sobald wir unsere Rechnung mit unseren Stundenplänen und dem Wetter beglichen und ich mich an mein emanzipiertes Haar und Rock und Bluse gewöhnt hatte. Dies war nicht das England, das unsere Väter und Großväter erzogen und ausgebildet hatte, ein Land, das wir nur vom Hörensagen kannten. Der liberale Überschwang des anglo-indischen und hindu-christlichen Geistes war vorüber, und die Reformblüten waren verwelkt. Wir hörten und reagierten auf den Sirenengesang des Marxismus.

Ich frage mich, was wohl geschehen wäre, hätten wir eine amerikanische Universität besucht. Ob der Müsligeist uns dort erwischt und mit anderer Zielsetzung brennend anderen Versammlungen zugetrieben hätte; ob wir zu ehrfürchtigen Joggern, Zenbuddhisten und Rettern der Wale geworden wären? Und zu Hause in Indien – ob wir dort wohl über irgend etwas gestolpert wären, was uns aus der Selbstgefälligkeit hoher Kastenzugehörigkeit herausgerissen hätte? Statt dessen waren es europäische Winde, denen wir ausgesetzt waren, obwohl Sprache überall verzückt, sie muß nur echt und man selbst bereit dafür sein. Selig sind die Sanftmütigen, denn sie werden das Erdreich besitzen. Vor vielen Jahren hatten wir eine Verabredung mit dem Schicksal gehabt. Und jetzt brauchte man als Allheilmittel nur seine Ketten abzustreifen. Diesen Satz schrieb ich mit großen Buchstaben in eines meiner Hefte, um mir das fröhlich-lockende Versprechen stets gegenwärtig zu halten (wo es mich nicht nur an Marx erinnerte, sondern an mein befreites Haar und an Röcke und Blusen, die ich jetzt trug). Da war es, das Ziel all unserer Mühen, der Ansporn, den wir brauchten, um unser privilegiertes indisches Blut in Wallung zu bringen. Warum hatte nie, nie jemand das vorher so gesagt? Dann das mit dem Expropriieren der Expropriateure. Hat je ein Satz in irgendeiner heiligen Schrift mehr bewegt? Kein Zweifel, zumindest teilweise ließen Ravi und ich uns von der Sprache verführen, doch nicht allein von ihr. Sie schloß ein kleines hohes Fenster meines Geistes auf, das unbenutzte Dachfenster, und Luft strömte herein und wirbelte in einer Staubwolke alte Argumente und Fragen hoch und ließ sie nach dem Sturm in sonderbaren neuen Konfigurationen zu Boden sinken. Ich vermochte aus dem, was sich bedeutungslos in der Dachstube angesammelt hatte, deutliche Bilder herauszulesen. Verknotete alte Hände bei uralten Beschäftigungen, durch immer noch intakte Gesellschaftsstrukturen von Mund zu Mund überlieferte Epen. Unversehrt auch immer noch das Kind hinten an der Lehmwand der Dorfschule, das sechs Reihen von der letzten Reihe entfernt in derselben Klasse saß und das außerhalb des Klassenzimmers sein Wasser immer noch aus einem anderen Trinkgefäß trank. Ein blinder Bettler, gespiegelt im Glas eines Schaufensters, hinter dem hochhackige Schlangenlederschuhe ausgestellt waren. Kinderbräute, die ihre Puppen mitnahmen in das Haus ihres Mannes. Mein Dachfenster verhalf mir zu einem qualvollen Bewußtsein, das ich sonst nie gehabt hätte; obwohl all das, dessen ich mir schlagartig bewußt wurde, wirkte, als wäre es schon immer in meinem Bewußtsein vorhanden gewesen.

Was mich mit dem Marxismus verband, war keine Romanze. Bei Ravi hingegen wohl. Unsere Herzen schlugen, als wir ihn entdeckten, höchst unterschiedlich: das seine für die Menschheit, meines hingegen für kleine Bilder, die mein Gewissen drückten und aufstachelten und mich mit einer juckenden inneren Angstschicht ausfüllten. Die marxistische Abfolge der Ereignisse, die die Welt verändern sollte, bereitete mir von Anfang an Schwierigkeiten. Erster Schritt: Die Arbeiter stürzen mit Gewalt die Regierung. Zweiter Schritt: Sie expropriieren die Expropriateure und errichten die Diktatur des Proletariats. Dritter Schritt: die klassenlose Gesellschaft. Und vierter Schritt: Der Staat schwindet. Nur, daß in aktuellen Beispielen die neuen Kommissare eine neue Klasse bildeten und der Staat, statt zu verschwinden, ein nationaler Staat blieb. Und was war mit den fünfzehn Millionen des Lumpenproletariats, die Stalin Marx unterschlug, als er es zusammenrief, um die große Industrienation des Raumfahrtzeitalters, die UdSSR, aufzubauen? Das sei trotzdem bei unseren Verhältnissen noch immer die bessere Antwort, davon ließ Ravi sich nicht abbringen; und daran müßen wir arbeiten. So verließen wir das Ufer der Isis, gerieten in ein wahres Organisationsfieber und bildeten eine kleine radikale Gruppe, um indische Probleme zu diskutieren. Ravi trommelte jeden ähnlich betroffenen und berauschten Studenten und jeden Professor zusammen, um an unseren Diskussionen teilzunehmen; hinzu kam jeder annehmbar radikale indische Würdenträger, der auf seinen Reisen nach Oxford kam. Das war nicht leicht. Die meisten gehörten zu Papas kapitalistischer Clique, und mit den blaßrosa Wischi-waschi-Liberalen wollten wir nichts zu tun haben. Die Kommunistische Partei, von der Ravi wollte, daß wir uns ihr anschließen sollten, hatte sich völlig disqualifiziert, als sie den britischen Krieg unterstützte statt die ›Quit-India‹-Bewegung in Indien, und obgleich das Proletariat zu Hause sich organisierte, war es nicht so, daß eine große Sympathiewelle sie der Kommunistischen Partei in die Arme getrieben hätte. Die ersten Gewerkschaften im Bereich der Textilindustrie waren das Werk Mahatma Gandhis gewesen, der sich allein durch sein Dasein als Sand im Getriebe eines etwaigen Proletarieraufstands erwiesen hatte. »Mein Leben ist meine Botschaft«, hatte er einem Reporter gesagt, als dieser einen solchen Aufstand forderte, und da man *égalité* leben muß, statt sie nur zu predigen, war die Botschaft laut und klar rübergekommen. Obwohl er inzwischen längst tot war, hatte die Revolution sich gleichsam in Essiglauge eingelegt erhalten, und es hatte keinen Sinn, von den wirklich roten Stimmen auf unseren Versammlungen zu erwarten, daß sie uns erklärten, warum das so war, denn sie schienen politisch nicht sonderlich voranzukommen und wußten die Antworten offensichtlich nicht. Im Vergleich dazu hatte Gandhis Gewaltlosigkeit wie ein gezackter Blitz eingeschlagen und gewirkt.

Sollte es wirklich so sein, daß fünfhundert Millionen Anarchisten ihn glaubwürdiger fanden als Marx? sagte ich zu Ravi. – Du mit deinen fünfhundert Millionen Anarchisten, explodierte dieser. Was ist denn das für ein Argument? Und wenn schon – das ist nur um so mehr Grund, daß jemand mit der Peitsche knallt und sie auf Trab bringt. Mitten in dem, was ich damals gerade organisierte, ließ mich dieser kleine verbale Peitschenknall, der kaum länger andauerte als ein Augenzwinkern, stehenbleiben und erstarren. Ich haßte es, gegängelt und zur Ordnung gerufen zu werden. Seit Bimmie und der Heiligen hatte ich die Asymmetrie zu meinem Lebensstil gemacht, hing die Tagesdecke über meinem Bett auf der einen Seite etwas mehr herunter als auf der anderen, hielt ich inne, um den Dingen auf den Grund zu gehen, standen meine Schuhe nie korrekt einer neben dem anderen. Sonali, sagten meine wohlgepflegten Freundinnen zu mir, du kannst dir die Haare nicht formlos um den Kopf flattern lassen; geh hin und laß dir eine ordentliche Frisur machen. Doch wie sollte eine Frisur etwas anderes sein als Hochzeiten, Heilige und Regimenter mit Stechschritt, wo sechs Locken nach hinten und drei nach vorn hüpfen mußten und dann noch die vorn kürzer zu sein hatten als die hinten? Da hätte ich gleich zu den Soldaten gehen können. Ich fühlte mich wohl mit dem bißchen Unordnung um mich herum, und ich war glücklich damit; sie war mir Gewähr dafür, daß wir Menschen waren und keine Sardinen. Die makellose Adrettheit von Ravis Zimmer ging mir so sehr auf die Nerven, daß wir uns immer häufiger in meinem Zimmer trafen.

Hätten wir es nur mit dem Sowjet-Kommunismus zu tun gehabt, es hätte wohl weniger Streit gegeben. Aber wir schrieben 1959, und es war erst drei Jahre her, daß ein Teil der kommunistischen Welt gegen die kommunistische Praxis aufgestanden war, und wenn wir schon unsere Solidarität mit einem von beiden bekunden müßten, so sagte ich, dann doch wohl mit dem, der aufbegehrte, oder? Vielleicht, sagte ich immer wieder, läßt sich der Kommunismus genausowenig fehlerfrei verwirklichen wie alles andere, und bis er so funktioniert, wie er soll – warum ihn dann als der Wahrheit letzten Schluß betrachten? Verlieren wir die Möglichkeiten, die ihm innewohnen, nicht aus den Augen, behalten wir sie im Kopf wie großartige symphonische Harmonien, damit wir nie wieder schlafwandeln. Es war nie so gedacht, daß wir sklavisch einer vorgegebenen Linie folgen müssen, insbesondere jetzt nicht, da so viele Deutungen aus den europäischen Universitäten kommen, in die Denker abgedrängt wurden, die zu gefährlich waren für die bestehenden Gesellschaften. Es war uns vorbehalten, Argumente vorzubringen und zu kritisieren. Schließlich waren Tausende von britischen Kommunisten – darunter Leute, die wir bewundern – wegen Ungarn aus ihrer Partei ausgetreten. – Aber das stärkt doch nur die andere Seite, wandte Ravi dagegen ein; unsere Seite bleibt nur dann stark, wenn sie sich an die reine Lehre hält.

Das hat er wahrscheinlich nur gesagt, weil er ein Mann war. Er hatte nie einen Freiheitskampf geführt, hatte nie eins auf den Kopf bekommen, wenn er in Hochform gewesen war, hatte nie erlebt, daß ein Sari seine Beine behinderte, so daß das Vorwärtskommen bei Wind oder der

Versuch, einen bereits anfahrenden Bus noch zu bekommen, eine Bedrohung von Leib und Leben gewesen war, hatte nie erleben müssen, daß seine Mutter ein furchtbares Geschrei anstimmte, wenn er hinging und sich die Zöpfe abschneiden ließ. Er hatte keine Ahnung, um was es bei den einfachsten Unterdrückungen ging. Ich, die ich das sehr wohl wußte, hatte nicht die Absicht, mich sklavisch an irgendeine ›reine Lehre‹ zu halten, wo ich doch gerade meine Ketten abgestreift hatte. Außerdem, sagte ich, saß dabei apfelkauend, eine himmlische Unordnung von Büchern und Papieren um mich herum, auf meinem zerwühlten Bett, außerdem mag ich keine Diktaturen, nicht einmal die Diktatur des Proletariats, nicht einmal als vorübergehende Phase; denn wer weiß, vielleicht gerät die Phase ins Stocken und geht nie vorüber. – Du bist ja völlig verwirrt, erklärte Ravi mir, sieh doch nur einmal, in was für einem Zustand dein Zimmer ist. Du bist einfach nicht bereit, geradlinig zu denken und Konsequenzen zu ziehen. Du mußt dich engagieren, so wie ich! Bis du das tust, wirst du nie etwas erreichen.

Selbstverständlich war ich verwirrt. Er aber auch. Wie sollten wir auch nicht verwirrt sein? Seit der Zeit unserer Großväter waren wir westlichem Einfluß ausgesetzt gewesen; was wir von unserer eigenen Kultur wußten, waren nur Tropfen, die kraft Osmose zu uns durchgedrungen waren – nicht Ideen, die man uns nahegebracht und in denen man uns examiniert hatte. Selbst bei dem Christentum, das wir kannten, handelte es sich um das, wozu es geworden war, nachdem es Galiläa verlassen hatte und in westliche Hände geraten war.

»Wenn wir nicht völlig verwirrt sind, möchte ich mal wissen, wer es dann ist.«

»Wen meinst du mit ›wir‹?« wollte er wissen.

»Die winzige Handvoll Menschen, deren Onkel und Tanten sich alle gegenseitig kennen und die für alles verantwortlich sind, ohne die geringste Ahnung zu haben, was ›alles‹ wirklich bedeutet.«

»Um so mehr Grund, sich für etwas zu engagieren.«

Ich bewunderte sein Engagement und beneidete ihn darum, denn es war von keinerlei Zweifeln angekränkelt. Ich jedoch konnte nicht verstehen, warum wir weiterhin westliche Konzepte auseinanderschnipselten und wieder zusammenpappten, um uns für immer und ewig an sie zu binden, als wäre Europa der Mittelpunkt des Universums und als stellten Bibel und Marx das letzte Wort über die Menschheit dar. War es nach all diesen Jahrhunderten nicht an der Zeit, einen eigenen Gedanken hervorzubringen, und war es nicht genau das, was Gandhi getan hatte: ein Empire mit einer altmodischen Idee zum Teufel gejagt und nicht mit einer Atombombe? Außerdem hatte er die Menschenrechte – halbnackt in seiner Mittelklasse- und Mittelkastenhaut – ohne jeden Klassenkampf in ganzen zwei Jahrzehnten um zweihundert Jahre vorangebracht. Das war zwar noch nicht das Ende der Geschichte, aber verdiente es als Anfang nicht erst einmal gute Noten?

»Ach ja, Gandhi«, sagte Ravi. »Ich bin froh, daß du ihn erwähnst. Gottes Geschenk an die Kapitalisten, falls es je eines gegeben hat – um zu gewährleisten, daß es für die nächsten tausend Jahre keine Revolution geben wird.«

Ich jedoch dachte wieder einmal an die Schönheit von Worten, an ihre Macht zu inspirieren, und an die neuen Schlagworte, die genau das bewirkt hatten. *Daridranarayan* – ›Gott der Armen‹. »Für die Hungernden ist Gott ein Laib Brot.« Und an *Harijan* – ›Kinder Gottes‹. Wörter, die es in keiner indischen Sprache gab. Sie gehörten zur Sprache eines neuen, von Gandhi erfundenen Epos. Der Mann hatte seinen Verstand gebraucht. Auch für uns galt es jetzt, sich etwas einfallen zu lassen, etwas, das zu unseren eigenen Verhältnissen paßte.

Widerspenstige Schüler müssen zur Ordnung gerufen und erzogen werden, und Ravi tat es mit mir. Nie wich er von dem geradlinigen und schmalen Pfad der reinen Lehre ab. Selbst wenn wir nicht seiner Meinung waren, er war für uns Radikale immer eine Inspiration, und wir begriffen nie, warum er, statt sich nach Oxford den Kommunisten anzuschließen, in den I.C.S., die Verwaltung, eintrat – genauso wie ich auf der Suche nach einer anderen Art von Engagement.

Es hatte überhaupt nichts Ungewöhnliches, daß wir uns ständig in unseren Zimmern besuchten. Wir waren seit unserer Geburt praktisch Bruder und Schwester gewesen. Wenn ich mir Liebesabenteuer ausdachte, fanden die in Eisenbahnzügen statt, die durch eine Mondlandschaft ratterten. Ein Fremder und ich trafen uns dann und schliefen wortlos und völlig hemmungslos miteinander. Am nächsten Morgen stieg er Gott sei Dank aus, und wir sahen uns nie wieder. Einen niedrigen Sexualtrieb würden manche das nennen, doch ich war ganz froh, und ich weiß auch nicht, warum Sexualtrieb oder irgendein anderer Trieb unbedingt etwas Hehres sein muß. Mein Zimmer in Oxford mit meinen Büchern, meiner Unordnung und Ravi darin – der sich gierig sämtliche saftigen Bissen aus unserem gemeinsamen *thali* herausgepickt hatte –, das war das letzte, was ich mir als Hintergrund für die Liebe vorgestellt hatte. Und doch taten wir an dem Tag, da wir uns zusammen auf das Bett legten, kaum mehr, als daß wir überglücklich waren über unsere lange Vertrautheit, unsere weiter andauernde Bruder-und-Schwester-Beziehung. Genauso wie vermutlich unsere Vorgänger, die Königskinder im alten Ägypten, gingen auch wir dabei ebenso ungeschickt vor wie im Bereich der Technologie. Es machte überhaupt nichts, daß unsere Generation in der gesamten westlichen Welt Computer ersonnen und ganze Bündel der verschiedenartigsten Techniken zu beherrschen gelernt hatte. Ravi und ich – unprogrammierte Isis-Menschen –, die wir es uns zur Pflicht gemacht hatten, die Welt zu verändern, hatten keine Ahnung von irgendwelchen Techniken, waren völlig ohne jedes Arg und geboten auch nicht über einen Hauch von sexuellem Raffinement. Wir wußten, daß wir uns küssen konnten, ohne uns die Nase zu stoßen, doch das war auch schon alles. Von da an erfanden wir die

Kunst des Miteinanderschlafens ganz von allein; sie stellte die Bereicherung einer Bekanntschaft dar, die bereits im Mutterleib begonnen hatte, denn meine zitterigen Bewegungen, mein Stoßen und Strampeln und mein mühevolles Herauskommen, mein erster Schrei in der Welt, meine ersten Gramm und Pfunde – all das war mit den seinen verglichen und ihnen an die Seite gestellt worden. Wir lagen Hirn an Hirn, so wie wir Leib an Leib lagen, und liebten uns mit einer Vollständigkeit, um die uns alte und erfahrene Liebespaare beneidet hätten. Gerade deswegen – weil, wenn wir über das kommunistische Manifest diskutierten, auch dies ein Akt der Liebe war – war der Pfad so steinig. Nur die vollkommene Beziehung kann irreparabel in die Brüche gehen, sobald sich der feinste Haarriß in der Struktur zeigt; wenn Betrug sich darin äußert, daß jemand Fisch und Chips zum Abendessen bestellt statt des Eintopfs, auf den man sich geeinigt hat; oder wenn einer in einem Buch, das zwei zusammen gelesen haben, für sich allein ein Kapitel vorausliest.

# KAPITEL 10

Selbst das kleinste bißchen Bildung hilft einem weiter, sagte Rose zu sich; man weiß dann jedenfalls, daß es nicht die Sonne ist, die hinter dem Grabmal untergeht, ja, daß die Sonne überhaupt nirgendwohin geht. Die hat ihren festen Platz am Himmel, und die Erde ist es, die sich um sich selbst dreht und von ihr fortbewegt und uns die Dunkelheit beschert. Eine formale Erziehung oder Ausbildung, wie sie sie nie genossen hatte, hätte ihr andere und kompliziertere Antworten geben können, wie etwa auf die Frage, was aus vergangenen Ereignissen oder Gesprächen wurde, aus Liebe, Haß und Emotionsbündeln. Was – außer der Erinnerung der Menschen selbst – bewies, daß sie tatsächlich stattgefunden hatten oder geführt worden waren? Und wurden sie für immer ausgelöscht, wenn die Menschen starben? Mit einer Erklärung, die eine solche Verschwendung bedeutete, mochte sie sich nicht abfinden. Es mußte Orte und Räume geben, wo sie sich erhielten, um später weitergegeben zu werden, so daß in Hunderten von Jahren vielleicht irgendeine kluge Erfindung einen ganzen Plausch zwischen Minnie und ihr aus dem Äther herausfischte, oder das Ramajana, das im Sprechgesang in dem Haus in Lahore vorgetragen worden war, oder andere von den Abertausenden von Worten, die die Menschen gesprochen hatten, seit es Sprache gab. Wahrscheinlich wartete die gesamte abgelaufene Zeit nur darauf, daß man sich in sie einklinkte. Ganze Lebensspannen konnten nicht spurlos verschwinden. Was bedeutet ›verschwinden‹ überhaupt? Daß wir etwas nicht mehr sehen? Es muß doch vorhanden sein, unsichtbar geworden, bis jemand es sich in Erinnerung ruft. Ihr Erinnerungsvermögen seit Rams Krankheit erstaunte sie. Nicht, daß sie sich besonders mit der Vergangenheit beschäftigte, wenn sie im Bett lag oder um das Grabmal herum spazierenging. Es war vielmehr so, daß die *Vergangenheit* dauernd *sie* einholte, und zwar gleichsam mit dem Ruf: Warte doch, ich komm' ja schon, oder: Hast du gedacht, ich wäre verschwunden? Das alles überzeugte sie, daß nichts jemals verlorengeht, sondern nur in einer übergeordneten Erinnerung aufgehoben wurde. Nein, weder Gutes noch Böses, weder Herrliches noch Enttäuschendes, Großes oder Kleines wurde je ausgelöscht; nicht einmal die trostlosen Tage nach der Geschichte mit Marcella.

Die Trauer um Marcella hatte ihren Lauf genommen, obwohl sie vermutlich auf der anderen Seite des Ozeans quicklebendig war. Ram und Rose waren dazu verdammt, sie gemeinsam zu betrauern, weil die räumliche Trennung zweier Liebenden, die sich sonst immer noch lieben würden, nun einmal drei Menschen verrückt macht und nicht nur zwei. Rose hatte sich damit abgefunden, zu dieser Dreisamkeit zu gehören, auch wenn die Dritte im Bunde wie Marcella nicht mehr da war oder wie Mona keine Rolle mehr spielte. Marcellas Abwesenheit brachte die Saiten von Marcellas Gegenwart zum Erklingen. Sie war mit der Mühelosigkeit, Unschuld und Unbekümmertheit der herrschenden Klasse in ihr Leben eingetreten und hatte es völlig umgekrempelt. Sie und Ram hatten sich verhalten wie ein Paar, das sich zu Recht liebt, und hatten sie, Rose, zur Außenseiterin gemacht. Wenn sie verheiratet gewesen wären, wäre Rose nur der süße Seitensprung gewesen, Rams Frau hingegen seine inthronisierte, bleibende Liebe. Die Frage, wer in den Zauberkreis hineingehörte und wer nicht, war vor Jahrhunderten geregelt worden und stellte ein Hindernis dar, das Menschen wie sie niemals überwinden konnten.

Ram versank in Schwermut und wurde von Leidenschaft für seine Schäferinnen aus Meißener Porzellan und seine Wedgewood-Teller gepackt. Er versank stundenlang in Betrachtung der Schönheit eines Stücks Jade, der Breite und dem satten Schimmer von Taft und der Weichheit von Seide. Brütete er nicht über übriggebliebenen importierten Schätzen, hockte er in seinem durch Wandschirme abgetrennten Kontorraum und beschäftigte sich mit Miniaturen aus der Mogul-Zeit, englischen Gedichten und persischer Mystik. Im Laden gab es nichts zu tun, weder Sendungen zu überprüfen noch Bestellungen aufzugeben, und Kunden ließen sich auch nicht mehr blicken. Da der Krieg die Seewege blockierte, war Rams Geschäft mit importierten Luxusgütern auf Grund gelaufen, doch er schien sich dessen kaum bewußt zu sein und hockte tief versunken und mit umwölkter Stirn in seiner Nische. Das Geschäft seines Vaters – indische Baumwolle und Wolle aus seinen eigenen Spinnereien – weitete sich munter aus; er konnte gar nicht soviel Ware herbeischaffen, wie sich verkaufen ließ. Es hat überhaupt keinen Sinn, hier rumzustehen und darauf zu warten, daß Ram wieder zur Vernunft kommt, dachte Rose, nahm allen Mut zusammen und machte sich auf den Weg zu dem Laden im Bazar, von dem aus der alte Herr seine verschiedenen Aktivitäten lenkte wie aus einem Hauptquartier. Das Schlimmste, was passieren konnte, war, daß er ihr eine Abfuhr erteilte, doch nach der Geschichte mit Marcella bezweifelte sie, daß das sie um den Verstand bringen würde. Sie bestieg eine *tonga* – Ram war viel zu sehr im Reich der Moguln versunken, als daß er es ihr hätte untersagen können – und fühlte sich gehobener Stimmung, noch ehe sie den Laden seines Vaters erreichte. Er war da, saß – nicht von Flöhen geplagt – wie ein gewiefter und hellwacher Buddha da, sah zu, wie sie schwungvoll der *tonga* entstieg, Münzen für den Kutscher abzählte und unsicher auf ihn zukam. Mit einer Handbewegung verscheuchte er seine Gehilfen und deutete auf den Boden ihm gegenüber. Rasch schätzte Rose die Entfernung zwischen ihren Knien und dem Fußboden ab und ließ sich dann vorsichtig nieder, wie sie es andere hatte tun sehen. Eigentlich hätte ein Gongschlag ertönen müssen, um die Bedeutung dieses Augenblicks zu unterstreichen. Sie hatte nie mehr als auch nur die flüchtigsten förmlichen Grüße mit ihm gewechselt, wenn sie sich zufällig im Haus begegneten.

»Ja«, sagte er – in diesem Augenblick aus seinem Mund ein beachtliches Entgegenkommen.

»Es tut mir schrecklich leid, Sie zu stören«, entschuldigte Rose sich, »aber ich weiß nicht, an wen ich mich sonst wenden sollte – um zu fragen, welches die besseren Geschäfte für indische Saris und andere Dinge sind, verstehen Sie.«

»Sie möchten einkaufen.«

»Nicht für mich.« Wie ein Wasserschwall kam in einem langen verzweifelten Bericht über Rams Geschäft alles heraus – daß Ram sich nicht im geringsten um den Krieg kümmerte und nicht auf Lager nahm, was es in Indien gab. Beim Einkaufen mit Minnie habe sie so phantastische Farben gesehen, eine pflaumenfarbene Seide zum Beispiel, die ausgesehen habe, als hätte man sämtliche Pflaumen der Schöpfung auf ihr ausgedrückt. Englische Stoffe seien nicht so – so prachtvoll. Die nähmen sich hausbacken daneben aus, gerade geeignet für Tennis- und Teeröcke und Partykleidchen für englische Kinder, aber – da sie nicht wußte, wie sie sie beschreiben sollte, vollführte Rose eine fließende Handbewegung in Richtung auf Madras und Travancore, Benares und Gwalior, eine Gebärde, die die ganze Farbenglut und Märchenhaftigkeit des Subkontinents mit einschloß; wobei ihr Körper so lebendig und durchglüht von Begeisterung war wie ihre Knie und Fußgelenke fühllos und wie tot. Sie würde gern den ganzen ausländischen Krempel rauswerfen, sagte sie, und dafür indische Waren auf Lager nehmen. Ram scheine nicht zu begreifen, daß das Geschäft vor die Hunde gehe: Sie mache sich schreckliche Sorgen um das Geschäft, denn wenn das Geschäft wieder auf die Beine komme, dann bestimmt auch Ram. Unschlüssig hielt sie inne. Nun, zumindest hatte sie ihr Herz erleichtert, wenn sie jetzt ginge – falls sie überhaupt jemals wieder gehen konnte. Er schien die Augen nicht von ihrem Gesicht zu lassen; er wartete ab, daß das Schweigen zwischen ihnen zum Ausdruck brachte, was sie ungesagt ließ. Dann rief er zwei seiner Gehilfen herbei, erteilte ihnen bestimmte Anweisungen, Rose war irgendwann wieder auf den Beinen, wurde durch Gassen und Gänge und über Bananenschalen, streunende Hunde und Dunghaufen hinweggeleitet, vorüber an Bettlern und Kühen zu Schätzen, die Ram in seinem Laden schon seit Jahren hätte führen sollen. Und alles nur ein paar Bananenschalen weit von ihnen weg und nicht Ozeane entfernt. Die nächsten Wochen waren für sie ein Wirbelwind aufregender Erkundungen und Einkäufe. Rose und Rams Vater fragten nicht lange, sondern füllten Rams Regale und schickten Bestellungen nach Benares, Bangalore und anderen Zentren der Textilindustrie, wo die Webstühle standen. Auf ihr Drängen hin unternahm Ram jetzt Reisen, um kunsthandwerkliche indische Arbeiten aufzutreiben; in dieser Zeit übernahm Rose die Leitung des Ladens. Getrennt wuchsen sie zusammen; eine so gleichberechtigte Beziehung wie jetzt hatte es noch nie zwischen ihnen gegeben. Rose fuhr fort, Rams Vater in seinem Laden im Bazar aufzusuchen, ihn um Rat zu fragen und sich ungehemmt mit ihm zu unterhalten, jetzt, wo es um Geschäfte ging und nicht mehr um Herzensangelegenheiten. Es war zu spät, einen ganz persönlichen Namen für ihn zu finden, und so wurde er für sie Lala-ji, wie er es für alle anderen auch war, und sie stellte nach einiger Zeit fest, daß sie Lala-jis *Angrezi bahu* geworden war.

Ram war unterwegs im Süden, und Rose stand neben der Kasse im Geschäft, als sie einen britischen Soldaten eintreten sah. Sie stieß einen kleinen Freudenschrei aus.

»Freddie! Fred-die!«

»Rosie!« Er packte sie um die Hüfte und schwenkte sie im Kreis, so daß sie ihn gar nicht richtig ansehen konnte, bis er sie absetzte. Kein Wunder, daß er anders aussah als früher; schließlich war er in Uniform, war einer von der Flut britischer Soldaten, die sich über das Land ergoß.

»Im Dienst der Streitkräfte Seiner Majestät«, sagte Freddie und grüßte militärisch stramm. »Zum Kriegführen hergekommen, aber in Wirklichkeit, um dich zu seh'n, Rosie.«

»Ach, Freddie, du bist es wirklich!«

»Hab' auch nicht viel Zeit, zwei Tage, das ist alles. Was also können wir tun, um mal gehörig auf den Putz zu hauen?«

Rose rief Minnie an, die gut im Organisieren war.

»Ich weiß, was wir machen, Rose. Wir gehen heute abend Tanzen ins ›Stiffle's‹, wir vier. Da ist es zwar immer gerammelt voll, aber Dick wird eben einen Tisch bestellen müssen. Sie haben auch ein neues Kabarett: Robert und seine dänischen Schönheiten. Was ziehst du an?«

Nachdem sie sich darüber geeinigt hatten, ging Rose mit Freddie zum Mittagessen. Ram wäre nie damit einverstanden gewesen, wenn Freddie bezahlt hätte.

»Sie ha'm uns eingebleut, wir soll'n uns nicht mit den *wogs* abgeben«, sagte er, »aber ich hab' ihnen gleich gesagt, ich will den *wog* besuchen, der mit uns'rer Rosie verheiratet ist.«

»Wenn Ram doch bloß hier wäre, Freddie; aber er kommt erst morgen zurück.«

»Wie geht's dir denn so? Du bist glücklich, nich'?«

»Man kann nicht dauernd glücklich sein. Manchmal bin ich es, un' manchmal nicht.«

»Ausseh'n tust du jedenfalls großartig. Hat dir gut getan zu heiraten, hat es.«

»Du weißt ja, wie das so mit mir war, als ich herkam, Freddie. Es war ja nicht richtig so, daß ich mich dafür entschieden hätt'. Das war größer als ich, als ob über mich bestimmt würde. Wenn ich Hindu wär' un' an die Seelenwanderung glaubte, würd' ich sagen, ich bin schon mal hiergewesen un' wollte wieder zurück.«

»Du hast dich wirklich verändert, Rosie. Bist ernster geworden.«

»Nun, jetzt ist Schluß mit der Ernsthaftigkeit. Erzähl mir von zu Hause un' wie's da so geht.«

Freddie hätte auf der Speisekarte alles finden können. In diesem Restaurant gab es Koteletts und Steaks und Fisch. Er aber mußte unbedingt ein Madras-Curry bestellen und machte sich mannhaft darüber her. Immer wieder wischte er sich die Schweißperlen von der Stirn und putzte sich die Nase.

»Man brauchte die Japse nur mit diesem Zeug zu füttern, und wir könnten auf Kanonen und Munition verzichten, um mit ihnen fertig zu werden«, sagte Freddie, glühte, wischte seinen Teller sauber und verlangte nach mehr.

»Mehr gibt's nicht. Ich hab' keine Lust zuzusehen, wie dir schlecht wird, wenn wir heute abend auf den Putz hauen.«

Vorher nahmen sie noch einen Drink bei Dick und Minnie, dann fuhren sie mit zwei Autos ins ›Stiffle's‹.

»Oh, hier merkt man aber wirklich, daß Krieg ist«, sagte Minnie, und ein erregter Schauder überlief sie.

Es wimmelte im Saal von Uniformen. Rote, weiße und blaue Kreppapierschlangen schmückten die Türen, und von den Lampen hingen Ballons herunter. Hinter der Kapelle verkündete ein Plakat, das die ganze Wand hinter dem Podest einnahm: *Loose Lips Sink Ships.** Jetzt, wo Krieg war, wurde sogar eine ganz normale Tanzerei in ›Stiffle's Hotel‹ zu einem Ereignis, da mußte nicht erst McCavity ans Mikrophon treten und zur Begrüßung der Soldaten ein paar Worte sprechen.

»Wie überzeugt der von seiner eigenen Wichtigkeit

* »Bedenkenloses Reden bringt Schiffe zum Sinken«. Britisches Gegenstück zum deutschen »Feind hört mit.« A. d. Ü.

ist, was?« sagte Minnie, die sich nicht verpflichtet fühlte, in Freddies Gegenwart irgendeinem Boß gegenüber – nicht Dicks, jedenfalls – besonders respektvoll zu sein. Doch Dick, der sich danach sehnte, eine Uniform anzuziehen, war nicht erfreut.

»Die Direktion muß ihn darum gebeten haben«, sagte er vorwurfsvoll. »Du darfst nicht vergessen, Minnie, es ist Krieg.«

»Der hat doch eben erst begonnen. Du bekommst schon noch Gelegenheit mitzumachen; das ist immer noch früh genug.« Minnies Stimme brach, und sie schniefte in ihr Taschentuch.

»Aber, aber, was soll das alles?« sagte Freddie. »Komm, Minnie, zeigen wir ihnen mal, was ein richtiger ›Lambeth Walk‹ ist.« Mit diesen Worten zog er sie hoch und schob sie zusammen mit den anderen zum rhythmisch wiederholten *oi-ooiii* übers Parkett, wo man eigentlich nicht von der Stelle kommen konnte, ohne zehn andere anzurempeln, so gesteckt voll war die Tanzfläche. Während Rose zusammen mit Dick sitzen blieb, um erst ihre Drinks auszutrinken, hörte sie, wie überall im Saal fröhlich *oi-ooii* mitgesungen wurde. Als die Kapelle zur Bierfaßpolka überging, sang alles aus vollem Halse mit, und selbst Zweizentnerdamen wie Mrs. Mulligan warfen die Beine in die Höhe, so daß sie und Dick die Gläser nun doch stehenließen und sich den Tanzenden anschlossen.

»Wir haben das Faß ganz schön gerollt«, sagte Freddie erhitzt und triumphierend, als er an den Tisch zurückkehrte.

»Oi-ooii«, trällerte Minnie und umrundete einmal tänzelnd den Tisch, ehe sie wieder Platz nahm.

Dann ging die Kapelle zu Kriegsliedern aus dem Ersten Weltkrieg über. *Pack up your troubles, Wish me luck as you wave me goodbye* und andere, die Rose seit ihrer Kindheit nicht mehr gehört hatte. Unbeschwert waren sie hereingekommen, vier Leute, die sich einen Abend mal amüsieren wollten, und jetzt legten die Spannungen von vergangenen und gegenwärtigen Schlachten sich über sie und machten ihnen das Herz schwer. Der Krieg wies in die Zukunft, ein Ende war nicht abzusehen, lief wie elektrischer Strom durch ihr kollektives Bewußtsein: Dschungelkrieg, Wüstenkrieg, Krieg in ihrer Heimatstadt London, wurde zu Mums und Dads Krieg, als Freddie von den Luftangriffen des *blitz* erzählte. Sie saßen um ihren Tisch herum und strengten die Ohren an, um beim Lärm von Posaune und Saxophon mitzubekommen, was er sagte, während es auf der Tanzfläche zum *Tipperary* wogte und schunkelte. Und als Freddie gebieterisch mit einem: »Aber England kann nicht verlieren!« schloß, atmeten alle drei gleichzeitig erleichtert auf und sanken dankbar zurück auf ihre Stühle. Diese Aussage war zu selbstverständlich, als daß man sie hätte anzweifeln können; und außerdem kam sie von einem Soldaten, der Bescheid wußte – das war gleichsam der Talisman, den sie brauchten, um sich frei zu machen von unerträglichen Befürchtungen und Angstvorstellungen.

Ein Tusch wurde geblasen. »Ladies and Gentlemen. Robert« – Trommelwirbel – »und« – wieder Trommelwirbel – »seine bezaubernden, seine unvergleichlichen dänischen« – längerer Trommelwirbel – »Schönheiten.« Robert in Frack und schwarzer Schleife sowie schwarzem, an die Kopfhaut geklatschtem Haar stapfte zackig auf das Parkett, in seinem Gefolge vier wasserstoffsupergefärbte alternde Blondinen mit nackten Beinen; ein donnernder Applaus, der eigentlich für die alliierten Schlachtfelder gedacht war, mußte vorliebnehmen mit dem Kabarett in ›Stiffle's Hotel‹. Steif, wie die Etikette es verlangte, wirbelte Robert zur Musik herum, machte ein paar Schritte seitwärts, streckte ab und zu den Arm aus wie eine Eisenstange und ließ eine dänische Schönheit ihr unglaublich biegsames Rückgrat daran nach hinten durchdrücken. Das Publikum konzentrierte sich fiebrig, so wie Menschen mit angehaltenem Atem darauf warten, daß etwas Bestimmtes passiert. Die Musik bekam etwas Seidiges, das Scheinwerferlicht wurde zu einem weichen Blau, das sich allmählich in Grün auflöste. Robert und die dänischen Schönheiten, die sich nunmehr wie kühle Lava über seinen Arm ergossen, erinnerten an einen schwarzen und vier silbrige Fische, die in einem großen Aquarium hin und her schossen, oder an blitzartig erhelltes Leben in der Tiefsee, während oben auf festem Boden das Publikum wie gebannt wartete und nicht wagte, einem Drang zum Schluckauf nachzugeben. Sobald Robert sich ein letztes Mal verbeugt hatte und ein Regen von Konfetti auf ihn niedergegangen war, wurde das Licht wieder hell, und die Gesellschaft tanzte geradezu zwanghaft weiter.

»Könnt ihr die *Siegfried-Line* spielen?« Freddie legte die Hände wie einen Schalltrichter vor den Mund und rief so den Kapellmeister von unterhalb des Podiums an.

»Nein, Sir.«

»Dann kommen Sie mit dem Kopf mal ein bißchen näher«, sagte Freddie und sang ihm ein paar Takte vor.

Der Kapellmeister erkannte die Melodie und leitete seine Musiker dazu über. Dann sang plötzlich die ganze Gesellschaft mit, und Freddie war auf das Podium hinaufgesprungen, um die Kapelle zu dirigieren. Jetzt zog er Rose hinterher, und sie sang ins Mikrophon hinein:

*»Whether the weather may be wet or fine,*
*We'll just scrub along without a care,*
*We're going to hang out our washing on the Siegfried Line*
*If the Siegfried Line's still there.«*

Es war hinreißend zu sehen, wie Freddie den einen Arm um sie gelegt hatte, während er mit dem anderen die Kapelle dirigierte, wie der Ballsaal voll war von Tänzern, die stillstanden und sich, einer die Arme über den Schultern des anderen, hin- und herwiegten und das Parkett unter ihnen ächzte, Ballons über ihren Köpfen tanzten und alle, von Freddie angeführt, die nächste Nummer sangen:

*»Adolf,*
*You've bitten off*
*Much more than you can chew.«*

Begeistert sang der Chor: »*We're all fed up with you, cor blimey*«,

*»Adolf,*
*You'll topple off*
*And all your Narzees too,*
*Or you may get something to remind you*
*Of the old red, white and blue.«*

»Nach der schweren Arbeit des Dirigierens braucht Freddie ein Glas Champagner«, sagte Dick.

»Das können wir alle gebrauchen«, sagte Minnie, »aber ist es nicht phantastisch, wie er Leben in die Bude bringt?«

Sie hatten schon eine schwere Zunge vom Alkohol, aber richtig betrunken machte er sie nicht, und als sie sich zu den erhebenden Klängen von *God Save the King* erhoben, war dies nicht das übliche Absingen der Nationalhymne nach einem Tanzabend. Es klang vielmehr wie ein Schlachtgesang, bei dem das »Send him victorious« trotzig gegen die Wände des Ballsaals anbrandete und hinausdrang auf den Parkplatz, wo die Chauffeure hinterm Lenkrad schnarchten.

Der Verdunkelungsvorschriften wegen schliefen Rose und Ram im Schlafzimmer im Obergeschoß und nicht auf der Dachterrasse. Rose trat ein, machte zur gesummten Melodie der *Siegfried Line* noch ein paar flotte Foxtrottschritte, hatte die Arme um einen imaginären Freddie gelegt und stieß gegen den Holzständer mit der Trinkwasserkaraffe darauf, woraufhin diese laut am Boden zerbrach.

»Wo, zum Teufel, hast du gesteckt?« kam es von Rams Bett.

»Uuups«, machte Rose und ging auf unsicheren Beinen auf ihr Bett zu, legte ihr Abendtäschchen darauf und setzte sich, um die Schuhe abzustreifen. »Wann bist du zurückgekommen? Ich hab' im ›Stiffle's‹ die Wäsche an der Siegfried-Linie aufgehängt.«

»Bis nachts um halb drei? Ich bin seit vier Stunden wieder da. Du weißt ja, ich habe nichts dagegen, daß du mit Freunden ausgehst, wenn ich mal weg bin, aber dich bis in die frühen Morgenstunden in aller Öffentlichkeit rumzutreiben, das ist etwas anderes.«

Rose hielt einen ihrer Schuhe in die Höhe und betrachtete ihn kritisch.

»Völlig ausgelatscht, nicht mehr zu gebrauchen, un' sie zum Schuster zu bringen lohnt sich auch nicht mehr. Was sagst du dazu?«

»Mit wem bist du ausgewesen?«

»Mit Minnie un' Dick un' Freddie.«

»Wer ist Freddie?«

»Du kennst doch Freddie – von zu Haus'.«

Ram saß plötzlich kerzengerade im Bett. »Und was denkst du dir dabei, bis in die Puppen mit Freddie rumzuhopsen?«

»Ich hab' nicht bis in die Puppen mit Freddie rumgehopst. Zeitweilig hab' ich mit ihm eine Kapelle dirigiert. Freddie ist in Uniform. Un' falls du's noch nicht gehört haben solltest – wir haben Krieg.« Sie stand auf, drehte in Nachahmung einer dänischen Schönheit eine Pirouette und brach auf ihrem Bett zusammen.

»Willst du damit dein unmögliches Benehmen entschuldigen? Dieser Freddie braucht bloß aufzukreuzen, und du quasselst wieder Cockney wie die waschechte Londonerin, die du bist, während mein Vaterland für diesen verdammten Krieg ausblutet.«

»Nationalistische Sprüche aus deinem Mund sind mal was Neues«, sagte Rose nüchtern, setzte sich auf und stellte ihre Schuhe fein säuberlich nebeneinander. »Un' was mein Cockney betrifft, so finde dich damit ab. So bin ich nun mal.« Und dachte dabei unbestimmt an Marcella, der man alles vorwerfen konnte, nur nicht, daß sie Cockney sprach.

Typisch für ihn, schlaflos dazuliegen und sich über ihr Cockney aufzuregen statt über den Krieg. Aber warum sollte Ram sich Sorgen wegen des Krieges machen, ihres Krieges, wo er sich doch nie auch nur den geringsten Gedanken über die Kämpfe seines eigenen Volkes gemacht hatte? Sollten seine Landsleute sich in ihren Demonstrationszügen doch die Kehle heiser schreien, sollte sein Freund Keshav sich doch aufregen über das, was auf der Straße geschah, darüber, wer verhaftet wurde und warum Mahatma Gandhi wieder einmal fastete, sollte Keshav doch Gewissensbisse deswegen haben und das Gefühl, auf einer Schaukel zu sitzen. Ram hatte keine Ahnung – weder, was ein Gewissensbiß war, noch, was es hieß, auf einer Schaukel zu sitzen. Nur Marcella war jemals bis zu ihm durchgedrungen, und die hatte es geschafft, daß er jetzt jahrelang nichts weiter war als ein benommener Waschlappen, was schließlich etwas ganz anderes war als jemand, der Gewissensbisse hatte und glaubte, auf einer Schaukel zu sitzen. Sonst war Ram gegen alles gefeit. Wirbelstürme, in denen andere Menschen den Tod fanden oder wahnsinnig wurden, berührten ihn nicht; er war fröhlich wie ein Fisch im Wasser. Zum erstenmal tat er ihr leid. Er war der Außenseiter, nicht sie. Er hatte weder für zwerchfellerschütterndes Lachen Sinn noch für heiße Tränen. Sie hingegen hatte heute abend beides erlebt, hatte gesungen und getanzt und getrunken und Seine Majestät, den König, gerettet, und in Freddies Armen war sie wieder zurück gewesen auf den guten alten Britischen Inseln. Niemals war London ihr teurer gewesen als in dem Augenblick, da er es beschrieben hatte. Die Bomben der Hunnen machten ganze Stadtteile Londons dem Erdboden gleich, und trotzdem arbeiteten die Menschen sich aus den Trümmerhaufen heraus, boten Tod und Zerstörung die Stirn und gingen ihrer Arbeit nach. »Nichts da, von wegen Heldentum«, hatte Freddie von ihren Eltern gesagt, »aber trotzdem sind sie das, Helden, genauso wie meine Eltern und all die andern.« Freddie hatte wirklich recht; England konnte unmöglich verlieren.

»Daß eine Tanzerei im ›Stiffle's‹ so lange dauert, habe ich noch nie gehört«, sagte Ram, als sie aus dem Badezimmer kam.

»Ach, hast du nicht? Warum – schläfst – du – nicht – einfach – weiter?« Rose wählte ihre Worte mit unendlicher Güte und mit viel Bedacht.

So erstaunlich es war, aber er tat es. Und am nächsten Morgen wurde kein Wort mehr darüber verloren, daß sie gestern abend tanzen war, ja, Freddie wurde sogar eingeladen, seinen ganzen letzten Tag bei ihnen zu verbringen. Mit einer geradezu weiblichen Eingebung, die Ram beweisen konnte, wenn es wirklich drauf ankam, schickte er ein langes Telegramm an ihre Eltern und ließ es sich von diesem Tag an nicht entgehen, sich gemeinsam mit ihr im Radio die Kriegsnachrichten anzuhören und die Mühe zu machen, ihr die Ereignisse genau zu erklären und den furchtbaren Verlauf des Krieges auf der Karte zu verfolgen. Sonst hätte sie nie recht begriffen, wie die deutschen Panzerverbände siebenhundert Kilometer durch französisches Territorium hindurchstießen wie durch Butter oder warum der Satz von der Wäsche auf der Siegfried-Linie angesichts des Westwalls gegenüber der Maginot-Linie ein schrecklicher Witz schien. Ram, der auf der Landkarte, die sie zwischen sich ausgebreitet hatten, mit düsterer Miene Rückzüge und Niederlagen nachvollzog, sah auf und erkannte, daß ihr die hellen Tränen übers Gesicht liefen, woraufhin er die Karte beiseite schob und sie an sich drückte. »Nicht weinen, Rose. Es wird ein langer Krieg werden, und du mußt tapfer sein.« Aus solchen Gesprächen über den Krieg und den trockenen Dialogen über Deutschlands militärische Stärke ward die Liebe wiedergeboren. Jetzt blieb er abends mit ihr auf, während die Deutschen London bombardierten, und beruhigte sie in der Nacht, wenn sie mit Schreckensbildern von brennenden Häusern aus dem Schlaf hochfuhr.

Und wie immer, kamen auch jetzt von Ram keinerlei Ausreden. Als sie in seiner Schreibtischschublade nach Briefmarken suchte, fand Rose eine Seite von einem Brief an Marcella.

> ... kann die Qual, die Du durchgemacht haben mußt, jetzt, wo Frankreich gefallen ist, nur noch schlimmer sein. Mahatma Gandhi hat vor kurzem gesagt: »Es gilt, die Welt mit ruhigen Augen zu betrachten, auch wenn die Augen der Welt blutunterlaufen sind.« Für Dich mag das wie Hochverrat klingen, Marcella, aber glaube mir, er ist nicht anti-britisch. Er ist pro-britisch und für die Alliierten. Er erklärt – und ich erkenne die Logik, die darin liegt –, wenn Indien an der Seite der Alliierten einen Freiheitskrieg führen soll, muß es seine eigene Freiheit garantiert bekommen. Jetzt kämpft Indien an der Seite der Alliierten, allerdings als britische Besitzung, und mit seinen Ressourcen und Menschen wird umgegangen, wie die Regierung es für richtig befindet. Nun überlege mal, um wieviel größer unsere Bemühungen sein könnten und wie viele Millionen mehr Menschen mitmachen würden, hätten wir eine selbstgewählte Regierung. Es ist keine Zeit zu verlieren. Jetzt, wo die Japaner auf dem Vormarsch sind, sind wir selbst in Gefahr. Es wird Zeit, zu einer Verständigung zu kommen – nicht zwischen einer Kolonie und ihrem Herrn, sondern zwischen zwei zivilisierten Nationen. Ich bin überzeugt, eine Verständigung ließe sich erreichen, etwa entsprechend der Verse von T. S. Eliot, die ich Dir gezeigt habe:
>
> »Ein Weg, unvergleichlich leicht und schwer zugleich,
> Ein Weg, den wir beide verstehen sollten...«
>
> Nur, fürchte ich, wird es im Fieber des Krieges nicht dazu kommen.

Nein, Ram machte kein Hehl aus irgend etwas, hatte nie etwas verheimlicht; sonst müßte seine ganze Persönlichkeit durch und durch verlogen und drei Viertel davon verborgen sein. Diese plötzliche neue Sorge um Indien war wirklich das letzte, was sie von ihm erwartet hätte. Genauso, wie sie nicht erwartet hätte, daß ein Brief von ihm an Marcella so aussehen würde. Wie wohl der Anfang gelautet hatte? Meine liebste Marcella, mein Herz und meine Seele? Sie nahm an Rams Schreibtisch Platz und las den Brief noch einmal durch; dann wußte sie zweifelsfrei, daß er mit ›Marcella‹ angefangen und mit ›Ram‹ geendet hatte. Mit diesen beiden Worten war alles gesagt. Gleichsam bloß und nackt sah sie ihn in diesem Augenblick vor sich, wie in dem Augenblick, da er geboren worden war. Jeder Brief an Marcella war ein Liebesbrief, auch dann, wenn es darin nur um den Fall Frankreichs und um die Japaner ging. Denn so war die Liebe, das hatte Rose längst entdeckt; sie umfing auch noch die ausgefallensten Themen mit einer zärtlichen Wärme. Freilich, zu der Verständigung, von der er Marcella geschrieben hatte, kam es nie. Wozu es kam, war die Konfrontation. Ram las ihr die Ansprache, die Mahatma Gandhi am 8. August 1942 vor einer gewaltigen Menschenmenge in Bombay gehalten hatte, aus der Morgenzeitung vor:

> Dies ist das *mantra* – es ist nur kurz –, das ich euch gebe. Prägt es eurem Herzen ein; es sollte in jedem eurer Atemzüge zum Ausdruck kommen. Das *mantra* lautet: »Tut es oder sterbt!« Wir werden Indien entweder befreien oder in dem Versuch, es zu tun, sterben. Wenn die Regierung mich in Freiheit läßt, erspare ich euch die Mühe, die Gefängnisse zu füllen. Ich werde der Regierung nicht zumuten, in einer Zeit, da sie selbst in größten Schwierigkeiten steckt, eine große Anzahl von Gefangenen zu unterhalten... Gelobt – und Gott und euer eigenes Gewissen sei dabei Zeuge –, daß ihr nicht ruhen noch rasten werdet, bevor nicht die Freiheit er-

reicht worden ist, und seid bereit, euer Leben zu opfern in dem Versuch, sie zu erlangen...

Wenige Stunden später waren er und Tausende anderer im Gefängnis, wurden aus Protest, wie es hieß, Brücken verbrannt und Eisenbahnzüge zum Entgleisen gebracht, ergingen von den Führern im Untergrund Aufrufe an die Stahlarbeiter, in den Streik zu treten und die Rüstungsindustrie zum Erliegen zu bringen. Rams Vater erklärte, vom Verhalten der britischen Regierung aufgebracht, er habe die britische Heuchelei jetzt endgültig satt, und warf mit einer Heftigkeit, die Rose nie in Lala-jis abgerissener Gestalt vermutet hätte, alles und jedes zum Haus heraus, was in England hergestellt worden war, darunter ›Chivers Orange Marmalade‹ und eine Dose schottischen Butterkuchen, die Rose gehortet hatte. »Um Gottes willen«, erregte Ram sich, »dafür ist es jetzt doch viel zu spät! Britische Waren öffentlich verbrannt hat man in den zwanziger Jahren! Jetzt ist so was völlig sinnlos.« Aber der alte Herr fing dort wieder an, wo er 1919 aufgehört hatte, als sie ihn halb bewußtlos, aber doch voll ungebrochenem Trotz, von dem Gerüst losgebunden hatten, an dem er ausgepeitscht worden war. »Es hat nie ein britisches Erzeugnis in diesem Haus gegeben«, herrschte er Ram mit flammenden Augen an, »bis du es mit deinem ausländischen Plunder angefüllt hast.« Rose, die sich fragte, ob man sie packen und über die Hecke hinauswerfen oder auf irgendeine andere häßliche Weise loszuwerden versuchen würde, hörte ihn sagen: »Da mußte erst Rose kommen und dafür sorgen, daß wieder Vernunft in deine Geschäfte kam. Wäre sie nicht gewesen, würdest du heute noch Brüsseler Spitzen anglotzen, als wären sie eine Offenbarung!« Dann befahl er den erstaunten Dienern, die Schondeckchen von den Wohnzimmerstühlen abzureißen, und duldete sie nie wieder im Haus.

Er fing an, nach dem Vorbild des Mahatmas Gebetsversammlungen in seinem Hause abzuhalten, dazu Lesungen aus der Bhagavadgita*, dem Koran und der Bibel, Veranstaltungen, die mit dem Lobgesang auf die Hindu-Moslem-Einigkeit endeten, die der Mahatma selbst verfaßt hatte:

*Ishvar-Allah tērē nām*
*Sab ko sammati de bhagvan.*

Doch wie könnten diese beiden, Wächter über Hindu-Wasser und Moslem-Wasser, der Gott des Hinduismus und der Gott des Islam, in einer Hymne besungen werden, fragte Rose, woraufhin Lala-ji grimmig erwiderte: Die Briten haben uns erobert, sie haben regiert nach dem Motto ›divide et impera‹, und sie werden teilen und eines Tages abziehen, und uns an dem Tag und in der Stunde, wo sie das tun, in Stücke zerrissen zurücklassen – es sei denn, wir begriffen, daß die beiden ein und derselbe Gott sind. *Sie*, sagte er zu Rose gewandt, nicht dein Volk, denn Rose saß zusammen mit den anderen bei der Gebetsversammlung (ihre Fußgelenke brachten sie fast um) und lauschte den beunruhigenden Gebeten, die um sie herum gesungen wurden, und dann der kleinen Predigt hinterher, als einer von Gandhis Anhängern sagte, Gewalttätigkeit nähre sich von der Angst der Opfer. Wenn alle Mäuse der Welt aufhörten wegzulaufen, würden die Katzen aufhören, sie zu töten – ein faszinierender Gedanke, von dem sie später Minnie erzählte. Katzen und Mäuse? Daß ich nicht lache! sagte Minnie verächtlich. Was sie predigen, ist Aufruhr und nichts anderes. Wenn du willst, kannst du ihn mit Katzen und Mäusen verbrämen, aber was sie wollen – ist das nicht die Höhe? –, ist, daß wir von hier verschwinden. Gewalt oder Gewaltlosigkeit macht da keinen Unterschied, es ist alles Aufruhr, der sich gegen den König richtet. Erzähl mir bloß nicht, du setzt dich mit all diesen Indern zu-

* *Bhagavadgita*, ›Des Erhabenen Sang‹, mystisch-philosophische Einlage im sechsten Buch des *Mahabharata*, das am weitesten verbreitete religiöse Buch der Inder. A. d. Ü.

sammen, die mit uns nichts gemein haben. Und Minnie mit ihrem blinden Patriotismus wollte nicht begreifen, daß sie genaugenommen eher so wie wir waren, sofern man unter ›wir‹ Rose und Minnie verstand; mehr jedenfalls als die englischen Adligen. Mein Dad arbeitet in einer Flaschenfabrik, Minnie. – Und wenn er in England zehnmal in einer Flaschenfabrik arbeitet, wenn er nach Indien käme, wäre er Engländer, erklärte Minnie in einem Ton, der keine Widerrede zuließ.

Die Zahl der Teilnehmer an den Gebetsversammlungen nahm ständig zu; es waren zum großen Teil Leute, die Rose aus dem Bazar kannte und die sich hier mit Lala-jis gutgekleideten Freunden vermischten – allerdings nicht zu unterscheiden waren von Lala-ji selbst, denn der sah in seiner verknitterten *pyjama-kurta* immer recht abgerissen aus. Es gab mehr Leute aus dem Bazar als Wohlgekleidete, und viele von den Kesselschmieden, Schneidern und Händlern waren ihr vertraut, seitdem sie sich mit Stoffen und kunsthandwerklichen Erzeugnissen für Rams Laden beschäftigte. Soldaten und Seeleute kamen nicht, denn die dienten ganz regulär bei den Streitkräften Seiner Majestät, doch dafür Reiche, Arme und Bettler – die Bettler, denen Mona dienstags Essen reichte, kamen jetzt zu den Gebetsversammlungen. Und wenn sie sich nicht täuschte, auch Diebe, Hindus aller Art und Moslems, die sich täglich in braunweißer Ununterscheidbarkeit zusammentaten. Es ist das erste Mal, seit ich in Indien bin, wenn auch nicht das erste Mal in meinem Leben, verbesserte Rose sich, daß ich hoch und niedrig miteinander verkehren sehe. Die Leute beobachteten sie genauso begierig wie Rose sie, die auf ihren gemarterten englischen Beinen in ihrer Mitte saß. Ihre Grüße und ihr Lächeln, wenn sie einander hinterher im Bazar begegneten und in Gängen und Gassen über Bananenschalen hinwegstiegen, hatten nichts Einnehmendes. Es war, als ob Gandhi, der selbst im Gefängnis saß, sie wie durch Zauberhand miteinander bekannt gemacht hätte.

Du bist in guter Gesellschaft, Rose, erklärte Lala-ji ihr angeregt und erinnerte sich liebevoll an einige Engländer, die so gut wie indisch geworden waren: an C. F. Andrews, College-Professor und Freund des Mahatmas, den Verleger B. G. Horniman, der seinen englischen Anzug abgelegt, eine *pyjama-kurta* angezogen und sich denen, die auf den Straßen Bombays für den zivilen Ungehorsam demonstrierten, angeschlossen hatte; des weiteren an die englische Admiralstochter, die heute Miraben hieß und die das Leben einer Admiralstochter gegen das in einem Ashram und hinter einem Spinnrad eingetauscht hatte. Ram, der nicht recht wußte, wie er mit der Begeisterung seines Vaters umgehen sollte und diesen bereits mit den Kesselschmieden, Schneidern und Unberührbaren auf der Straße zusammen sah, sagte: Ich hoffe, du hast nicht vor, dich der ›Quit-India‹-Bewegung anzuschließen. Lala-ji bedachte seinen Sohn mit einem mitleidigen Blick. Der habe ich bereits angehört, als sie noch nicht diesen Namen trug, und lange, bevor du gezeugt wurdest.

Indien dienen, sagte der Schüler Gandhis in seiner Ansprache nach dem Absingen der Hymnen, bedeutet, jedem Menschen die Tränen abwischen – ein Satz, den Rose vergaß, bis sie den handlosen Bettler sah, der sich nicht selbst die Tränen abwischen konnte. Bis dahin hatte sie es mehr oder weniger als selbstverständlich angesehen, daß Tränen etwas waren, das man sich selbst abwischte.

# KAPITEL 11

Sobald jemand tot ist, wird er nicht mehr erwähnt. Vielleicht glauben sie, es wäre gütiger. Ich empfinde es eher als herzlos. Ich sehnte mich danach, mit jemand über Papa zu reden, jemand, der ihn gekannt hat. Aus dem offiziellen gesellschaftlichen Kreis, in dem ich seine jüngeren Kollegen getroffen hätte, war ich ausgeschieden, und Kiran hätte mich bestimmt für krank gehalten und abgelenkt, wenn ich versucht hätte, mich gemeinsam mit ihr an Papa zu erinnern. Was wußten wir eigentlich von ihm, wo wir doch fest in den Traditionen meiner Mutter wurzelten und sogar in dem Haus ihrer Familie lebten? Papa muß sich in der betont selbstbewußten Welt der Kaschmiri mit ihren verfließenden Umrissen, in der wir lebten, immer ein wenig isoliert vorgekommen sein. Sein Selbstbewußtsein war anderer Art gewesen. Oberflächlich hatte er stets und ständig nachgegeben, aber hinter seinen kleinen Zugeständnissen eine harte innere Struktur verborgen, die überhaupt nicht nachgab. Einmal hatten Kiran und ich versucht, ihn zu beschwatzen, mit uns ins Kino zu gehen; jede von uns hatte eine seiner Hände ergriffen und versucht, ihn aus seinem Sessel herauszuzerren. Ohne sich zu wehren, war er aufgestanden, hatte dann jedoch in einem reservierten Ton, wie wir ihn überhaupt nicht bei ihm kannten, erklärt: »Meinen Körper könnt ihr hinschleifen, wo ihr wollt, doch mein Herz weilt heute in meiner alten Heimat.« Während Kiran hinauslief, um unserer Mutter zu sagen, daß wir ausgingen, klammerte ich mich an seine

Hand und hatte das dringliche Bedürfnis, ihn von dort, wo er weilte, zu mir zurückzuholen.

»Woran denkst du, Papa?«

Seine umschatteten Augen wurden ganz klar, er kehrte zurück in die Gegenwart und sagte: »Ich dachte gerade daran, daß heute vor neunzehn Jahren mein Vater starb. Ich war damals ungefähr so alt wie du heute.«

Ein Kinobesuch war eine seltene Vergünstigung, doch an diesem Tag machte das keinen Eindruck auf mich. Ich konnte an nichts anderes denken als daran, daß meines Vaters Körper zwar neben mir saß, sein Herz jedoch irgendwo anders schlug. Ich war wie besessen von der Spaltung seiner Seele, die ihn – sein Leben und seine Arbeit – in zwei Teile riß, daß es mich drängte, ihm vielerlei Fragen zu stellen wie: »Woher kommst du?« und: »Erzähl mir von dir, als du klein warst.« Da erzählte er mir die Geschichte der Guerillakriegführung im unwirtlichen, mit riesigen Felsbrocken übersäten Gelände des Hochlands, Tafelberge, aus deren Mitte plötzlich zackige Gipfel aufragten, die ideal geeignet waren, Bergfesten zur Verteidigung darauf zu bauen, und von Shivaji, diesem Mann, der den Moguln Paroli geboten hatte und sich und sein Volk so brillant gegen die gewaltigen Armeen des Großmoguls Aurangseb verteidigt hatte. Wir wußten recht wenig von dem Hochland, in das seine Familie von der Küste aus gezogen war, und noch weniger darüber, wie sich das Drama des zivilen Ungehorsams auf Leben und Karriere eines rechtschaffenen und aufrechten Staatsbeamten ausgewirkt hatte, der mit seinem Leib der herrschenden Macht gedient hatte, mit Herz und Hirn hingegen – *satyagraha**. Ich hatte mich darangemacht, seine Papiere und Briefe zu sichten, und mich befiel dabei eine Vorahnung, die Kiran bestimmt scheußlich und unheimlich gefunden hätte; es

* *satyagraha*, ›Ergreifen der Wahrheit‹, Formel für den gewaltlosen Widerstand oder bürgerlichen Ungehorsam, mit dem Gandhi zum Kampf gegen die britische Herrschaft aufrief. A. d. Ü.

hatte nicht lange gedauert, und ich war durch und durch in diese Aufgabe versunken. Abrechnungen über Shilling und Pence aus seiner Studentenzeit in England, Bündel von Briefen von einem deutschen Mädchen, die eine langanhaltende Beziehung verrieten, Theaterprogramme, persönliche und offizielle Briefwechsel – all das half mir, Abschnitte seines Lebens zu rekonstruieren, von denen ich nichts wußte, die Spitzen von Eisbergen, deren feste Masse man nicht sieht. Doch selbst die Spitzen verrieten mir mehr, als ich je von ihm gewußt hatte, insbesondere über die Zerrissenheit, die der Regierungsdienst in Britisch-Indien unweigerlich bei jenen zur Folge hatte, die ein zerbrechliches Herz besaßen.

Da war zum Beispiel ein gedrucktes Rundschreiben mit der Überschrift ›Geheimanweisungen von Sir Frederick Puckle, Minister der Regierung von Indien‹ mit dem Datum 12. Juli 1942, also kaum einen Monat vor der letzten großen nationalen Erschütterung, der ›Quit-India‹-Bewegung. In dem Puckle-Rundschreiben hieß es:

> In drei Wochen, am 7. August, beginnt in Bombay die Tagung des *All India Congress Committee*. Bis dahin stellt das Ganze vor allem ein Propagandaproblem dar. Es geht darum, die öffentliche Meinung gegen die konkreten Vorschläge zu mobilisieren, die in der Resolution der Kongreßpartei und der darin am Schluß ausgedrückten Drohung enthalten sind und die von Gandhi als ›offene Rebellion‹ bezeichnet wird. Wir müssen jene ermutigen, auf deren Unterstützung wir uns verlassen können, die Schwankenden für uns gewinnen und vermeiden, die Entschlossenheit der Kongreßpartei zu stärken; mit dem Ziel, entweder Druck auf die Kongreßpartei auszuüben, von dieser Position abzurücken, oder, wenn denn schon gegen die Kongreßpartei vorgegangen werden muß, zu gewährleisten, daß ein solches Vorgehen von der öffentlichen

Meinung innerhalb und außerhalb Indiens getragen wird...

An das Puckle-Rundschreiben angeklammert fand ich einen Zeitungsausschnitt mit Mahatma Gandhis Kommentar, daß Freunde ihm davon berichtet hätten. »Die Öffentlichkeit soll wissen«, sagte er, »daß diese Rundschreiben einen zusätzlichen Grund für den Schrei nach ›Quit India‹ darstellen, der nicht von den Lippen, sondern aus den schmerzgepeinigten Herzen von Millionen aufsteigt. Die Massen sollen wissen, daß es viele andere Möglichkeiten gibt, sich seinen Lebensunterhalt zu verdienen, nicht nur dadurch, daß man die Interessen des Volkes verrät...« Die letzten Worte hatte Papa mit Rotstift unterstrichen; trotzdem war er sein ganzes Arbeitsleben hindurch bis zur Unabhängigkeit auf der Schaukel sitzen geblieben.

Ganz unten auf dem Boden eines Koffers fand ich ein kleines Manuskript mit der handschriftlichen Bemerkung meines Vaters: »Geschrieben von meinem Vater, 1915.« Ich blätterte die mit Stahlfeder und roter Tinte in kräftiger, gut lesbarer Handschrift beschriebenen Seiten durch. Am Abend nahm ich sie mit ins Bett und las:

Es ist Krieg, und bald werden sie wieder Leute für die Armee ausheben. Jedem frisch Rekrutierten werden an einem Fußgelenk Grashalme und an das andere ein Bündel Blätter festgebunden; so lernt er statt zu ›links, rechts, links, rechts‹ zu dem Befehl *ghās-patta, ghās-patta* marschieren. Kriege verändern Welten. Aber kann denn ein Krieg größere Umwälzungen hervorrufen als diejenigen, die eine neue Sprache und die durch sie bedingten neuen Denkgewohnheiten in den letzten hundert Jahren an unsere Gestade gebracht haben und die später zu einem Teil dessen werden, was Inder ihr Erbe nennen? Ich schreibe englisch, das ist schon Beweis genug; aber die Veränderungen gehen tiefer als die Sprache. Mein Vater war Jurist, und seine Vorstellungswelt wurde am meisten erschüttert durch jene Gesetzesverordnung, mit der sechsundzwanzig Jahre vor seiner Geburt die Praxis des *sati* in Bengalen abgeschafft wurde; ein Jahr nach seiner Geburt wurde ein weiteres Gesetz erlassen, das es Witwen erlaubte, sich wieder zu verheiraten, damit die Gesellschaft keinen Vorwand mehr hatte, Frauen weiterhin lebendig dem Feueropfer zu überantworten. Das erste Gesetz gegen *sati* hatte große Erregung hervorgerufen, und dem Generalgouverneur Lord William Cavendish Bentinck, der seine Unterschrift daruntergesetzt hatte, müssen die Ohren geklungen haben, als er nach England zurückkehrte, soviel Lobendes wurde von unseren Landsleuten dazu gesagt. Mein Vater hingegen vertrat die Ansicht, daß es sich um so etwas wie Wunschdenken auf dem Gebiet der Reform handele und das Gesetz nicht das Papier wert sei, auf das es geschrieben wäre. »Wenn die britische Regierung das *sati* abschaffen will, dann muß die Abschaffung absolut sein.« Die Leute, die uns in unserem Hause besuchten, sagten, es sei immerhin ein Anfang gemacht worden. In manchen Landesteilen wurde *sati* strafrechtlich verfolgt. Doch hörten Gewaltakte, deren Ursprünge unendlich weit zurücklagen und die tief in der Mythologie verwurzelt waren, auf, bloß weil Lord Bentinck, der in Kalkutta in Fort William saß, eine Gesetzesvorlage unterschrieb oder weil die Reformer unter uns es so wollten? wollte mein Vater wissen. »Die Sitte des *sati* war bereits alt«, hörte ich ihn sagen, »als das erste Jahrhundert noch in weiter Ferne lag. So gesehen ist Kalkutta nur ein Staubkörnchen auf unserer Landkarte und die britische Herrschaft ein winziger Fleck in unserer Geschichte.« Schon eine merkwürdige Feststellung, wenn man bedenkt, daß er sie in den neunziger Jahren des vorigen Jahrhunderts machte. Die Herrschaft Großbritanniens ist heute so stark und stabil wie noch nie. Nach der langen Regierungszeit von Queen Victoria folgte ihr Sohn ihr auf den Thron, und jetzt ist ihr Enkel, George V., König von England und Kaiser von Indien. Vor vier Jahren gaben er und die Kaiserin auf indischem Boden einen Galaempfang, wahrscheinlich der prunkvollste Staatsakt, den dieses Land für lange Zeit erleben wird, auf jeden Fall ein Zeichen, daß das Empire und die *pax britannica* weiter reichen, als wir, die Lebenden, voraussehen können. Mein Vater jedoch dachte anders. Und ließ sich nicht davon abbringen, daß die Abschaffung des *sati* wenig mehr bewirkt hatte, als das Gewissen der Regierung zu beruhigen. Wenn man eine so grauenhafte Sitte in jedem Teil Britisch-Indiens sowie in den von den Fürsten regierten Staaten (in einem von ihnen lebten wir damals) unterbinden wollte, dann mußte mit größter Härte dagegen vorgegangen und jeder Verstoß öffentlich bestraft werden. Diejenigen, die *sati* verübten, müßten auf dem Marktplatz gehängt werden, sonst lebt es weiter bis ins nächste Jahrhundert. Und ging die Sitte nicht in manchen Teilen des Landes – offen oder heimlich – weiter?

Als Anwalt kamen ihm solche Fälle zu Ohren. Ich habe nie erlebt, daß er Überflüssiges geredet oder übertrieben hätte. Exzesse jeder Art waren seiner Natur fremd. Er war ein bescheidener, spartanischer Mensch und sein Denken immer streng zielgerichtet. Sein lebhafter Geist ließ ihn während seiner Ausbildung im Wilson College in Bombay die höchsten Ehren erringen und machten einen englischsprechenden Anwalt mit einer erfolgreichen Kanzlei aus ihm, deren Klienten sich damals aus einer ganzen Reihe von Fürstentümern rekrutierten. Er hatte Klienten, die ihn in jeder denkbaren Währung bezahlten: von Ziegen und lebenden Hühnern bis zu Gold, und alles nahm er gleich freudig entgegen, manchmal die Ziegen sogar mit mehr Freude als das Gold. Er lebte in viel zu interessanten Zeiten, ging einer viel zu interessanten Arbeit nach und genoß die intellektuelle Herausforderung viel zu sehr, als daß er dem Gelderwerb allzu große Bedeutung beigemessen hätte. Diesen hätte er als Zeitverschwendung und törichte Ablenkung von der eigentlichen Aufgabe des Lebens angesehen. Seine Leidenschaft galt der Reform, und darin spiegelte sich der Geist seiner Generation; Reform, das waren die ungestümen Winde, die von einem

Ende bis zum anderen über unsere Halbinsel hinwegfegten und eine Flutwelle des Hinduismus aufrührte. Die Hindu-Reformation trägt diese Bezeichnung zu Recht! Es handelte sich um eine organisierte Bewegung, ein vereinigtes Bemühen, ein Erwachen im eigentlichen Sinn des Wortes. Machtvoller Nachhall davon war für uns noch die Beredtsamkeit des jungen Mönchs Vivekananda, an die wir uns erinnerten, jenes Swami, der von Kaschmir bis ans Kap Komorin und über die Meere hinweg gegen die Mißbräuche des Hinduismus wetterte und erklärte, dieser sei zu einer Religion von Kochtöpfen verkommen. In der Jugend meines Vaters stand diese Bewegung in der Blüte und drängte danach, sämtliche grausamen und korrupten Praktiken hinwegzufegen, die der wahren Religion hohnsprachen. Und die barbarischste von allen war *sati*, die Witwenverbrennung.

Ein Freund meines Vaters – ein Brite, der in unserem Staat lebte –, Mr. Timmons, behauptete, wenn Radscha Ram Mohan Roy dem Hinduismus entsagt und sich dem Christentum zugewandt hätte, was zeitweilig ziemlich wahrscheinlich schien, wäre eine christliche Welle über das Land hinweggegangen statt einer Hindu-Reformation. Mein Vater war da anderer Ansicht und ich auch. Wie weit konnte ein Großgrundbesitzer, mochte er noch so aufgeklärt und geachtet sein, die Lebensweise der Massen beeinflussen, die weitab von den Städten lebten? Doch abgesehen davon hatten wir es mit dem Wesen des Hinduismus selbst zu tun, einer uralten Religion ohne deutlich erkennbare Anfänge, ohne Gründer, Propheten oder Kirche, ohne ein einheitliches Grunddokument wie die Bibel und ohne Gebote, eine Religion, die weder ein Jüngstes Gericht noch Himmel oder Hölle kannte und daher keine konkrete Handhabe bot, sich vom *sati* frei zu machen. Der Hinduismus wird nicht gelehrt und bemüht sich nicht, Menschen anderen Glaubens zu bekehren. Es gibt ihn einfach. Was uns zusammenschweißt? Was ihn weiterträgt? Ram Mohan Roy erkannte nicht nur sein eigenes Dilemma, sondern auch das Dilemma seiner Zeit, als er begriff, daß der Hindu-Glaube von innen her vereinheitlicht werden müsse, denn er konnte niemals aus den Angeln gehoben, nie von einfacheren, späteren Ersatzreligionen verdrängt werden, von einer Heiligen Dreieinigkeit etwa oder einem Gottessohn oder von der Formel: Es gibt keinen Gott außer Gott. Der Maharadscha fühlte sich stark zum Christentum hingezogen, und er achtete alle Religionen; aber er begriff auch, daß es Religionen gibt, die sich nicht bezwingen lassen, die man nicht besiegen kann, weil sie keinen Krieg führen. Sie besitzen ein Eigenleben, so wie das Meer ein Eigenleben besitzt, oder so, wie eine Gesteinskruste wegen des Materials, aus dem sie besteht, immer härter und immer dauerhafter wird und nicht einfach deshalb, weil sie alt ist. Die ältesten Formen der Gottesverehrung – Animismus und Paganismus – sind praktisch verschwunden. Der Metaphysik jedoch kann die Zeit nichts anhaben. Wenn das Göttliche überall und ewig ist und Teil von allem, wie sollen wir ihm dann in der Zeit und im Gedanken entfliehen können? In welcher Phase der Evolution können wir eines Morgens aufstehen und sagen: Jetzt sind wir über dies hinausgewachsen, jetzt müssen wir zu etwas anderem übergehen? So bleibt der Hinduismus bestehen, genauso erbaulich wie die Erlösung, so zerstörerisch wie die Sklaverei, und wir müssen mit ihm rechnen. Dem versuchte die Reformbewegung Rechnung zu tragen.

Selbstverständlich stellte die Abschaffung von *sati* ein historisches Ereignis dar, und mein Vater schrieb einen Artikel über die historische Praxis und die Wirkungen des Gesetzes. Ich fand in seinen Unterlagen den Leitartikel der *Calcutta Gazette* vom 7. Dezember 1829, in dem ›überwältigende Freude‹ über die Verabschiedung des Gesetzes zur Abschaffung des ›schrecklichen rituellen Aktes von *sati*‹ zum Ausdruck gebracht wurde. Weiterhin hieß es darin, es ›gereiche der Regierung von Lord William Bentinck zum Ruhme‹, diese Reform durchzusetzen und ›einem in seinen Auswirkungen auf die Lebenden demoralisierenden, einem zutiefst abstoßenden System von Selbstmord und Mord‹ ein Ende zu bereiten. Mein Vater und Mr. Timmons diskutierten darüber genauso wie über viele andere Themen und saßen dabei in dem einzigen Zimmer in unserem Haus, das ein Engländer behaglich gefunden hätte, obwohl darin kein Teppich lag und es nur mit einfachen Zweckmöbeln eingerichtet war, dem Schreibtisch meines Vaters, einigen Stühlen mit gerader Rückenlehne und einer an der Wand entlang führenden Bank. Hier empfing mein Vater seine Klienten, und hier verbrachte er Stunden damit, zu lesen und zu schreiben. Das Zimmer war besser beleuchtet als der Rest des Hauses, obwohl die *shikar*-Trophäen meines Vaters einander glasäugig aus den Schatten an den Wänden anstarrten. Ich saß auf der Bank und machte in der Nähe einer Petroleumfunzel mit zwei Dochten meine Hausaufgaben, an einem Platz, von dem aus ich den zotteligen Bisonkopf an der Wand hoch über mir nicht sehen konnte. Gegen die glatthornigen Antilopenköpfe auf der gegenüberliegenden Wand hatte ich nichts. Jagd und Tennis waren die Bande, die meinen Vater und Mr. Timmons in Freundschaft miteinander verbanden; aber das stärkste Band zwischen ihnen, meine ich, waren ihre Gespräche. In jenen Tagen waren Gespräche der normale Zeitvertreib, weit mehr jedenfalls, als das heute der Fall ist.

Schauergeschichten verlieren ihren besonderen Reiz, wenn sie in völlig normaler Umgebung erzählt werden. Meines Vaters Stimme und Gegenwart und Mr. Timmons' breiter Rücken bewirkten, daß ich, der ich auf der Bank saß, während um uns herum die leisen Geräusche des Haushalts zu hören waren, glaubte, das alles könne nur ein Hirngespinst sein, als er sagte, heute in den frühen Morgenstunden, um halb drei, wären sieben Ranis des Radschas eines benachbarten Fürstentums bei der Bestattung des Radschas mit Gewalt auf seinen Scheiterhaufen gezerrt und verbrannt worden.

»Selbst wenn *sati* nicht gegen das Gesetz verstieße,

auf Mord steht Strafe; aber die Regierung wird keinen Finger rühren, um diese Mörder zu belangen«, sagte mein Vater.

»Es ist kein britisches Territorium«, erklärte Mr. Timmons.

»Nein, das ist es nicht. Aber das war das Königreich Oudh auch nicht, als Lord Dalhousie seine Truppen dort einmarschieren ließ, um es aus keinem anderen Grund zu annektieren, als das britische Herrschaftsgebiet zu vergrößern. Wenn euch daran gelegen ist, die Gesetze außer Kraft zu setzen, laßt ihr euch auch sonst nicht von juristischen Bedenken die Hände binden.«

Mr. Timmons' Ansicht von der Geschichte war, daß sie stattgefunden hatte. Dadurch, daß etwas stattgefunden hatte, war es unvermeidlich geworden. Auf jeden Fall war es vorüber. Infolgedessen war es geboten, mit der greifbaren Gegenwart voranzukommen. Für meinen Vater hingegen sahen die Dinge ganz anders aus und hätten überhaupt nicht stattfinden müssen, wenn die Menschen sich damals anders verhalten hätten. Wenn, was schließlich vorkam, alles auf einer Kette von Irrtümern beruhte, stellte die Gegenwart keineswegs eine *terra firma* dar. So kam es, daß er die britische Herrschaft zwar haßte, die Briten jedoch bewunderte; und Symbol seiner Bewunderung war das Rechtssystem. So entsprach es einer seiner Wunschvorstellungen, mich zur Ausbildung nach England zu schicken und Jura studieren zu lassen. Regte er sich über die Unzulänglichkeiten des Gesetzessystems auf, so deshalb, weil er ihm sein Leben geweiht hatte und er meinte, man sollte es als Waffe benutzen und nicht nur als ein Stück Papier betrachten.

»Eines Tages«, erklärte er Mr. Timmons, »wird es ein Gesetz geben, das die Unberührbarkeit verbietet. Meinst du, das reicht, um die Unberührbarkeit auszulöschen? Ich bekomme von Fällen von *sati* zu hören, weil es außerhalb der größeren Städte immer Mittel und Wege gibt, die Abschaffung zu umgehen. So flößen sie den unseligen Frauen berauschende Getränke und Beruhigungsmittel ein und schleifen sie dann zum Scheiterhaufen. Nicht mal Schreie werden laut; es dringt also nichts an die Öffentlichkeit.«

»Das Böse ist das Böse. Läßt es sich mit gesetzgeberischen Mitteln ausrotten?«

»Wozu sind die Gesetze dann da?« wollte mein Vater wissen.

»Wo religiöse Gefühle berührt werden, muß die Regierung vorsichtig sein. Das gilt bei einer Population von dieser Größe auch für jede Fremdherrschaft. Haben denn die Moguln etwas gegen *sati* unternommen?«

»Die Moguln waren nicht von zivilisatorischem Sendungsbewußtsein erfüllt, wie ihr es von euch behauptet. Trotzdem haben auch sie versucht, dagegen einzuschreiten; dabei hatten die damals nicht wie ihr heute den Vorteil, daß die öffentliche Meinung reif ist für eine Reform. Und was die Gefühle betrifft – habt ihr nicht das Fleisch von frisch geschlachteten Kühen auf eurem Tisch und eßt ihr zum Frühstück nicht Eier mit Speck? Ich komme immer mehr zu dem Schluß, daß das einzige, was britischen Zorn erregen kann, eine Bedrohung der britischen Herrschaft ist, John, und die beruht nicht auf moralischen Prinzipien, sondern auf überlegenen Waffen. Ihr geht erbarmungslos gegen Aufständische vor, wie zum Beispiel beim ›Großen Aufstand‹ von 1857 auf dem flachen Land. Deshalb unterscheidet ihr euch letzten Endes auch nicht von den Portugiesen oder den Holländern, die nichts anderes als rücksichtslose Eroberer sind. Aber ihr sprecht euch von euren Schuldgefühlen frei – die ihr im Gegensatz zu den anderen habt –, indem ihr eure Gleichgültigkeit wichtigen Problemen gegenüber damit begründet, daß ihr behauptet, Nichteingreifen sei vernünftig.«

Mein Vater erhob sich und holte aus einem Schrank mit hohen Glastüren einen seiner *sati*-Ordner hervor.

»Hör zu«, sagte er. »Folgendes erklärte Generalgouverneur Lord Amherst in einer Aktennotiz vom 18. März 1827 vor der Abschaffung von *sati*. Er schreibt, obwohl

›ich die Ungeheuerlichkeit des Übelstands durchaus empfinde, halte ich es für ausgeschlossen, daß die Verbrennung oder Bestattung von Witwen bei lebendigem Leibe den Fortschritt, den jedes Jahr durch nützliches und rationales Lernen erzielt, lange überdauern kann‹. Welch schöne und bequeme Vorstellung, anders als Eier mit Speck, die man heute unbedingt zum Frühstück essen muß. Und hier, am 8. November 1829, Bentinck, als er die Abschaffung von *sati* empfahl: ›Da ich es wage, als erster von dieser Praxis abzuweichen, sei es mir gestattet, darauf hinzuweisen, daß Gefühlen in keiner Weise Rechnung getragen wurde, sondern nur die Vernunft und sie allein diese Entscheidung bestimmt hat.‹ Erfüllt dich das nicht mit Erstaunen, John? Nicht die Tatsache, daß etwas eine ungeheuerliche, unmenschliche Praxis ist, hindert einen anständigen Mann daran, nachts gut zu schlafen, und bringt ihn schließlich dazu, zur Feder zu greifen, sondern weil endlich die Vernunft obsiegt hat.«

»Die Vernunft verkörpert für diese Männer den höchsten Wert«, sagte Mr. Timmons.

»Nun, mag sein. Was jedoch nötig gewesen wäre, war ein Kreuzzug mit Feuer und Schwert. Generationen von Anwälten werden Generationen von Gesetzen aufrechterhalten, doch die alten Mißstände werden weiter fortbestehen bis ins zwanzigste und einundzwanzigste Jahrhundert hinein, weil keine Fackel entzündet worden ist und weil *ihr*, die ihr das könntet, nicht die Gelegenheit beim Schopfe packt und dem Bösen das Genick brecht. Weil *sati* immer noch praktiziert wird, ist es zu diesen neuen Einschränkungen gekommen, die gleichbedeutend sind mit einer Kapitulation. Heute wird gegen *sati* nicht eingeschritten, wenn die Witwe niemand hat, der von ihr abhängig ist. Sie darf auch nicht schwanger sein. Und muß aus freiem Willen sterben! Und wenn sie, wie sie es nennen, zum Zeitpunkt der Bestattung ihres verstorbenen Gatten ›unrein‹ ist, muß sie diesen Zustand abwarten und wird dann zusammen mit irgend etwas aus dem Besitz ihres Mannes oder einem Teil seines Körpers – seinem Turban, seinem Schwert oder seinen Knochen – geopfert.«

Wie buchstäblich das der Wahrheit entsprach! Seit den alten Griechen hatten Reisende *sati* als Augenzeugen miterlebt. In den Unterlagen meines Vaters fand ich Berichte aus jüngerer Zeit, einen zum Beispiel, der nur zwei Abende nach der darin beschriebenen Episode aufgezeichnet worden war. Er stammte aus einem Brief an den Herausgeber des *Bombay Courier* vom 29. September 1823:

> Die unselige Brahmanin hatte den Scheiterhaufen mit den Knochen ihres Gatten (der auswärts verstorben war) aus freien Stücken bestiegen; da jedoch die Qualen des Feuers mehr waren, als sie ertragen konnte, sprang sie nach einem heftigen Kampf aus den Flammen heraus, wankte ein paar Schritte vorwärts und fiel zu Boden. Einige in der Nähe stehende Herren tauchten sie sofort in den Fluß in der Nähe, und verhinderten auf diese Weise, daß sie große Verbrennungen davontrug. Sie blieb voll bei Bewußtsein und beschwerte sich, der Scheiterhaufen sei schlecht und verzehre sie so langsam, daß sie es nicht aushalten könne. Gleichwohl bekundete sie ihre Bereitschaft, es noch einmal zu versuchen, sofern sie den Scheiterhaufen besser zurichteten; das wollten sie jedoch nicht, und so wich die Ärmste aus Angst vor den Flammen, die jetzt am heftigsten brannten, zurück und weigerte sich weiterzumachen. Als die unmenschlichen Verwandten das sahen, packten sie sie am Kopf und an den Füßen, warfen sie ins Feuer und hielten sie so lange dort fest, bis sie von der Hitze vertrieben wurden. Sie nahmen auch große Holzscheite hoch und schlugen damit auf sie ein, damit sie das Bewußtsein verlor; doch nochmals gelang es ihr, ohne fremde Hilfe zu entkommen. Diesmal rannte sie geradewegs in den Fluß hinein. Ihre Familienangehörigen folgten ihr und versuchten, sie zu ertränken, indem sie sie unter Wasser drückten, doch

ein Herr, der anwesend war, beschützte sie vor ihnen, woraufhin sie sich augenblicklich in seine Arme flüchtete und ihn anflehte, sie zu retten. Ich traf am Ort des Geschehens ein, als man sie das zweite Mal vom Fluß herbeitrug, und mir fehlen die Worte, mein Entsetzen zu beschreiben, das mich angesichts des verstümmelten Zustands packte, in dem die Ärmste sich befand. Fast jeder Zoll ihres Körpers war versengt, ihre Beine, Schenkel, Arme und ihr Rücken waren vollständig wund; ihre Brüste waren entsetzlich zugerichtet; die Haut hing in Streifen davon herunter; Haut und Fingernägel waren vollständig abgegangen und hingen ihr in Fetzen vom Handrücken herunter. Nie im Leben, Sir, habe ich ein solches Bild des Elends gesehen oder davon gelesen, wie diese Frau es bot. Sie schien zu fürchten, nochmals ins Feuer gebracht zu werden, und flehte die *ocha sahib*, wie sie sie in ihrer Erregung nannte, an, sie zu retten. Ihre Freunde schienen nicht länger geneigt, sie zu zwingen; und einer ihrer Verwandten setzte sich auf unser Drängen hin neben sie, reichte ihr einige Kleidungsstücke und sagte ihr, sie würden es nicht tun. Wir ließen sie ins Krankenhaus schaffen, wo ihr sofort jede denkbare ärztliche Hilfe zuteil wurde, doch für ihre Rettung bestand leider keine Hoffnung mehr. Sie litt noch etwa zwanzig Stunden unsägliche Schmerzen und starb dann.

Unterschrieben war der Brief mit: »Ein entschiedener Gegner von *satis*.« Es fand sich noch ein weiterer Bericht, den ich ähnlich fasziniert und mit entsetzensgesträubten Haaren las. Er stammte vom 1. Dezember 1822 und trug die Überschrift: »Liste von geopferten Hindu-Witwen.« Die Witwe, um die es sich in diesem Falle handelte, war sechsundzwanzig Jahre alt und hieß Comor. Ihr Gatte, Neerbhoy Singh, war als Soldat gefallen. Aus dem Bericht ging hervor, daß:

die Lebensumstände ihres Gatten dergestalt waren, daß es der Witwe an nichts gemangelt haben würde, hätte sie sich entschlossen weiterzuleben. Doch da sie zuverlässige Kunde erhalten hatte, daß ihr Gatte bei Radschmahal gefallen war, entschloß sie sich zur Selbstverbrennung und bestieg entsprechend den Scheiterhaufen; dabei hatte sie den Turban ihres Gatten sowie sein Schreibgerät auf dem Schoß liegen. Da der Magistrat von dem, was passieren sollte, erfahren hatte, eilte dieser augenblicklich an den Ort des Geschehens. Nachdem er sich etliche Stunden vergeblich bemüht hatte, die Witwe von ihrem Vorhaben abzubringen, gestattete er ihren nächsten Angehörigen schließlich, den Scheiterhaufen zu entzünden. Die Witwe verhielt sich äußerst gefaßt und bewahrte so lange Haltung, wie die Angriffe der Flammen sich nur auf ihre unteren Extremitäten richteten, doch als sie ihre Brust und ihr Gesicht erreichten, wurde die Qual offensichtlich unerträglich, und ihre Standhaftigkeit geriet ins Wanken. Unter Aufbietung aller Kräfte befreite sie sich von den Reisigbündeln, mit denen sie eingedeckt war und die sie behinderten, sprang vom Scheiterhaufen herunter und sank fast bewußtlos zu Füßen des Magistrats zu Boden. Nach wenigen Augenblicken kam sie jedoch wieder zu sich. Der Magistrat nutzte die Gelegenheit und versuchte nochmals eindringlich, sie von ihrem Vorhaben abzubringen; er erneuerte sein Versprechen, sie in Zukunft zu unterhalten und zu beschützen, wenn sie sich einverstanden erklärte, den Platz zu verlassen. Diese Bemühung scheiterte genauso wie die vorhergehende; weit entfernt, den immer wieder erneuerten Bitten des Magistrats nachzukommen, verwahrte die Witwe sich heftig gegen seine Einmischung, bestand darauf, ins Feuer zurückzukehren, riß sich los, versuchte, ihren ursprünglichen Platz auf dem Scheiterhaufen wieder einzunehmen, und kletterte die Scheite hinauf, aus denen er bestand und die mittlerweile voll entflammt waren. Als der Magistrat überzeugt war, daß ihr Entschluß, die Zeremonie zu vollenden, unerschütterlich war, und darüber hinaus meinte, daß jeder weitere Widerstand gegen ihren Willen unter den bestehenden Vorschriften als ungesetzlich und unziemlich betrachtet werden könnte, gestattete er einigen ihrer Verwandten, deren Beistand sie mit lauten Schreien beschwor, sie wieder in die Flammen hineinzuheben, die sie alsbald in Asche verwandelten.

Es sollte vielleicht erwähnt werden, daß dieses Opfer des Aberglaubens fest davon überzeugt schien, ihre dritte Inkarnation zu erleben. Auf die Vorhaltungen des Magistrats hin versicherte sie diesem, die Selbstverbrennung sei keineswegs etwas so Schreckliches und sei ihr überdies nichts Neues; sie habe diese rituelle Handlung zuvor schon einmal in Benares und ein andermal in Canonge vollzogen; auch fügte sie hinzu, sie sei sich ganz genau darüber im klaren, was sie auf dem Scheiterhaufen erleiden und auf welche Weise sie hinterher dafür belohnt werde.

Es gab Zeiten, da Arithmetik, Algebra und das Schreiben von Aufsätzen unsinnig waren, und ich zitterte bei dem Gedanken, was überall in diesem Lande passierte, während ich, den breiten Rücken von Mr. Timmons vor mir, in der glasäugigen Gegenwart von Antilopenböcken und anderer Trophäen dasaß. Seinen ›Freund und Diskussanten‹ nannte mein Vater Mr. Timmons.

»Ein solches Wort wie ›Diskussant‹ gibt es nicht im Wörterbuch«, sagte Mr. Timmons lachend.

»Dann gibt es das jetzt«, erwiderte mein Vater. »Glaubst du etwa, eine Sprache legt Tausende von Meilen zurück und läßt sich ohne Veränderungen verpflanzen?«

Streitgespräche über die Ohnmacht von Vernunft und Gesetz althergebrachten Sitten und Gebräuchen gegenüber bildeten nur einen Teil ihrer abendlichen Unterhaltungen.

Ich verbrachte mehr Zeit damit, ihnen zuzuhören, als mit meinen Büchern. Ich fühlte mich geistig gut auf alles vorbereitet, was vor mir lag, besonders nach dem Abschluß des Colleges, freute mich auf die Reise mit dem Schiff, das mich einer anderen Etappe meiner Ausbildung entgegenfuhr.

Das Jahr, in dem ich neunzehn wurde und mein letztes College-Semester absolvierte, war für unseren Küstenabschnitt ein besonders schlechtes Jahr. Es kam zu einer solchen Fülle von Schwierigkeiten und Unglücksfällen, daß die Leute anfingen, sich zu fragen, ob das Schicksal sich gegen sie gewendet habe. Da nützte es überhaupt nichts, daß mein Vater dem Barbier Babulal, der ins Haus kam, um ihn zu rasieren, auseinandersetzte, es gebe für alles eine wissenschaftliche Erklärung. Pech sei Pech, habe aber mit Schicksal nichts zu tun. »Das Vieh geht nun mal zugrunde, wenn es zu einer solch langanhaltenden Dürreperiode kommt wie dieser, aber eine Trockenheit ist kein Fluch. Sie beruht auf einem Mangel an Regen.« Babulal, ganz auf die feine Klinge an der Wange meines Vaters konzentriert, erwiderte: »Und woher kommt der Mangel an Regen?« Er ließ die Klinge ein kleines Stück weiter nach unten rutschen, gerade unterhalb des Ohrs meines Vaters. Ich verfolgte dieses Ritual nunmehr seit Jahren. Mein Vater saß dabei auf einer Matte unter dem Mangobaum, während Babulal neben ihm hockte. Es schien, als trage er die glatten Flächen und Furchen im Gesicht meines Vaters fest in sein Unterbewußtsein eingeprägt mit sich herum. Er hätte ihn auch blind mit genau derselben Präzision rasieren können; sein Handwerk war so uralt wie die Drehscheibe eines Töpfers. »Je nach den Verhältnissen der Wolken oder der Atmosphäre«, sagte mein Vater, »regnet es mehr oder weniger.« Babulal ließ sich von den Zehenspitzen zurückwippen auf die Fersen. »Und wer bestimmt die?« wollte er wissen. Am Anfang aller Ursachen, sagte er, müsse es doch einen allerersten Verursacher geben, der segne oder bestrafe, wie es ihm gefalle. »Könnt Ihr das bezweifeln«, fragte er, »wo doch so viele zugrunde gegangen sind und die Ernte so schlecht ausgefallen ist? Es liegt doch auf der Hand, daß wir verflucht sind.«

Etwa um diese Zeit hörten wir von einem alten Mann im nächsten Dorf, der sich seiner früheren Geburten erinnerte und in die Zukunft sehen konnte. Er verfiel entweder in stundenlang anhaltende, wortlose Trance oder in geschwätzige Ekstasen, und die Leute kamen aus vielen Meilen im Umkreis, um Zeugen zu sein, wie er dies oder jenes prophezeite. Und wenn ein oder zwei seiner Prophezeiungen sich erfüllten, erklärte das betreffende Dorf und sämtliche Dörfer rundum sein Geschwätz als heilig und sprachen ihm eine endzeitliche Vision zu.

Unser halbes Leben besteht aus Dingen, die wir nicht verstehen; daran ist überhaupt nichts Ungewöhnliches. Erst vor kurzem behauptete ein neunjähriges Mädchen, das aus einer Stadt rund fünfzig Meilen von der unsrigen entfernt stammte, es erinnere sich an sein früheres Leben, woraufhin es von seinen Eltern in unsere Stadt gebracht wurde. Das Mädchen führte sie in das Haus ihrer letzten Inkarnation, in dem es, wie es sagte, als Sechsjährige an Pocken gestorben sei. Der Mann und die Frau, die in diesem Haus lebten, bestätigten, sie hätten vor neun Jahren bei der damaligen Epidemie eine Tochter verloren. Dann geleitete das Kind seine neuen Eltern zu einem Baum, unter dem es, wie es sagte, zusammen mit ihren ehemaligen Brüdern eine Puppe vergraben hätte. Es wurde nachgegraben: Die Puppe war noch da. Solche Ereignisse sind nachprüfbar, und es wird in der Zeitung darüber berichtet. Infolgedessen war es nicht weiter verwunderlich, daß die Zahl derer, die den Worten des alten Mannes lauschten, immer größer wurde. Keiner weiß genau, wann es geschah, doch tauchte von einem bestimmten Zeitpunkt an in der Menge der Besucher des alten Mannes immer wieder ein anderer Mann auf. Er stammte entweder aus dem Dorf oder aus der näheren Umgebung – die Dörfer liegen in unserer sandreichen Gegend sehr nahe beieinander –, doch wäre er niemandem weiter aufgefallen, hätte er es sich nicht zur Aufgabe gemacht, die Geschichte des alten Sehers selbst dann zu deuten, wenn sie sich in nichts weiter als unartikulierten gurgelnden Lauten äußerten. Und das ist nun das Merkwürdigste von allem: Kein Mensch fragte ihn, wieso er diese denn verstehe, welche Fähigkeit er besitze und was er für den Seher bedeute, und wieso er dazu komme, sich zum Mittler zwischen ihm und dem Publikum aufzuschwingen. Auf der Stirn trug er einen langen roten Streifen, sehr viel auffälliger als der normale *tilak*. Er ließ Perlen durch die Finger gleiten, und wenn er nicht gerade als Deuter fungierte, betete er stets mit unnötiger Inbrunst. Bald wurde er zu einer beherrschenden Persönlichkeit. Ich habe nie herausfinden können, ob er wirklich gebildet war und die *shastras* wirklich aufsagte, oder ob die Symbole, die er zur Schau trug – den roten Streifen die Stirn herunter, die heilige Schnur, die er auf der bloßen Brust trug –, die Leute von seiner Autorität überzeugt hatten. Gleichwohl – er rezitierte, und zwar Reihungen von Wörtern und Zitaten, die nie zuvor jemand gehört hatte. Eine, so sagt man mir, stamme sogar wirklich aus den Puranas. »Die *sati* lebt dreiunddreißig Millionen Jahre in ungetrübtem *swarga*-Glück, und wenn diese Zeit vorüber ist, wird sie in einer adeligen Familie wiedergeboren und mit dem innigst geliebten Herrn wiedervereinigt.« Was er uns vermitteln wollte – und womit er durchaus Erfolg hatte –, war, daß die Mißgeschicke der letzten Zeit eine Strafe dafür darstellten, daß wir uns von den alten Traditionen abkehrten.

Krisenzeiten bringen Männer wie diesen hervor, Männer, die auf alles eine rasche Antwort haben. Sie treten aus dem dunkel hervor, sagen: Folgt mir, und ich werde alles wieder in die Reihe bringen. Gebt mir nur die Macht, und ich führe euch auf den Weg des Heils. Und manchmal gingen sie, wie der Mann, von dem hier die Rede ist, aus dem Ruf eines anderen hervor, ohne daß sie selbst vorher größeres Ansehen genossen hätten. Doch das fiel niemandem auf, und es fragte auch kein Mensch danach, höchstens viel später: Woher kommst du, was machst du hier, und wenn du hierhergehörst, was gibt dir überhaupt das Recht, uns anzuführen? Niemand bezweifelte sein Wort, als er behauptete, Strafaufschub und Rettung stünden vor der Tür, und alles würde wieder gut, wenn man sich wieder den alten Werten und Lebensformen zuwendete.

Als mein Vater eines Morgens erfuhr, eine Frau sei dort von ihren Verwandten verbrannt worden, begab er sich sofort in jenes Dorf. Die Leute hätten sich in einer Ekstase der Erweckung befunden, sagte man ihm. Die junge Witwe sei halb bewußtlos in den Tod gegangen, ob vor lauter Angst oder durch einen Betäubungstrank benommen gemacht, wußte niemand so recht; jedenfalls sei sie sich wohl nicht darüber im klaren gewesen, was geschah. Spitzel – Augen und Ohren des Vermittlers, der jetzt als der Hauptjünger des heiligen Mannes galt – waren überall, und niemand mochte offen über das Geschehene reden. Das Dorf schien auf sein nächstes Opfer zu warten.

»Es ist grotesk«, sagte mein Vater bei seiner Rückkehr, »sich vorzustellen, daß dies im Jahre 1905 geschieht.«

Aus solchen Dingen setzen sich seine Alpträume zusammen, und er war sehr niedergeschlagen. Seit Mr. Timmons auf Heimaturlaub nach England abgereist war, hatte er niemanden mehr zum Diskutieren, doch schrieb er alles, was er über den Fall wußte, gewissenhaft auf. Ich hörte ihn zu meiner Mutter sagen, in einer derart gespannten Atmosphäre bleibe dies bestimmt kein vereinzeltes Ereignis; es werde wohl noch zu ähnlichen Zwischenfällen kommen.

Meine Mutter war eine fromme Frau. Ich weiß nicht, ob sie von Natur aus fromm war oder aus Gewohnheit, doch war es nun mal ihre Art zu leben, sehr früh aufzustehen, winters wie sommers ein kaltes Bad zu nehmen und für die Gesundheit und ein langes Leben meines Vaters zu beten. Sie war, so nahm ich immer an, eine gute Ehefrau.

Heute jedoch glaube ich, daß alle Ehefrauen gut sind, weil sie keine andere Wahl haben. Die Nonnen in den Nonnenklöstern sind gut. Kleine Kinder in der Wiege sind gut. Eine Hindu-Ehefrau ist eine Hindu-Ehefrau und kann gar nichts anderes sein. Erst wenn wir die Qualitäten der Frauen nicht so selbstverständlich hinnehmen, werden wir sie schätzenlernen. Erst in der Rückschau sehe ich sie als eigenständige Person, nicht als Verkörperung eines bestimmten Bildes. Sie war unermüdlich bei der Arbeit. Ich kann mich nicht erinnern, sie jemals untätig gesehen zu haben. Jeder Handgriff, den sie tat, hatte etwas mit den wesentlichen Dingen des Haushalts zu tun und bedeutete Essen, Kleidung oder Hilfe für uns alle: Familienangehörige, Dienstboten oder Tiere. Ich brauche mich nicht zu fragen, wen ich am meisten geliebt habe. Das war von Anfang an sie. Meinen Vater achtete ich, und ich eiferte ihm nach, um so zu sein wie er. Ich heiratete ein Mädchen, das ich kaum kannte. Mit der Zeit gewann ich sie lieb, so wie sie lernte, mich liebzuhaben. Meine Mutter jedoch war berührt von einem ganz besonderen Geheimnis. Ich sah sie von einem Zeitalter ins andere hineinwachsen und in ihrem Leben Jahrhunderte des Fortschritts zurücklegen. Das tat mein Vater zwar auch, doch dem wurde dabei Hilfe zuteil – er genoß die Unterstützung seiner Familie und der Gesellschaft, als es galt zu studieren, Karriere zu machen und in seiner Generation Einfluß zu gewinnen. Meine Mutter hingegen, die nie weder etwas von Aufklärung oder Französischer Revolution hörte, von den Theorien der verschiedenen Philosophen oder davon, wie der industrielle Wandel sich auf die Volkswirtschaften auswirkt, sie, die das Haus so gut wie nie verließ, schaffte all dies aus eigener Kraft. Das bedeutete, daß sie keine Angst kannte und sich bereitwillig in Bereiche der Phantasie vorwagte, von denen sie keine Ahnung hatte. Sie erinnerte mich an Schwärme von Zugvögeln, die im Flug Tausende von Kilometern zurücklegen, doch die Menschen sehen nur ihre Ankunft, haben so gut wie nie eine Vorstellung von den unendlich großen Entfernungen, die sie überwunden, von den Stürmen, denen sie mutig getrotzt und von den Himmeln, Meeren und Räumen, die sie durchmessen haben. Das wiederum bedeutete aber auch, daß ihre Frömmigkeit eine Bedeutung hatte, denn in dem Bemühen, mit der Welt, in er sie lebte, Schritt zu halten, gab sie nichts Kostbares von der Welt, die sie gekannt hatte, preis. Die Kerzen ihrer persönlichen Altäre ließ sie nie ausgehen.

Wie klein sie wirkte, wenn ich sie mit Mrs. Timmons verglich, obwohl ich die beiden nie Seite an Seite gesehen habe. Mrs. Timmons sah ich gelegentlich in ihrer Kutsche vor unserer Schule, oder ich begegnete ihr in den Läden. Ihre Größe schien etwas mit ihren langen schweren Röcken zu tun zu haben, mit der üppigen Fülle ihres Busens, dem Sonnenschirm, den sie über ihr schweres, umständlich frisiertes Haar hielt. Sie hatte aber genausosehr etwas mit dem Raum zu tun, den ihre Kutsche einnahm, den Bewegungen ihres Dieners, der von seinem Sitz neben dem Kutscher herunterkletterte, um mit schwungvoller Gebärde den Wagenschlag zu öffnen und mit einer leichten Verneigung wieder zu schließen, die nicht so sehr eine Verbeugung vor Mrs. Timmons war, als vielmehr vor der Hoheit, die ihr Gatte in unserem kleinen Staat vertrat. Meine Mutter wirkte klein, zierlich und zurückhaltend. Der Sari, den sie trug, schmiegte sich im Gegensatz zu den bauschigen Röcken, den Keulenärmeln und den Rüschenkrägen von Mrs. Timmons eng an ihren Körper an. Daheim lief meine Mutter oft barfuß. Das Haar lag streng an ihrem Kopf an und war im Nacken adrett zu einem Knoten aufgesteckt. Was sie auszeichnete, war nicht gesellschaftliche Gewandtheit. Sie lächelte längst nicht soviel wie Mrs. Timmons, nur dann, wenn es etwas gab, worüber man lächeln konnte. Mit Unsinn hatte sie nichts im Sinn, und als solchen betrachtete sie das Gebrabbel des alten Mannes. Seine Vorhersagen in bezug auf den Tod meines Vaters bekümmerten sie nicht im mindesten. Wäre sie im üblichen Maße konventionell gewesen, wäre sie nervös geworden und hätte etwas unternommen, um das Übel abzuwenden. Aber sie war kein bißchen abergläubisch. Dazu war ihr Glaube zu tief. Woran sie glaubte, das war die Astrologie, eine Wissenschaft, die sich an bestimmte Regeln hält. Auf der Grundlage von Längen- und Breitengrad des Geburtsortes sowie dem genauen Zeitpunkt der Geburt und der Sternkonstellationen in diesem Augenblick wurde die Zukunft vorhergesagt. Stehen diese Daten zur Verfügung, sind zutreffende Vorhersagen möglich, und doch wird selbst ein Astrologe nie sagen: »Der Tod wird um die und die Stunde eintreten.« Er wird sagen, die Wahrscheinlichkeit sei groß, denn schließlich lebe man in gefährlichen Zeiten; sodann wird er Heilmittel verschreiben, die, so Gott will, das Unglück hindern oder gar abwenden. Der alte Mann las keine Horoskope und verstand nichts von Astrologie. Auch betrieb er keine Geheimwissenschaften. Er gehörte keiner Schule an und praktizierte keine bestimmte Disziplin. Er verfügte über seine eigene Art des Hellsehens, bei der er die Wahrheit entweder traf oder aber verfehlte, gebot über eine innere Schau, für die es keine Erklärung gibt. Infolgedessen raubte die Vorhersage vom Tod meines Vaters meiner Mutter nicht den Schlaf. Sie hatte sein Horoskop, und daran hielt sie sich. Gleichwohl kann ich seit dem Tag, an dem mein Vater plötzlich im Alter von fünfzig Jahren starb, das Übernatürliche nicht mehr ignorieren, denn er erfreute sich bester Gesundheit, als die Zeiger der Uhr die Stunde und Minute der Vorhersage erreichten. Was ist nicht alles unwahrscheinlich – daß die Erde rund ist, zum Beispiel, oder daß Apparate fliegen –, bis die Zukunft es zur Tatsache macht?

Meine Mutter sprach bei der gesamten rituellen Leichenwaschung meines Vates kein Wort, als hätte sie die Sprache für immer verloren. Die Verwandten meines Vaters hingegen weinten laut. Die ganze Erscheinung meiner Mutter und ihr offenkundiges heiliges Herzeleid schien den Verwandten nur weitere Klagen zu entlocken. Die

Frau meines Onkels war es, die einen Ziegelstein nahm und die Armreifen zertrümmerte, die meine Mutter trug. Das nahm sich sehr brutal aus, wo sie sie doch genausogut hätte auffordern können, sie übers Handgelenk zu streifen und auf ein Regal zu legen, wie sie es jeden Abend tat. Die Diamanten, die sie in den Ohren und in der Nase trug, nahm sie nie ab, weil eine verheiratete Frau immer geschmückt zu sein hatte. Meine Tante forderte sie ihr ab und wahrte dabei kaum das Minimum an Höflichkeit, als ob meine Mutter sie sonst nicht hergegeben hätte. Dann rief sie laut nach einer Dienerin, daß sie ihr einen Ziegelstein bringe, mit dem sie die Glasreifen zerbrach, deren Scherben sie liegenließ, wo sie hinfielen. Als niemand hinsah, hob ich sie auf, wickelte sie in mein Taschentuch und steckte sie in die Tasche meiner *kurta*, um sie später fortzuwerfen. Das habe ich jedoch nie getan. Ich besitze sie heute noch. Damals jedoch ging es mir vornehmlich darum, meine Mutter möglichst keine Minute allein zu lassen. Sie sah in ihrem weißen Sari aus wie ein Geist, saß jedoch aufrecht und die Beine gekreuzt in Gebets- oder Arbeitshaltung da und nicht wie das Häufchen Elend, das eine gramgebeugte Witwe eigentlich sein sollte. Sie weinte auch nicht. Jedesmal, wenn sie mich ansah, tat sie das nur, um mir zu signalisieren, in Vorbereitung auf den feierlichen Ritus, den bei der Einäscherung meines Vaters zu vollziehen ich die Pflicht hatte, gleichfalls die Ruhe zu bewahren; denn mir oblag es, seinen Schädel zu zertrümmern, ehe der Scheiterhaufen angezündet wurde. Ihre und meine Energie trafen sich über die Köpfe der anderen hinweg, um mich für meine Aufgabe zu wappnen. In der Menge, die sich versammelt hatte, um den vorletzten Verlust einer Familie zu beklagen, erkannte ich sowohl vertraute als auch neue Gesichter aus den Dörfern ringsum, Gesichter, die seit Beginn der Visionen des alten Mannes seltsame Umwege gegangen waren. Dennoch hatten all diese Leute meinen Vater gut gekannt und hatten ein Recht darauf, hier zu sein. Was mich überraschte, war die große Zahl von Verwandten, die gekommen waren, Menschen, die sich zu Lebzeiten meines Vaters kaum je hatten blicken lassen, die mit seiner Lebensweise keineswegs einverstanden waren, jetzt jedoch hier waren, um ihre Ansprüche anzumelden. Weil ich mich intensiv um die Aufgabe des Ausrollens und Wiederzusammenrollens ihres Bettzeugs, um ihre Diener und Pferde kümmerte, ging mir erst am dritten Abend nach der Bestattung auf, daß meine Mutter auf keinerlei Erbteil Anspruch hatte, weil mein Vater kein Testament hinterlassen hatte und ich noch minderjährig war. Sie hatte nur ein Anrecht darauf, von den Verwandten meines Vaters unterhalten zu werden. Alles, was er besaß, fiel an seinen Bruder, bis ich mündig wurde. Sie und ich würden bei ihnen leben müssen. Das Haus, in dem wir gewohnt hatten, würde verkauft werden. Alles darin würde in den Besitz meines Onkels übergehen, bis ich einundzwanzig war. Doch an der Art, wie sie sich verhielten, erkannte ich, daß es Probleme geben würde. Ob sie wohl Geld und Vermögenswerte herausgeben würden, nachdem sie erst einmal zwei Jahre Verfügungsgewalt darüber besessen hatten? Mein Onkel hatte für die Ideen meines Vaters nicht viel übrig. Ich glaubte nicht, daß er seine Wünsche ehren würde, wobei es der innigste Wunsch meines Vaters gewesen war, ich möchte nach England gehen und dort meine Studien abschließen. An jenem dritten Tag nach der Bestattung, nachdem die Asche meines Vaters eingesammelt und in einer Urne verwahrt worden war, ließ meine Mutter mich zu sich rufen und erzählte mir von ihren Befürchtungen.

»Was sollen wir tun?« fragte sie.

Bei jeder anderen Frau hätte eine solche Frage etwas Larmoyantes haben können. Doch sie wirkte hellwach und mit jeder Faser ihres Wesens bereit, etwas zu unternehmen. Wir befanden uns im Garten, außer Hörweite von unseren Verwandten, unter dem Baum, unter dem mein Vater jeden Tag rasiert worden war, Verschwörer in unserem eigenen Haus. Normalerweise hätte ich Mr. Timmons aufgesucht, um ihn um Rat zu fragen, und er hätte auch genau gewußt, was zu tun sei, doch Mr. Timmons war aus seinem Heimaturlaub noch nicht zurück.

»Hole jemand, der sich in den Gesetzen auskennt«, sagte meine Mutter. »Du mußt doch jemanden kennen, dem dein Vater vertraut hat.« Dann jedoch besann sie sich eines Besseren. »Nein, bring ihn nicht hierher.« Wir beide waren als Verschwörer völlig ungeübt, und so mußten wir uns unsicher vortasten und auf den nächsten Schritt vorbereiten. Zuletzt war es völlig klar, daß der Mann, den wir brauchten, der Kanzlist meines Vaters war.

Ich stieg die alte Holztreppe zu seinem Haus hinauf. Auf mein Klopfen hin öffnete mir seine Frau und wollte fast vergehen vor Scheu und Verlegenheit. Sie ließ mich in einen Raum mit zwei geflochtenen Bettgestellen und zwei niedrigen Hockern eintreten. Ein kleines Kind krabbelte auf dem Fußboden und spielte mit Fetzen alter Zeitungen. In einer Wandnische brannte ein Öllämpchen und warf lange Schatten in den Raum. Die Frau fischte das Krabbelkind auf und verschwand, ehe der Kanzlist eintrat und erschrocken sagte: »Warum haben Sie nicht nach mir geschickt?« Ich erklärte ihm, weshalb ich gekommen war. Meine Mutter brauche ein Dokument, das die wichtigsten letztwilligen Verfügungen meines Vaters enthalte. Er begriff sofort, was meine Mutter brauchte, aber er könne sich nicht recht ausdrücken, sagte er, und er sei auch nicht sehr gebildet. Doch, eine Art Testament könne er schon aufsetzen, aber ob das denn auch wirklich recht sei? Und selbst, wenn damit mein Erbteil gesichert wäre, wenn ich nach zwei Jahren zurückkehrte, das Geld könne bis dahin verplempert oder so investiert worden sein, daß ich nicht herankönnte. Und überhaupt, was könne meinen Onkel bewegen, es jemals wieder herauszugeben?

»Wir können versuchen, dafür zu sorgen, daß weder Abhebungen noch Investitionen ohne doppelte Unterschrift vorgenommen werden dürfen«, sagte der Schreiber, »doch das geht nur dann, wenn außer Ihrem Onkel noch jemand die Vormundschaft übernimmt.«

Wir dachten beide an Mr. Timmons, und der Kanzlist sagte, er werde das Dokument aufsetzen und bis zu Mr. Timmons' Rückkehr verwahren. Als ich ihr berichtete, was getan werden würde, legte sich etwas von der Anspannung, unter der meine Mutter gelitten hatte. Der größte Teil derer, die zur Bestattung gekommen waren, hatte das Haus inzwischen wieder verlassen; dennoch wimmelte es immer noch von Verwandten, und die Leitung des Haushalts war meiner Mutter aus den Händen genommen. Sie führten sich auf, als gäbe es sie gar nicht; sonderbarerweise schien ihre herzlose Gleichgültigkeit meine Mutter zum Mittelpunkt der allgemeinen Aufmerksamkeit zu machen, so wie ein großes Loch in der Mitte eines Segeltuchs einen ständig dorthin blicken läßt. In England habe ich in einer Kunstgalerie ein Gemälde gesehen, das eine Gruppe von Männern darstellte, die vor einem hohen kreisrunden Fenster in der Mauer hinter ihnen standen. Das Bild ist streng und schmucklos, aber die Materialstruktur ist geradezu greifbar herausgearbeitet. Die Wand besteht aus unverputztem Stein, und ihre Kleidung ist nicht nur schwarz, sondern auffällig dick und besteht unverkennbar aus schwerem Tuch, wohingegen ihre eckigen Hüte aus etwas gemacht sind, das noch steifer ist als Filz. Sie sitzen an einem Tisch, und man ist sich der massigen Gestalten unter den Falten ihrer Gewänder genauso bewußt wie des öligen Holzschimmers der Tischplatte. Das einzige Licht auf dem Bild entquillt dem kreisförmigen Fenster und ergießt sich auf ihre nackten Gesichter, doch erkennt man im Hintergrund die kapuzenbedeckten Köpfe von Mönchen. Ich nehme an, das Bild stellt eine tatsächliche Begebenheit dar. Alles trägt den Stempel von etwas Besonderem, so als werde hier ein bestimmter Augenblick der Geschichte festgehalten. Woran ich mich besonders erinnere, ist die Intensität dieser geradezu grell beleuchteten Gesichter, die sich vornehmlich auf eine Person in ihrer Mitte konzentriert, deren gesenkte Augenlider die Augäpfel bis zur Hälfte bedecken. Während ich dies schreibe, wird mir alles wieder gegenwärtig. Das Bild hat viel Ähnlichkeit mit der gespannten Aufmerksamkeit, die sich in unserem Haus auf meine Mutter und darauf richtete, was in diesem Hause eigentlich vor sich ging. Nachdem alle Zeremonien vorüber waren, erklärte meine Mutter, ich solle ins College zurückkehren und nicht noch mehr Unterricht versäumen. Ich hätte mich widersetzt, würde sie versucht haben, mich aus der Stadt wegzuschicken, doch wurde ich am selben Ort unterrichtet, und so brauchte ich meine Mutter nie länger als ein paar Stunden allein zu lassen.

Als ich eines Tages nach dem vormittäglichen Unterricht heimkam, spürte ich die Leere des Hauses geradezu körperlich. Keine Menschenseele war zu sehen. Selbst meine Mutter, die in diesen Tagen überhaupt nicht ausging, war nirgendwo zu finden. Ich warf meine Bücher in einen Schrank in meinem Zimmer und ging untröstlich im Garten auf und ab. Dann, immer noch beunruhigt, holte ich mein Pferd aus dem Stall, ritt hinüber zu den Timmons', um von den Dienstboten zu erfahren, wann sie wohl zurückkehrten. Das Schiff werde in einer Woche in Bombay festmachen, berichtete mir der Aufseher über die Diener; drei oder vier Tage später würden sie hier eintreffen. Jetzt, da Mrs. Timmons nicht hier war, um sie zu lichten, verwilderten die Ringelblumen und brachten eine übertriebene Fülle von Blüten hervor. Früher hatte sie ab und zu einen Korb voll zu uns herübergeschickt, damit meine Mutter sie bei ihren religiösen Übungen verwendete. Jetzt wucherten sie unordentlich in den Beeten vor der Freitreppe, die zur Veranda hinaufführte, wo ich stand. Bildete ich es mir nur ein, oder sah der ganze Garten ungepflegt aus? Ich war von Unruhe erfüllt, die ebensosehr auf Sorge um meine Mutter beruhte wie auf meiner Trauer um meinen toten Vater. Meine eigene Zukunft war trotz des juristischen Dokuments, das der Schreiber aufsetzen wollte, ungewiß. Wer weiß, ob mein Leben damit gesichert war; doch wie auch immer, das Los meiner Mutter wurde damit nicht erleichtert. Sie hatte noch Jahre vor sich. Was sollte aus ihr werden, wenn ich fortging, mehrere Jahre in der Fremde weilte und sie ohne emotionalen Halt zurückließ? Ich hätte mich mitten in der warmen Nachmittagssonne auf die Stufen von Timmons' Treppe hinsetzen und heiße Tränen vergießen können, wenn die Stille um mich herum, die noch dazu vom Gesumm der Bienen um die Ringelblumen vertieft wurde, mich nicht an die unmögliche Stille daheim erinnert hätte. In keinem Haus herrscht jemals eine solche Stille, als ob jeder Mensch darin auf Reisen gegangen wäre. Eine Vorahnung von kommendem Unglück befiel mich, und ich legte in diesem Augenblick blendenden Schmerzes und unbändiger Wut viele, viele Meilen zurück. Als ich wieder zusammenhängend dachte, wußte ich, wohin ich mich zu wenden hätte. Als ich ans Flußufer kam, wo man meinen Vater eingeäschert hatte, flammte auf der Stelle, wo der alte Scheiterhaufen gebrannt hatte, ein neuer. Ich sah, wie sie wild mit den Armen in der Luft herumfuchtelte und sie dann vor der Brust verschränkte, ehe sie wie eine Wachspuppe in den Flammen zusammensank. Wahnsinn trieb mich voran und machte mich zum Berserker. Ich fiel meinen Onkel an und wehrte die anderen Männer ab, die versuchten, mich daran zu hindern. Zwei von ihnen rangen mit mir, als ich sie näher an den Rand des Scheiterhaufens drängte, bis wir bei dem schmalen Geländer anlangten und sie Angst hatten, ihre ganze Kraft einzusetzen, weil sie befürchteten, selbst in die Flammen zu fallen. Ich stand halb im Scheiterhaufen drin, und als die Hitze meine Kleider ansengte, spürte ich das nicht. In einem Winkel meines Verstandes, der noch funktionierte, hatte ich nur ein Ziel: wenigstens ein Opfer mitzunehmen, ein Leben für ein Leben. So trieb ich einen der Männer rückwärts auf das Feuer zu, hörte sein grausiges, nicht enden wollendes Geheul, als die Flammen ihn ansprangen. Darauf stürzte ich mich auf den anderen, zwang ihn zu Boden, landete auf seiner Brust und drückte ihm mit den Daumen die Kehle zu. Bis heute weiß ich nicht, wer er war und ob ich ihn umgebracht habe oder was dem ersten widerfuhr. Für mich waren sie keine Menschen, sondern die Mächte der Finsternis. Sollte ich einen von ihnen getötet haben, müssen die Henker meiner Mutter seine Leiche spurlos haben verschwinden lassen, um ihr eigenes Verbrechen zu vertuschen. Als ich die Augen wieder aufschlug, waren alle verschwunden. Meine Kleidung war versengt, die Haut meiner Hände und Arme abgeschürft und rußgeschwärzt. Unter Schmerzen wälzte ich mich auf die Seite. Das Feuer gloste sanft im Licht der untergehenden Sonne. Die Abendbrise wirbelte Asche und Glutteile hoch und trieb sie auf mich zu.

Mein Onkel ging mir, bis er wieder in sein eigenes Haus zurückkehrte, aus dem Weg. Er hatte Angst vor mir, und es war offenkundig, daß er sich der Aufgabe, den Nachlaß meines Vaters zu regeln, noch nicht gewachsen fühlte. Nachdem alle fort waren, hockte ich zusammengekauert in meinem Zimmer, hatte Türen und Fenster geschlossen und verweigerte jede Nahrungsaufnahme, bis der Kanzlist meines Vaters auf die Nachricht von ihrer Abreise hin gegen die Tür hämmerte und ich ihn einließ. Er nötigte mir heißen Tee auf, setzte sich auf den Boden mir gegenüber und verharrte in lastendem Schweigen. Dann ging er fort und kam am nächsten Tag wieder, so daß ich 'einen Tag nach dem anderen überstand. Viele Tage später hörte ich im Zimmer nebenan neben der Stimme des Schreibers die von Mr. Timmons. Ständig wiederholte er, wie entsetzt er sei, und ich hörte, wie der Kanzlist erklärte: »Der Junge ist völlig aus dem Gleichgewicht, Sir, ich weiß nicht, was ich mit ihm machen soll. Ich würde ihn ja mitnehmen zu mir nach Hause, aber ich könnte einfach nicht für ihn sorgen, in dem Zustand, in dem er ist.« Und dann fand ich mich in Mr. Timmons' Haus wieder, wo sich in dem Zimmer, in dem ich lag, Vorhänge aus irgendeinem schweren glänzenden Material an weißen Schnüren bauschten. Dazwischen ließen durchsichtige weiße Tüllvorhänge die Einzelheiten des Gartens draußen nicht genau erkennen. Dicke Teppiche verschluckten jeden Laut. Und Gott sei Dank richtete niemand das Wort an mich, der ich dort im Bett lag. Mrs. Timmons kam, kümmerte sich darum, was für Essen auf dem Tablett neben mir stand, ordnete Blumen in einer Vase und ging wieder. Ihr Kommen und Gehen kann wochenlang gedauert haben. Ich erinnere mich genau an die ersten Worte, die sie an mich richtete: »Dieser Wolkenbruch hat mir die ganzen Rosen verdorben«, so als hätten wir zuvor lange und ausgiebig miteinander geredet. Gleichzeitig versetzte mich das unmißverständlich zurück in die Gegenwart. Es hatte geregnet, der Monsun war da, eine neue Jahreszeit hatte begonnen. Die Vokale und Konsonanten von Mrs. Timmons, der Verderb ihrer Rosen, ja sogar ihr absoluter Ruin winkten mir wie ein Leuchtfeuer aus einer anderen Welt. Aus der Leere in mir stand etwas auf und schickte sich an, sich zu wehren. Ungefähr sechs Wochen später setzten sie mich auf ein Schiff, das mich nach England brachte. Mr. Timmons blieb es vorbehalten herauszufinden, warum meine Mutter *sati* begangen hatte. Mein Onkel sagte ihm, sie habe darauf bestanden, weil es Teil einer Abmachung sei, die mir mein Erbe und – bevor ich es antreten konnte – mein Studium in England sicherte. Ich habe keinen Grund anzunehmen, daß er die Wahrheit gesagt hat, denn hätte sie wirklich geglaubt, ich würde mit diesem Wissen, das ich verschlossen in meiner Brust mit mir herumtrug, in einer neuen Welt ein neues Leben beginnen? Wie sollte ich, einem Phoenix gleich – aus *ihrer* Asche auferstehen? Reihte sie mich damit nicht in die Schar jener ein, die sie umgebracht hatten, oder machte mich zumindest zu dem Grund ihres freiwilligen Todes? Natürlich ist es eine Lüge. Sie, die sich die Welt meines Vaters und seine Vorstellungen zu eigen gemacht hatte, stellte eine zu bedrückende Mahnung daran dar.

Das war vor zehn Jahren. Es herrscht Krieg, wie ich zu Anfang schrieb, und für Indien erwarten wir einige Veränderungen. Man hat uns politische Reformen versprochen. Ich selbst glaube an einen schrittweisen Übergang zur Selbstverwaltung. Doch unter uns ruhen unsere unterirdischen Schichten, denen wir nicht entfliehen können. Rückblickend kann ich heute alles rekonstruieren, als wäre ich dabeigewesen; so muß sich alles abgespielt haben. Eine Prozession von ihnen muß sie aus dem Haus abgeholt haben, vorüber an vertrauten Anblicken und in dem Wissen, wohin man sie brachte. Sie halfen ihr, den Scheiterhaufen zu besteigen, betteten sie fürsorglich auf das aufgeschichtete Holz, wo noch vor kurzem der Leichnam ihres Gatten gelegen hatte, waren, als die Flammen hochschlugen, zurückgewichen, und hatten aus sicherer Entfernung ihren Totentanz verfolgt. Sodann waren sie zurückgekehrt, wie sie gekommen waren – durch dieselben Wiesen, beobachtet von denselben Männern, die hinter denselben Ochsen hergingen und die Felder pflügten –, waren zurückgekehrt, um zu essen und zu schlafen, als wäre nichts geschehen. Und wer weiß, vielleicht wußten die Männer hinter ihren Pflügen, die sie vorüberziehen sahen, genau, wohin sie sie brachten, zum Sterben der Angehörigen einer hohen Kaste, einem Tod, der letztlich nicht minder geheimnisvoll oder alltäglich war als die schnurgeraden Furchen, die sie mit ihren Pflügen zogen. Eine Frage jedoch bleibt: Was für eine Gesellschaft ist das, die Menschenopfer verlangt, um den Blutdurst von Göttern welcher Art zu stillen?

Infolgedessen kann ich nicht an den Hinduismus glauben, was immer Hinduismus sein mag. Nicht, weil es so etwas Böses wie *sati* gibt, sondern weil das Böse nicht erklärt wird. Wenn das Universum eine Illusion ist und die Ewigkeit der Bruchteil einer Sekunde und es Ewigkeiten eines Lebens nach dem Leben gibt, die auf uns zukommen, dann ist im Sinne des Universums der Todesschmerz meiner Mutter nichts, ist überhaupt alles Leiden nichts. Doch ist es jene Zuckung der Zeit im Universum, als ich meine Mutter dort sah, als ich mein Leben hingegeben hätte, um sie aus dem Feuer herauszuholen, und bereit war, alle jene um mich herum zu töten, die sie ihm überantwortet hatten – sie möchte ich erklärt haben. Und wenn das Böse uns dorthin gebracht hat, wo wir uns jetzt befinden, dann haben wir, wie mein Vater zu sagen pflegte, beileibe keinen festen Boden unter den Füßen.

Ich legte das Manuskript nieder. Die Augen brannten mir. Ich war erschüttert. Im Dunkel scheint mir Erleuchtung zu kommen. Als ich meine Nachttischlampe ausknipste, sah ich die Welt entschleiert, doch sonderbarerweise war es nicht das Böse darin, das ich sah. Auf einem schmalen Geländer, das den Scheiterhaufen umschloß, sah ich einen neunzehnjährigen Jungen gefährlich schwanken. Er war sich der Gefahr nicht bewußt, als er wütend kämpfte, um die Mörder seiner Mutter zu töten. Nicht alle von uns sehen Grausamkeit und Verderbtheit tatenlos zu. Er hatte es nicht getan. Genausowenig wie der Junge auf dem Connaught Place, der sich auf dem Weg zum Polizeiauto verzweifelt wehrte. Nicht einmal Roses Bettler, den seine Armlosigkeit nicht entmutigte, sondern der sich entwand und dem Zugriff seines Folterers zu entgehen trachtete, während diejenigen, die noch Arme und Beine hatten, sich wehrlos und stumm in die Gefangenschaft abführen ließen. Ich schlief ein und träumte von Helden, zu denen ich kaum gerechnet werden konnte.

# KAPITEL 12

Die lebhafteste Erinnerung an den Tag, da sie die Worte *Quit India* hörte, war Minnies aufgeregter Anruf nach dem Frühstück. »Rose, hast du gehört? Robert und seine dänischen Schönheiten – das waren Deutsche! Man sollte es nicht glauben! Überall Spione!«

»Und da haben wir den ganzen Abend über vom Krieg geredet, und sie haben alles mitgehört«, sagte Rose.

»Man weiß eben nie, nicht wahr? Es ist regelrecht eine Erleichterung zu wissen, daß sie jetzt hinter Schloß und Riegel sind.«

Doch es war Mona, die den August zu einem erinnerungswürdigen Monat machte. Diesmal war Rose gerade dabei, sich zum Frühstück hinzusetzen, als ihr im Eßzimmer der Geruch von brennendem Holz in die Nase stieg. Ram war bereits ins Geschäft gefahren, sie jedoch hatte Kopfschmerzen gehabt und war länger im Bett geblieben. Das Haus war so voll von Holz – überall breite Holzbalken, Möbel aus Walnußholz, geschnitzte Kaminsimse aus Kastanienholz –, daß Rose sofort panische Angst bekam, laut nach Kumar rief und von Zimmer zu Zimmer lief. Sie riß die Tür zu Monas Zimmer auf, und Rauch, der den feinen süßen Weihrauchduft überlagerte, schlug ihr entgegen. Mona verwahrte ihre Gebetssachen auf einem niedrigen Tisch. Eine Öllampe aus Messing stand darauf. Eine andere Lampe war umgefallen, so daß die Flamme die Wandverkleidung hinter dem Tischchen in Brand gesetzt haben mußte, ohne daß sie es gemerkt hätte. Doch dann erkannte Rose ihren schmerzlichen Irrtum. Mona saß mit geschlossenen Augen und untergeschlagenen Beinen da, ein Flammenband fraß sich auf ihrem baumwollenen Sari voran und verzehrte ihn lautlos, während sie sich in das Unvermeidliche schickte wie eine disziplinierte Frau bei einer Geburt; ihr Atem ging flach und war fast nicht zu hören. Rose riß das Bettzeug vom Bett, wickelte es mit Kumars Hilfe um Monas sich wehrenden Körper und schaffte sie aus dem Raum heraus. Plötzlich war auch Lala-ji zur Stelle und übernahm das Kommando, befahl den Dienern, das Feuer zu löschen, und rief den Arzt an. Monas Hals und ihr linker Arm boten einen grauenhaften Anblick; sie stand auch unter großer Schockeinwirkung, weigerte sich aber, ins Krankenhaus zu gehen. Von der Selbstbeherrschung des Sterbenwollens befreit, stöhnte sie und weinte, bis sie eine Beruhigungsspritze bekam und allmählich einschlief. »Sie sprach ihre Gebete, da fiel die *diya* um, und ihr Sari fing Feuer«, hörte Rose Lala-ji dem Arzt sagen. »Sie hat es gar nicht bemerkt.«

Über die Schulter des Arztes hinweg sah er Rose an, und sie besiegelten ihren stillschweigenden Pakt. So hätte es zwar gewesen sein können, doch wußte Rose so gut wie er, daß das nicht der Fall war. Dennoch: Warum hatte Mona das jetzt getan, nach all den vielen Jahren, es sei denn, sie hätte unter einem Todesfluch gestanden? Roses Wunsch, Mona möge sterben, hatte sie wie das mechanische Tropfen eines Wasserhahns fast bis zum Wahnsinn getrieben und sie Tropfen um Tropfen mürbe gemacht. Rose saß vor ihrem lange verschobenen Frühstück und sagte sich, jetzt gehe die Phantasie mit ihr durch; freilich ließ es sich nicht leugnen, daß Häuser einatmen und ausatmen, Wände sich mit Seufzern vollsaugen und die Wände sie auch wieder abgeben. Häuser strahlen ja durchaus menschliches Glück und menschlichen Kummer aus. Jeder normale Mensch würde zusammenbrechen unter der Last von Gefühlen, die ein Haus birgt, und doch konnte Haß selbst für ein Haus zuviel werden. Es war gefährlich, zu hassen.

»Ich glaube, ich möchte überhaupt kein Frühstück, Kumar«, sagte sie.

»Nein, Memsahib.« Ohne ein Wort trug er den unberührten Teller hinaus.

Rose ließ den Blick nicht von der Stelle, wo der Teller gestanden hatte. Nach ihren eigenen christlichen Grundsätzen – welches Recht hatte sie da, hier zu sein? Sie und Mona hätten sich nie im Schmerz gefunden, wäre sie, Rose, nicht diejenige gewesen, die angegriffen und Qual bereitet hätte. Wenn ein Mensch sterben mußte, auf daß ein anderer lebte, dann sie, denn sie war die Schuldige. Nur empfand sie keine Schuld dabei, aufrichtig zu lieben. Wenn, wie Zafars Glaube so ehrfurchtgebietend behauptete, es ›keinen Gott gibt außer Gott‹, dann ist die Liebe auch immer und unwandelbar Liebe. In den zehn Jahren, die sie hier verbracht, hatte sich daran nichts geändert. Gleichwohl vermochte nichts an anderen, ebenso ehrfurchtgebietenden Tatsachen wie Schuld, Verantwortung und Besitzergreifung etwas zu ändern. Nichts vermochte diese Dämonen auszutreiben.

Es hatte lange gedauert, Ram zu finden, der Besorgungen in der Stadt machte. Als er zu Hause eintraf, war das Schlimmste schon überstanden, schlief Mona friedlich in ihrem Bett und umhüllte ein lockerer Verband die Brandwunden an Arm und Hals. Ram regte sich ein bißchen auf, als Rose nicht mit ihm zurückwollte in den Laden. Nachdem er gegangen war, ertappte sie sich dabei, wie sie den Korridor vor Lala-jis Zimmer auf und ab ging, ehe sie es endlich über sich brachte einzutreten. Wie durch lange Gewohnheit darin geübt, ließ sie die Schuhe draußen stehen und nahm wie in seinem Laden im Bazar auf den Boden ihm gegenüber Platz, der an seinem niedrigen Schreibtisch hockte. Es war das erste Mal, daß sie es hier zu Hause tat.

»Mir ist so elend zumute. Ich weiß nicht, was ich sagen soll.«

»Du hast heute ein Menschenleben gerettet«, sagte Lala-ji.

»Es liegt an mir. Ich bin dafür verantwortlich...«

»Du bist dafür verantwortlich, ein Menschenleben gerettet zu haben«, wiederholte er.

Aus irgendeinem Grund, den sie nie richtig verstand, sagte Rose und benutzte dabei Wörter, die sie sonst nie benutzt hätte: »Aber es war meine Pflicht.«

Mit völlig uncharakteristischer Eindringlichkeit sagte Lala-ji: »Gott segne dich und behüte dich alle deine Tage, denn du bist eine gute Frau.«

Erschrocken schüttelte Rose den Kopf. Aber genau das bin ich nicht, wollte sie sagen. Du ahnst ja nicht, wie sehr ich sie gehaßt habe, welch entsetzliche Todesarten ich ihr gewünscht habe und wie sehr ich ihretwegen manchmal alles habe hinschmeißen und aus dieser elenden Lage aussteigen wollen. Wenn es brennt, springt man ins Feuer und rettet einen anderen, wenn man kann, das ist alles. Was hat das mit Gutsein oder Schlechtigkeit zu tun? Sie aber saß da, ihre gewöhnliche Schuldigkeit verwandelt in hehre Pflichterfüllung, in ein lebendiges Beispiel von *dharma*, jener strengen Moral, nach der er lebte.

»Ich habe dir unrecht getan«, sagte er. »Ich habe dich hart verurteilt für etwas, für das dich keine Schuld trifft. Ich muß mich bei dir entschuldigen.«

Rose war überwältigt. Denkmäler aus Stein und Stahl entschuldigen sich nicht. Wäre er nicht so abweisend und unnahbar gewesen, sie hätte ihn wegen seiner Großmütigkeit umarmt, auch wenn sie deshalb noch lange nicht von aller Schuld freigesprochen war. Das zu tun blieb Monas Wohlwollen vorbehalten, und wie alles andere, was sie tat, durchdrang dieses sie mit allen Fasern ihres Wesens. Das Unglück schmiedete sie an Rose. Wie eine vom Kampf erlöste Armee, die zu erschöpft war, um weiterkämpfen zu können, verwickelte sie sich in komplizierte Manöver, um einen Waffenstillstand zu schließen, der nichts anderes sein sollte als die Vorbereitung einer langanhaltenden Eintracht zwischen ihnen beiden. Die Dienerschaft spürte die Wandlung und stellte sich darauf ein. Während Monas Genesung herrschte Stille im Haus, doch kaum war sie wieder auf den Beinen, wurde es sogar auf Korridoren und Veranden – sonst nicht gerade Orte der persönlichen Begegnung – lebendig, und sie hallten wider von Lachen und Gerede. Die genesende Mona war ebenso unerbittlich und hemmungslos wie früher die Mona, der unrecht getan worden war und die man verletzt hatte. Ihr ›Wir sind Schwestern!‹ hatte einen wunderbar vollen Klang. Bei ihrem gegenseitigen Kennenlernen wurde ein neues Kapitel aufgeschlagen, das sich vor Roses überraschten Augen nach rückwärts aufblätterte, ein Mona-Kapitel aus Rams Leben, so prall wie nur irgendeines, und dazu eines, aus dem sein einziges Kind hervorgegangen war, was Rose veranlaßte, neuerlich darüber zu sinnen, wie Ram sie in dem Süßigkeitenladen nur mit diesen Augen hatte ansehen können, wo doch all dies daheim auf ihn gewartet hatte. Den vierten Kriegs-September erlebten sie als eine Familie. Eine höchst merkwürdige Familie zwar, aber unmißverständlich eine Familie.

»Rose-ji, der arme Dev kommt in Arithmetik nicht mit. Er hat in der Schule einen so schlechten Lehrer. Bitte, rede du über einen Nachhilfelehrer mit ihm.«

Und der zehnjährige Dev, der seine Mutter Mama nannte und Rose Mummy, flitzte zwischen Erdgeschoß und erstem Stock hin und her und ersparte sich den Weg in ein anderes Haus, das Straßen oder ganze Städte von diesem entfernt war, um eines seiner getrennt lebenden Elternteile zu besuchen.

»Verzeih, daß ich frage, Rose, aber wir kennen uns nun schon so lange«, sagte Minnie eines Tages in vertraulichem Ton beim dienstäglichen Kaffee. »Und daß du mich nicht falsch verstehst.«

»Aber wie werde ich denn, Minnie.«

»Meinst du, Ram behandelt sie, nun ja, wie seine

Frau, was sie selbstverständlich ist, aber du weißt schon, was ich meine.«

Tat er es oder tat er es nicht? Rose, die daran denken mußte, wie Monas seidener Unterrock sich an ihre schmalen Hüften schmiegte, wenn sie vor dem langen Spiegel in ihrem Zimmer stand, um ihren Sari anzulegen, und dabei einen Hauch von Wildheit in den riesigen haselnußbraunen Augen unter den schön gewölbten schwarzen Brauen hatte und jenes unbeschreibliche Glühen dieser goldenen Haut. Rose sah vor ihrem geistigen Auge eine ganze Prozession von schlanken, wilden, resoluten, goldüberhauchten Monas mit unterschiedlicher Mimik hinter dieser einen Mona.

»Woher soll ich das wissen?« erwiderte sie.

»Ich bringe dich hoffentlich nicht in Verlegenheit, Rose.«

»'türlich nicht. Bloß – woher soll ich das wissen?«

Minnie brach in perlendes Lachen aus.

»Du bist mir eine Durchtriebene! Es nicht wissen? Selbstverständlich weißt du es. Wenn Dick mit einer anderen Frau zusammengewesen wäre, würde ich es erfahren, laß dir das von mir gesagt sein. Oh, natürlich nicht sofort, aber irgendwann doch. Irgendwann würde es rauskommen. Wie könnte das verborgen bleiben?«

Dick, nun ja, Dick würde Schuldgefühle haben, und jeder würde aus zehn Kilometer Entfernung wissen, was Dick vorgehabt hatte. In Kythera war das anders. Ram machte sich nie die Mühe, etwas zu verheimlichen. Wenn sie ihn gefragt hätte, er würde es ihr gesagt haben. Aber sie verspürte keine besondere Lust zu fragen: Übrigens, Ram, schläfst du immer noch...? Es könnte ja sein, daß er es tatsächlich tat.

»Männer!« sagte Minnie. »Die sind hier draußen nicht viel anders als zu den Zeiten, da ein türkischer Sultan – es war doch ein türkischer Sultan, hab' ich nicht recht? Jedenfalls irgend so ein Despot – alle seine Frauen nahm und sie in den Bosporus werfen ließ, weil er ihrer überdrüssig geworden war.«

»Ach, hat er das getan?« sagte Rose leicht belustigt, doch mit ihren Gedanken ganz woanders.

»Ich bewundere dich. Du hast Charakter, wirklich.«

Lässig hob Rose die Hand, um eine Haarsträhne, die sich selbständig gemacht hatte, aus der Stirn zu streichen. Wenn dies endlich das Nirwana war, dann war das ein angenehmer, ruhiger Ort.

Ohne ihre neugefundene Zuversicht wäre sie mit der Nachricht vom Tod ihrer Eltern nicht fertig geworden; die meisten Reihenhäuser in der Straße, in der Rose in London aufgewachsen war, waren in Trümmer gegangen, als eine Bombe zweifellos zufällig in einem Viertel niederging, wo es keinerlei Munitionsfabriken gab, nichts von militärischer Bedeutung. Der größte Jammer war, daß nun aus Mums und Dads Zukunft nichts mehr wurde und ihr Geknausere und Gespare für die Zeit, die nun niemals kommen sollte, völlig überflüssig gewesen war, vom letzten Krieg bis zu diesem. Doch Jahre später erkannte Rose in Dev die Symptome einer noch beklagenswerteren Krankheit. Der Junge hatte nichts weiter im Kopf als die Gegenwart. Um mehr geht es ihm nicht, dachte Rose; der Bengel kennt keine Träume. Selbst die Verrückten haben Träume – vielleicht sogar besonders. Ihm hingegen ist nicht einmal die rettende Gnade einer harmlosen Spinnerei zuteil geworden. Eingesperrt ins Heute wie in eine Kerkerzelle, ist er ein Wahnsinniger anderer Art, von jeder Kontinuität hinten und vorn abgeschnitten. Damit nahm das Knausern und Sparen von Mum und Dad wieder den gebührenden Platz ein, wo Träume hingehören: im Herzen und im Kopf der Menschen nämlich.

Mona und Lala-ji nahmen am Tod ihrer Eltern ebenso innig wie aufgewühlt Anteil; es war, als ob der Verlust sie ganz persönlich getroffen hätte. Nie hätte Rose diese schwere Zeit ohne sie überstanden, insbesondere nicht ohne Mona, deren verborgene Wildheit sich in heftigen, liebevollen Klagen Bahn brach. Ohne sich um Rams Bedenken zu kümmern, befahl sie, daß der Haushalt sich um Rose und um eine Gebetsstunde für ihren Seelenfrieden zu drehen hätte. Aber, wandte Rose zaghaft ein, wenn die Gebetsstunde für mich sein soll, warum solltest du den Tag über dann fasten? Mona erwiderte resolut wie immer: Wenn wir schon eine Familie sind, dann sind wir eine Familie. Sie kasteite sich den ganzen Tag über mit der Energie derer, für die Fasten etwas Positives ist, und brach es bei Sonnenuntergang mit einem schrecklichen Gebräu, das aus dampfender heißer Milch und klebrigen *jelabies* bestand. Die Trauer in jene Teile aufteilend, die sich schickten und sonderbarerweise tröstlich waren, beendete sie sie eines Tages, indem sie den Weg für heilendes Gedenken freimachte. Rose-ji, erzähl mir, wie waren deine Eltern, wie habt ihr gelebt, und hat dein Haar schon immer diese Farbe gehabt, bist du schon mit so brandrotem Haar zur Welt gekommen? Wer bist du überhaupt, Rose-ji, du mußt mir alles erzählen, von Anfang an, wir haben so viel Zeit verloren. Und wieder begegneten sie sich, im Grunde genommen allerdings zum erstenmal, als es darum ging, Roses Kindheit wiedererstehen zu lassen.

Sie fingen an, gemeinsam auszugehen und Orte aufzusuchen, die für Roses und Rams gesellschaftlichen Zirkel uninteressant gewesen wären. Mona, die nach wie vor fasziniert war von allem Religiösen, nahm Rose zu einer Schattenspielaufführung des Mahabharata mit. Auf erhöhtem Podest, auf dem für gewöhnlich Jongleure und Akrobaten ihre Kunststücke vorführten, war auf einen breiten Rahmen ein Laken gespannt worden, und das Stück begann mit einem immer lauter anschwellenden Trommelwirbel. Der Balladensänger saß mit den Musikanten unterhalb der Leinwand und trug die Sage von Draupadi vor, der Frau der fünf Pandavas, die sie vor zweitausend Jahren beim Würfelspiel an ihre Verwandten, die Kauravas, verloren. Roses ›Und was sagen sie jetzt?‹ entlockte Mona im Flüsterton vorgebrachte Übersetzungen, obwohl das eigentlich kaum nötig war. Nicht einmal das Gehupe der Autos auf der Straße hinter ihnen vermochte den Zauber zu brechen, den diese gigantischen Schatten auf der Leinwand und das An- und Abschwellen der Musik auf Rose ausübten, als Draupadi in die Halle ihrer neuen Herren geschleppt wurde, wo ihr vor deren Augen der Sari heruntergerissen wurde. Sie sank auf die Knie, eine kleine, hilflose Gestalt im Profil auf der riesigen Leinwand, winzig neben den mit Pfeil und Bogen bewaffneten Schildwachen um sie herum. (Sie fleht Gott um Hilfe an, erklärte Mona, als der Sari endlos lange abgewickelt wurde.) Die Musik schraubte sich schrill in die Höhe, und die Stimmen der Musikanten gesellten sich zu der des Vorsängers:

*Zehntausend Elefanten werden erschöpft daliegen,*
*ehe dieser Zehn-Ellen-Sari kleiner wird.*
*Zehntausend Feinde sind hilflos gegenüber einem,*
*dessen Beschützer Raghubir ist.*

(Noch ein Name für Gott, flüsterte Mona.) Rose konnte das Wirbeln und Dröhnen der Trommeln den ganzen Heimweg über noch hören. Die Frage, wieso manche Menschen göttlichen Schutz genießen und andere nicht, beschäftigte sie neuerdings. Den König hatte Gott beschützt, ihre Eltern nicht. Manche Leute waren da, um gerettet zu werden, andere nicht. Gott hat Draupadi gerettet, nicht Sita. »Glaubst du an Gott?« fragte sie Mona – jene Art von Fragen, die Frauen und Kinder sich stellen; nur, daß sie Mona dies nicht hätte fragen müssen.

Historiker sehen das vielleicht anders, und Ram und Keshav hatten an jenem Tag vor vielen Jahren nicht weiter auf sie geachtet – aber genau das, was sie vorausgesehen hatte, war passiert. Es war zu der Entwicklung gekommen, die sich niemand hatte vorstellen können – Meuterei in der Armee. Erst waren die Japaner von Sieg zu Sieg geeilt. Dann waren Soldaten der britischen Indien-Armee im Dschungel in Gefangenschaft geraten, hatten sich ihren bisherigen Gegnern angeschlossen, waren abgefallen und hatten die Indische Nationalarmee gegründet, die an der Seite der Japaner kämpfte. Nach dem Krieg mehr davon, wobei eine Meuterei von Marineeinheiten in Bombay wie ein Blitz eingeschlagen hatte. Als diese Dinge begannen – und das taten sie mit dem Fall von Singapur, wo die Japaner Weiße vor die Rikschas spannten –, wußten die Briten, daß die Zeit zum Abziehen gekommen war. Der Indischen Nationalarmee wurde nach dem Krieg der Prozeß gemacht, in dessen Verlauf indische Nationalistenführer ihre Mitglieder als Patrioten verteidigten, doch wie Rose erfahren hatte, war es eine Warnung gewesen, die die Regierung verstanden hatte. Die Briten lassen ihre Häuser nicht im Stich, selbst wenn der Himmel schwarz ist von Bombern, und so würden sie auch nicht ohne guten Grund eines schönen Sommertages einfach fortgehen und ihr Empire aufgeben. Als jedoch Gandhi sagte: Tut es oder sterbt!, hatten Leute, die gerade eben noch in Protestmärschen mitmarschiert waren, angefangen, Brücken niederzubrennen, Eisenbahnzüge zum Entgleisen zu bringen und anderen handfesten Widerstand zu leisten, über den man nicht einfach hinwegsehen konnte. Das war Anlaß zur Sorge, zumal auch noch der Krieg so katastrophal verlief. Rose hatte den Mund gehalten, als Keshav, der sie in Lahore besuchte, mit Ram politisiert hatte. Doch wovon, um alles in der Welt, redeten sie eigentlich? England hatte nicht Länder besetzt, um Englischstunden zu geben. Das Empire war errichtet worden, um Profit zu machen. Sie freute sich, Keshav über britisches Fair play und britische Gerechtigkeit reden zu hören, nur waren es die Dinge, die unter der Oberfläche brodelten, die alles entschieden. Daß Ram sich in sie verliebt und sie geheiratet hatte, hatte nichts daran geändert, daß Rams gesamte Familie, seine erste Frau eingeschlossen, zusammengestanden hatte. Darüber war sie so unglücklich gewesen, daß es sie ganz krank gemacht hatte; bei Mona war es noch viel schlimmer gewesen, und doch hatte das überhaupt nichts geändert.

»Ich bin nicht erst heute geboren«, sagte Ram wohl immer wieder zu ihr, »ich kann nicht so tun, als ob das so wäre. Ich kann mit dir nicht einfach ein neues Kapitel beginnen, als ob ich keine Vergangenheit hätte. Ich habe dir gesagt, daß ich Frau und Kind hätte, und du hast das akzeptiert.« Das hatte sie in der Tat getan. Sie hatte sogar die Zukunft akzeptiert, von der er ihr nichts gesagt hatte, und war nicht davongelaufen, als sie noch eine andere Art von Dreiergespann gebildet hatten. Stärkere Bedürfnisse ließen sie beide tun, was sie taten, und so war sie jetzt auch überzeugt, daß die Briten erst dann abziehen würden, wenn sie zu dem Schluß kamen, daß das Spiel aus sei; und für sie würde das Spiel nie aussein, bevor nicht das Wort Untergang in einer Sprache an die Wand geschrieben wurde, die sie verstanden. Sobald das der Fall war, würde nichts mehr sie hier halten. Ein Volk von Inselbewohnern brauchte keine Warnung vor der Gefahr. Sie jedoch war damit beschäftigt gewesen, Ram und Keshav ein Mittagessen vorzusetzen, und sie hatten sie nicht wieder nach ihrer Meinung gefragt. Nicht, daß sie wirklich eine gehabt hätte; im Grunde war es nur Instinkt.

Der Krieg hatte Lala-ji andere Gefahren deutlich gemacht. Nach und nach hatte er all seine Aktiva sowie das Gros seiner Geschäfte nach Delhi verlegt, so daß die Teilung des Subkontinents in Indien und Pakistan ihrem Familienvermögen keinen größeren Schaden zufügte; inzwischen gehörte es ohnehin Ram, denn sein Vater war eines Tages friedlich entschlafen, ohne viel Dramatik, genauso, wie er sein ganzes Leben gelebt hatte. Als der Tag der Teilung so unerbittlich näher kam wie ein Countdown, hatte er sich geweigert, sich durch eine neuerliche Grenzziehung noch einmal gewaltsam entwurzeln zu lassen. Als es mit dem Morden und den Plünderungen in Lahore immer schlimmer wurde, sagte er ihnen, einen Übergang im Leben habe er überstanden – den vom Land in die Stadt. Das jedoch reiche. Er werde jetzt nicht noch den Sprung in ein anderes Land machen. Er werde sein Haus nie verlassen. Und das hatte er auch nicht getan. Er hatte seinen Tod genau berechnet, was ihnen Zeit ließ zu packen und – auf Zafars Drängen hin – in sein Haus zu ziehen, ehe die Straßen unpassierbar wurden, und bei seiner Familie zu leben, bis er dafür sorgen könne, daß sie sicher nach Delhi kämen. Selbst die sterblichen Überreste von Rams Vater hatten ihnen wenig Schwierigkeiten bereitet. Sein nahezu gewichtsloser Vegetarierkörper schien wie geschaffen, rasch und auf hygienische Weise in den Elementen aufzugehen. Damals löste sich um sie herum soviel Festgefügtes und Dauerhaftes auf, daß sein Tod eine geradezu historische Bedeutung annahm, ein Verlust, den sie später gleichsetzten mit dem Verlust von Provinzen, Flüssen und einer natürlichen, nicht politischen Grenze, die bei Afghanistan endete. Sein Tod bedeutete das Ende der alten Zeit. So verbrachten sie ihre eigenen letzten Tage in der belagerten Stadt in Zafars Haus und gedachten dabei der Vergangenheit; während sie redeten, versank ein Stück nach dem anderen. Und wer wurde glücklich dadurch? Bestimmt nicht Zafar, der nicht in Pakistan blieb. Er blieb in Lahore, seit Generationen die Heimat seiner Familie, und um seine Heimat herum wurde Pakistan errichtet.

Da Lala-ji, der Dörfler vom Lande, geistesgegenwärtig und vorausschauend genug gewesen war, konnten Rose und Ram wenige Sonntage nach der Teilung im Gymkhana Club von Delhi sitzen und Gin mit Lime trinken. Zum Club gefahren waren sie vorüber an wuchernden Hüttensiedlungen, die für die zerlumpten, blutverschmierten Bündel und Ballen errichtet worden waren, die sich bei näherem Hinsehen als Menschen entpuppten und die einen Anblick boten, der Rose das Herz bis zum Hals hinauf schlagen ließ, wo es blieb und ihr die Kehle zuschnürte. Ein wenig aufgehalten durch tückische Überfälle, Mordbrennerei und Vergewaltigung, trafen immer weiter große Flüchtlingsströme in den Lagern ein – während die Fluchtgeschichten im Club ins Überdimensionale wuchsen wie Jägerlatein.

»Und ich sage Ihnen«, erzählte ein backenbärtiger Schwätzer und drehte sich in dem Korbstuhl neben dem Swimmingpool um, um die Geschichte einem brandneuen Publikum vorzutragen, »ich sage Ihnen, ich machte einen Sprung, erwischte mit den Fingerspitzen die Tragfläche des Flugzeugs, als es gerade vom Boden abhob – die letzte Maschine, die Lahore vor dem Blutbad verließ.« Nun, so ähnlich jedenfalls, dachte Rose. Jeder Bericht über den Exodus war haarsträubender als der letzte. Mit Hilfe von Salti mortali, Radschlagen und Bocksprung waren sie aus Lahore herausgekommen, hatten sich an der Tragfläche der letzten Maschine festgeklammert, auf dem Rad des letzten Fahrzeugs balanciert, hatten sich mit den Fingerspitzen festgekrallt und waren auf Zehenspitzen um Haaresbreite Messern, Äxten und anderen selbstgemachten Werkzeugen des Brudermords entkommen, wie sie dann schwadronierend berichteten. Fluchtversuche, so unterschiedlich und genial, wie der menschliche Geist sie nur je austüfteln konnte, hatten sie in einem einzigen Siebenmeilenschritt über eine aus dem Nirgendwo aufgerichtete Grenze hinwegsteigen lassen, sie von einem Club in den anderen versetzt, in Windeseile vorbei an Herden und Horden, die die gewundenen und qualvollen Kilometer zu Fuß zurücklegten. Und Freiheit, gerade eben erst ein paar Mitternächte alt, war keineswegs das Thema, das die Heimatvertriebenen im Gymkhana Club besangen. Das lautete vielmehr Rache. Sie hatten Heimatorte und -städte hinter sich gelassen. In Delhi war eine Regierung am Ruder, die aus lauter Galgenstricken bestand, die nichts kannten außer Lug und Trug, die Eigentum nicht von einem Loch in der Wand unterscheiden konnten, in deren Schädel nicht hineinwollte, daß das Eigentum anderer geplündert oder vernichtet worden war, und die vor allem nichts von ehemaligem Landbesitz wissen wollten und sogar drohten, das System der *zemindari* zu zerschlagen. Sie machten sich so wenig aus Rupien, Annas und noch kleinerer

Münze, daß sie Pakistan fünfhundertfünfzig Millionen Rupien hinwarfen, bloß weil ein Mahatma es sagte. Dabei hätte der sich lieber um seinen eigenen Ashram kümmern sollen, statt in der Politik herumzupfuschen. Bitterböses Gerede, bei dem kein Blatt vor den Mund genommen wurde; das war ein Luxus, den man sich im Club leisten konnte. Die Flüchtlinge in den Hüttensiedlungen waren viel zu sehr damit beschäftigt, am Leben zu bleiben. Infolgedessen überraschte es Rose kaum, als ein Hindu, der noch nicht einmal aus dem Pandschab stammte und weder eine Heimatstadt, ein Haus, ein Bankkonto oder auch nur ein Stück Land, ja, weder einen Angehörigen noch eine Erinnerung verloren hatte, Ghandi ermordete.

Für die Flüchtlinge im Club lagen die alte Zeit, das gute Leben, Kaste, Klasse und Liquidität auf der anderen Seite der Grenze. Vor ihnen gab es nichts als Fragezeichen. Was konnte man schon erwarten von einer Bande von Galgenvögeln? Es wird kein Pakistan geben, hatten sie gesagt, und jetzt hatten sie ihr Pakistan, saß es ihnen in den Knochen. Doppelt und dreifach! Bleibt in euren Häusern, und es wird euch nichts passieren, hatten sie gesagt, und dann war eine Welle der Gewalt über Lahore hinweggegangen, mit der verglichen die Plünderung von Delhi durch Nadir Schah* ein Kinderspiel gewesen war. Pandit Nehru hatte instinktiv zornig reagiert, als ein Flüchtling die Hand hob, um die *dupatta* seiner Tochter zu fassen zu bekommen; dabei sollten diese Herren mal sehen, was ihren Frauen passiert war. Ihren Frauen, wohlgenährten Löwinnen, die mit schweren Lidern in ihr Bier starrten, müde wurden und trunken von Heldentaten, die rings um sie her abgehaspelt wurden. Wenn die Sonne aufstieg und sich wieder an den Abstieg machte, drängten sie ihre Darlingjis, sich aufzuraffen und im Speisesaal ans Buffet zu treten, ehe ihnen die besten Fleischbrocken von anderen wegge-

* Nadir Schah, 1736–1747 Schah von Persien, besiegte 1739 den Großmogul und entführte unermeßliche Schätze aus Delhi. A. d. Ü.

schnappt wurden. Keiner von ihnen ahnte – und wie sollten sie auch? –, daß bald statt des guten, ehrlichen, gewöhnlichen Geldes und all der schönen Dinge, die man damit kaufen konnte, ein schrecklicher Appetit darauf herrschen würde, den zu befriedigen kein Betrag groß genug war; ein böser Geist, der nach der Teilung seinem Gefängnis entflohen war, um nie dorthin zurückzukehren. In weiteren fünfzehn oder zwanzig Jahren sollten die meisten von ihnen es von bloßer Wohlhabenheit zum Steinreichsein gebracht haben und über mehr Geld verfügen, als sie es sich zu anderen Zeiten auf der anderen Seite der Grenze je hätten träumen lassen, da die Menschen in jener Zeit von so vielen anderen Dingen außer Geld geträumt hatten. Geschäfte sollten mit Tischen in Verbindung gebracht werden; einige wurden über, die meisten jedoch unter dem Tisch getätigt.

Bald drehte sich das Geplauder im Gymkhana Club nach dem dritten Gimlet nicht mehr um die Galgenstrikke, die das Land regierten, sondern um einen einzigen Mann. Pandit-ji? Was für ein Mensch, welch ein Charakter, welche Lauterkeit, welches Können und welche Demokratie! Diese Verfeinerung – so was hat es früher nicht gegeben! Wunscherinnerungen ließen ganze Antennenwälder in die Höhe schießen. Beziehungen, Anekdoten, Begegnungen mit Pandit-ji tauchten auf wie eine Puppe aus der anderen.

»Pandit-ji? Unsere beiden Familien kennen sich schon eine Ewigkeit, was weißt denn du, mein Gott, du warst schließlich nicht dabei, weißt nicht, wovon ich rede, ich erinnere mich noch, wie er 1929 in Lahore auf einem Schimmel zur Kongreßsitzung ritt, welch ein Fürst unter den Menschen, Harrow, Cambridge, außerdem Kaschmir-Brahmane, und ob ich mich an diesen Tag noch erinnere! Und mein Großvater erinnert sich, daß Pandit-jis Vater bei der Hochzeit meines Vetters ersten Grades dabei war, was für ein Aristokrat!«

»Pandit-jis Mutter stammte aus Lahore. Und ob ich

mich an sie erinnere! Wie bildschön und kultiviert sie war, und diese Hautfarbe!«

»Pandit-ji hat 1938 an einer Tagung in Österreich teilgenommen; ich war zufällig auch dabei.«

Oder in Genf, auf Ceylon oder in Kuala Lumpur.

Einer, der sich erinnerte, hatte zusammen mit Pandit-ji in einem Luftschutzbunker gestanden, als faschistische Bomben auf Barcelona heruntergerauscht waren; ein anderer, der sich erinnerte, wußte zu berichten, sein Onkel habe 1932 zusammen mit ihm im Gefängnis gesessen, im selben Gebäude sogar, wobei er freilich vermied zu erklären, daß sein Onkel wegen Unterschlagung im Gefängnis gesessen hatte, wenn auch im selben Gebäude. Doch das war wohl nebensächlich angesichts dieser überwältigenden Erinnerung.

»Und ob ich mich daran erinnere, wie Pandit-ji eine Flasche Sherry aus der obersten Schreibtischschublade herausholte – in seinem Büro im South Block.«

Woraufhin Ram aufgetrumpft hatte: »Daran erinnern Sie sich nicht! Es weiß doch jeder, daß er nicht trinkt.«

»Er zog sie aus der Schublade hervor und bot mir ein Glas an, und ob ich mich daran erinnere! Er ist alles andere als ein Spielverderber, sag' ich Ihnen, und hält überhaupt nichts von diesem ganzen Unsinn, Alkohol zu verbieten. Und ob ich den Mann kenne! Der versteht zu leben, hat er von seinem Vater gelernt, der Sir Harcourt Butler kannte.«

Rose selbst konnte an diesem Sonntag nach der Teilung des Landes auf dem grünen Rasen im Park des Clubs, als Rams lange, elegante Finger sich um sein Gimlet-Glas legten, nicht ahnen, daß genau in diesem Augenblick, da sie dachte, nichts wird Ram jemals wieder bis ins Mark treffen – das hatte nicht einmal die Teilung fertiggebracht –, die Nemesis, die schon die ganze Zeit über an seiner Seite gestanden hatte (schließlich war sie seinen eigenen Lenden entsprungen), sich in Gestalt seines Sohnes neben dem Swimmingpool rekelte, ein Sandwich nach dem anderen vertilgte und mit grämlicher Stimme einen Diener herbeirief, um noch eine Portion ›Rainbow-Delight‹-Eiskrem zu bestellen. Dev, einer, der von der Teilung profitiert hatte, stand mit jedem Bein in einem anderen Zuhause, herrschte also über zwei kleine Königreiche. Denn es hatte subkontinentaler Zuckungen bedurft, um Rams Familie auseinanderzureißen. Mona hatte jetzt eine eigene Wohnung und herrschte über einen großen Kreis von Familienangehörigen und Freunden – und zwar nicht als abgeschobene Ehefrau, sondern als eine Gattin, die in Ehren aufs Altenteil gegangen war.

Mona erblühte in ihrer neuen Inkarnation zu einer passionierten Bridgespielerin und grübelte mit einem Astrologen, der ihr von der gleichfalls in Delhi lebenden Schwiegermutter einer älteren Schwester von Ram empfohlen worden war, stundenlang über Devs Horoskop. Dabei stellte sich heraus, daß Dev ein bemerkenswertes Horoskop hatte, eines, wie es nur die Führer von Menschen haben. Selbst wenn der arme Junge seiner miserablen Lehrer wegen in Mathematik und einigen anderen Fächern versagte – schau, welche Zukunft vor ihm liegt, Rose-ji, erklärte sie immer wieder, und das trotz der Störungen und der Entwurzelung wegen der Teilung, was anderes wollte man da von seinen Studien erwarten? Aber der Astrologe hat gesagt... und dann fuhr sie fort, ausführlich über das zu reden, was der Astrologe gesagt hatte.

# KAPITEL 13

Für Papa hatte die Zwickmühle mit der Unabhängigkeit ein Ende. Er arbeitete härter denn je, doch von jetzt an mit ganzem Herzen, nicht mehr mit zwiespältigen Gefühlen. Für ihn fügte sich alles zusammen, obwohl es eine auseinandergerissene Welt war, in der wir frei wurden. Die Atomspaltung, die andere Kanzeln, Literaturen und Gewissen quälend beschäftigte, blieb uns erspart. Wir waren nicht mit einem Ende konfrontiert. Wir standen gerade am Anfang.

*Schlag Mitternacht, wenn die Welt schläft,*
*Wird Indien erwachen*
*Und ein Leben in Freiheit beginnen.*

Wir hatten uns nicht schuldig gemacht an Hiroshima und Nagasaki und hatten keine Juden in Viehwagen in Gaskammern geschickt. Wir konnten es uns leisten, uns unserer Vergangenheit zu erinnern, während andere die ihre zu vergessen versuchten und nach einer nahtlosen Verbindung mit der Gegenwart strebten. Der *Indian Civil Service*, die Verwaltung mit ihrer Beamtenschaft, gehörte zu dieser Verbindung. Desgleichen das Englische als Amtssprache, das Parlament, die Zugehörigkeit zum Commonwealth und das Wort des Herrn Jesus Christus. Außerdem *Byculla Soufflé* und *Tipsy Trifle*. Es war eine Zeit, in der unwiderstehlich und unverrückbar Scheinendes sich höflich voreinander verneigte und beiseite trat, damit sich lautlos enorme Veränderungen vollzogen. Die *zemindari* wurde abgeschafft, und aus Landarbeitern wurden Landbesitzer. Maharadschas, die nichts mehr zu beherrschen hatten, wurden Geschäftsleute, Diplomaten und Politiker. Und alles wurde indisch – von Seife und Düngemitteln bis zu Kühlschränken, Fahrrädern, Radios und Autos. Wenn meine Mutter aufseufzend sagte: »Was für einen schönen Alfa Romeo du gefahren hast, als du in den Staatsdienst eintratest«, oder: »Ich wünschte, wir hätten einen schönen Chevrolet statt dieser Hindustan-Ambassador-Blechkiste«, mußte sie sich einen harten, tadelnden Blick von Papa gefallen lassen, der jetzt sehr streng geworden war, wo er nicht mehr in der Zwickmühle war und sich der Regierung, der er diente, nicht mehr schämte. »Aber andere Völker haben doch auch unter Fremdherrschaft gestanden, und die ...« – »Was andere machen, geht uns nichts an«, erklärte Papa. »Dies hier ist Indien.« Ja, und das schon hübsch lange, pflichtete meine Mutter trocken bei; doch was könne es schon schaden, einen eleganten ausländischen Wagen zu haben und Elizabeth Ardens ›Orange Flower Cream‹ zu benutzen? Papa setzte ihr bis ins Detail auseinander, wieso uns das doch schade, wobei er mit stolz erhobenem Kopf ›wir‹ sagte und von ›Politik‹ und der ›sozialistischen Grundstruktur der Gesellschaft‹ sprach.

»Ich begreife diesen ›Tick‹ nicht«, sagte meine Mutter. »Entweder wir sind sozialistisch, und ich wüßte nicht, wieso wir das wären, oder wir sind es nicht, doch was soll dieser ›Tick‹?« Der »Tick«, das war das Gleichgewicht, der Kompromiß, die Mischformen der Wirtschaft, die den privaten und den öffentlichen Sektor nebeneinander blühen ließen. »Ach, ›Tick‹ oder nicht ›Tick‹«, beklagte sie sich, »indisches Glas ist nun mal wulstig und hat Luftblasen, und deshalb bring mir um Gottes willen ein anständiges Set für meine Dinnerpartys mit, wenn du das nächstemal zu einer deiner Konferenzen nach London kommst; für den täglichen Gebrauch müssen die indischen Gläser eben reichen.« – Bloß, wie sollten die ungleichmäßigen

Wülste und die Luftblasen verschwinden, wenn wir die indische Industrie nicht unterstützen? wollte mein Vater wissen. Da muß eben dies Verlangen nach ausländischen Luxusgütern aufhören. Und recht hatte er. Die Wülste verschwanden in der Tat, und alles unter der Sonne wurde indisch – die Millionäre eingeschlossen.

Dies Wahnsinnsgeld, das kleine Niemande verdienten, viel, viel mehr als Papa nach jahrelangem Dienst im I.C.S. – man sollte es nicht für möglich halten, sagte Mama. Der Besitzer ihrer chemischen Reinigung, ein komischer kleiner dunkler Typ, hatte genug verdient, um seiner Tochter eine Hochzeit auszurichten, die protzig-vulgär gewesen sei wie eine Pandschabi-Hochzeit; dabei sei das Mädchen dunkel gewesen wie sonstwas, daran könne noch soviel Geld nichts ändern. Und daß die Unberührbaren sich jetzt benähmen wie alle anderen, sogar Jobs bei den Luftfahrtgesellschaften und anderen Regierungsbetrieben bekämen, und nicht nur dort, sondern anteilig auch in allen anderen Bereichen – wirklich, das mit der Gleichheit sei weit genug gegangen, weshalb mußte damit jetzt rumgeprotzt werden? Als Lal Bahadur Shastri Premierminister wurde – also lächerlicher geht's ja wohl nicht mehr; sieh doch nur mal, wie *klein* der Mann ist! Sie und Bhabijān könnten ja nicht umhin zu beobachten, daß immer mehr Kayasthen in das Delhier Präsidialamt einzögen. Bei einem vornehm aussehenden, kaschmirisch-brahmanischen Premierminister habe man den Kopf ja wenigstens hoch tragen können, aber jetzt, bei diesem Wurzelzwerg von Mann, der selbst Kayasth wäre und das Präsidialamt mit Kayasthen anfülle...

Mir schien es, als ob Papa bei der Veränderung, die sich mit der alten Ordnung vollzog, geradezu aufblühte, Mama hingegen immer mehr dahinwelkte, und das zusammen mit Bhabi-jān, die einen verkniffenen Mund bekam, seit Shastri Premierminister geworden war. Erst nach Shastri, nachdem die Beseitigung der Armut ein paar Jahre hindurch an erster Stelle auf der Liste der Prioritäten gestanden hatte, versetzte es mir einen Stich, als ich entdeckte, daß direkt vor meinem Büro, wo nie Bettler herumlungerten, ein schwärenbedeckter Mann stand und den knochigen Arm in zeitloser Geste jedem möglichen Geber entgegenstreckte, während ich meinen Sari aus feiner indischer Baumwolle fester um mich wickelte, mich hinter das Steuer meines indischen Wagens klemmte und heimfuhr. Ein Tag der Republik nach dem anderen war gekommen und gegangen: prächtig herausgeputzte Elefanten und Kamele hatten einen Festzug gebildet, es hatte lächelnde Schulkinder und Volkstänzer gegeben, MIGs-21 waren mit ohrenbetäubendem Lärm über den Himmel hinweggezogen, und Panzer hatten die Geschützrohre grüßend vor dem Präsidenten gesenkt. Alles war ›Made in India‹, aber der Bettler auch, ja, der war noch vor den MIGs und den Panzern entstanden und war heute immer noch Bettler. In der Tat starrte uns durch die hohen Glastüren von Fünf-Sterne-Gebäuden hindurch sowohl eine neue als auch eine ererbte Armut an. Doch Manager, Politiker und Bürokraten wie ich, wir alle stiegen in unser Auto und fuhren zu unserer nächsten Verabredung oder Aufgabe. Anders als Buddha, der nach dem, was er vor seinem Palast sah, einen dornigeren Pfad einschlug, was nach ihm bis Gandhi niemand mehr tat.

Es gab triftige Gründe, beunruhigt zu sein, was sogar ich als Schreibtischarbeiterin begriff. Irgend etwas stimmte nicht, wenn das Fett im Lande sich nur oben sammelte, statt zu schmelzen und herunterzusickern, wenn die Armut zunahm und mehr Menschen darunter zu leiden hatten als bisher, und es hatte keinen Sinn, nach Polizeireserven zu rufen, damit diese in Protestzüge hineinschossen, mit denen gegen den Zustand im Lande demonstriert wurde. Die allgegenwärtige, mit Tränengas und Schlagstöcken ausgerüstete Polizei erinnerte an Kolonialzeiten und Kaiserinnen und machte mir deutlich, daß die Demokratie Pandit Nehrus, der seit nunmehr zehn Jahren tot war, in einer tiefen Krise steckte. Allerdings glaube ich, wir – Papa und ich – haben schon viel früher gespürt, daß etwas faul war. Und zwar an jenem Tag im August 1969, da ich die Treppe des Ministeriums, in dem ich arbeitete, herunterkam und zu ihm in sein Auto stieg, um gemeinsam mit ihm zum Geburtstagsessen für Kiran nach Hause zu fahren. Am Tag zuvor waren vierzehn Banken verstaatlich worden, was wahrscheinlich eine gute Sache war, wenn es mehr Darlehen für die Landbevölkerung bedeutete und das Ende des Würgegriffs, mit dem die Geldverleiher das Land auspreßten; weitere Gedanken hatte ich mir darüber nicht gemacht, als ich mich suchend nach Papa umblickte und sein Auto ziemlich weit entfernt an einem der Tore stehen sah. Er war zweiundfünfzig, hatte bis zur Pensionierung noch sechs Jahre und erklärte uns immer wieder, er lebe auf geborgter Zeit. Sein eigener Vater, ein Mann, den die Erinnerung an den grausamen Tod seiner Mutter nie losgelassen hatte, war mit dreiundvierzig gestorben, und sein Großvater plötzlich und geheimnisvoll mit fünfzig. Papa bedeutete mir, es sei ihm nicht möglich gewesen, näher an den Säulengang heranzufahren, da das ganze Gelände davor als Parkplatz für die Beschäftigten reserviert und die Zufahrt mit Taxis verstopft sei. Es war unglaublich, daß man ihnen erlaubt hatte, sich hier zu versammeln und breitzumachen.

Ich schlängelte mich durch sie hindurch auf Papa zu, der die Hände erhoben hatte, als wollte er fragen, ›Was ist denn hier los?‹, da sahen wir Ravi Kachru federnden Schritts aus dem Ministerium herauskommen. Papa sagte später, er habe ausgesehen wie ein freudig erregter deutscher Schäferhund. Mit einem Sprung stand er oben auf der Motorhaube eines der Taxis, stützte sich lässig mit dem rechten Arm auf das Autodach und forderte die Taxifahrer dann mit einer Stimme wie tönendes Erz auf, drei *zindabads* auf die Oberste Anführerin der Nation auszubringen. ›Anführer‹ ist bei uns ein ganz gewöhnlicher Ausdruck. Alle Politiker sind *netas*, genauso wie Studenten, Gewerkschafter und jeder sonst, der jemals eine Dreiminutenansprache gehalten hat, die mit *Bhaiyon aur behenon* begann. Da es also mehr *netas* gibt als Grashalme in der Stadt, hätte der Ausdruck ›Oberste *neta*‹ nicht sonderlich viel Staub aufgewirbelt, und doch wußten wir, als wir ihn aus Ravis Mund hörten, daß hier eine neue Saite angeschlagen wurde – nicht befremdlicher als der Anblick eines Beamten, der sich die Zeit nimmt, vom Dach eines Taxis politische Faxen zu machen. Papa hätte nicht erstaunter sein können, wäre der Präsident höchstpersönlich aus dem *Rashtrapati Bhavan* herausgesprungen, hätte sich auf ein Dreirad geschwungen und angefangen, sich als Eisverkäufer zu betätigen, nur, daß das dann nichts weiter als exzentrisch gewesen wäre. Dies hier jedoch war richtungweisend. Ich selbst gab nicht soviel auf korrektes Benehmen und Formen wie mein Vater. Ich war immerhin bereit, parlamentarische Gepflogenheiten und Umgangsformen gegen andere Sitten und Gebräuche einzutauschen, wenn diese eine bessere Kommunikation bedeutet hätten; aber gefallen hat mir das Ganze auch nicht, und so stellten wir fest, daß uns beide ein gewisses Unbehagen beschlich.

Ravi ließ eine Rede vom Stapel, in der er die Verstaatlichung der Banken pries als Sieg der ›Obersten‹ über Interessenverbände und Feinde des Volkes, über all jene Reaktionäre, die das Land die ganzen Jahre über nicht hätten vorankommen lassen. Dagegen nun verwahrte Papa sich entschieden, schließlich hatte er persönlich zu etlichen spektakulären Erfolgen beigetragen, während Ravi noch in kurzen Hosen herumgelaufen war. Freilich konnte ich seine brummend vorgebrachten Bemerkungen nicht verstehen, weil es zu lebhaftem Applaus und weiteren ›Lang-lebe‹-Rufen kam, als Ravi den Delhier Taxifahrern Darlehen zu Minimalzinsen versprach. Papa, der schon mit unterdrückter Wut hatte davonfahren wollen, weil er fand, daß hier der Fortschritt des Landes verunglimpft werde, besann sich, fuhr rückwärts zum Tor hinaus und hielt draußen, wo wir uns den Rest der frohen Botschaften anhören konnten. Doch mehr schien nicht zu kommen.

Kredite für die Landbevölkerung sollten also nicht allein sämtliche Ehren einheimsen; auch den Taxifahrern sollte es bald bessergehen. Und weit wichtiger noch: Was hier herangezüchtet wurde, war eine neue militante Wählerschaft (zumindest eine von mehreren, sofern Ravi und andere eifrige Bürokraten auch in anderen Bezirken der Stadt noch Scheiben vom Kuchen verteilten), denn jetzt rief er sie auf, der ›Obersten‹ mit der gleichen unverbrüchlichen Treue zu dienen, die ihre Ahnen den alten Clan-Häuptlingen entgegengebracht und sie selbst schon dem Vater der ›Obersten‹ bezeugt hätten (falls nicht, so hätten sie es jedenfalls tun sollen) und bald wohl auch ihrem Sohn entgegenbringen sollten. Und all dies in einem Atem mit dem 12.000-Rupien-Darlehen zum Minimalzins, das immer wieder überschwenglich beklatscht wurde. Denn schließlich, rief Ravi, wobei seine Stimme vor Beherrschung und Rührung geradezu zitterte – wozu waren Regierung, Kabinett, Minister, die Bundesstaaten und die Kommunen da? Doch zu nichts anderem, als ihr zu dienen und ihrem leisesten Wink zu gehorchen. Wozu war das Land da? Sie war es, die sich – darin der vielarmigen Göttin gleich – immer siegreich gegen jene durchsetzen würde, die sich verschworen hatten, sie zu entthronen.

Auf der Fahrt nach Hause erzählte Papa mir die kurze Geschichte der drei ›Nas‹, die da lautet: »Na, na, na.« So trübsinnig, so mutlos hatte ich ihn seit der Unabhängigkeit nicht mehr erlebt. Unser Staat sei nur deshalb eine Demokratie, weil wir glaubten, er wäre eine, und uns moralisch verpflichtet fühlten, dafür zu sorgen, daß er eine blieb. Zwei Jahrzehnte parlamentarischer Demokratie würden verpuffen wie eine Feuerwerksrakete, wenn man zuließ, daß dieser Unsinn weiter um sich greife. Wer aber solle es unterbinden, wenn Beifallsbekundungen für die ›Oberste‹ jetzt schon auf dem Vorplatz ihres eigenen Amtssitzes von ihr selbst veranstaltet würden! Massenveranstaltungen der ›Obersten‹ wären die erste obligatorische Haltestelle einer jeden Buslinie, und alle Strecken führten zu dieser Massenveranstaltung. Es werde nicht lange dauern, und Rechtsanwälte und Richter würden sich, mitgerissen von dem allgemeinen Sog, mit dem die Verstaatlichung der Banken gefeiert wurde, mit Rosen in der Hand am allgemeinen Volksfest vor dem Amtssitz beteiligen. Sie würden es sich bestimmt nicht nehmen lassen, diese Rosen einem engen Mitarbeiter der ›Obersten‹ in die Hand zu drücken, ehe sie sich in ihre Gerichtssäle zurückzögen, um dafür zu sorgen, daß die Durchsetzung der sozio-ökonomischen Gerechtigkeit nicht an irgendwelchen Grundrechten scheiterte. Mein Hauptgedanke an diesem Tag war, daß diese plötzliche Begeisterung, mit der die Straße ›Oberste-zum-Volk‹ gefeiert wurde, eine verdächtige Ähnlichkeit mit einer Straße ›Kachru-zur-Obersten-Anführerin‹ aufwies. Selbiges sagte ich auch zu Papa und fügte noch hoffnungsvoll hinzu, wir urteilten vielleicht überstürzt; möglicherweise stünden uns noch einige wirklich revolutionäre Veränderungen bevor. – Wenn dies ein Anzeichen für revolutionäre Veränderung ist, sagte Papa, heiße ich Abdul der Nachtigallen-Emir.

Seit Oxford hatten Kachru und ich uns immer seltener gesehen. Ich war zwar oft mit begrenzten Aufgaben in Delhi gewesen, hatte sonst aber ausschließlich in meinem Staat gearbeitet. Kachru hatte sich um begehrte Delhier Posten beworben und sie auch bekommen, wobei eines zum anderen geführt hatte, er sich aber hauptsächlich auf seine in Delhi lebende Mutter berief, auf ihr hohes Alter, ihren Gesundheitszustand und überhaupt darauf, daß sie Witwe sei. Dabei erfreute sich Bhabi-jān nach Shastri bester Gesundheit, und kein Mensch konnte sich daran erinnern, wie lange sie nun eigentlich schon Witwe war. Unfreundliche Kritiker behaupteten, auf Tagungen und Konferenzen im Ausland sei Kachru bekannter als daheim. Wir hatten uns bei unseren gelegentlichen Begegnungen wenig zu sagen, was einerseits daran lag, daß er sich ganz vortrefflich auf nichtssagendes gesellschaftliches Geplauder verstand und ich nicht, vor allen Dingen aber daran, daß wir beide eine Entwicklung miterlebt hatten, nach der seichtes gesellschaftliches Geplauder sinnlos war. Der Bruch hatte mir ziemlich zugesetzt, aber hinterher hatte es sich ganz von selbst ergeben, daß wir uns auseinanderlebten. Ob ich wohl eifersüchtig auf ihn sei, fragte ich mich, die ich mich in meinem Staate eingrub, während er zu Konferenzen flog und sich im Ausland mit Ruhm bekleckerte? Ehrlich gesagt, glaube ich nicht, daß dem so war. Ich gönnte ihm seine Spritztouren. Für mich war Indien das interessanteste Land der Welt, und hier gab es die größten Herausforderungen zu bestehen. Ich hatte nichts gegen die ausgefahrenen Geleise, in denen ich mich bewegte. Außerdem war ich zu einer Frau geworden, die sich voll und ganz auf das konzentrierte, woran sie gerade arbeitete, von der erwartet wurde, daß sie einen ›männlichen Verstand‹ bewies, und die alle Leichtlebigen und Gefallsüchtigen enttäuschte. Bei einem offiziellen Dinner am Abend, bevor der Populismus über uns hereinbrach, erklärte ein ansprechendes Mitglied einer Handelsdelegation aus Ungarn, das neben mir saß, traurig: »Aberr Sie sind zu serri-ös, viel zu serri-ös.« Die braunen Augen einer Frau haben in der Dessert-Phase der Konversation Schmelz zu besitzen und glutvoll zu schimmern, alle Härte hat von ihr abzufallen, und von ihren Poren muß ein Feuerwerk von unendlich bewundernden, erregenden, halb angedeuteten Botschaften ausgehen, desgleichen von der Art und Weise, wie sie den Kopf neigt und vom Auf und Ab ihrer Blicke. Wir hatten den ganzen Tag Listen und Kosten traditioneller indischer Exportgüter verglichen und über die Wechselkurse der Rupie im Verhältnis zu internationalen Währungen diskutiert. Von dort übers Dessert zu willfähriger Sanftheit überzugehen, das war eine Reise, die zu unternehmen mich nicht interessierte; meine Arbeit als solche erschien mir befriedigender. Ich brachte es einfach nicht fertig zu sagen, man möchte mich entschuldigen, und dann mein Verführerinnengewand anzuziehen. Entweder es war da, die ganze Zeit über, oder es war nicht da. Und so war ich nicht bereit, Zugeständnisse an jene zu machen, die mich nicht so ›serri-ös‹ wollten.

Papa und ich behielten unsere Eindrücke von der Beifallskundgebung zur Bankenverstaatlichung beim Mittagessen für uns, bis Neel, ein Mann, der sonst immer für freies Unternehmertum eintrat, plötzlich erklärte, was für eine großartige Sache das sei. Was Papa zu der Bemerkung veranlaßte, sie sei so alt wie die Unabhängigkeit; damals sei die Imperial Bank verstaatlicht worden, um den Zielen des Sozialismus zu dienen. Mit der heutigen Feuerwerksvolksbelustigung sei wirklich kein Blumentopf zu gewinnen – außer dem Feuerwerkspektakel. Ein paar Jahre später sollte Neel mit derselben jungenhaften Begeisterung erklären, welch ein Glück es doch sei, daß das mit der Radikalkur vorbei wäre und das Land wieder auf dem richtigen Kurs sei, jetzt, da Madame von ihrem konservativen Sohn beraten werde. Nicht, daß Neel hoffnungslos verwirrt gewesen wäre. Er spielte bloß bei dem ›Folge-der-Anführerin‹-Spiel mit. Bei diesem Spiel braucht man keine Bedenken zu haben, wenn der Anführer – wie die legendäre Kurtisane – allen Menschen alles bedeutet. Man fährt einfach fort, Blitzlichter herzustellen – was Neel tat –, bringt die Gewinne unter (zweigt einen Teil davon in bar für die Anführerin ab) und ist im übrigen dankbar, daß man immer noch echten schottischen Whisky trinken kann und nicht den greulichen indischen. Kiran, in deren Augen die Ehe eine stets gefährdete Detente ist, die bei der kleinsten Meinungsverschiedenheit in die Brüche gehen kann, steuerte ihren von Herzen kommenden Beifall zur Bankenverstaatlichung bei. Da wir nun mal beim Thema waren, rückte Papa mit dem Schock heraus, den Ravis den Pöbel aufhetzende Ansprache ihm versetzt hatte, woraufhin meine Mutter über uns kleine Kinder lächelte, die sich im tiefen, dunklen Wald verirrt hatten. Sie sagte – wobei sichtlich neuer Saft in ihre Blütenblätter schoß, so daß von Dahinwelken nichts mehr zu bemerken war und ihre Augen neuen Glanz bekamen –, von der Verstaatlichung der Banken wisse sie nichts und sie hätte auch keine Ahnung, wie Ravi darüber denke. Aber ob wir denn nicht wüßten oder zumindest davon gehört hätten, daß er sich gerade mit der jüngsten Tochter einer Kusine zweiten Grades der Mutter der Premierministerin verlobt habe? Es war, als hätte jemand plötzlich ein Spielbrett angehoben, und alle Spielsteine wären in die richtigen Löcher gerutscht und lägen jetzt genau dort, wo sie hingehörten. Meine Mutter erging sich in den höchsten Tönen darüber, wie passend diese Verbindung sei, sensationell geradezu, und zwar nicht nur in bezug auf Kasten- und Religionszugehörigkeit, Gesichtszüge, Hautfarbe, Größe und Breite, sondern vor allem in bezug auf die *Beziehungen*! Ravi sei praktisch schon ein gemachter Mann. Ach, Sonali, hättest du doch bloß...! Doch dann war sie so vernünftig, diesen Punkt auf sich beruhen zu lassen, und fuhr fort zu berichten, *seine* Mutter sei geradezu trunken vor Glück. Bhabijān habe dem Herrn gedankt für die vergangenen drei Jahre, daß wir eine Kaschmiri-Brahmanin zur Premierministerin hätten nach diesem Wurzelzwerg von Kayasthen, und jetzt stehe ihr einziges Kind, das Licht ihres Lebens, dem Zentrum der Macht auch noch so nahe!

Niemand hätte angenommen, daß die jüngste Tochter einer Kusine zweiten Grades von der Mutter der ›Obersten‹ dem Zentrum der Macht besonders nahestand, und bis jetzt saß Ravi Kachru schließlich erst auf der Kühlerhaube eines Taxis, bewegte er sich noch nicht in schwindelerregenden Höhen, doch das hätte nur gezeigt, wie dumm und schwer von Begriff alle waren. Bhabi-jān war offensichtlich eine weit, weit vorausschauende Frau. Oder brauchte man weder voraus- noch zurückzuschauen, sondern galt es nur, die ewig-vorhandenen allmächtigen Blutsbande zu betrachten, jene mystischen Verwandtschaftsverhältnisse, die uns alle in ihren Bann schlugen und uns zu natürlichen Bundesgenossen oder zumindest zu Menschen zu machen, die leicht umfielen, sofern sie wirklich etwas gegen eine dynastische Thronfolge hatten? Was für ein tolles Paar, sagte Kiran, und ihre Augen strahlten, wie ich es noch nie bei ihr gesehen hatte. Ja, das ist wirklich was! – Was denn? wollte ich erzürnt wissen. – Sonali, du bist so anti-kaschmiri, sagte Kiran süß und lieb, du mußt immer dein eigenes Nest beschmutzen. – Aber, aber, Mädchen, sagte Neel und strahlte vor Vergnügen bei der Vorstellung, dem Menschen, der dem Zentrum der Macht so nahestand, so nahezustehen. Der gute alte Ravi, das muß gefeiert werden, wir sollten ihn herholen. – Aber *warum* denn? verlangte ich hitzig über die *koftas* hinweg zu erfahren. Stünde Ravi K. im Begriff, eine hinreißende Schönheit zu heiraten, von der noch nie jemand etwas gehört hätte, oder eine unbekannte Intellektuelle mit doppeltem Doktortitel, deren Familie aus Gola Ganj in Lucknow stammte, aus Delhis Sitaram Bazar oder Agra oder Allahabad oder Kanpur oder irgendeinem dieser Orte, an dem der Stamm sich niederließ, nachdem er aus dem Hochtal von Kaschmir ausgezogen war – würdet ihr dem Ereignis zu Ehren dann Salutschüsse abfeuern? Doch die stellvertretende Faszination, sich vorzustellen, daß Ravis Ehe seine zukünftigen Kinder gleichsam an den zehnten Platz in der Thronfolge rücken ließ, sorgte dafür, daß dies kein normales Geburtstagsessen blieb. Obwohl man mit dem Essen begann, ehe sich die Vorstellung von Herrscherfamilie und Thronfolge wie selbstverständlich in allen Köpfen festgesetzt hatte, dampfte der Safranreis, mit dem wir die Mahlzeit abschlossen, köstlich aromatisch und geradezu vielversprechend auf dem Tisch, wurde zu einem Symbol für den künftigen Jubel, daß, wenn nicht wir, die um diesen Tisch herum saßen, so doch zumindest unser Stamm sich des Throns von Delhi bemächtigte.

Ich suchte nach dem Essen Kachru in seinem Büro auf, um ihm zu seiner Verlobung zu gratulieren. Es handele sich um ein unwichtiges persönliches Ereignis, auf das Bhabi-jān sehr scharf gewesen sei, sagte er bescheiden, völlig belanglos angesichts der dramatischen Wende, die die Entwicklung des Landes mit der Bankenverstaatlichung genommen habe; ganz gewiß werde seine Frau bescheiden in der Anonymität der guten Ehefrauen verschwinden, jedenfalls werde die Außenwelt nichts weiter von ihr hören, während die dramatische Wende immer dramatischer werden würde. Er war erregt und von Unruhe erfüllt und zeigte sich beredt wie selten zuvor. Trotz allem war ich angerührt von seiner Sehnsucht, wieder etwas Wesentliches zu tun.

»Aber wozu hast du solchen Unsinn über vielarmige Göttinnen von dir geben müssen?« sagte ich.

»Populismus bedeutete doch, Symbole zu benutzen, die das Volk versteht. Was soll daran falsch sein?«

»Und ihr Vater und ihr Sohn – eine regelrechte Heilige Dreieinigkeit?«

Ungeduldig zuckte er mit den Achseln. »Warum nicht? Wir glauben an die Familie.«

»Wir glauben auch an *sati*. Wir müssen endlich aufhören, an gewisse Dinge zu glauben. Die Verstaatlichung der Banken führt uns in eine Richtung und die Anbetung der Familie in eine andere. Wohin gehen wir denn nun? Wie willst du das Kunststück fertigbringen, beides miteinander zu vereinen? Wie kannst du Sozialist sein und gleichzeitig an die Familienherrschaft glauben?«

»Aber, aber, Sonali. Ist das alles, woran du in diesem historischen Augenblick denken kannst? Willst du nun eine von den ewigen Skeptikern sein oder eine von uns?«

Ich glaube, nur die, die langsam denken wie ich, haben Schwierigkeiten, die Familienherrschaft mit dem Kommunistischen Manifest – Kachrus letztem ungetrübten Engagement – zu versöhnen, oder war in dem ›Wir‹ jetzt beides inbegriffen? In meinen Augen sah es mehr so aus, als ob der Zar im alten Mütterchen Rußland die Banken verstaatlicht und alles andere so gelassen hätte wie bisher, insbesondere die Institution des Zarentums.

»Nun«, sagte ich, »ich hoffe, du wirst sehr glücklich.«

Er brachte mich bis an die Tür. »Bhabi-jān freut sich über die Maßen. Sie ist so scharf darauf gewesen.«

Aus Neugierde besuchte ich an dem Abend vor seiner Verhaftung und vor Verhängung des Ausnahmezustands eine Veranstaltung, auf der J. P. eine Ansprache hielt. Es war das erste Mal, daß ich ihn reden hörte. In Delhi kommen immer viele Menschen zu Veranstaltungen zusammen, und politische Spektakel, auf denen Terylene-Hosen, Nylon-Hemden und kostenloses Essen verteilt werden, um ganze Lastwagen voll Zuhörern herbeizulocken, die auch noch bei den langweiligsten Reden Beifall klatschen, sind wir gewohnt. Dies jedoch war die größte Massenveranstaltung, die ich je erlebt habe, noch dazu eine, deren Besucher aus eigenem Antrieb gekommen waren. Wenn J. P. der öffentliche Feind Nr. eins war, der die Armee dazu brachte zu revoltieren, und Menschen zu Gesetzlosigkeit und Unordnung anstiftete, wie es in der Erklärung zum Ausnahmezustand später hieß, dann war die Regierung blind und verrückt. Ich hörte dort, wie Fragen gestellt wurden, die ich selbst auch schon gestellt hatte. Warum waren die Armen immer noch arm? Und warum gab es heute mehr Arme als früher? Warum hatte sich das Fett oben gesammelt, statt nach unten durchzusickern? Warum? Warum? Warum? Ich lauschte einem sokratischen Soliloquium. Erst als ich von J. P.s Verhaftung hörte, ging mir auf, daß diese Veranstaltung der Schierlingsbecher gewesen war. In Zeiten, da Tugendhaftigkeit Seltenheitswert besitzt, gilt Tugend zu predigen als Hochverrat. Und es stimmt: Hinter dem Podest prangten auf einer riesigen Fahne die Worte des Hindi-Dichters Dinkar: »Räumt den Thron, denn das Volk kommt!« Wie jedes Schulkind weiß, sind sie auf den Kampf gegen die Engländer gemünzt, doch in den Augen einer Obersten, die neuerlich nach imperialer Herrschaft strebte, war das Verrat genug.

Am Morgen des 26. Juni stattete ich Papa in ebendiesem Zimmer, das heute meines ist, einen Besuch ab. Als die Tür sich hinter mir schloß, glaubte ich, mich in einem leeren Raum zu befinden; dabei stand Papa darin, regungslos wie eine Statue. Ich fragte ihn: »Hast du es jemals für möglich gehalten, daß so was in Indien passiert?« Und er antwortete: »Nein, niemals.« Bereits eine Stunde, nachdem im Radio die Ausrufung des Ausnahmezustands verbreitet worden war, unterhielten wir uns nur noch im Flüsterton. In Nazi-Deutschland, sagte Papa, hätten die Leute Wolltücher über die Sprechmuschel der Telefone gelegt, um sich gegen Abhörmethoden zu schützen, doch mit solchen Vorsichtsmaßnahmen wurde die Technik heute spielend fertig. Ob es zum Guten oder zum Bösen war, jedenfalls wurden wir dadurch zu Gnomen und Zwergen. Kein Mensch konnte etwas dagegen unternehmen, da halfen weder Barrikaden noch offener Trotz; beides konnte von den Panzerwagen des modernen Staates binnen Minuten überrollt oder gebrochen oder von seinen unsichtbaren Überwachungsmaßnahmen kontrolliert werden. Ich bin gestern abend hingegangen und habe mir J. P. angehört, flüsterte ich. Papa nickte schweigend. Er dachte vermutlich an den glühenden jungen Patrioten des Jahres 1942, der die Stahlarbeiter zum Streik aufgerufen hatte und ins Gefängnis gesteckt worden war, weil er Englands Kriegsanstrengungen unterminierte. Vielleicht aber auch an das junge Idol auf seinem Schimmel, das uns Inder aufgerufen hatte, für die Unabhängigkeit zu kämpfen. Und daran, wie noch früher der Mann im Lendentuch gedrängt hatte: Befreien wir uns ohne Gewehrlauf, machen wir uns die Hände schmutzig, indem wir die Arbeit der Unberührbaren verrichten, damit unsere Seele sich von der Krebsgeschwulst des Kastenwesens befreit; dann kann uns hinterher keine Macht auf Erden mehr widerstehen. Papa dachte an Schlachten, in denen für die Freiheit gekämpft und gesiegt worden war – und nun sollten diese Opfer umsonst gewesen sein! Er sagte kein Wort. Aber wie Biographen so etwas wissen, selbst wenn sie über Tote schreiben, über Menschen, die bereits über hundert Jahre nicht mehr am Leben sind, wußte ich, was in diesem Augenblick, da er wie zu einer Statue erstarrt dasaß, in ihm vorging. An einer Grenze, die er nicht zu überwinden vermochte, hatte er sich zu einem Entschluß durchgerungen, so wie Onkel Rams Vater es getan haben mußte – Rose hat das oft erzählt –, als er zu seiner Familie sagte: So weit bin ich gekommen, weiter gehe ich nicht, denn die Sprache dieser besonderen Zukunft möchte ich nicht mehr erlernen.

Kiran kam mit einer Dienerin herein, die eine Kaffeekanne trug, und fragte: »Es ist doch wohl nichts dagegen einzuwenden, daß Mama und ich heute einkaufen gehen? Meinst du, daß die Geschäfte geöffnet sind?« Papa hob den gesenkten Kopf, lächelte sie an und sagte, das Geschäftsleben gehe bestimmt weiter wie immer, woraufhin sie ging, um eine Einkaufsliste zusammenzustellen. Später hörten wir sie davonfahren, und noch viel später, als der Tag schon halb vorüber war, verkündeten Reifen auf dem Kies der Auffahrt ihre Rückkehr. Der einzige Vorwurf, den ich Papa mache, ist, daß er mir in all den Stunden, da wir allein waren, keinen Rat gab. Er hätte sagen können: Du solltest kündigen. Sobald die Verfassung durch den Federstrich eines Diktators null und nichtig wird und dir der Panzer des modernen Staats entgegenstarrt, ist *satyagraha* die einzige Möglichkeit, die Selbstachtung zu bewahren. Aber er war zu tief mit seinem eigenen Entschluß beschäftigt, und so ist es kaum verwunderlich, daß er mich dieses eine Mal vergaß und nicht daran dachte, mir Ratschläge zu erteilen, wie er das sonst in einer Krise unweigerlich getan hätte. Für die Menschen ist ›sich hinzulegen und zu sterben‹ zumeist gleichbedeutend mit Aufgeben. Ich jedoch sah ihn in seinem letzten Entschluß, seinem einzigen unzweideutigen und unabänderlichen, als einen ganz besonders starken und positiven Mann, der sich weigerte, einen Kompromiß mit der Diktatur zu schließen, selbst wenn es sich um eine handelte, der er, ein pensionierter Beamter, zu dienen nicht mehr verpflichtet war. Was ihn besonders wurmte und worüber er sehr wohl sprach, war, daß die Geschichte jetzt revidiert und umgeschrieben werden würde. Alle Diktaturen pfuschen in die Geschichtsschreibung hinein. Ich verstehe sehr wohl, daß er damals sterben wollte und mußte, nur ließ sein Tod mich verzweifelt allein zurück. Ausgerechnet in einer Zeit, da ich mich mit der Entlassung herumschlug; und außerdem stand ich jetzt wieder allein mit Roses Problem da. Möglich, daß der Manager der Bank Papa mehr Gehör geschenkt hätte als mir, und so wünschte ich, es wäre er und nicht ich, die ihm am Schreibtisch gegenübersaß und auf eine Reaktion von ihm wartete, nachdem ich ihn über die von Dev gefälschten Schecks informiert hatte.

»Sind Sie ganz sicher?« fragte der Bankmanager mich.

»Mr. Ram Surya hat einen Schlaganfall erlitten und ist seit Monaten gelähmt. Der letzte Scheck, den er unterzeichnete, stammt vom Januar dieses Jahres. Das Konto ist ein Gemeinschaftskonto mit seiner Frau; außer seiner Frau ist also niemand befugt, Schecks einzureichen. Deshalb ist jeder Scheck, der seinen Namen trägt, eine Fälschung.«

Der Manager sah mich todernst an – bis ich ihm den Namen des Fälschers nannte. Zwischen dem Moment, da er auf den Scheck in seiner Hand sah und mich dann anblickte, verrieten seine Züge das Eintreffen und das Aufgesaugtwerden von Eroberern, das Bedürfnis, sich zu dukken und möglichst in Unauffälligkeit zu verharren, die Geschichte des Überlebens. Ein undurchsichtiger und schmuckloser Schleier senkte sich darüber. Inzwischen war das Geld, das aus Onkel Rams und Roses gemeinsamem Konto herausgeflossen war, wie Blut geworden, das aus einer Wunde heraussickerte, und ich war entschlossen, diesen Aderlaß zu stoppen, egal, welche Ausflüchte er vorbrachte. Doch der Bankmanager war ein ehrlicher Mann. Er gab nicht vor – wie ›Der Professor‹ und ›Der Anwalt‹ es getan hatten –, daß alles in Ordnung wäre. Er sagte vielmehr ruhig: Ich bin ein kleiner Mann, verzeihen Sie, aber wir leben nicht in normalen Zeiten, und ich denke, Sie sollten sich an jemand weiter oben wenden. Ich kam aus der Bank heraus und stand vor dem Straßenring, der von doppelstöckigen Regierungsbauten – worunter man in Delhi bereits Hochhäuser versteht – umgeben ist. Es war Ende September, die Regenzeit war vorüber, und der einzige, den es in der Hierarchie der Hoch-, Höher- und Höchststehenden aufzusuchen Sinn zu haben schien, war Kachru. Nur war mir der Gedanke unerträglich, mit Kachru in einem Ministerium gesehen zu werden, und noch weniger verlockend schien es mir, ihm privat zu begegnen. Ich haßte es von ganzem Herzen, ihn um einen Gefallen zu bitten, doch an wen hätte ich mich sonst wenden sollen? Außerdem hatte er von sich aus angeboten zu helfen, wenn ich einmal Hilfe brauchte. Nachdem ich mich zu einem Entschluß durchgerungen hatte, fühlte ich mich weniger belastet als zuvor. Das muß man den Gipfeln der Macht lassen: Wenn man jemand auf dem Gipfel der Macht kennt, lösen sich die Probleme, die man hat, wie von selbst.

# KAPITEL 14

An diesem Abend saß der Bettler auf einem kleinen vorspringenden Felsen hinter dem Grabmal, und Rose fiel ein, daß sie ihn immer noch nicht nach seinen Armen und Beinen gefragt hatte; dabei tauschten sie jedesmal, wenn er in der Nähe war, einen Gruß, woraufhin sie ihre Standardfrage stellte, ob man ihm aus dem Brunnen zu trinken gegeben habe, und er die Standardantwort gab, ja, das habe man. Dann kam wieder sie mit der üblichen Warnung. Sei vorsichtig, wenn du an den Brunnen gehst, *khabardar*, tritt nicht zu nahe heran; dabei wackelte sie mit dem Oberkörper hin und her wie eine überlebensgroße armlose Puppe, um ihm begreiflich zu machen, wie tückisch der Brunnen für jemand wie ihn war, der nicht so leicht das Gleichgewicht halten könne wie jemand, der noch beide Arme hatte, was er selbstverständlich wußte. Aber sie sah so komisch aus, wenn sie ihn, den Verstümmelten, nachmachte, daß sie beide laut lachen mußten. Neulich war sie im Begriff gewesen, ihn zu fragen, da war Nishi aus dem Haus herausgelaufen gekommen, um sich zu ihr zu gesellen. Doch für gewöhnlich war sie allein, und dann waren es Episoden aus der Vergangenheit, Erinnerungen, die an ihr zerrten und zogen wie Kinder, die ihre Aufmerksamkeit gefangennahmen und sie davon abhielten, mehr über ihn zu erfahren. Sie hatte gehört, wenn man stürbe, ziehe noch einmal das ganze Leben vor dem geistigen Auge vorüber. Sie aber war quicklebendig, und doch geschah ihr gerade dies immer wieder. Ob sie wohl ihr Witwentum vorausnahm, wenn sie ihr gemeinsames Leben noch einmal für Ram durchlebte, weil sie sich nicht sicher war, ob er selbst dazu imstande war?

Als sie unter demselben Dach lebten, hatte Rose nur sehr wenig von Mona zu sehen bekommen; jetzt, wo die Teilung des Landes sie alle nach Delhi verschlagen hatte, besuchte sie sie regelmäßig und wurde mit echter Herzlichkeit empfangen, was, wie sie argwöhnte, wohl daran lag, daß sie kinderlos war.

»Was kochst du denn um diese Zeit, Mona?« Der Geruch von siedendem Öl durchzog die ganze Wohnung.

»Dev braucht seine Chips zum Tee. Was soll ich tun, Rose-ji?«

»Im Laden hat Dev sich heute nicht blicken lassen. Wenn er nicht regelmäßig kommt, wird er die Arbeit nie richtig kennenlernen, und Ram hat jetzt, wo das Geschäft sich so rasant ausweitet, alle Hände voll zu tun.«

»Er ist mit dem Kopf nicht dabei, der arme Junge. Wir müssen nach einem Mädchen für ihn Ausschau halten.«

»Er ist doch erst zwanzig, Mona. Er sollte erst einmal lernen, richtig zu arbeiten.«

»Was ist man schon mit zwanzig – kaum mehr als ein Kind.«

»Jemand, der kaum mehr als ein Kind ist, braucht auch noch nicht zu heiraten.«

»Mach dich nicht über mich lustig, Rose-ji. Du hast englische Ideen. Bei uns ist das anders. Du kennst doch unsere Lebensweise. Die Tochter meiner Schwägerin ist erst sechzehn, aber schon gut entwickelt; sie haben längst angefangen, nach einem Jungen für sie Ausschau zu halten.«

Nach dieser Rechnung war Mona, mädchenhaft schlank und anmutig wie immer und heutzutage eher ein bißchen zu dünn, nie heiratsfähig gewesen. Aber die Ehe war das Land Oz, wie die Jahre in Indien Rose gelehrt hatten; es rundete einen, wenn man zu dünn war, und war man zu dick, machte es einen schlank. Die Ehe war ein Allheilmittel für alles mögliche, von Sexbesessenheit und Faulheit bis zu Impotenz und Schwachsinn. War man gut, machte sie einen noch besser, war man schlecht, verwandelte sie einen, und war man Kleptomane, verhinderte sie, daß man weiterhin stahl. Mona wußte von einem ganz konkreten Fall zu berichten, einem gräßlichen Kind von Nachbarn in Lahore, einem Jungen, der jedesmal, wenn er mit seinen Eltern zu Besuch kam, Kleingeld und Zigaretten stibitzte, jetzt jedoch ein vorbildlicher Ehemann war.

»Weißt du, wen ich liebend gern zur Schwiegertochter hätte, Rose-ji? Die älteste Tochter von Keshav Ranade vom *Indian Civil Service*. Sie hat von beiden Töchtern die hellere Haut. Aber soviel ich gehört habe, sucht ihre Mutter nach einem Kaschmiri für sie.«

»Kiran ist ein reizendes Mädchen«, pflichtete Rose ihr bei.

»Nicht wahr?« In Monas Augen leuchtete es auf. »Die feinen Züge – wie gemeißelt, nicht zu klein und nicht zu groß, dazu diese schneehelle Haut. Ich bin ganz vernarrt in sie. Warum hat ihre Mutter sich bloß in den Kopf gesetzt, daß es unbedingt ein Kaschmiri-Junge sein soll, wo doch nicht mal ihr eigener Mann ein Kaschmiri ist? Du und er – ihr könntet doch ein gutes Wort bei ihr einlegen, oder? Ich könnte das ja niemals tun, aber wir sind so gut wie Schwestern, und dir gegenüber brauche ich doch kein Hehl daraus zu machen.«

»Daraus könnte nie etwas Gutes werden, Mona. Kirans Mutter ist es, die in dem Haus die Hosen anhat.«

»Wie wär's dann mit der jüngeren Tochter? Sie trägt zwar eine Brille und ist auch nicht gerade schneehell, doch das spielt keine Rolle. Wenn man sie ein paar Monate hindurch mit Zitronensaft und Quark einreibt, wirkt sie bestimmt schon ganz anders. Aussehen tut sie ja sonst ganz annehmbar. Und es ist eine sehr angesehene Familie. Natürlich sind wir keine Brahmanen wie sie, aber seit der Teilung ist das vielleicht nicht mehr so wichtig.«

»Sonali ist der Liebling ihres Vaters, ein sehr aufgewecktes Mädchen. Die wird sich ihren Mann selbst suchen.«.

Mona ließ den Kopf hängen.

»Aber seit der Teilung gibt es hier in Delhi doch so viele Familien, die du kennst. Und in Bombay auch. Es muß doch jede Menge Mädchen geben, unter denen man wählen kann«, sagte Rose.

Doch die Schwierigkeit bestand, wie Rose entdeckte, darin, daß Dev sich offensichtlich nicht zu einer begehrten Partie entwickelte. Selbstverständlich würde er einmal Geld erben, doch schienen Eltern sich Schwiegersöhne zu wünschen, die auf eine Karriere in einer der großen Firmen verweisen konnten; wobei als die ersten Partien immer noch Angehörige des Beamtenstands und des diplomatischen Dienstes galten. Aber ach, wie sollte sie einer Mutter, die ihre Tochter über alles liebte, beibringen, daß Dev sich offenbar darin besonders hervortat, am Swimmingpool des Clubs Unmengen von Sandwiches und eine Portion Eis nach der anderen zu verdrücken, wenn er nicht gerade im Kino war oder im Haus irgendeines zurückgebliebenen Bekannten herumlungerte. Er selbst war ja nicht gerade auf den Kopf gefallen und konnte, wenn er wollte, durchaus ein intelligentes Gesicht machen, doch der Astrologe mußte völlig übergeschnappt sein, wenn er ihm eine strahlende Zukunft voraussagte. So etwas Verrücktes hatte Rose noch nie gehört. Schon merkwürdig, dachte sie viel später, daß ihr normalerweise so verläßlicher Instinkt sie, was Dev betraf, vollkommen im Stich gelassen hatte. Das mochte allerdings daran liegen, daß sie und Ram noch nie im Leben soviel zu tun gehabt hatten wie jetzt, ständig zu Diplomatenpartys und zu Cocktails bei hohen Offizieren eingeladen wurden und für ihre besten Kunden in ihrem Delhier Geschäft Modeschauen mit selbstentworfenen und in den erlesensten Stoffen gefertigten Kleidern veranstalteten. Wobei diese Kundschaft heute ein buntes Gemisch aus verwitweten Maharanis, den

Gattinnen von Inhabern chemischer Reinigungen und von leitenden Angestellten indischer Firmen war. Sie machte sich neuerdings ständig Sorgen und war überzeugt, nicht die richtige Frau für Ram zu sein, der jemand brauchte, der über das richtige Vokabular verfügte und jenen hochgestochenen Akzent hatte, der sich oben ringelte und unten tief auslief und außerdem jene modische Plättbretthaftigkeit besaß, um neben ihm die Eleganz zu verkörpern, die er verkaufte. Sie besaß kein Raffinement, würde es nie besitzen; und außerdem wurde sie fett. Ausgerechnet in einer Zeit, wo sie sich am liebsten zu einem behaglichen, ruhigen und von keinerlei Ehrgeiz getriebenen Leben zusammen mit Ram zur Ruhe gesetzt hätte, schien jedes Privatleben für immer aufgehört zu haben. Ram mußte sich mit seinem Geschäft gegen eine starke Konkurrenz wehren, die jederzeit bereit war, ihm an die Gurgel zu gehen, und im gesellschaftlichen Leben wimmelte es von Madame Soundso und Monsieur Soundso – Namen, die sie nicht aussprechen konnte –, von Leuten, die ihrem Gesichtskreis wieder entschwanden, sobald sie gelernt hatte, ihren Namen richtig auszusprechen. Es gab keine richtigen Freunde mehr, die man mal eben anrufen oder besuchen konnte, nur um ein bißchen zu plaudern wie früher. Minnie und Dick waren nach diesem Posten hier in Indien, wo sich ihre Zeit durch den Krieg über Gebühr in die Länge gezogen hatte, wieder nach England zurückgekehrt, und sie vermißte Minnie sehr.

Ram brauchte seine neue Kundschaft fürs Geschäft und war in ihrem Delhier Kreis gesellschaftlich in seinem Element. Sie jedoch wünschte, er würde nicht ewig weitermachen mit seinem ›Gestatten?‹ und seinem übertriebenen und affektierten Gehabe und seinen Zitaten aus persischen Gedichten, die hinter ihm herflatterten wie lose Miederbänder. Das fing an, sie zu irritieren, wohingegen die Diplomatengattinnen es ihm von den Lippen tranken und er ganzen Kompanien von ihnen bei Mittagessen, Cocktails und Dinnerpartys tief in die Augen blickte. Sie waren dazu übergegangen, Empfänge in einem Fünf-Sterne-Hotel zu geben, obwohl sie über eine hübsche eigene Wohnung verfügten. Doch in der Wohnung, nein, das komme ganz und gar nicht in Frage, hatte Ram sich verwahrt. Das sei einfach nicht schick genug. »Diese Ausländer, mit denen ich Geschäfte mache, sind es gewöhnt, in den besten Hotels rund um die Welt abzusteigen, und sie sind wahnsinnig reich. Der Lebensstandard in ihren Ländern und bei uns in Indien läßt sich einfach nicht vergleichen.« Infolgedessen mußten Ausländer sich mit speckumwickelten Eßkastanien auf Hotelzahnstochern begnügen, statt Kumars echt indische Küche zu genießen. Ihr wollte es wie vertane Zeit vorkommen zu versuchen, auf irgendwelche ausländischen Hinz und Kunz Eindruck zu machen, die, wenn man selbst kurz vor einem Herzanfall stand, längst zu einer noch ausgefalleneren Art von Canapé übergegangen waren. Voller Sehnsucht dachte Rose an Lala-ji zurück, der niemand nachäffte und nie jemand anders hatte sein wollen, als er war. Lala-ji, der auf dem Fußboden seines Ladens im Bazar einen furiosen Umsatz gemacht hatte, obwohl jeder sich zu ihm auf den Fußboden hatte hocken müssen und von Canapés nichts zu sehen gewesen war.

Was ihr jedoch den meisten Kummer bereitete, war der Zuckerguß, mit dem Ram das Thema Dev überzog. Wenn von ›meinem Sohn‹ gesprochen wurde, durfte das nur in ehrfurchtsvoll-halblautem Ton geschehen. Nichts dagegen zu sagen, wenn er aus Jux und Tollerei in geklauten Autos herumkutschierte, denn schließlich wurden die zuletzt an ihre Besitzer zurückgegeben, oder? Jungs waren eben Jungs. Und wenn er mal einen Griff in die Ladenkasse tat, nun ja, irgendwann würde ihm der Laden ja doch gehören, und Ram hatte ihn deswegen sogar ins Gebet genommen; bestimmt würde er das nicht wieder tun. Und wenn Dev und seine Eisschlecker- und Kinogänger-Bande Mädchen vom Miranda House der Universität abschleppten und auf ein Zimmer im Ashoka-Hotel brachten, um

Spaß mit ihnen zu haben – nun ja, diese kleinen Eskapaden gehörten eben zum Erwachsenwerden, sagte Ram und seufzte. Einige von den Mädchen wären auch wirklich reizvolle kleine Schönheiten. Da stünden junge Männer vor einem echten Problem. Irgendwo müsse ein Mann ja seine Erfahrungen machen. Du solltest nicht zu hart mit dem armen Dev ins Gericht gehen, Rose. Manchmal wünschte Rose, Dev würde mal eine Bank ausrauben, etwas richtig Kriminelles tun, womit die Polizei sich dann zu beschäftigen hätte. All diese kleinen Dummejungenstreiche in einem Alter, wo er eigentlich kein kleiner Junge mehr war, erschreckten sie. Aber Ram und Mona bildeten gleichsam ein Gibraltar elterlicher Vernarrtheit – wenn es um Dev ging, waren sie ebenso taub, stumm und unangreifbar wie der spanische Felsen unter britischer Herrschaft. Darüber wächst er hinaus, Rose-ji; der Gipfel von Ruhm und Ehre ist ihm vorherbestimmt. Wer's glaubt, wird selig, dachte Rose, doch hatte Mona ein Anrecht auf ihre Träume. Leben wir nicht alle mit einem Fuß in der Phantasie und versuchen wir nicht verzweifelt, dafür zu sorgen, daß dieser Fuß wirklicher wird als der andere? Wer war Rose, ein unfruchtbarer Schoß, daß sie sich anmaßte, denen, die Kinder in die Welt gesetzt hatten, Ratschläge zu erteilen? Aber sie hatte den heimlichen Verdacht, daß Ram und Mona Devs Vergehen billigten. Er liebte nun mal Spaß und Streiche über alles, und beim Autoklauen tat er doch nur das, was seine Freunde, die Söhne der höchstgestellten Männer im Land, auch taten. Sein Freundeskreis, das waren keine gewöhnlichen Ganoven; infolgedessen brauchten seine Eltern sich keine Sorgen um ihn zu machen. Er konnte so viele Banken ausrauben, wie er wollte.

»Rose-ji, ich brauche deine Hilfe. Bitte komme heute abend vorbei.«

Da die üblichen Nachforschungen und auch offene Angebote, ihn zu verheiraten, kläglich gescheitert waren, waren sie jetzt dazu übergegangen, Anzeigen in den Zeitungen aufzugeben. Gemeinsam setzten Rose und Mona eine Anzeige für die Sonntagszeitung *Hindustan Times* auf, in der es hieß, daß Mona gern die Zuschriften von Eltern hellhäutiger Töchter erwarte, möglichst mit Foto (gar. zurück) und Horoskop (gar. zurück).

»Obwohl ich meine, wir sollten schon zum Ausdruck bringen, daß Horoskope kein Hinderungsgrund sind«, sagte Mona besorgt, »*falls* alles andere – Größe, Hautfarbe, Wesen usw. – stimmt. Da Dev ein so gutes Horoskop hat, spielt das des Mädchens ja keine Rolle.«

In der Anzeige, die sie aufsetzten, hieß es, Dev sei ein stattlicher junger Mann, weizenhell, gebildet und gut situiert. Gleichwohl sei da eine Lücke, die den Lesern auffallen müsse, wie Rose bemerkte. Sie hatte aufmerksam einschlägige alte Rubriken der *Hindustan Times* durchgesehen. Gut situiert in bezug auf was? Für gewöhnlich hieß es in einer solchen Anzeige: ein aus Kanada zurückgekehrter Mediziner oder: Chemiker, der in einem Forschungslabor arbeite und über ein vierstelliges Einkommen verfüge, oder: Besitzer einer unbegrenzten Aufenthaltsgenehmigung für die USA. Die Leser einschlägiger Anzeigen suchten nach Details. Über stattliches Aussehen ließ sich streiten, aber jemand gebildet zu nennen erforderte die Angabe von Universitätsgraden. Gab es solche jedoch nicht, schien es besser, auch das Vage zu lassen und auf das Beste zu hoffen.

»Und jetzt zu dem Mädchen«, sagte Mona. »Was wir uns vorstellen, ist ein schönes, liebes Mädchen mit guten Anlagen, häuslichen Tugenden und vorzüglichem gesellschaftlichen Status. Sie muß natürlich schneehell sein, das sollten wir doch besser ausdrücklich sagen, obwohl – was anderes kann ›schön‹ sonst bedeuten? Sollen wir hinschreiben: jungfräulich? Das schreibt heutzutage kein Mensch mehr.« Sie forschten in den alten Ausgaben der Zeitung nach Jungfrauen, konnten aber keine finden. »Das bedeutet, Jungfräulichkeit wird als selbstverständlich vorausgesetzt«, schloß sie.

»Und was ist mit der Kaste?« fragte Rose.

»Wir sollten sagen, Kastenzugehörigkeit kein Hindernis, so wie beim Horoskop. Es werden sich schließlich keine Unberührbaren bewerben oder Angehörige anderer niederer Kasten. Außerdem ist man in bezug darauf heute nicht mehr so streng, und wir sollten da großzügig sein – bis auf Unberührbare, versteht sich.«

Tatsache war, daß der Kreis der Möglichkeiten inzwischen immer kleiner wurde, und weder eine Flut von Jungfrauen oder Nicht-mehr-Jungfrauen noch die glücklose Legion dunkelhäutiger Mädchen im heiratsfähigen Alter hatte sich gemeldet und ihre Unterlagen eingeschickt, damit Devs Familie sich damit beschäftigen konnte. Immerhin trug ihnen die Nichterwähnung bestimmter Qualifikationen einige Antworten ein. Rose und Mona gingen jene durch, die ein liebevolles Wesen und auf der Rückseite des Fotos die Größenangabe in Zentimetern angegeben hatten. Mona jedoch wollte Genaueres über fein gemeißelte Züge, die Länge der Nase und die Größe der Augen und andere anatomische Einzelheiten wissen, so daß sie immer noch nicht weitergekommen waren. Erst als sie schrieben: »Fehlende Mitgift kein Hindernis«, setzte ein stetiger Strom von Eltern hellhäutiger Mädchen durch Monas Haustür ein, die betont beiläufige Besuche abstatteten und, sofern dazu ermutigt, beim nächstenmal die Töchter mitbrachten. Dev war schon fast siebenundzwanzig, als endlich eine Braut gefunden wurde.

»Rose-ji, bitte, komm heute abend zum Tee«, kam Monas vertraute Aufforderung übers Telefon.

»Ich hab' sie gefunden«, sagte sie, als Rose eintrat. »Sie kommt mit ihren Eltern. Früher, in Lahore, ist es ihnen mal gutgegangen; heute haben sie praktisch überhaupt nichts mehr, die Ärmsten. Aber es handelt sich um eine angesehene Familie, aus derselben Kaste wie wir, und das Mädchen hat – wenn auch vielleicht ein bißchen zu klein – gemeißelte Züge und eine schneehelle Haut. Und da dachte ich, du solltest deine zukünftige Schwiegertochter kennenlernen.«

»Da kann ich uns nur beide beglückwünschen! Aber Mona, du siehst ja völlig ausgepumpt aus.«

Monas Haut wies eine fahle Teigigkeit auf, die mit der langen und erschöpfenden Suche nach einer schneehellen Braut für Dev nichts zu tun hatte; möglich allerdings, daß die besorgte Mutter es mit dem Fasten und Beten übertrieben hatte.

»Hat Dev sie schon kennengelernt?«

»Woher sollte er wissen, was gut für ihn ist, armer Junge? Das zu entscheiden ist Sache seiner Eltern. Er wird sie kennenlernen, nachdem du Eltern und Tochter heute kennengelernt und ihm davon erzählt und dir sein Einverständnis geholt hast.«

Sie saßen im Kreis auf Stühlen, tranken Tee und knabberten an *jelabies* – ein verhutzelter, müder kleiner Mann, der aussah, als ob ein leiser Windhauch ihn über die *jelabies* hinwegblasen könnte, seine Frau, die den Mund nicht aufmachte, und ein Mädchen mit Puppengesicht in kanariengelbem Sari und mit kanarienhaftem Gezwitscher und Gezirp – und machten zusammenhanglos Konversation.

Rose machte Ram mit der Neuigkeit vertraut. Er begrüßte sie wie abwesend und legte das Datum für eine Party fest, auf der die Verlobung vor Diplomaten, hohen Offizieren und ausländischen Krethi und Plethi bekanntgegeben werden sollte. Als sie von Monas Gesundheitszustand sprach, war er viel zu sehr mit anderen Dingen beschäftigt, um richtig zuzuhören. Er brachte neuerdings viel Zeit damit zu, sich die Kümmernisse und Sorgen der Gattin des Ersten Sekretärs der belgischen Botschaft anzuhören, deren Mann weder sie noch ihre sechs Kinder verstand. Platonisches Geplänkel, wie Rose annahm, doch der wallende Busen der Mißverstandenen tauchte überall auf, im Laden und außerhalb, ruhte auf Verkaufstischen neben Brokat aus Benares, hing über Kaffeetassen und Gebäck aus

Fünf-Sterne-Hotels und entquoll dem Dekolleté von Abendkleidern, liebenswerte Berge, die jedes vernünftige Gespräch unmöglich machten.

»Rose, du bist in letzter Zeit zu dick geworden. Geh in ein Fitneßcenter und nimm ein bißchen ab...«

»Ich werde einen Deubel tun un' in ein Fitneßcenter gehen. In zwei Jahren werde ich fünfzig.«

Ram war, was das Alter betraf, überaus empfindlich. Er legte sehr viel Wert darauf, sich das Haar zu toupieren, seinen neuen Lippenbart zu pflegen und an den Schläfen nur einen Hauch von distinguiertem Silber sehen zu lassen.

»Das ist keine Frage des Alters; es geht vielmehr darum, möglichst gut auszusehen.«

»Ich hab' den Gipfel meines guten Aussehens schon hinter mir; besser geht jetzt nicht mehr. Und wenn dir das nicht gefällt, ist da ja immer noch Janet-wie-heißt-sie-doch-noch.«

»Ach, komm, Liebling«, sagte er geschmeichelt. »Du hast keinen Grund, auf Jeanette eifersüchtig zu sein. Sie ist nichts weiter als ein bezaubernder...«

»... mißverstandener, leicht überspannter, süßer kleiner Fratz«, beendete Rose den Satz und versetzte Ram damit in noch bessere Laune.

Die Frage nach dem Dicksein kam immer dann auf, wenn ein Besuch von Zafar und der jeweiligen Frau des neuen Lebensabschnitts bevorstand. Mausezahn nannte Zafar seine amerikanische Braut verspielt wegen ihrer beiden bezaubernden Vorderzähne. Sie war fünfundzwanzig, hatte die Figur eines Filmstars und in ein paar Filmen sogar schon kleine Nebenrollen gespielt; Rose hätte genausowenig mit ihr zu wetteifern versucht wie ein Ochsenkarren mit einer Rakete.

»Ram, ich möchte, daß du mal bei Mona vorbeischaust. Du bist schon endlos lange nicht mehr dagewesen, un' sie sieht überhaupt nicht gut aus. Vielleicht kannst du sie bewegen, einen Arzt aufzusuchen; ich hab' in der Beziehung leider nichts bei ihr ausrichten können.«

Er versprach, es zu tun, und wandte sich vom Spiegel ab, um Rose nach dem Mädchen zu fragen, das Mona ausgewählt hatte.

»Sie ist winzig«, überlegte Rose, »winzig und süß. Eine richtige kleine Portion. Ich möchte mal wissen, wie sie jemals mit Dev zurechtkommen soll.«

»Ach, mit Dev kommt schon alles in Ordnung, sobald er verheiratet ist und eine Familie hat.«

Nachdem er die falscheste Aussage in der Geschichte der Menschheit gemacht hatte, kleidete Ram sich an – er brauchte neuerdings länger dazu als sie –, und gemeinsam verließen sie die Wohnung, um den Abend bei jemandem zu verbringen, dessen Namen Rose vergessen hatte.

Der Tag für die Hochzeit wurde von dem Astrologen auf den kommenden Winter festgelegt, doch so lange hielt Mona nicht mehr durch. Der Krebs, der sie verzehrte, hatte sein Werk beendet, noch ehe der Winter einsetzte. Nur noch die Hülle von Mona lag auf ihrem Bett, als Ram und Rose zu beiden Seiten davorstanden. Monas haselnußbraune Augen, die, von den Schmerzmitteln getrübt, tief in den Höhlen lagen, suchten die von Rose. »Unsere Schwiegertochter«, brachte sie unter Mühen heraus, »du kümmerst dich um sie, nicht wahr, Rose-ji?« Rose nickte wie benommen. Tränen brannten ihr auf den Wangen; fest hielt sie Monas Hand mit den spröde-zerbrechlichen Knochen in der ihren. »Es darf ihr in unserer Familie nie an etwas mangeln«, flüsterte Mona. Ram bemühte sich, sie, was das betraf, zu beruhigen, doch sie hörte nicht zu. Sie sah nur Rose an. »Jetzt ist es deine.« Und so zog Rose sich die Schuhe an, die Mona abgestreift hatte – ein desolater Platz für ihre Füße, den sie eigentlich gar nicht mehr wollte. Als Mona entschlief, sank sie neben dem Bett auf die Knie und weinte in die Decken, bis Ram ihr aufhalf, ihr den Arm um die zuckenden Schultern legte und sie davonführte.

Die frühmorgendlichen Delhier Straßen zogen verschwommen an Roses brennenden Augen vorüber, als sie

Stunden später im Taxi heimfuhren. In die Frostigkeit von Monas Tod eingehüllt, erinnerte sie sich der fernen Nächte von Monas lebendigem Kummer und an das Haus in Lahore, das sie beide umfangen und zuletzt miteinander versöhnt hatte. Nicht ganz das, was Rams englischer Dichter ›einen Weg, den wir beide verstehen werden‹, genannt hatte. Aber es war schon merkwürdig, wie sie innerhalb dieser Mauern das Abenteuer bestanden hatten und über Berge hinweg und durch Wälder hindurch bis zu jener anderen Weide vorgedrungen waren, die da Freundschaft hieß, und eines schönen Morgens sogar zu der der Liebe.

# KAPITEL 15

Als die Polizei ein zweites Mal kam, sah Kishori Lal nicht einmal von der Zeitung auf, in der nie etwas Neues stand. Ein flüchtiger Blick von der Ladentür her würde ihnen zeigen, daß selbst die Klopapierrollen und auch noch die kleinsten Seifenschalen auffällige Preisschildchen trugen. Und wo er sich schon all diese Mühe gemacht hatte, hatte er auch das Bild von Madame (das Nishi ihm geschickt hatte und das in großen Lettern die Unterschrift trug: SIE STEMMTE SICH GEGEN DAS CHAOS) an der Wand hinter seinem Schreibtisch aufgehängt und eine aus safrangelben Stoffrosetten bestehende Girlande drum herum drapiert. Diese hatte er daheim in seinem Kleiderschrank gefunden, sie war Überbleibsel einer Demonstration der Hindu-Erweckungsbewegung R.S.S.*, an der er vor etwa einem Jahr teilgenommen hatte. Nur Narren schmorten im Gefängnis, er jedoch hatte einen Laden, um den er sich kümmern mußte. Einer, der aussah wie der Boß, ein prachtvolles Mannsbild, kräftig und geschmeidig, mußte ein Polizeibeamter aus dem Staat Haryana sein. Einer von denen, die herbeigekarrt worden waren, um die Polizei in Delhi zu verstärken, obwohl es in den Zeitungen hieß, es gebe keinerlei Schwierigkeiten; außerdem hatte Madame ausländischen Journalisten gegenüber beteuert, die Polizei

* *Rashtrashtriya Swayammesewak Sangh*, Nationale Freiwilligenvereinigung, extrem rechtsgerichtete, religiös motivierte Hindu-Bewegung. A. d. Ü.

hätte noch nie so wenig zu tun gehabt wie momentan. Das konnte sogar stimmen, denn wenn dieser blendend aussehende Hariyanvi dastehen und Klopapierrollen anstarren konnte, auf denen deutlich sichtbar die Preisschildchen prangten, hatte er offensichtlich nicht viel zu tun. Nun, Muße war eine gute Sache. Kishori Lal fiel ein Gedicht aus seiner Studentenzeit am Government College ein, das mit den Worten begann: »Was ist dies Leben, wenn, die Muße preisend...« Der Hariyanvi schlug sich mit seinem Stöckchen an die Wade, doch die drei oder vier, die ihn begleiteten, taten nicht einmal das. Da ging K. L., wie seine Freunde ihn nannten, auf, daß es nichts Bedrohlicheres gab als die Tatsache, daß diese Prachtkerle von Polizisten ihre Muße sichtlich genossen – und das auf der Schwelle seines Ladens.

»Du kommst mit!« sagte der Boß, nachdem er aufgehört hatte, die Regale zu mustern und sich mit seinem Stöckchen an die Wade zu schlagen. Nicht etwa: Würden Sie bitte... oder so ähnlich, nein, gleich im Befehlston.

K. L. war dermaßen verdattert, daß er Mund und Nase aufsperrte. »Würden Sie die Freundlichkeit haben, mir zu sagen, warum?« fragte er vorsichtig.

»Los, Alter! Streiten wir uns nicht rum! Befehl ist Befehl!«

Jawohl, es waren Hariyanvi. Delhier Polizisten, die normalerweise hier ihre Runden drehten und die man kannte, würden niemals so barsch und rüde sein, selbst dann nicht, wenn sie eine Verhaftung vorzunehmen hatten. Ganz entschieden nicht. Es war allgemein bekannt, daß sie das Haus von Nanaji Deshmukh unzählige Male durch den Vordereingang betreten, schneidig gegrüßt und ihm dadurch zu verstehen gegeben hatten, er solle machen, daß er durch die Hintertür verschwand, bis er trotz all ihrer Bemühungen, ihn nicht festnehmen zu müssen, hinging und sich aus freien Stücken stellte. Die Polizisten sind unsere Brüder, hatte es bei der Anti-Madame-Studentendemonstration in Bihar im Sprechchor geheißen; gegen die

Polizisten haben wir nichts. Infolgedessen mußte die Bundespolizei zu Hilfe gerufen werden, damit diese tat, was die Polizei des Bundesstaates nicht fertigbrachte: mit *lathi*-Schlagstöcken und Tränengas gegen die Studenten vorzugehen und sie einzusperren. Es mußten schon Polizisten von außerhalb sein, die so hart durchgriffen, und diese Ortsfremden mußten aus Haryana ›importiert‹ werden, dem Nachbarstaat, dessen Oberster Minister Madame und ihrem Sohn bereits vor dem Ausnahmezustand treu ergeben gewesen war, was er auch heute noch Tag für Tag deutlich dadurch bewies, daß er mit harter Hand durchgriff. Als die anderen drei oder vier in den Laden hereinkamen, waren es, wie sich herausstellte, doch nur drei, was bewies, daß die Anwesenheit der Polizei, wie Madame gesagt hatte, sehr übertrieben wurde. Einer von ihnen packte Kishori beim Genick, riß ihn hoch und legte ihm – einfach nicht zu glauben! – Handschellen an. Ein anderer zog die Schreibtischschubladen heraus, drehte sie um und kippte den Inhalt auf den Boden, während der dritte wiederholte, was neulich schon einmal geschehen war, und wie der Blitz alles von den Regalen herunterfegte. Es lag auf der Hand, daß sie wirklich nichts Besseres zu tun hatten. Aber selbst wenn dies ihre Art von Freizeitbeschäftigung war – es war trotzdem alles sinnlos. Hinter einer Reihe von roten und orangefarbenen Plastikeimern und -schüsseln, auf denen sich dicker Delhier Staub sammelte, fand der dritte Mann einen hölzernen Stecken und einen kürzeren Knüppel, hob beides in die Höhe und fuchtelte damit in der Luft herum. Ihrem aufgeregten Hariyanvi-Gebrabbel nach mußten sie ein ganzes Munitionslager gefunden haben. K. L. wurde aus dem Laden hinaus auf den Gehsteig und in Richtung des wartenden Kastenwagens gestoßen und gezerrt. Die Ladentüren blieben sperrangelweit offen. K. L.s Gehilfe, der gerade von seinem Mittagsimbiß auf der anderen Seite der Straße zurückgeschlendert kam, blieb mit gähnend aufgerissenem Mund wie vom Donner gerührt stehen; seine gestreifte dünne Hose flatterte ihm um die Beine, als der Wagen davonfuhr. Kishori Lal saß wie vor den Kopf geschlagen im Wageninneren; er konnte es immer noch nicht fassen.

Nach einer langen Fahrt wurde er nicht in die Revier-*thana* in der Nachbarschaft gebracht, sondern viel weiter fort. Als er ausstieg, war er in Daryaganj, einen Steinwurf von der im obersten Stock gelegenen Entbindungsklinik entfernt, in der seine Kinder geboren worden waren. Dieser Ort findet sich in deinem Horoskop, hatte seine Mutter ihm gesagt; jedesmal, wenn du dich umdrehst, bist du wieder in Daryaganj. Und jetzt war er wieder da, diesmal jedoch ohne seine hochschwangere Frau. Hier hatte Madames Polizei Schwierigkeiten, fünf Menschen als verbotene Menschenansammlung zu betrachten und sie auf einer Straße aufzulösen, in der es ständig von Menschen wimmelte und Kühe und Kälber Fahrradrikschas behinderten.

Die Polizisten in der *thana* tranken gerade Tee. Jawohl, Madame kannte ihre Polizei; diese konnte in der Tat nicht viel zu tun haben, wenn sie sich schon um so unbedeutende Zeitgenossen wie ihn kümmerte. Das und die offenkundig gute Stimmung der Teetrinker, denen er übergeben wurde, ehe die anderen fortgingen, um weiter ihrem Müßiggang zu frönen, hätte ihm als günstiges Omen erscheinen müssen, was es jedoch nicht tat. Du bist also Soundso, erklärte der Oberteetrinker. Nach all diesen Jahren kannte K. L. sich immer noch nicht in den Dienstrangen von Armee und Marine, Luftwaffe und Polizei aus, denn bis jetzt hatte die uniformierte Obrigkeit wirklich noch nicht oft in sein Leben eingegriffen. Er sagte, jawohl, der sei er. Du bist Mitglied der R.S.S.! Aber ganz bestimmt nicht, erwiderte er. Der Oberteetrinker wies auf den Stekken und Knüppel aus Holz, an denen immer noch die Staubflöckchen von Jahren hafteten, und schob einen halb zerknüllten Bogen Papier auf ihn zu, von dem K. L. gar nicht wußte, daß er ihn hatte – aus einer seiner Schreibtischschubladen, vermutlich, die Ankündigung eben jener R.S.S.-Demonstration, an der er vor Jahresfrist teilgenommen und von der er noch die safrangelbe Girlande hatte, die jetzt das Bild von Madame zierte. Er stritt jedoch ab, Mitglied der R.S.S. zu sein, weil er das wirklich nicht war. Der einzige Grund, warum er das jetzt so nachdrücklich leugnete, war, daß er es in der Tat nicht nur nicht war, sondern weil er sich nie dazu hätte überwinden können, Mitglied zu werden. Regale konnten unordentlich und Läden ein Chaos sein, doch das Denken eines Menschen nicht! Er wollte haargenau – also so, wie Geschichtsforscher es tun, wie er einer hätte werden können, hätte die Teilung des Landes ihn nicht getroffen –, wollte haargenau erklären, daß er der *Jan Sangh** angehöre, und zwar aus Prinzip und nicht, weil er Hindu wäre, was er nämlich nicht sei, sondern Atheist. Die Teilung hätte ihn zu einem Jan Sanghi gemacht, selbst wenn er als Christ, Sikh oder Parse zur Welt gekommen wäre. Die R.S.S. interessiere ihn überhaupt nicht. Hätte sie es getan – warum er dann nicht Mitglied geworden wäre, wo er doch sonst in alles eingetreten sei, in das er hätte eintreten können? Sich Organisationen anzuschließen gebe ihm Halt und verleihe ihm Gewicht; sie stellten Bastionen gegen einen neuerlichen Sturmwind dar. Doch der Oberteetrinker gab ihm überhaupt keine Gelegenheit, irgend etwas in dieser Richtung zu sagen. Er nannte ihn – ist das zu glauben? – schlichtweg einen Lügner, schlug K. L. ins Gesicht, so daß er das Gleichgewicht verlor, sich einmal um die eigene Achse drehte und sich an der Tischdecke festhielt. Daß sich das wie ein harter Schlag anfühlt, liegt einzig und allein daran, daß ich nur eins sechzig groß bin und kaum hundertundzwanzig Pfund wiege, sagte K. L. sich, sonst war es gar nicht so schlimm, aber: Sind das etwa nicht deine? Stecken und Knüppel wurden ihm unter die Nase gehalten. Selbstverständlich waren es nicht ›seine‹ in dem Sinn, wie sein Füllfederhalter und seine Uhr ›seine‹ waren, ob-

* *Jan Sangh*, konservative, im politischen Spektrum der rechten Mitte zuzuordnende ›Volkspartei‹. A. d. Ü.

wohl er er sie auf dem Demonstrationszug frühmorgens vor einem Jahr bestimmt herumgewirbelt und gymnastische Übungen damit gemacht hatte, und das alles unter dem Absingen von Liedern, die die natürliche Schönheit Indiens priesen. Na, siehst du, sagte der Oberteetrinker, du bist ein Saboteur, gehörst zu der Verschwörung, die die Regierung stürzen will, und schob ihn mit seinen Pranken in die Verwahrzelle.

Der Fahrraddieb in der Verwahrzelle stellte sich vor und riet ihm, alles zu gestehen, was sie ihm vorwürfen. Die sind so sehr damit beschäftigt, alle möglichen Leute zu verhaften, daß sie keine Zeit haben, sich mit gewöhnlichen Verbrechern wie uns abzugeben; sag einfach, ja, du hast das getan, und laß deinen Freunden ausrichten, sie sollen ihnen etwas Geld in die Hand drücken, dann lassen sie dich schon wieder frei. Sie führten ein faszinierendes Gespräch über die Techniken des Fahrraddiebstahls und über den Spaß, den es dem Dieb machte, selbige Fahrräder auseinanderzunehmen und wieder zusammenzusetzen, wie er es bei dem Zweiradmechaniker in seinem Dorf gesehen hatte. Als sein Vater noch am Leben gewesen war, habe es einen langen Fußmarsch bedeutet oder sei man auf einem Ochsenkarren durchgeschüttelt worden, ehe man die große Straße erreichte. Doch in seiner eigenen Jugend waren die Fahrräder aufgekommen, genauso wie die Songs, die im All India Radio in der Sendung ›Dein Lieblingslied‹ einfach durch die Luft geflogen kämen und die sie mit dem Transistor aufgefangen hätten, der auch neu gewesen wäre. Er brauchte sehr wenig, um glücklich zu sein, sagte der Dieb, eine gute Straße, die das Dorf mit der Hauptstraße verbindet, ein Fahrrad, um die Strecke bis dorthin zurückzulegen, und ein Transistorradio an der Lenkstange sowie Lata Mangeshkar, die sich zu den höchsten Tönen aufschwingt. Und offen gesagt: Ich bin glücklich, denn ich habe den Fortschritt mit eigenen Augen erlebt. Er sagte, er habe so viele gestohlene Fahrräder herumliegen, daß er daran denke, jetzt in die Fahrradfabrikation zu gehen, die

Räder der Marken Hero, Avro und Hercules auseinanderzunehmen, sie aus verschiedenen Teilen zu einem neuen Modell zusammenzusetzen, das er nach seinem besten Freund benennen wolle, einem gebildeten Restaurantbesitzer in der Nähe von Jama Mashid namens Hafiz Mian. Ein weltlicher Staat brauche ein moslemisches Fahrrad. K. L. war bezaubert von der Idee und nahm sich vor, gleich nach der Entlassung aus dem Gefängnis seinen Freunden an der Universität davon zu erzählen; an diesem Beispiel könnten sie einmal sehen, wie weltliches Denken die Nation bis ins Mark durchdrungen habe. Die *Jan Sangh* müsse diese neuen Liberalen als potentielle Wähler in ihre Überlegungen mit einbeziehen. Und der Gedanke an die Zukunft erinnerte ihn daran, daß er morgen ja sagen und erklären müsse, so leid es ihm tue, doch, er sei ein Saboteur – ein Papier unterschreiben, mit dem er sich verpflichte, den Ausnahmezustand ab sofort zu unterstützen, und nach Hause gehen. Sein dummer Gehilfe hatte den Laden wahrscheinlich geschlossen, soviel gesunden Menschenverstand mußte er eigentlich haben; nur könne natürlich nicht von guten Geschäften die Rede sein, wenn die ganze Woche hindurch das Vorhängeschloß an der Tür hing und die Stammkunden feststellten, daß sie anderswohin gehen mußten, um ihre Schwämme und Mops zu kaufen. Und wenn sich erst mal rumgesprochen hatte, daß er in der Verwahrzelle gesessen habe, würden die Leute Angst davor haben, ihn aufzusuchen. Seine Geschäftsunternehmungen waren wahrhaftig nicht vom Glück begünstigt gewesen; er war eben nicht der geborene Geschäftsmann, deshalb konnte er sich jetzt nicht noch einen Fehlschlag leisten.

Ein abscheuliches Loch, diese Verwahrzelle. Er hatte nichts gegen die Enge und Fensterlosigkeit, das Dunkel, die Fliegen und die Mäuse. Was ihn anwiderte, war, daß der Gestank von dem Abort hinter der nur kniehohen Trennwand die Luft mit beißenden Schwaden erfüllte. Er hatte gegen die Wand gelehnt dagesessen und sich die Nase zugehalten; der Fahrraddieb ihm gegenüber tat das gleiche, bis nach ziemlich langer Zeit und viel Gerede mit verstopfter Nase der Dieb herausgeholt wurde und er allein zurückblieb. Die Zellenbeleuchtung war zwar schwach, aber es war immerhin etwas, so wie früher die Straßenbeleuchtung, also eher dämmerig und gelblich, irgendwie heimelig, jene Beleuchtung also, die Straßenecken zu geheimnisvollen Orten gemacht hatte und die Straße, die vor einem lag, zu einem Abenteuer; doch das war gewesen, ehe Neonröhren, Straßenräuber und Motorräder aufgekommen waren. Und davor Petroleumlampen und Laternenanzünder. Er hatte das alles miterlebt, hatte viele Veränderungen mitgemacht. Mittlerweile waren schon zehn Jahre vergangen, seit er den Laden für das Badezimmerzubehör aufgemacht hatte, nachdem zwei andere Versuche fehlgeschlagen waren. Er erinnerte sich, seinem Freund von der Universität Delhi erklärt zu haben, warum; sein Freund war Professor für Sanskrit und besaß auch noch andere Qualifikationen und hatte ihn gefragt, ja warum um Himmels willen ausgerechnet Badezimmerzubehör? Dafür gab es Gründe. Religiöse Führer und Allegorien sprachen in Gleichnissen, warum das nicht auch im Geschäftsleben tun? Toiletten mit Wasserspülung hatten den Kreuzzug gegen die Unberührbarkeit abgeschlossen, die Mahatma Gandhi in Gang gesetzt hatte. Auch auf diesem Gebiet, wie auf dem der Beleuchtung, hatte die Gemeinschaft es weit gebracht, vom Notdurftverrichten draußen auf den Feldern über hölzerne Nachtstühle, die für Sahibs auf langen Reisen auf dem Rücken von Maultieren mitgeführt worden waren – Sahibs, die sich nicht draußen auf den Feldern hinhocken konnten –, bis zu den Toiletten mit Wasserspülung. Aber in Gang gesetzt worden war diese Entwicklung durch Gandhis Befehl: Nicht erst lange fackeln, beseitigt euren Kot mit eigener Hand. Los, fangt schon an! Jawohl, die Revolution kam in vielerlei Gestalt und kannte viele Gesichter, daran war nicht zu zweifeln. Der Mahatma hatte sie dazu gebracht, die eigenen Exkremente fortzutragen und sie sauber und hygienisch zu vergraben; und diejenigen, die seit Generationen die Scheiße anderer Leute beseitigt hatten und Parias genannt worden waren, bekamen einen neuen Namen, wurden zu Harijans, Kindern Gottes. Ich selber sehe mich mit Vorliebe als verwandelten, verpflanzten und verklärten Harijan ehrenhalber, erklärte er seinem brahmanischen Freund, dem Professor. Ich führe das Gebot aus, soweit es für unsere Zeit von Belang ist.

Die blasse Glühbirne in der Zelle flackerte nicht und zuckte nicht. Sie hielt viel aus, so daß sie auch dann noch brannte, wenn stärkere Glühbirnen das schönste Feuerwerk versprühten, durchbrannten und ausgingen. Er fragte sich, ob Tag oder Nacht wäre und wie lange es her sei, daß der Fahrraddieb fortgeführt worden war. Seine Uhr war stehengeblieben, doch trug er sie immer noch am Handgelenk, sein Füllfederhalter steckte noch in seiner Tasche, und diese unglaubliche Episode würde morgen früh oder morgen abend vorüber sein, wenn der augenblickliche Tages- oder Nachtzyklus endete. Er würde vor Madames Bildnis die Knie beugen, frühere oder künftige Irrtümer bekennen, nach Hause gehen, noch eine Girlande um Madame winden und seine Kunden begrüßen. Badezimmerzubehör zu verkaufen, so hatte er seinem Freund, dem Professor, gesagt, sei ein ebenso ernster Witz, wie es aus kosmischer Sicht zweifellos auch die Teilung des Landes sei, die Leute wie ihn hinauskatapultierte in die Fremde und die *Jan Sangh* zur einzigen politischen Partei machte, die für ihn in Frage kam. Da er nunmehr zweimal zum Hindu gemacht worden sei – einmal durch seine Geburt und ein andermal durch die Politik –, habe er diesem Umstand die Krone aufgesetzt dadurch, daß er den Verkauf von Badezimmerzubehör zu seinem Beruf machte. Das sei seine Antwort auf das »Chi-chi-chi, nicht anfassen!« seiner wasserspülungsklolosen Kindheit und Jugend, ehe Unberührbare zu Harijan – Kindern Gottes – geworden seien, die allerdings immer noch Nachttöpfe säuberten. Er erinnere sich, wie seine Mutter warnend geschrien habe: »*Chi-chi-chi*, geh weg, mein Sohn, die Straßenkehrerin kommt, und wie soll sie an dir vorbei, ohne dich zu berühren?« und wie später ebendiese Frau am Wasserhahn im Garten gehockt und in aller Seelenruhe die Menstruationsbinden seiner Schwester ausgewaschen, das heißt, sie mit Reisern bearbeitet, immer wieder ausgespült und ausgewrungen und schließlich getrocknet hatte, bis die Binden wieder fein säuberlich zusammengelegt im Schrank seiner Schwester gelegen und nach Sonne geduftet hatten wie die andere Wäsche auch – nur daß die nicht vom Berührungstabu betroffen und deshalb vom *dhobi* gewaschen worden war. Später war Kotex aufgekommen und damit das Ende der Bindenwascherei unter einem besonderen Wasserhahn. Und so weiter. Wie die Zeit vergeht! Nun, darauf laufe letztlich alles hinaus, sagte er zu seinem Freund. Der Hinduismus bedürfe einer gewissen Gegensteuerung. Gandhi habe die Exkremente angefaßt, und er, Kishori Lal, habe alles Zubehör zu Nachttöpfen nebst zugehörigem Umfeld zusammengebracht. Was soll dann dieser doppeltgroße *tilak* auf deiner Stirn, wenn du ein Harijan ehrenhalber bist, hatte sein Freund wissen wollen. – Wer weiß, hatte K. L. erwidert, vielleicht tragen im All die Harijans *tilaks* und die Brahmanen saubere Nachtgeschirre und läßt das Zeitalter des Klos mit Wasserspülung immer noch, möglicherweise für immer, auf sich warten; mithin ließen sich alte Ungerechtigkeiten schon mal zurechtrücken und das Gleichgewicht einigermaßen wiederherstellen.

Der Fußboden wurde hart und unbequem, doch der beizende Geruch von der verstopften Toilette hinter der kniehohen Trennwand griff seine Nase nicht mehr so heftig an wie bisher, und er verstand, warum das Tabu der Unberührbarkeit sich jahrhundertelang erhalten hatte. Die Nase büßte nur wenig an Empfindsamkeit ein. Ohren konnten nur ein bestimmtes Maß an Lärm ertragen, dann versagten sie, es gab Trommelfellrisse, oder man wurde taub. Die Augen konnten einem brennen und weh tun, wenn man versuchte, sie zu überanstrengen und zu weit zu blicken. Sein mageres Hinterteil tat ihm weh und verkrampfte sich, und der Boden fühlte sich an, als ob er nackt darauf säße, aber Nasen, so schien es, machten einfach weiter. Er nickte abwechselnd ein und wachte wieder auf. Als er sein eigenes leises Geschnarche hörte, wußte er, daß er in einen tieferen Schlaf gesunken war, und dann, daß er von einer öffentlichen Versammlung träumte. Ausgerechnet er sollte eine Ansprache auf dieser Versammlung halten; so etwas hatte er noch nie getan. In der Sprache der Zeitungen, die der Zeit hinterherhinkten und in denen die Versammlungen von Madame beschrieben wurden, stand er vor einem grenzenlosen Meer oder einem unüberwindlichen Ozean – das kam ganz drauf an, welche Hindi-Zeitung man las, denn die hindisprachige Presse konnte mit einer Vielzahl interessanter Variationen des Themas aufwarten –, und es war er und nicht Madame, der auf dem unter großem Kostenaufwand errichteten Podium stand und die Augen über das Meer hinschweifen ließ, und es war seine Stimme, die da sprach. Sie sagte: *Bhaiyon aur behenon* – Brüder und Schwestern, eine durchaus übliche Art, eine Ansprache zu beginnen. Weit wichtiger jedoch war, daß er jeden Bruder und jede Schwester sehen konnte. So waren zum Beispiel die ersten fünfundsechzig Reihen links mit Moslems besetzt, und er erkannte sie mit derselben Unbeirrbarkeit, mit der schon seine Ahnen einen Muselman auf den ersten Blick erkannt hatten, auch dann, wenn sie ihn im Halbprofil oder auch nur einen kleinen Teil des Kopfes sahen. Die gefürchteten Kuhtöter, die Zerstörer von Götterbildern, die Verwüster von Tempeln, die man hörte, bis der Laut der trommelnden Pferdehufe auf den Bergpfaden verstummte und sie auf den Ebenen eine Spur von Blut und Gemetzel hinter sich zurückließen. K. L. erkannte sie, jetzt jedoch als Teil des Meeres, das sie bildeten. Oder, könnte man sagen, es war alles eine Eselslast von Wäsche, bei der die stolzesten und die bescheidensten Gewänder Seite an Seite lagen, die Menstruationsbinden genauso sauber und wohlduftend wie alles andere. Er konnte jedes einzelne Stück erkennen. Rechts saßen die Sikhs und die Buddhisten, die Dschaina und die Zoroaster verehrenden Parsen, und auf der gegenüberliegenden Seite die protestantischen und katholischen Christen sowie weiße und schwarze Juden aus Kotschin. Gleichermaßen erkennbar in ihrer unendlichen Zahl, die den größten Teil des Meeres ausmachte, waren die Kasten und Unterkasten nebst Unterunterkasten sowie die Unberührbaren seiner eigenen Religion, ganz zu schweigen von den Reihen der Agnostiker, Atheisten und Pessimisten, die nicht nur gottlos waren wie er selbst, sondern hoffnungslos.

Das Kameradschaftsgefühl überwältigte ihn, als er über sie hinwegblickte, seine Leute, die alle im selben Meer vereinigt waren und – erstaunlich! – zu ihm aufblickten. Seine schwache Stimme wurde von Mikrophonen aufgenommen und durch mächtige Lautsprecher weithin getragen; dafür bezahlt hatten Schieber und Kriegsgewinnler und Schmuggler, doch was soll's – wichtig ist einzig und allein die Botschaft. Doch statt nun die großartige, ausgetüftelte, allgemein gehaltene Ansprache zu beginnen, die die Partei, welche Mikrophone, Lautsprecher und Podium aufgestellt hatte, sowie die Zuhörer erwarteten – warum sagte er da, was er sagte? »Tut ihr es oder tut ihr es nicht?« wandte er sich mit der Unbestechlichkeit des Forschers an die Massen und ließ alle leeren Floskeln beiseite. »Braucht ihr Essen für eure Familien?« Und sofort brüllte das Meer zurück: »Das tun wir.« – »Braucht ihr Kleidung für euren Leib oder braucht ihr sie nicht?« fragte er, und wieder brandete die Antwort »Ja, das tun wir« in mehreren Stimmenwellen heran. »Braucht ihr ein Dach überm Kopf oder braucht ihr es nicht?« – »Ja, das brauchen wir«, rauschte es vom Wind getrieben herüber. »Dann«, sagte K. L., »seid ihr einverstanden, daß ihr zur Vergeltung all dieser Wohltaten zu tun habt, was euch befohlen wird, und wenn ihr es nicht tut, eure Adresse künftig die des Zentralgefängnisses von Delhi sein soll?« – »N-n-n-ei-ei-ei-n-n«, kam aus tiefstem Herzensgrunde der Aufschrei von allen gemeinsam. Er kam von links wie von rechts und aus der Mitte. Es war erstaunlich. Dies zu hören war etwas, für das Anthropologen und Soziologen sowie die führenden Köpfe der verschiedenen Fakultäten für die Erforschung von Entwicklungsgesellschaften liebend gern einiges gegeben hätten, für die Einmütigkeit dieses Schreis. Und um ganz sicherzugehen, stellte er über das ausgezeichnete Mikrophon der Schmuggler dieselbe Frage noch einmal, und wieder kam weithin hallend dieses »N-n-n-ei-ei-n-n«. Woraufhin K. L. die Arme reckte, sie in segnender Gebärde über das Meer von Menschenleibern hielt und seinem Volk erklärte, es verdiene, für immer frei zu sein, und frei werde es für immer bleiben. Die Freude stieg ihnen zu Kopfe, sie konnten sich nicht fassen vor Begeisterung und trugen ihn auf den Schultern die Gänge zwischen den einzelnen Gruppen auf und ab, verschränkten dann die Hände und bildeten einen Sitz für ihn, auf dem er sich niederlassen konnte. K. L. war so leicht, daß dieser Stuhl aus Menschenhänden und -armen ihn auf- und abhüpfen lassen konnte, während der Ozean von Stimmen jubelte und beim Vorüberziehen Hände seine Hand ergriffen oder seinen Fuß berührten oder auch nur seine *kurta*, um einen so heldenhaften Verkünder von Versprechungen zu berühren. Der Sprechchor »Frei-heit! Frei-heit!« wallte über ihm empor und senkte sich um ihn herum. Und während der Ozean an- und abschwoll, wurde seinem Ellbogen ein heftiger Stoß versetzt, und er wachte auf. Kishori Lal untersuchte seinen Ellbogen, der Gestank fiel wieder über seine Nase her, veranlaßte ihn, seinen leeren, sich verkrampfenden Bauch zu halten, doch die Rufe der Menge hallten noch in seinen Ohren wider, und gleich hinter der Tür stand ein Becher Tee. Die Stunden gingen weiter. Jetzt würde er rasch seine Sünden bekennen und gehen. Es wurde allmählich Zeit. Doch wann die Verwahrzelle aufgeschlossen wurde, wußte er nicht. Verschmutzt und abgerissen trat er vor die Teetrinker hin, die lustig wie immer wieder dabei waren, Tee zu trinken, und es fiel ihm plötzlich und ganz wie nebenbei ein, wie die Deutschen während des Krieges die russischen Gefangenen behandelt hatten – anders, ganz anders als die anderen Gefangenen aus dem Westen. Und als er vor dem Oberteetrinker stand, wußte er zweifelsfrei, daß Madame eine Deutsche war und er ein Russe. Jetzt endlich ging ihm auf, daß dies alles kein Traum war, sondern wirklich geschah.

# KAPITEL 16

Im Sommer nach Devs Hochzeit waren sie vor allem auf Vorschlag Marcellas nach London geflogen. Sie hatte in einem ihrer langen Briefe erklärt, es wäre wohl das beste, wenn Ram persönlich hinkäme, ehe er sich für den Vertrieb seiner indischen Moden durch eine bestimmte Firma entschied. Selbstverständlich war einer der Direktoren von ›Harrods‹ ein Vetter von Marcella. Sie selbst hatte übrigens Besseres getan, als einen Lord zu ehelichen. Sie hatte einen Mann geheiratet, der auf dem Bausektor ein Vermögen gemacht hatte, einen unmöglich gut aussehenden Gatten, der sie ›my darling‹ nannte, als ob er das wirklich so meinte, genau das richtige Pendant zu Marcellas Haar, das immer noch aussah wie beim Schein eines zunehmenden Mondes gewaschen und getrocknet. Dies war die Reise vor derjenigen, bei der London wirkte wie eine Galaschau praller, nackter, minirockumwandeter Schenkel aller Altersklassen. England war – was die Schenkel betraf – immer noch das, was es immer gewesen war, wenn auch nur in dieser Hinsicht; da mußten erst die Miniröcke kommen, um auch sämtliche anderen Veränderungen sichtbar zu machen. Damals jedoch schienen Musik, Filme und Witze immer noch von der vertrauten Sorte zu sein, und förmliches Verhalten war immer noch eine Selbstverständlichkeit. Marcellas Wohnzimmer war sehr förmlich eingerichtet, stellte eine überlegt gestaltete Waldlandschaft en miniature dar, eine Fülle blühender Topfpflanzen vor der schwelgerischen Opulenz sehr vertrauter, matt schimmernder Goldgewebe. Viele Meter von Ram ausgesuchten Materials der Firma Ram-Rose, Neu-Delhi, hatten hier Verwendung gefunden. Und Marcella wirkte in dieser Umgebung wie ein schimmerndes goldenes Pferd: langgliedrig, alterslos, mythisch in schmal geschnittenem Sackkleid. Ram und sie in einem Wohnzimmer, das sie gemeinsam geplant hatten; außer ihnen waren natürlich auch noch Rose und Brian dort. Ram und Marcella jedoch wirkten wie eingehüllt in Frieden und Zufriedenheit, als wäre wirklich jeder Hunger gestillt, was schließlich genau das war, wozu eine Affäre führen sollte, zu Briefwechsel und Freundschaft. Das Hobby von Marcellas Gatten war ein ganzes Jahrhundert. Er genoß es, sich unterhaltsam bei eiskalten Martinis, Lammrücken und Erdbeeren über Barock und Rokoko auszulassen, über die Unterschiede zwischen beiden Epochen und darüber, warum der eine Stil auf den anderen gefolgt war. Brians Hobby war nicht ein Jahrhundert von Anfang bis Ende, sondern umspannte hundert Jahre von der Mitte des einen Jahrhunderts bis zur Mitte des nächsten. Barock und Rokoko wären ohnehin chinesisch hoch zwei für Rose gewesen, doch die Art, wie er die Stile erklärte, leuchtete ein, daß nämlich alle Ludwig XIV. und seines in seiner Größe überwältigenden Versailles' überdrüssig gewesen wären und sich danach gesehnt hätten, zur Abwechslung etwas Kleines und Überschaubares um sich herum zu haben. Alle guten Geschichten schlagen einen in den Bann, und Brian war ein guter Geschichtenerzähler. Abgesehen davon, daß sie sich gegenseitig ›darling‹ nannten, sahen sie einander auch noch so strahlend an. Das war schon etwas, worauf man bauen konnte. Marcella mochte wie gebündeltes Mondlicht aussehen, hatte jedoch begriffen, daß Ehen gleichsam aus Asbestzement bestehen mußten, wenn sie von Dauer sein sollten – was bei der ihren offensichtlich der Fall war. Und wie stehe ich zu Marcella, jetzt, wo alles schon so lange her ist, fragte sich Rose und beäugte die Erdbeeren, für die Brian-darling ihr gerade die Sahne gereicht hatte, als

Marcella-darling ihr Champagnerglas hob, um einen klitzekleinen Toast auf sie vier auszubringen. Rose stieß mit Vergnügen darauf an, überlegte dann jedoch wieder, wie sie eigentlich zu dieser Affäre stand, die für sie ein von einem Moskitonetz umhüllter Gemütszustand war. Ein Moskitonetz, durch das ein exotischer Mond ihr ein Loch ins Hirn brannte, während propellergetriebene Insekten ihre Ohren malträtierten, bis sich endlich Schritte auf der Treppe vernehmen ließen, die vom heimkehrenden Ram stammten, woraufhin sie erschöpft in den Schlaf sank und wußte, wo immer er gewesen war, er war wieder da. Angefangen hatte die Affäre damit, daß die gegenseitige Anziehungskraft gebieterisch ihr Recht forderte, und das Ende war genauso unausweichlich gekommen wie das des Empire – weil es nicht mehr anders ging. Das Ende hatte etwas zu tun gehabt mit dem Kommen und Gehen von Schiffen, die durch den Suezkanal fuhren, der Begegnung und Trennung von verschiedenen Rassen, mit leidenschaftlich begonnenen Beziehungen, die pünktlich gerade dann endeten, wenn die Glocke schlug und die Schiffe ablegten. Anfang wie Ende hatten eine Bedeutung besessen, die sie verstand. Wie hätte sie es verhindern oder sich anders als hilflos fühlen sollen, wo doch alles so völlig unvermeidlich gewesen war? Doch jetzt, da der akute Schmerz längst vorbei war, konnte sie dieses spinnwebfeine Geschöpf bewundern, das als einziges in der Welt Ram jemals um- und umgekrempelt hatte, konnte ihren Champagner trinken und sich am Barock und Rokoko ihres Gatten ergötzen.

London war eine zu große Hetze gewesen. Ram hatte noch spät in der Nacht, nachdem sie ins Hotel zurückgekehrt waren, im Lichtkreis einer Lampe gearbeitet, war noch vor ihr wieder aufgewesen und hatte beim Morgentee schon Kalkulationen gemacht. Rose hatte sich die Füße wund gelaufen, um Kunstgalerien mit ihm zu besuchen, und da Brians Vorträge über Barock und Rokoko so interessant gewesen waren, hatte sie ihn samt Ram und Marcella zu einer Rokoko-Ausstellung begleitet. Ihr Entzücken war ganz spontan gewesen, als sie den rosig schimmernden Salon mit seinem elfenbeinhellen Porzellan, seinem Gold und Silber und seinen Tapeten und den Möbeln betrat, die gleichsam auf Zehenspitzen gingen wie Primaballerinen. Schlanke Säulen zu beiden Seiten einer Tür wiesen verschnörkelte Kapitelle auf; Spiegel saßen in verschnörkelten Rahmen. Alles war in verkleinertem Maßstab da, genau so, wie Brian es erzählt hatte, alles Gekünstelte weggenommen, Tradition auf ein Maß reduziert, das man begreifen konnte. Dieser Unterschied zwischen Ram und Marcella, dachte Rose, damals und heute. Allumfassende Leidenschaft, reduziert auf eine reizende, freundliche, familiäre Vertrautheit, das zierlich Dekorative von Dingen, die einst groß gewesen waren. Da konnte man zurücktreten und den Anblick genießen, statt völlig untergebuttert zu werden. Dafür war es Rams London, es gehörte ganz und gar ihm. Ihr eigenes war viel einfacher gewesen und lag, genauso wie ihre Eltern, unter Bomben begraben, in nüchternen Zahlen ausgedrückt: zwei von sechzigtausendfünfhundert Zivilisten, die umgekommen waren. Ich werde dir die Zahlen besorgen, wenn du möchtest, hatte Ram ihr gesagt, bloß, wozu das alles aufwärmen, meine Liebe; du regst dich nur furchtbar auf. Dennoch half es ihr irgendwie, den unbegreiflichen Tod ihrer Eltern an einem Haken der Realität aufzuhängen. Nicht nur zwei von ihr innig geliebte Menschen waren umgekommen, sondern sechzigtausendvierhundertundachtundneunzig andere waren in einem Blutbad getötet worden, das vom Himmel heruntergekommen war.

Sie hatte ihr altes Viertel aufgesucht, war eine Zeile neuer Häuser entlanggegangen, froh, daß der Schaden wieder behoben war; nur, daß es jetzt keinen Ziegel und keinen Kiesel mehr gab, der sie mit der Vergangenheit verband. Übelkeit und Schwindelgefühl befielen sie, als sie auf dem Bürgersteig stand, Straßen und Neubauten verschwanden, und sie stand auf einer kaum mehr wahrnehmbaren, verschmierten Bleistiftlinie hoch über einem Abgrund zwischen zwei Felsen, ganz der Gewalt eines zunehmenden Windes preisgegeben und durchdrungen von den gleichen Empfindungen, die sie – die Eltern – erfüllt haben mußten, als sie darauf warteten, vernichtet zu werden. Sie griff sich an den Kopf und drückte fest zu. Ein Schrei durchzuckte sie, klebte an Knochen und löste sich in Knorpel auf, schloß das Entsetzen in ihr ein. »Alles in Ordnung mit Ihnen?« Ein Mann mit einer Schubkarre blieb stehen, um sich nach ihrem Befinden zu erkundigen. Unsicher auf den Beinen, lächelte sie. »Ach, nur ein bißchen Kopfweh, das ist alles. Muß am Wind liegen.« Er warf einen Blick hinauf zu einem ruhigen, klaren Himmel, sah dann mit freundlichen blauen Augen wieder sie an. »Sie haben Fieber, würd' ich sagen. Sie sollten nach Haus gehen und sich ins Bett legen.« Rose hob die Hand und faßte sich an die Wange, und die war kühl, kalt sogar. Was ein Erinnerungsstück betraf, ein Teil von einem Straßenschild etwa oder ein Stück Metall, das von der Druckwelle der Bombe völlig verbogen war, kam sie um Jahre zu spät – es gab nichts mehr, sie daran zu erinnern, daß sie und ihre Eltern hier gelebt hatten. Sie machte kehrt und schickte sich an, zur Bushaltestelle zurückzugehen. Der Mann mit der Schubkarre, der auf der anderen Seite der Straße irgendwelche Reparaturen auszuführen hatte, sah zu, wie sie die Hand an die Wange hob und nickte, als die Hand diese erreichte, und dann ging, sich an der Haltestelle hinten in der Schlange der Wartenden anzustellen; es war, als hätte er sie durch eine gefährliche Leere hindurchgeleitet. So freundlich er gewesen war, es war jetzt zu spät, mit einem Fremden, der vermutlich mit mehr Trümmern als denen von Roses Vergangenheit fertiggeworden war, über ihren persönlichen Verlust zu reden. Wie entging man dem heulenden Elend? Wie fand man sich damit ab? Das ging nur, wenn man es so machte, wie Rams Vater es getan hatte, und netterweise vernünftig und genau zum richtigen Zeitpunkt starb. Der Bus kam, nahm sie in seinen bekannten und begrenzten Raum auf und fuhr weiter. Spielt es denn eine Rolle, wenn es kein Mensch weiß, daß ich – nachdem ich einmal ausgestiegen sein werde – hier gesessen habe? dachte Rose. Ich weiß, daß ich, Rose, hier gesessen und dort weiter unten in dieser Londoner Straße gelebt habe, bis ich zwanzig wurde. Auch wenn die Häuser weggeblasen worden sind, bedeutet das noch lange nicht, daß es diese Rose bis zwanzig niemals gegeben hat. Doch hier in diesem Bus gesessen zu haben war selbstverständlich noch nicht das Ende der Geschichte. Denn jetzt würde eine Zeit kommen, da sie nicht hiersein würde, und dann würde da wirklich nichts mehr sein, kein Stück Schrott, kein Kieselstein und kein Kind, um daran zu erinnern, daß sie hiergewesen war – nichts. Das Hotelrestaurant mit den kunstseidenen altrosa Tischdecken, auf denen für den Lunch kleine Vasen mit rosa Nelken prangten, hatte etwas von der Künstlichkeit einer Bühnendekoration und würde auch dann, wenn sie nicht mehr hier war, um zu Mittag zu essen, noch genauso aussehen. Nichts würde beweisen, daß sie hiergewesen war.

»Ich denke, ich habe hier jetzt alles erledigt«, sagte Ram eines Abends, an dem es, wie immer, sehr spät geworden war.

Rose hatte ihre Füße in heißem Wasser gebadet, sich das Gesicht eingecremt und war bereits ins Bett gegangen. Sie war schon im Einschlafen begriffen, als er unvermittelt sagte: »Wenn du nicht zu müde bist, würde ich gern etwas mit dir besprechen« – um dann, ohne ihre Antwort abzuwarten fortzufahren, er habe darüber nachgedacht und er sei überzeugt, es würde für sie beide das beste sein, wenn sie eine Zeitlang getrennt lebten. Sie riß sich immerhin so weit aus dem Schlaf, um zu sagen, warum reden wir nicht morgen früh darüber? Es war unmöglich, zu nachtschlafender Zeit noch mal mit einer Art Barockphase zurechtzukommen, als was dies, wie der Instinkt ihr sagte, sich wohl erweisen könnte. Ram hatte seit Monas Tod immer einen bedrückten Eindruck gemacht. Und nie würde sie die tiefe Niedergeschlagenheit vergessen, die ihn nach Marcella befallen und alles ausgelöscht hatte, sogar das Geschäft und alles, was zuvor gewesen war. Tragisches hüllte Ram ein wie Binden eine Mumie, die sich Lage um Lage um ihn herumwickelten, bis er keinen Muskel mehr rühren konnte, geschweige denn, einen Gedanken fassen oder mit einer Krise fertig werden. Was immer es jetzt war, das ihn quälte, es konnte gewiß bis nach einem reichhaltigen Frühstück morgen warten. Doch morgen, so erklärte er, würde er seine gesamten geschäftlichen Unterredungen zum Abschluß bringen, alles für ihre Abreise vorbereiten, und wenn sie wieder daheim wären, würde er alle Hände voll damit zu tun haben, das neue Unternehmen zu lancieren; deshalb sei jetzt der beste Zeitpunkt. Rose setzte sich im Bett auf und wartete; ihr Gesicht glänzte von der Creme für trockene Haut.

Er müsse, sagte er, über sein Leben nachdenken und mit sich selbst ins reine kommen. Es würde sich um eine Trennung handeln, nicht um eine Scheidung, und sie werde alles haben, was sie wolle. Er müsse eine Zeitlang allein sein. Für seine neue Phase, dachte sie, und neue Phasen seien nun mal verbunden mit alten, seine mit Monas Tod im vorigen Jahr und der Heirat ihres Sohnes, Dev, vor ein paar Monaten. So was ist doch sinnlos in unserem Alter, wollte sie sagen, aber Ram haßte es, an sein Alter erinnert zu werden. Außerdem mußte Ram es ernst meinen, denn in solchen Dingen spaßte er nie.

»Ist es Marcella?« fragte sie, wohl wissend, daß das nicht sein konnte.

»Wie sollte sie es sein? Sie ist glücklich verheiratet«, erklärte Ram. »Es ist nicht so, wie du meinst.«

Worum es allem Anschein nach ging, war, daß er sich selbst frei (und rein?) halten wollte, damit er und Marcella so etwas wie die vollkommene *Gemeinsamkeit* erreichen könnten. Eine Affäre hatte Rose es die ganze Zeit über genannt, doch wenn es *die* Affäre gewesen wäre, die klassische ursprüngliche, der Modellfall für alle anderen, konnte sie nicht einfach in Briefewechseln und Stoffe-für-die-Wohnzimmereinrichtung-Aussuchen münden. Dieses Wiedersehen mußte sie weiterbringen, mußte ihn zu einem Verehrer vor ihrem Schrein machen, der kniete oder vor ihrem Bildnis auf dem Bauch lag. Einst hatte er alle Göttinnen angebetet, jetzt nur noch eine. Damit brauchte er Marcella und Brian nicht im geringsten zu stören. Ram würde es sein, der die Kerzen entzündete und das Weihrauchfaß schwenkte, das härene Gewand anzog und die Gelübde hielt. Natürlich mußten er und Marcella darüber geredet haben und all dies in ihre Kalkulationen für die neue Boutique bei ›Harrods‹ hineinverwoben.

Wir beide haben so viel Gemeinsames, sagte Ram gerade, als hätte er eine bedeutende Entdeckung gemacht, das muß am Leben erhalten werden. Es gibt da so viel Geistiges, das uns miteinander verbindet. Ich weiß nicht, ob du das verstehen kannst, sagte er, aber es gibt eine Art von Begegnung, die immer intensiver wird. Er zitierte:

*Sie ging davon, doch als der Herbst kam,*
*Schlug sie viele Tage,*
*Viele Tage und viele Stunden lang*
*Meine Vorstellungskraft in ihren Bann.*
*Manchmal befällt mich darob immer noch Erstaunen*
*Zu kummervoller Mitternacht,*
*Zur Zeit der Mittagsruhe.*

Kein Mensch hat es besser ausgedrückt als Eliot. Jede Beziehung zeichnet sich durch etwas ganz Besonderes aus, Rose, darling... Ja, ich weiß, sagte Rose unvermittelt. Er machte ein etwas verletztes Gesicht, fuhr aber fort. Nun, das ist gut. Ich hab' gewußt, du würdest es verstehen. Und jetzt, wo wir darüber geredet haben, braucht dich nichts mehr zu kränken, fuhr er – ganz Gentleman – behutsam fort. Seine Pläne für seine geistige Liebe zu Marcella versetzten Rose wieder auf die Bleistiftlinie zwischen zwei hohen Felsen, den Abgrund unter sich. Die Felsen schmolzen nur in dem warmen Sonnenschein auf einer Straße dahin, die ihr nicht mehr vertraut war; sie stand dort, wo einst ihr Zuhause gewesen war. Als Ram sie wach schüttelte, damit sie aufhörte zu weinen, erzählte sie ihm von ihrem Besuch dort. »Ach, meine Liebe, wie furchtbar für dich!« Und ehe es zu einer Fortsetzung ihres quälenden Traums kommen konnte, lagen sie eine Zeitlang in der Wärme des Hotelbettes wach nebeneinander; kaum ein Laut der Londoner Nacht jenseits der weißen Rüschengardinen drang zu ihnen, und Rose war dankbar für abgeschlossene Räume, die Sicherheit und Behagen brachten, wie der Bus, wie dies Bett.

Am nächsten Morgen war Rose außerstande, bei Rams reichhaltigem Frühstück mitzuhalten. Endlich gelang es ihr, Sonali zu bewegen, von Oxford herunterzukommen und mit ihr zu Mittag zu essen. Sonali war während des Essens bedrückt, und hinterher, oben, im Schlafzimmer, weinte sie. Ach Rose! Ach Rose... und brachte kein weiteres Wort mehr hervor. – Dir würde es guttun, mir dein Herz auszuschütten, sagte Rose. – Ich weiß, insbesondere dir, heulte Sonali. Es ist nur so, daß alles aus ist zwischen mir und Ravi. Ich weiß jetzt, daß eine vollkommene Beziehung die einzige ist, die man nicht haben sollte, sagte sie, das ist die einzige, die beim geringsten Anlaß in die Brüche geht. – Aber was ist der geringste Anlaß? fragte Rose. Offenbar waren sie beide daran schuld, doch zum definitiven Bruch war es gekommen, weil sie sich nicht über Phase drei und vier des marxistischen Prozesses einigen konnten, was immer das sein mochte, und insbesondere nicht darauf, was mit Künstlern, Schriftstellern und Denkern an diesem Punkt geschah. Und jetzt faßte Sonali sich wieder soweit, daß sie bis ins Detail erklären konnte, was geschehen sollte, doch in Phase vier der Revolution eben nicht geschah. – Aber es ist doch von einer Revolution weit und breit nichts zu sehen, daß ihr euch deswegen verkrachen müßt, sagte Rose; warum nicht so lange zusammenbleiben, bis es wirklich nicht mehr geht? – Das hab' ich ja auch gedacht, aber er ist so starr und so rechthaberisch! Diese Selbstbezogenheit! Wenn ich ihn heiratete, müßte ich dauernd zu allem ja und amen sagen. Natürlich heiraten wir nicht, und ich glaube auch, er liebt mich nicht mehr; aber ich, ich liebe ihn noch immer, ach, Rose!

»So, jetzt putz dir mal die Nase, Kleines. Hab' ich das richtig gehört, daß er plötzlich aufgehört hat, dich zu lieben, wegen Phase drei und Phase vier?« Verwirrt sah Sonali sie durch tränenverschleierte Augen an. »Nun ja, ich denke schon.« Sie schüttelte die Kissen auf, in die sie hineingeweint hatte, strich sich den Rock glatt und putzte sich gehorsam die Nase. »Ja, ja, das ist es, auf die kürzeste Formel gebracht, sozusagen. So habe ich es nie gesehen.«

Da Gründe und Absichten anderer Leute wie die des Allmächtigen unheimlich und unergründlich waren, wurde kein Wort mehr darüber verloren. Sie machten einen Spaziergang in die Kensington Gardens, fütterten Enten und sahen Kindern beim Papierschiffchenfahren zu. Und während wir – wir beide, wie Rose dachte – einträchtig auf einer Bank sitzen, ist in einem anderen Teil der Stadt Ram dabei, Pläne zu schmieden, wie er uns möglichst schmerzlos auseinanderbringt, und Ravi – von der Wahrhaftigkeit der Liebe gepackt oder auch nur von Wahrhaftigkeit – benutzt Karl Marx, um davonzukommen. Hat nicht genug rotes Blut in den Adern! Sie hatte nie einen Menschen gekannt, der blaß wirkte wie Marcellas ›Pale dry sherry‹. Sonali kniete im Gras und versuchte, ein Boot zu retten, das sich in einem Schilfbüschel festgesetzt hatte, und es seinem kleinen Besitzer, der vollkommen außer sich war, zurückzugeben, und Rose beneidete sie um ihre Jugend, ihre Tatkraft und ihre Empörung.

In einem Antiquariat, in dem Sonali später am Nachmittag nach älteren Büchern über den Marxismus stöberte, fand Rose ganz zufällig in einer Schachtel mit Bildpostkarten und Broschüren ›L'Embarquement pour l'île de

Cythère‹ von Jean-Antoine Watteau, 1684–1721. Die dazugehörige Broschüre informierte über Stil und Komposition des Gemäldes. Die Schiffsreise sei eine mythische Suche, hieß es darin, und Kythera ein Paradies, ein unmöglicher Traum, dem Pilger entgegenziehen, ohne es jemals zu erreichen. Sie nahm die Postkarte in die Hand und betrachtete sie forschend. Sonali, die das Bild über Roses Schulter hinweg sah, durchlief ein Schauder, und sie sagte: »Uff!«

»Ich finde es sehr hübsch«, sagte Rose, die stets Schwierigkeiten hatte, ihren Gefühlen durch Worte Ausdruck zu verleihen. Die Worte waren in ihrem Kopf vorhanden wie Lieder, die sie kannte, aber nicht singen konnte.

»Künstlerisch ja, gewiß. Aber diese gepuderten Perücken und das Rouge, herausgeputzte Aristokraten, die umhertollen und so tun, als wären sie Schäfer, und in einer kleinen Traumwelt leben. Uff! Kein Wunder, daß sie auf der Guillotine endeten; etwas weniger Dramatisches hätte sie nie aus ihren albernen Phantasien herausgerissen.«

»Armer junger Mann, lange gelebt hat er nicht«, meinte Rose und drehte die Postkarte um.

»Wer?«

»Der es gemalt hat.«

»Ach, wirklich? Nun ja, Rokoko; die Stilrichtung war mit der Französischen Revolution sowieso zu Ende. Wie hat nur all dieser mythische Unsinn den ganzen Sturm überstehen können?«

Aber er war da, in Form eines Bildes, in einer Buchhandlung und in Roses Hand, und in dem Salon, den sie mit Brian besucht hatte, für immer in einen Schrein eingeschlossen. Das Wehmütige an der Szene in ihrer Hand machte sie betroffen. Königlich in Samt und Seide gekleidet, in einem Märchenland, in dem selbst die Bäume wie verwunschen wirkten, warteten sie darauf, Segel zu setzen, um eine Insel anzusteuern, die sie nie zu Gesicht bekommen sollten, und das mit diesen in der Nähe ankernden Zauberkähnen, damit es so aussah, als handelte es sich um eine echte Schiffsreise! Die Revolution mochte dem Rokoko den Garaus gemacht haben, aber hatte sie, wie Sonali sagte, auch Mythen zerstört? Mythen waren das Unverwüstlichste von allem. Mythen sind das, woraus wir gemacht sind, hatte Sonalis Vater oft gesagt; und es gab mehr als nur die Geschichte, um das zu beweisen; da war Marcella.

Nachdem Sonali so mannhaft nach ihren Marxismus-Büchern gestöbert hatte, brach sie im Hotel plötzlich nochmals zusammen und sagte, sie könne keinen einzigen Tag dieses Semesters mehr ertragen. Rose hätte nicht im geringsten gewußt, was sie mit dem Kind machen sollte, hätte nicht das Telefon geklingelt. Es war – das konnte nur ein Wunder sein – Ravi, der Sonali von der Hotelhalle aus mit furchtbar jämmerlicher Stimme anrief. Hingerissen setzte Sonali sich auf.

»Er ist auf dem Weg nach oben. Jetzt reiß dich zusammen und geh mit ihm zum Dinner«, instruierte Rose sie.

»Aber du kommst mit«, beharrte Sonali, und Rose ließ es sich nicht zweimal sagen. Ram kam an diesem Abend noch später als sonst, und es hatte etwas Belebendes, mit den beiden zusammenzusein, ihre strahlenden Blicke aufzufangen: Kinder, die Liebe spielten, die nicht wußten, was für ein gefährliches Spiel sie da trieben. Mit einer Intensität, die sie selbst erstaunte, hoffte sie, daß alles, was immer mit den Phasen der Revolution schiefgelaufen war, wieder in die Reihe kommen würde.

# KAPITEL 17

Am liebsten hätte K. L. dem Mann, der ihn verhörte, versichert: Jetzt hören Sie mal gut zu, mein Lieber: Nicht nur, daß ich *kein* Revolutionär bin – Forscher, die zu Ladenbesitzern geworden sind, sind das nie –, ich habe auch nie die *Zeit* gehabt, einer zu sein. Wie hat diese Frage nur auftauchen können? Ein größerer Umbruch im Leben, das reicht; und haben Sie, mein guter Mann, jemals fünf Mitgiften verdienen müssen? Wer eine große Persönlichkeit des öffentlichen Lebens sein will – und was ist ein Revolutionär, der den Massen dient, anderes? –, der muß aufhören, Privatmann zu sein, und jemand anders dafür sorgen lassen, Schulgeld und Mitgiften zusammenzukratzen. Nur spürte K. L., daß sich die Hiebe mit der geflochtenen Peitsche als tiefe Striemen in seinen Rücken fraßen, und er sank benommen zu Boden. Der Monolog vollzog sich in seinem Kopf, nachdem er wieder in der Zelle war, wo er immer wieder versuchte, alles zu erklären; denn alles hing davon ab, sich in diesem Punkt verständlich zu machen; es lag doch alles klar auf der Hand. Dem Himmel sei Dank, waren Peitschen nicht das, was man eine Folter nennt. Ganz gewöhnliche Dorfschulmeister benutzen den Rohrstock, und so war K. L. heute dankbar dafür, daß er ihn in seiner Jugend so viel zu schmecken bekommen hatte. Bis jetzt hatte er alles aushalten können, auch wenn er kein Schuljunge mehr war und es sich nicht um den Rohrstock eines Lehrers handelte. Die richtige Folter stand ihm noch bevor. Aus den Berichten von Amnesty International ging hervor, daß es eine jedermann zugängliche Folterfibel gab, die in klassischer Form, reich und detailliert illustriert, von Land zu Land und von Ideologie zu Ideologie ging – das Wissen um Foltermethoden wurde freigebig jedem zur Verfügung gestellt, der wollte. Da griffen Regierungen alle auf dieselbe schillernde Schatztruhe zurück. Schätze, auf die K. L. liebend gern verzichtet hätte, waren: an den Füßen aufgehängt zu werden, Stöcke, die einem in den After gestoßen, brennende Zigaretten, die an besonders empfindlichen Körperteilen ausgedrückt wurden, und vieles, vieles andere mehr. Infolgedessen war es notwendig zu erklären, von Umsturz und Gewalt nichts zu halten, und daß sie, wenn sie nur zuhörten, begreifen würden, daß alles nur ein schrecklicher Irrtum war, der auf den Übereifer der Polizisten aus Haryana zurückzuführen war, die Madame mit der Ergebenheit ihres Obersten Ministers beeindrucken wollten.

Selbstverständlich glaube ich an gesellschaftlichen Wandel, hatte er dem Mann erklären wollen, der ihn verhörte, und an friedliche Veränderungen; doch wie kann ein Niemand, ein Insekt wie ich, etwas bewirken, wenn nationale Gestalten, die das ihr Leben lang versucht hatten, gescheitert waren? Er dachte an die Massen, an die J. P. sich kurz vor dem Ausnahmezustand in den Universitäten gewandt hatte; er hatte sie aufgefordert, die Hand zum Schwur zu recken und zu geloben, nie eine Mitgift anzunehmen. Die gesamte Studentenschaft einer jeden Universität hatte die Hände hochgehalten, doch als J. P. nachdenklich gesagt hatte: Seid ihr auch keine Heuchler? Werdet ihr wirklich nicht hingehen, jeder einzelne von euch, und sagen, ich will ein Motorrad, ich eine Sitzgarnitur, ich einen Kühlschrank ... und zwar *noch zusätzlich* zu der vereinbarten Mitgift? Werdet ihr keine großen Forderungen an eure zukünftigen Schwiegereltern stellen, nach einem Haus, einem Auto, einer Auslandsreise, falls ihr auch das noch herausquetschen könntet, nun, werdet ihr das tun oder nicht? – da hatte betroffenes Schweigen geherrscht.

Keiner hatte es laut geleugnet, keiner sich verpflichtet, nichts war geschehen. Denn genau das war es, was diese verlogene Bande tun würde: sich den üblen Gepflogenheiten anschließen, die sie öffentlich laut verurteilten. Das eine war für die Öffentlichkeit bestimmt, das andere galt fürs Privatleben; da machten sie es genauso, wie ihre Eltern es gemacht hatten, und J. P. hatte sie allesamt durchschaut gehabt. K. L. war einer von den Dutzenden von Leuten gewesen, die nach der Versammlung darauf gewartet hatten, noch ein persönliches Wort mit J. P. sprechen zu können, in der ›Gandhi Peace Foundation‹, in der er wohnte, und als er an der Reihe war, hatte er gesagt: »Entschuldigung, aber ich begreife nicht, wie Sie das Mitgiftsystem jemals abschaffen wollen, wenn wir nicht – verzeihen Sie den unorthodoxen Vorschlag –, wenn wir nicht zuvor aufhören, Ehen zu arrangieren. Die Arrangements sind es, bei denen das Geld ins Spiel kommt, die dazu führen, daß Verträge geschlossen werden, du gibst mir dies, dann gebe ich dir das. Aber wenn zwei Menschen heiraten, weil sie sich *lieben*, wozu braucht es dann noch eine Mitgift?« J. P. hatte gelächelt und gesagt, das eröffne eine neue Sehweise; vielleicht sollten wir die Sache auf diese Weise angehen. J. P. und K. L., die sich mit den Anfangsbuchstaben ihrer Namen anredeten, hatten dann ein paar Minuten erfrischend unkonventionell miteinander geredet, woraufhin K. L. Mut gefaßt und erklärt hatte, daß Madame ihre paramilitärischen Einheiten in so großem Maße gegen friedliche Demonstrationen einsetze, lege den Schluß nahe, daß sie auf autoritäre Herrschaft aus sei, woraufhin J. P. bekümmert gemeint hatte: Ja, ich kann das nicht verstehen. Ihr Vater war ein großer Demokrat, ein Held, für mich wie ein älterer Bruder; es ist, als wäre sie meine Tochter. – Doch dann hatten die Beamten seiner Tochter J. P. mitten in der Nacht aus dem Bett geholt und ihn ins Gefängnis geworfen, womit das ganze erschreckende Mißverständnis begonnen hatte, das ihn, K. L., in dieser Zelle hatte landen lassen. Aber hören Sie doch, guter Mann, setzte er fiebrig nochmals zu einer Erklärung an, als der andere Gefangene, der etwa in seinem Alter stehen mußte und vor Schmutz und Unrasiertheit nicht zu erkennen gewesen war, aufwachte und stöhnte und dieser erste Laut, den K. L. überhaupt von ihm hörte, ihm klarmachte, daß es sich um ein junges Stöhnen handelte.

Er war vermutlich jünger als K. L.s jüngster Sohn, weshalb er sich die Freiheit herausnahm, ihn mit ›Sohn‹ anzureden und ihn zu fragen, warum er denn hier sei – als ob irgend jemand von ihnen das wüßte! Wegen seiner Mitgliedschaft in der Marxistischen Partei, sagte der Junge und berichtete, welche Kunststücke und Verrenkungen man gemacht hätte, um ihn zu verhaften. Die Polizei hatte die Nehru-Universität gründlich durchkämmt und marxistische Gefangene gleich lastwagenweise weggekarrt. Ihn jedoch hatten sie nicht zu fassen bekommen, bis er eines Tages, als er dachte, sie wären fertig mit dem Durchkämmen des Campus, in sein Zimmer im Wohnheim zurückgekehrt war und sie sich auf ihn gestürzt hatten. Er war aus seinem Zimmer herausgeflitzt und den Korridor hinuntergelaufen. Zwei Polizisten hatten ihn ergriffen und ihn über ihre Köpfe in die Höhe gehalten. Ich muß ausgesehen haben wie eine Windmühle, sagte der Junge, wie ich da über ihren Köpfen mit Armen und Beinen gestrampelt und um mich geschlagen habe. Als es durch die Haustür ging, für die ich viel zu breit war, bin ich mit Armen und Beinen dagegengeknallt, doch sie haben mich trotzdem nicht abgesetzt. Als sie mich in den Polizeiwagen steckten, trat ich immer noch mit den Füßen, und eines meiner Beine schaute zum Fenster hinaus und wäre mir ums Haar abgeschlagen worden, als es beim Hinausfahren gegen den Torpfosten krachte. Glauben Sie mir, ich habe geschrien, daß es den Großmüttern der Polizisten noch auf dem Totenbett in den Ohren klingen muß. Als sie mich beim Gefängniseingang aus dem Wagen zerrten und mir befahlen, vor ihnen herzugehen, dachte ich, das ist mein Ende; gleich hast du eine Kugel im Genick, so, wie sie es vor drei Jahren mit den Naxaliten* in Bengalen getan haben, peng, peng, peng. Doch sie haben mich nicht niedergeschossen. Und Sie? fragte er, wie hat man Sie hierhergebracht? K. L. beschrieb seine vergleichsweise undramatisch verlaufene Verhaftung, während der Junge sein fast gebrochenes Bein umklammerte und den Kopf auf die Knie legte. – Wieso hast du dich nur erwischen lassen, fragte K. L. völlig überflüssig. – Ich hatte ja keine Ahnung, daß ich in Gefahr war, erwiderte er. Ich hatte mich vor Jahren den Naxaliten angeschlossen, doch dabei ist nie was herausgekommen, und da bin ich wieder ausgetreten und habe mich meinem Studium gewidmet.

K. L. ging auf, wie beklagenswert wenig er von der politischen Szene und dem Überangebot an politischen Parteien wußte – es gab sogar zwei kommunistische Parteien. Die eine, die C.P.I., wurde, wie er wußte, von Moskau unterstützt und stellte jetzt einen Satelliten von Madames Partei dar, wohingegen die unabhängige Marxistische Partei gegen sie opponierte. Abgesehen von der Tatsache, daß viele von den politisch Aktiven zusammen mit den Naxaliten niederkartätscht worden waren, um es Madames Partei vor drei Jahren in Bengalen zu ermöglichen, die Wahlen zu gewinnen, wußte er wirklich nicht viel von ihnen. Nun, das Gefängnis bietet die große Chance, sich zu bilden und Bücher zu schreiben, wie Pandit Nehru einmal meinte, nur, daß es sich dabei um eine andere Art von Gefängnis gehandelt hatte, in dem einem Bleistift und Papier zur Verfügung gestellt wurden und das Tageslicht durch ein Fenster hereinfiel. Dennoch mußte K. L. versuchen, das Beste daraus zu machen, und das tat er. Der Junge erzählte ihm, er habe vor Jahren ernsthaft versucht, eine Revolution zu machen, es dann aber vorerst entmutigt aufgegeben und beschlossen, sein Studium fortzusetzen. Aus

* Politische Bewegung, die von Maos Idee eines von den Bauern getragenen revolutionären Kampfes inspiriert worden war. A. d. Ü.

der Revolution sei deshalb nichts geworden, weil man einer völlig falschen Strategie gefolgt war. Mit Bauern wäre in der Beziehung einfach nichts anzufangen. Tatsache sei, daß er immer und immer wieder versucht habe, sein Dorf im östlichen Bihar aufzurütteln: Hey, du, Freund, Bruder, Genosse, kommt, laßt uns einen Anfang machen, worauf wartet ihr noch? Doch hätten die Männer sich nicht im geringsten um ihn gekümmert, sondern einer wie der andere zum Himmel hinaufgestarrt und nicht auf die Revolution, sondern auf den Monsun gewartet. Und wäre er lange genug dageblieben, sagte der Junge, die Regenfälle wären gekommen und wieder gegangen, danach hätten sie eben auf die Ernte gewartet und danach auf die nächste Pflanzzeit. Ich hätte für den Rest meines Lebens dort herumhängen können. Bei den Chinesen war die Lage ganz anders. Die hatten einen jahrelangen Bürgerkrieg hinter sich, danach den Krieg mit Japan, jedenfalls wären sie gründlich wachgerüttelt und verunsichert gewesen, so daß Mao geradezu ein stabilisierender Faktor gewesen sei, im Chaos etwas Bekanntes, auf das man sich verlassen konnte, woraufhin es ihm möglich gewesen wäre, sie zu organisieren. Außerdem sei Mao *Mao*, Sie verstehen, was ich meine? – Ja, nickte K. L., genauso wie Mahatma Gandhi. Daraufhin lachte der Junge amüsiert, aber nicht höhnisch, auf. Was soll das heißen: wie dieser Ziegenmilchtrinker von einem bourgeoisen Pazifisten? – Woraufhin K. L. sagte: Ich meine, als du noch gar nicht geboren warst, als der Tag von Indiens Unabhängigkeit nahte, suchte ein Reporter den Mahatma auf, um eine Botschaft von ihm zu bekommen, woraufhin Gandhi ihm sagte: Mein Leben ist meine Botschaft, und jeder hat gewußt, das stimmte, wie bei Mao. – Ach so, verstehe, räumte der junge Mann ein. Na ja, wenn Sie das so meinen. Dann weinte er, weil es in seinem Bein klopfte, und K. L. wagte nicht, ihn zu fragen, was die Polizei oder das Gefängnispersonal sonst noch mit ihm gemacht hätten, denn er hatte Angst vor der Antwort, und mit einer zusätzlichen Angst würde sein Hirn einfach nicht fertig werden.

Der Junge hörte auf zu weinen, hob den Kopf von den Knien und sah unter der Schmutzschicht auf seinem Gesicht so verloren aus – da man von beiden annahm, sie wären Teil einer Verschwörung, um die Regierung zu stürzen, hatten die Behörden beschlossen, sie zu demoralisieren und ihnen nicht zu gestatten, sich zu waschen oder sich zu rasieren –, daß K. L. scheu die Hand ausstreckte, ihm liebevoll über den Kopf strich und die höchst befremdliche Bemerkung machte: Macht nichts, Sohn, wenn dies hier vorbei ist, wirst du schon wieder zu deiner Revolution kommen. Das war nicht nur völlig närrisch aus dem Mund eines Ladenbesitzers, sondern darüber hinaus auch noch lächerlich, man brauchte sich die Lage im Augenblick nur mal anzusehen. Auf seinem eigenen Rücken verlief eine heftig schmerzende Spur dort, wo die Peitschenhiebe ihn getroffen hatten, und ein Bein wollte seinen Befehlen nicht gehorchen. Irgendwie meinte er, durchgeprügelt worden zu sein berge auch eine gewisse Hoffnung. Noch waren die Gefängnisse keine geplante Routine, waren sie nicht wissenschaftlich durchorganisiert, um Lehrer, Studenten und Ladenbesitzer aufzunehmen. Noch war die Regierung nur autoritär, jedoch nicht totalitär, deshalb hatte das Gefängnis noch etwas von einem Experimentierfeld; selbstverständlich wurden die Männer vom Wachpersonal immer besser, hatten Einfälle, sprangen im Dreieck und schlugen Haken, was Raum ließ für interessante Ideen. Sie dachten nur an ihr eigenes Weiterkommen. Richtig schlimm würde es in den Gefängnissen erst dann sein, wenn ein Tag verlief wie der andere und die Häftlinge weder verprügelt noch schikaniert wurden.

Nach dem scheußlichen Essen, das keiner von beiden herunterbrachte – und Geld, um den Wärter zu bestechen, ihnen etwas von draußen zu verschaffen, hatten sie beide nicht –, fing der Junge wieder an zu reden. Sind Sie jemals in den Vereinigten Staaten gewesen? fragte er. K. L. konnte das nur ein leises Lachen entlocken. Woher hätte das Geld dazu wohl kommen sollen? Der Junge sagte, er wohl, was K. L. befähigte, ihn der Klasse der Wohlhabenden mit schlechtem Gewissen zuzuordnen. Er habe dort eine Universität besucht, daher der Wunsch, sich den Naxaliten anzuschließen, doch das sei eine andere Geschichte. In den Vereinigten Staaten hätten sie diese Lachsendungen im Fernsehen; nachdem die Schauspieler ein paar Bemerkungen gesprochen hätten, werde jedesmal ein Band mit lautem Gelächter eines unsichtbaren Publikums eingespielt. Ob einem beim Fernsehen in den eigenen vier Wänden nun nach Lachen zumute sei oder nicht, es komme dieses laute, aberwitzige Gelächter, und das habe ihn auf die Idee gebracht, selber ein Stück zu schreiben. Soll ich es Ihnen erzählen? fragte er, und da sie beide nichts anderes zu tun hatten, fing er an. Zuerst trifft der Streitwagen des Diktators ein. – Sein Streitwagen? fragte K. L., ist das nicht ziemlich altmodisch, oder spielt das Stück in der Vergangenheit? – Ich weiß nicht, ob Ihnen das gefällt, sagte der junge Mann, aber was mir vorschwebt, ist ein surrealistisches Stück, was Sie wahrscheinlich nicht verstehen werden. Jedenfalls verwandelt sich der Streitwagen erst in ein Auto und dann in ein Düsenflugzeug, und während all das sich vollzieht, trifft der Diktator ein, steigt zum Klang von Trompeten und Fanfaren und so weiter herab; und statt daß jetzt ein gewaltiges ›Heil Soundso‹ hochbrandet, ertönt dieses laute Lachen vom Band, ein überdimensionales Gelächter; das ist alles. Dann Schweigen. Als nächstes erklärt er/sie – der Diktator ist zur Hälfte übrigens ein Er und zur Hälfte eine Sie, es soll ja kein sexistisches Stück sein –, was er/sie fürs Volk zu tun gedenkt. Politiker verbraten ja immer solchen Unsinn, und so fängt er nun an, seine Zuhörer vollzulabern. Und als er/sie nach ein paar Sätzen innehält und auf den Applaus wartet, ertönt statt dessen ein lautes belustigtes Hahaha! Es dauert nicht lange, und alle halten sich den Bauch vor Lachen und können überhaupt nicht mehr aufhören, während er/sie sich fürchterlich aufregt, aber auch nicht weiß, was er/sie davon halten soll; denn jedesmal, wenn er/sie sagt: »Ich werde die Armut abschaffen«, oder »Paßt nur auf, wie ich die Ungleichheit beseitigen werde«, ertönt ein gewaltiges, zwerchfellerschütterndes Lachen. Was halten Sie davon? – Es wird ganz bestimmt ein gutes Stück, sagte K. L., nur wüßte ich gern, was zwischendurch passiert. – Da werde ich mir später was einfallen lassen, sagte der junge Mann und schlief ein. Als man sie zwecks Spaziergangs im Gefängnishof hinausließ, war niemand anders da, den sie mit ihren revolutionären Ideen hätten anstekken können. Madames andere russische Gefangene wurden vermutlich auch tröpfchenweise rausgelassen. K. L. stolperte ein paarmal um den Hof herum; denn ihm war daran gelegen, sich kooperativ zu zeigen. Der Junge jedoch schaffte das nicht, setzte sich hin, und so wurden sie wieder zurückgebracht in ihre Zelle, noch ehe ihre Augen sich recht an das Tageslicht draußen gewöhnt hatten. Inzwischen konnte K. L. sich schon nicht mehr auf seinen inneren Monolog konzentrieren und beschäftigte sich ausschließlich mit dem Jungen, der sein lädiertes Bein hochgezogen hatte und auf die Seite gefallen war. Nutzlose Tränen traten K. L. in die Augen und liefen ihm nutzlos die schmutzigen Wangen herunter.

Es gab kein Leben, das nicht anders verlaufen wäre, dachte er. Mal angenommen, Spinoza hätte sich darauf beschränkt, Linsen zu schleifen; dann wären ihm, K. L., viele faszinierende Philosophievorlesungen entgangen, denen er gespannt gefolgt war. Und angenommen, Hitler wäre Anstreicher geblieben, oder Madame wäre kein Einzelkind gewesen, das zu wütenden Zusammenstößen mit Feinden neigte – im Puppenformat das alles, versteht sich –, und mal angenommen, Madames Sohn wäre beim Autoklauen geblieben und nicht zum Anführer einer Kulturrevolution aufgestiegen, nur mal angenommen, nur mal angenommen, nur mal... Mal angenommen, er, K. L., hätte auf den Rat seiner Frau gehört. – Ich hab' für schwarzes Geld genausowenig übrig wie du, hatte sie gesagt, aber jetzt, wo du all diese Kinder gezeugt hast, müssen wir ja irgendwie leben, und da lohnt es sich nicht, wegen dem bißchen schwarzen Geld ein großes Geschrei zu machen. Ihr Bruder hatte für 40.000 ein Auto verkauft und sich eine Quittung über 20.000 geben lassen; die anderen 20.000 hatte er klugerweise beiseite geschafft an einen Ort, wo die Steuereinnehmer nicht herankonnten. Genauso ging das mit den Mieten. Verlangen taten die Vermieter 2.000, doch Quittungen stellten sie nur über 1.000 aus; der Rest wurde in Gold- oder Silberbarren angelegt oder in Koffern unterm Bett versteckt, statt für Steuern draufzugehen; aber wen kratzte das schon? Die besten Leute machten das so, woraufhin sie ein paar der allerbesten, die es gab, beim Namen nannte, eine ziemlich beeindruckende Liste; warum er dann nicht auch? Im Gefängnis hatte man endlich mal Zeit, über solche Sachen nachzudenken. Warum bin ich kein Schwarzmarkthändler geworden, als sich mir die Gelegenheit dazu bot? – In deinen Augen ist das zwar schwarzes Geld, aber immerhin hätten wir dann die Mittel, in den Club einzutreten, wo die Mädchen bessere Chancen hätten, passende Partner kennenzulernen. Warum mußt du nur an dich selbst denken, wozu diese gottlose Arroganz? Immer mußt du dich als was Besseres aufspielen, Kishori Lal. O ja, sie nannte ihn bei seinem Namen. Obwohl sie andererseits durchaus etwas auf Förmlichkeiten gab und von ›ihm‹ oder von ›Wiegesagt-ji‹ sprach, wenn Leute da waren, die sie nicht kannten. Aber wenn sie allein waren, dachte sie sich nichts dabei, ihn mit Kishori Lal anzufauchen, und daß sie diesen Schneid besaß, das gefiel ihm. Falls er überhaupt etwas an ihr auszusetzen hatte, dann war es ihre religiöse Schwärmerei. Sonst hatte sie ihm vom ersten Augenblick ihrer Ehe an nichts vorgemacht. Und, wie sie ihm einst gesagt hatte, nach acht Schwangerschaften und acht Geburten, bei denen es sie jedesmal fast zerrissen hätte und von denen vier sie in der Entbindungsklinik von Daryaganj berühmt gemacht hatten, war sie nun wirklich nicht mehr zimperlich. Sie war es nicht und tat nicht so, wie sollte sie auch, wo sie doch eine richtige Frau war – bei diesen schwachsinnigen Heldinnen in hindisprachigen Filmen war das etwas anderes. Sie konnte ja auch wirklich nicht rumlaufen wie eine Braut, die dauernd rot wurde und so tat, als kenne sie seinen Namen nicht, und ihn ›Wiegesagt-ji‹ nennen, wo sie doch ganz genau wußte, wer er war, und sie sich bis zum letzten Buckel ihrer Wirbelsäule kannten. Hatte er wirklich nur an sich selbst gedacht, oder war es Ehrlichkeit, Arroganz oder Dummheit gewesen, sich nicht an ihren Rat zu halten? Er wußte nicht, woran es lag, wußte nur, daß ihm bei seiner verfluchten Redlichkeit und der Sucht, daß alles in seinem Kopf zu stimmen habe, gar nichts anderes übriggeblieben war, als seine Steuern zu bezahlen. Sich dem Club derer anzuschließen, bei denen vierzig Prozent über den Tisch gingen und sechzig Prozent unter den Tisch fielen, wäre ihm unmöglich gewesen. Ähnlich, wie die Bauernrevolte für den Jungen eine große Enttäuschung gewesen war. Der Junge wimmerte im Schlaf, und K. L. rückte näher an ihn heran, um ihm über den Rücken zu streichen und leise beschwichtigend auf ihn einzureden. Das heilige Buch, an das ich nicht glaube, verdient meinen Glauben nicht, sagte er sich. In der Bhagavadgita war es der Herr, der sagte: »Wo immer die Rechtschaffenheit sich verliert... werde ich von Zeitalter zu Zeitalter wiedergeboren.« Von Zeitalter zu Zeitalter. Aber die Rechtschaffenheit war zugrunde gegangen, war zerrüttet. Und soweit K. L. sehen konnte, deutete nichts auf Erneuerung oder irgendeine Rettung hin.

# KAPITEL 18

Rose gefiel sich in dem Gedanken, daß die Sache mit der Trennung nicht geklappt habe, daß Ram zu lange mit zwei Frauen gelebt hätte, als daß er jetzt ohne auch nur eine leben könnte, und daß eine geistige Liebe eine irdischere in der Nähe haben müsse, damit sie immer wieder neue Nahrung bekäme. Sicher konnte sie allerdings nicht sein, und so wußte sie weder, wie geistig Rams zwei Englandreisen ohne sie in dieser Zeit gewesen waren, noch ob die Trennung noch viel länger angedauert haben würde, als sie es tat; bis an das Ende ihrer Tage nämlich, wenn Ram nicht draußen vor den Toren von Delhi das Gelände gekauft hätte, das einst landwirtschaftlich genutzt worden war und jetzt in Grundstücke zum Verkauf aufgeteilt wurde. Und wenn er nicht beschlossen hätte, dort ein Haus zu bauen und die gesamte Familie an diesem Vorhaben teilnehmen zu lassen. Von einem Mönch hatte er nie etwas gehabt, nur – wie gut kannte sie Ram überhaupt? Sie hätte nie gedacht, daß er – wenn auch nur ganz versteckt – Nationalist sei, doch offenbar gab es auch diese Seite an ihm, wenn man an die Briefe dachte, die er während des Krieges an Marcella geschrieben hatte. Vielleicht war er von jeher ein verkappter Mönch gewesen, der nicht so sehr die Trennung von Rose suchte, als vielmehr eine Ruhepause von Haus und Herd. Doch in diesen kleinen Übungen und Zurschaustellungen – eine Übung männlichen Vorrechts, hatte Sonali es genannt, als Rose ihr davon erzählte – geht immer etwas Bedeutsames verloren, und man ist zu müde, um ihm nochmals hinterherzulaufen. Wenn Sita zum Beispiel nach dem Gottesurteil durch Feuer von Rama wieder aufgenommen worden wäre, wenn Rama zugegeben hätte: schön, meine Liebe, du bist mir also treu gewesen, gegen dich ist nichts zu sagen, du kannst bei mir im Palast bleiben – wäre sie nicht später im Laufe einer ihrer Auseinandersetzungen aus der Rolle gefallen und hätte ihm vorgehalten: Warum hast du mich diese grausige Erfahrung machen lassen? Und als Roses Ram entschied, sie sollten wieder zusammenkommen, ohne Versöhnung und ohne Neuanfang – sie hatten schließlich die ganze Zeit über freundschaftlich in Verbindung gestanden –, hätte sie Ram am liebsten wütend durchgeschüttelt und ihn gefragt, was er sich einbilde, einfach davon auszugehen, daß sie genauso weitermachen könnten wie zuvor, als hätte es nie einen Bruch in ihrer Ehe gegeben und wäre sie nie auf ein Abstellgleis geschoben worden, während er sich nach seinem Aschenputtel verzehrte. Als er zurückkam, tat er das mit einem riesigen Grundstück, einem Bauplan, einem Architekten – und verlor kein einziges Wort darüber, warum alles wieder so sein sollte wie früher, nur weil er es sagte.

Wie demütigend es gewesen war, daß Zafar und Mausezahn ausgerechnet während der Zeit der Trennung mit einer Delegation aus Pakistan gekommen waren und sie und Ram unabhängig voneinander besucht hatten. Zafar hatte seine lässige Trägheit abgestreift und war eine hochstehende politische Persönlichkeit geworden. Rose konnte einfach nicht genug Phantasie aufbringen, sich vorzustellen, daß Zafar einer Militärregierung diente; Operettenoffiziere lagen ihm eigentlich mehr. Mausezahn – unter diesem Regime zu einer einflußreichen Begum aufgestiegen – paßte viel besser in diese Rolle, hatte sie doch selbst etwas von einem Militärregime: herrisch und von oben herab, als wäre sie, Rose, eine plattfüßige alte Schachtel. Mausezahn sah Zafar bedeutsam an, als Rose vom Gin leicht bedudelt war, und dieser Blick ging wie eine wild zuckende Neonbeleuchtung durch die ganze Bar des ›Intercontinental‹, in die sie sie unbedingt hatten schleppen müssen, so unmißverständlich besagte er: Und früher hast du sie Rosenknospe genannt! Nicht minder deutlich, bekam Rose auch Zafars Antwortsignal mit: Aber das war sie, das war sie! Da Mausezahn Mausezahn war, konnte sie ihre Neugier, was Roses Trennung von Ram betraf, nicht lange bezwingen. »Es ist schon verrückt, nicht wahr? Man könnte es ja noch verstehen, wenn diese Marcella sich scheiden ließe und die beiden heiraten wollten, aber würde mir mal jemand erklären, was *dies* hier eigentlich soll?«

»Aber, aber, Mäuschen«, sagte Zafar und legte ihr warnend die Hand auf den Arm, was ihm augenblicklich einen Klaps eintrug. »Es könnte doch sein, daß Rose nicht gern darüber redet.«

»Wenn sie das nicht möchte, wird sie es schon sagen«, erklärte Mausezahn spitz. »Und behandle mich nicht wie ein zweijähriges Kind!« – »Schon gut, schon gut, du bist ja schon fast drei«, sagte Zafar nachsichtig, womit er sich einen finsteren Blick einhandelte wie von einem Feldwebel.

Dabei war das aufgedonnert selbstherrliche Mäuschen samt ihren Beinen und allem anderen, das sie sich in letzter Zeit zugelegt hatte, eigentlich eher ein weiblicher Einfaltspinsel, zu diesem Schluß kam Rose, jemand, der in ein uraltes Verwirrspiel hineingeraten war, ein indo-pakistanisches noch dazu; doch im Gegensatz zu Rose sprang Mausezahn immer wieder auf und wollte da raus und sich keineswegs tiefer und immer tiefer hinein verstricken. Sie blieb nie lange genug sitzen, um auch nur ein bißchen Einsicht zu gewinnen; dafür war sie viel zu ungeduldig. Es gehörte sich einfach nicht, einer galant auf ihren Arm gelegten Hand einen Klaps zu geben, und das noch vor aller Welt. Nein, Mausezahn wartete bestimmt nicht, daß die Jahrhunderte beiseite rückten und ihr gastfreundlich einen Platz einräumten, wie sie es für Rose getan hatten.

»Du brauchst nicht die Hände in den Schoß zu legen und das wehrlos über dich ergehen zu lassen«, bestimmte

Mausezahn. »Wir leben schließlich nicht mehr im vorigen Jahrhundert.«

Und nachdem Mausezahn damit fertig war zu erklären, was eine Frau in einer solchen Lage tun sollte – in die sie, Mausezahn, sich natürlich nie von einem Mann hineinmanövrieren lassen würde, *no, Mister*! –, war es für Rose eine Offenbarung in bezug auf die eigene Person, falls das, was man schon immer gewußt hat, das aber erst dann zum Bewußtsein kommt, wenn man einen Schlag auf den Kopf erhält, eine Offenbarung ist.

»Das einzige, was ich unter keinen Umständen ertragen könnte, wäre eine Scheidung«, sagte sie, woraufhin Mausezahn überhaupt nichts mehr sagte. »Ich könnte es nie ertragen, Ram zu verlieren.«

»Das kann ich nicht glauben«, sagte Mausezahn, nachdem sie wieder zu sich gekommen war. »Nein, das kann ich wirklich nicht glauben – so, wie er dich behandelt hat! Jeder Mann, der so mit einer Frau umspringt...«

Aber Ram war eben nicht ›jeder‹ Mann. Wie der Abend wohl verlaufen war, als die beiden mit Ram gespeist hatten, überlegte Rose und versuchte, sich das vorzustellen, was ihr aber partout nicht gelang. Mausezahn sah sie so klar vor sich wie Truppen bei einer Parade und Zafar ziemlich deutlich; sie erriet auch, worüber sie gesprochen und über welche Witze sie gelacht hatten, aber Ram verschwamm und wurde durchsichtig, als sie es versuchte. Es war, als wäre sie Zuschauerin bei einem Dreipersonenstück, von denen eine wie aus Glas war, so daß man durch sie hindurch die Kulissen erkannte. Den Mann, den sie am längsten und besten gekannt hatte, durchschaute sie grundsätzlich nicht besser; dabei besaß er heute eine nicht weniger geheimnisvolle Ausstrahlung als an dem Tag, da er ihr in der Konfiserie zum erstenmal gegenübergetreten war. Es war fast, als wäre er gar kein Mensch, sondern die reine Anziehungskraft, etwas, das sie hinter dem Verkaufstresen hervorgelockt hatte; hinterher hatte sie nie einen Blick zurückgeworfen. Er war ein Stück in einem komplizierten Puzzle. Ram hatte so überhaupt nichts Einfaches. Statt einfach Mr. Wu zu sein, war er, wie es im Lied hieß, der Mann der Frau von Mr. Wu. Und obwohl Zafar versucht hatte, sich geradezu absurd zu vereinfachen, indem er Pakistani wurde, für den der Islam eher eine Nationalität war als eine Religion, war auch er nicht einfach, würde es nie sein und war genauso der Mann der Frau von Mr. Wu. Als sie im Laufe des Abends zum Dinner in das sündhaft teure Restaurant hinauffuhren, fiel die Einfachheit von Zafar mehr und mehr ab, kam ein Ego nach dem anderen zum Vorschein, veränderten sich kaum merklich Haltung und Lächeln, wurden seine Blicke dunkler. Diese unmerkliche Veränderung löste Mausezahns forsche Selbstsicherheit auf und machte sie nervös, bis sie quengelig wurde und dauernd fragte: »Aber wann ist das *passiert*?« oder: »*Ich* hab' nicht gedacht, daß du darauf reingefallen bist.« Oder: »Wie kommt es, daß du nie davon *erzählt* hast?« Mausezahn begriff nicht, daß Zafar den größten Teil seines Lebens bereits hinter sich hatte, als er sie kennenlernte, und daß die Gegenwart nichts weiter ist als ein Aufzucken zwischen der langen Zeit, die bereits vorüber ist, und den Dingen, die noch nicht geschehen sind, aber ganz sicher geschehen werden, in dem uhr- und datumslosen Häutchen, das sie umschließt. Mausezahn war gegen Ende des Abends fast den Tränen nahe – vor Eifersucht, könnte man meinen, falls eine so junge und strahlende Person imstande wäre, eifersüchtig auf eine plattfüßige alte Schachtel zu sein – nur, daß Zafar Rose in einem kristallklaren Augenblick auf unheimliche Weise selber in ein strahlendes Wesen verwandelte, und zwar mit der Bemerkung: Und wie sieht es auf Kythera aus? Nicht einmal, daß Rose plötzlich die Tränen in den blauen Augen standen, so daß ihr das Mascara verlief, vermochte die elektrisierende Wirkung dieser Worte zu zerstören. Doch genau in dem Augenblick, da Mausezahn fragen wollte: »Kann mir mal jemand sagen, um was es hier eigentlich geht?«, wurde Rose wieder zu der Frau in mittleren Jahren, und Mausezahns gereizte Nerven beruhigten sich wieder. War so etwas auch passiert, als sie mit Ram zu Abend gegessen hatten? Was war noch mit Ram geschehen in den fünf Jahren ihrer freundschaftlichen Trennung, in denen er sich die geistige Liebe zu Marcella durch die Rippen geschwitzt oder sich der Tatsache gestellt hatte, das niemals zu schaffen – und zurückgekehrt war?

Während das Haus gebaut wurde, hatte Rose das Grabmal für sich entdeckt. Aus dem dreizehnten Jahrhundert, der Zeit, da Delhi in der Hand türkischer Abenteurer gewesen sei, gebaut für einen der Sultane oder einen Verwandten, sagte Ram. Wie schade, daß die archäologische Abteilung nicht für die Erhaltung sorge, meinte der Architekt. So ging es langsam, aber sicher vor die Hunde. Aber was für einen phantastischen Anblick es vom Schlafzimmerfenster aus bot, ein unerwarteter zusätzlicher Grund, gerade hier zu bauen, meinten sie alle, ehe sie sich weiter darüber unterhielten, wo die elektrischen Leitungen gelegt und wo die Steckdosen sitzen sollten. Rose jedoch beschattete das Gesicht mit einer alten Zeitung, trat durch das schwarze schmiedeeiserne Tor mit dem muskulösen Gurkha-Wachposten samt geschultertem Gewehr davor ins Freie und ging hinüber zu dem Grabmal, das – als sie näher herankam, als wollte sie sich vorstellen – gleichsam anschwoll wie die Schläfen eines Elefanten. Ohne besondere Absicht trat sie ein, und die Temperatur sackte mit der Plötzlichkeit eines Vorhangs, der herniedergeht, um etliche Grade ab. Weshalb, war leicht zu erkennen. Mächtige Mauern und eine große Kuppel hielten die Sonne draußen, fingen die Sonnenstrahlen etwa in der Mitte der Mauer ab und schwächten sie in ihrer Wirkung. Das hohe hohle Gemäuer war innen mit einer pelzigen Schicht von Schimmel und Moos bedeckt und kühl, ach so angenehm kühl, daß sie die Zeitung, die sie in der Hand hielt, auf dem Boden ausbreitete und sich darauf niederließ. Das Aufblitzen winziger Zähne und Augen oder eines Minerals zwinkerte ihr zu. Sie atmete das feuchte Gemisch aus Kalk und Ton ein, das so grundverschieden war vom Duft der Kräuter und Gräser draußen. Die Zeitung bildete kaum einen behaglichen Sitzplatz, und sie war schon versucht, sich zu fragen, wieso sie überhaupt Platz darauf genommen hatte, doch schien die Frage viel älter, schien bis auf eine Schiffsreise im Jahre 1932 zurückzugehen und nicht nur die kurze Strecke von Rams neuem Haus bis hierher, die sie gerade zurückgelegt hatte. Es muß einen Grund geben, warum wir geboren werden und warum wir leben, überlegte sie; es ist schon sonderbar, es nicht einmal jetzt zu wissen, wo doch belanglosere Fragen längst schon beantwortet sind. Die Melodie aus einer Neuaufführung eines Musicals, das sie bei ihrem letzten gemeinsamen Londonbesuch gesehen hatten, fiel ihr ein. »Warum wurde ich geboren? Warum lebe ich? Was bekomme ich? Was gebe ich?« Lauter Fragen, nur, daß eine jede die vorhergehende zu beantworten schien; vielleicht hatte der Texter das beabsichtigt, und falls ja, mehr als das brauchte man nicht zu verstehen. Sie saß sehr still da, und nach einer Weile hörte sie die Stille. Das Verstreichen der Zeit, so hatte sie die Muschellaute genannt, aus denen Schweigen für sie bestand, als sie ein Kind war. Jetzt wußte sie, daß Zeit überhaupt nicht verging. Sie war Gegenwart, umfassend und immer.

Rose war sich nicht sicher, wer das Grabmal als erster entdeckt hatte, als sie eines Tages auf ihn stieß, sie oder der Bettler, der aussah wie eine riesige Spinne, mit sich selbst redete und laut immer wieder von der Herrlichkeit seines Lebens im Grabmal erzählte. Hinterher gehörte es ihnen gemeinsam. An den Tagen, einmal die Woche, da Mona die Bettler beköstigte, hatte Rose nie einen ganzen gesehen. Irgendein wichtiges oder weniger wichtiges Glied fehlte jedem, oder es war verstümmelt; hier hatte man immer einen Bettler im Augenwinkel oder sah einen an der nächsten Straßenecke; ihr Anblick war wirklich nichts Besonderes. Tatsächlich war es Nishis durchdringender Schrei, als dieser das erstemal an der Küchentür auftauchte, und Nishis erschrockene Frage: »Ist das wirklich ein

Mensch?«, die Rose veranlaßte, ihn genauer in Augenschein zu nehmen. Doch während sie das tat, sah sie im Auge des Bettlers grelle Farbkleckse und die verwirrende Fülle von Ornamenten gespiegelt – das Abbild Nishis – und erkannte, wie heftig sie sich gegenseitig voneinander abgestoßen fühlten, und herrschte Nishi an, sie solle sofort aufhören zu schreien. Er sei doch bloß ein armer Bettler, sagte Rose, irgendwo müsse er doch zu essen bekommen, und das werde er auch, nämlich hier. Kumar oder sie selbst würde ihm zu essen bringen. Danach malte sie sich seine Reisen zum Haus aus. Glücklicherweise war das Überqueren der Hauptstraße nicht gefährlich. Es handelte sich um eine Landstraße ohne viel Verkehr. Und war er erst einmal drüben, war da die kreisrunde Auffahrt, die zum Haus führte und zu beiden Seiten von hohen schlanken Bäumen gesäumt wurde, die tagsüber durchaus eindrucksvoll wirkten und nachts etwas Bedrohliches hatten, wie sie über ihm aufragten, während er sich den Fahrdamm hinauf vorschob. Er konnte weder aufrecht gehen noch auf allen vieren kriechen, denn seine Arme endeten bereits an den Ellbogen, und die Beine standen ihm an den Knien im rechten Winkel ab. Doch die Armstümpfe und verdrehten Füße waren zu durchaus funktionstüchtigen, durch langen Gebrauch vervollkommneten Werkzeugen geworden, das erkannte sie an der raschen, käfergleichen Vorwärtsbewegung, die sie einoder zweimal genau beobachtet hatte. Die meiste Zeit über sah sie ihn im Grabmal oder in der Nähe der Mauer dahinter sitzen, wo er ein bißchen vom gesellschaftlichen Leben mitbekam und ab und zu auch einen Schluck Wasser, wenn die Bauarbeiter oder Leute aus den umliegenden Dörfern kamen, um ihre Eimer zu füllen.

Rose hatte die Flucht vor Wolken von Baustellenstaub und Rams langen Beratungen mit dem Architekten und dem Bauunternehmer ergriffen, als sie das erstemal in das Grabmal hineingegangen war; doch das allein war nicht der Grund, darüber war sie sich im klaren, denn sie strebte immer wieder von dem Haus fort, auch nachdem es fertig und eingerichtet worden war und sie eingezogen waren. Sie hatte den ganzen Hausbau mit einer Distanziertheit verfolgt, die ihr neu war, hatte Nishis nervöse Aufregung mitbekommen, denn schließlich war Nishi jetzt meilenweit entfernt von jener Nishi, die Kleider und Bett mit ihren Schwestern geteilt hatte; jetzt entstand hier ein Landhaus, dessen Herrin sie eines Tages sein würde. Und Dev, der zukünftige Hausherr, der immer noch keinen richtigen Beruf hatte, dafür aber den Bau eines Luftschutzraums im Keller beaufsichtigte. Nein, eines einbruchsicheren Raums für Wertgegenstände; wie er da wichtigtuerisch mit Riesensummen Geld umging, ehe er selbst auch nur eine Rupie verdient hatte. Nishis Aufregung erinnerte Rose immer wieder an den jungen Vogel, der versuchte, durch das Schlafzimmerfenster ins Freie zu gelangen, statt dessen aber ständig gegen die Decke gestoßen und in einem Zustand höchster Erregung und Erwartungsfreude im Raum herumgeflattert war, ehe er es endlich schaffte. Rose selbst hatte sich von der Hochstimmung des Hausbaus nicht anstecken lassen. Zwischen Ram und ihr gab es immerhin einen Zeitraum von fünf Jahren Gedächtnisschwund, da ihr tagtäglicher Kontakt unterbrochen gewesen war und sie sich in Welten bewegt hatten, die nichts miteinander zu tun hatten. Als er wieder zu ihr zurückgekommen war, schien er müde und verbraucht zu sein. Ob das wohl an dem lag, was Marcella schrieb? Oder daran, daß Dev in seinen Dreißigern immer noch Dummejungenstreiche im Kopf hatte? Oder an den Leuten, die er dafür zu interessieren versuchte, Dev Arbeit zu geben?

»Wir müssen mit diesen Leuten zusammenkommen, Rose. Ohne Beziehungen dieser Art kann man keine Geschäfte machen.«

»Dein Vater hat das sehr wohl gekonnt.«

»Mein Vater hat seine Geschäfte in einfacheren Zeiten gemacht; damals wurden ihm noch nicht von so vielen Beschränkungen die Hände gebunden. Jedenfalls brauchte er noch keine Politiker zu finanzieren.«

Damals hat man für Geld auch noch gearbeitet, dachte Rose, und nicht davon geträumt, daß irgendein Flaschenteufelchen einem jeden Wunsch erfüllte.

»Aber wozu brauchst du diesen frömmelnden alten Heuchler? Es weiß doch jeder, daß er ein Gauner ist.«

»Es geht nicht darum, das Gewissen anderer Leute zu sein. Ich muß an Dev denken.«

»Worüber genau willst du denn mit dem Minister reden?«

»Über alles mögliche«, erklärte Ram vage. »Ich möchte Dev mit irgendwas selbständig machen.«

Also war die Vorarbeit wieder von Ram geleistet worden, obwohl Nishi Ravi Kachru hinterher auf einem Einweihungsflug nach London begegnet war, und der hatte sozusagen Nägel mit Köpfen gemacht und Dev eine ganze Happyola-Fabrik verschafft, bis zur letzten Schraube – hatte ihn mit einer Handbewegung zum Unternehmer gemacht, obwohl Dev in seinem ganzen Leben noch nichts unternoch übernommen hatte und das auch nie tun würde, selbst wenn er hundert Jahre alt wurde. Inzwischen hatte Ram seinen Schlaganfall gehabt. Immerhin hatte Ram sein möglichstes getan, dafür zu sorgen, daß der Industrieminister sich für Dev interessierte. Alles, was der arme Junge brauche, hatte Ram immer wieder erklärt, sei eine Gelegenheit, sich zu beweisen. Manchmal kam es Rose vor, als wäre der einzig normale Mensch weit und breit der Bettler. Sie dachte an die Wegstrecke, die wie ein umgekehrtes Fragezeichen aussah und die er mit solcher Geschicklichkeit zurücklegte, erst das gerade Stück vom Grabmal über die Straße, dann das gewundene Stück die kreisförmige Auffahrt hinauf bis zum Küchengarten. Einmal hatte sie ihn von ihrem Schlafzimmerfenster aus gesehen, wie er von den mächtigen Scheinwerferkegeln eines Autos erfaßt worden war, und sie hatte den Atem angehalten, bis das Auto an ihm vorübergerast war und er – davon war sie überzeugt – einen gleichmütigen Blick zu ihr hinaufgeworfen hatte, um ihr zu versichern, daß ihm nichts passiert sei.

# KAPITEL 19

Ich hatte nicht gedacht, daß es so schwierig sein würde, Kachru zu erreichen. Der Herr Abteilungsleiter hält sich bis zum 25. in Paris auf, wurde mir gesagt. Als ich nach dem 25. wieder anrief, war der Herr Abteilungsleiter zwar aus Paris zurück, hatte jedoch unmittelbar anschließend nach Indonesien fliegen müssen. Ich hinterließ jedesmal meine Telefonnummer, und sein persönlicher Referent kannte auch meinen Namen, doch kam kein Rückruf von Kachru. Nach Djakarta hatte der Herr Abteilungsleiter in anderen Hauptstädten Vorträge darüber zu halten, wie linke Abenteurer und rechte Reaktionäre mit ihren Verschwörungen aufgelaufen wären, jedoch die Stabilität garantierende Verantwortung nunmehr an Blutsverwandte weitergegeben werden müsse. Ich besuchte Rose und brachte ihr etwas Geld. Ich wollte gar nichts kaufen, sagte sie entschuldigend, ich wollte nur das Gefühl haben, etwas in der Handtasche zu haben. Es ist so peinlich, Nishi um jede *paisa* bitten zu müssen. Ich bin wirklich ein Kreuz für dich, Sonali.

Ein- oder zweimal führte ich Rose aus, ins Kino und zum Lunch bei uns zu Hause, doch schien sie ihren natürlichen Schwung und ihre Spannkraft verloren zu haben. Das machte mir angst. Menschen wie Rose besitzen ein unerschöpfliches Reservoir an Optimismus. Ihre augenblickliche Haltung paßte so gar nicht zu ihr. Sie war nicht dazu gemacht, sich einsam zu fühlen oder alt zu werden wie wir, wie etwa ich, die ich schon mit achtunddreißig soviel älter war als sie. Es gibt Menschen, an die man einen Glauben hängt, weil sie jung sind, immer neugierig und immer zum Lachen aufgelegt. Dazu hatte Rose für mich gehört, und es war mir unerträglich zu sehen, daß sie diese Eigenschaften verlor. Die lange Fahrt zu ihr hinaus und wieder zurück, vorüber am Turm des Kutb-Minar, das erbaut worden war, als türkische Eroberer Sultane von Delhi gewesen waren, gab mir viel Zeit, nachzudenken und mir darüber klarzuwerden, warum sie so ausgebrannt wirkte. So etwas kommt im gewöhnlichen Leben vor, wenn die Macht Willkürherrschaft ist, wie das hier auf der herrlichen Ganges-Ebene immer der Fall war, bis auf die letzten achtundzwanzig Jahre, als gewählte Regierungen die Geschicke des Landes lenkten. Faßte man unsere Lebensspanne zusammen – die von Papa und meine –, so hatte es in diesem Zeitraum sowohl den Anfang als auch jetzt vielleicht das Ende einer weniger gewaltsamen Ordnung gegeben, einen politischen Frühling, der wieder beendet worden war, ehe er voll zur Blüte hatte gelangen können. Sonst war Macht Macht gewesen. Die alten Mythen dienten dazu, das eindeutig klarzumachen. Der Gott schleudert einen Donnerkeil, und es regnet. Er runzelt mißbilligend die Stirn, und sein Widersacher wird zu Asche. Er eilt Draupadi zu Hilfe, und ihr Sari löst sich nicht von ihrem Leib, obwohl mehrere kräftige Männer versuchen, ihn ihr herunterzureißen. Der Prahlad der Legende umarmt eine Feuersäule und bleibt unversehrt. Es kommt also immer darauf an, auf der richtigen Seite der Macht und Allmacht zu stehen. Sita tat das nicht, und so wurde sie in die Wildnis verbannt. Lächeln und Stirnrunzeln werden zum Gesetz für das Land, wenn die Macht willkürlich ausgeübt wird und es keine Berufung gegen Lächeln und Stirnrunzeln gibt. Es war schon ernüchternd, sich vorzustellen, wie viele kleine Opfer die zuschnappenden Kiefer des Ausnahmezustands im Laufe eines gewöhnlichen Arbeitstages zermalmt und wie viele große und kleine Tyrannen ein einziger launischer Einfall hat entstehen lassen.

Ich mußte zugeben, daß Rose wahrscheinlich ohnehin Schwierigkeiten mit Dev haben würde, so Onkel Ram nur noch dem Namen nach Herr in seinem Hause war und Dev einen solchen Groll gegen sie hegte. Er hätte es auch so als sein gutes Recht ansehen können, Onkel Rams Scheckbuch und sein Konto zu übernehmen und sich zu weigern, ihr überhaupt Geld zu geben, selbst wenn Rose ihn nicht durch ihr Gerede und Lauschen und dadurch gegen sich aufgebracht hätte, daß sie auf Partys immer ins Fettnäpfchen trat. Da jedoch der Ausnahmezustand ihn zu einer VIP gemacht hatte, er dem Thron nahestand und das königliche Geheimnis der Ersatzteile ausländischer Autos hütete, konnte Dev es sich leisten, sich schikanös zu verhalten und brutal durchzusetzen. Sein Selbstvertrauen, das er früher nie gehabt hatte, war jetzt grenzenlos. Er benahm sich abscheulich, und kein Mensch, mit Ausnahme von Kachru, der ihn in die Lage versetzt hatte, es zu tun, konnte daran etwas ändern. Ich mußte unwillkürlich daran denken, welch einen weiten Weg jeder von uns zurückgelegt hatte. Dev war vom kleinen Gauner und Dummkopf zu einer VIP aufgestiegen, Rose von einer Kultur in die andere versetzt worden, und ich von der ersten bei der Ausleseprüfung zu jemand geworden, der rasch dem Vergessen anheimfiel. Kachru jedoch hatte den weitesten Weg von uns allen zurückgelegt seit den Tagen, da wir – er und ich – aus lauter Freude über den endlich einsetzenden Monsun um den sich rasch mit Wasser füllenden Teich herumgetanzt waren und sich Straßen und Möglichkeiten endlos vor uns aufgetan hatten. Rose und Dev und ich waren von anderen dortgebracht worden, wo wir heute waren, doch Kachru hatte seinen Weg aus eigener Kraft zurückgelegt, wobei er jedesmal, wenn er eine Wende vollzog, alles Bisherige bewußt vergessen hatte. Und jede Wende hatte ihn weiter in den Irrgarten hineingeführt.

Nachdem – auch unter Berücksichtigung möglicher weiterer Flüge in ausländische Hauptstädte – aus Kachrus Büro immer noch kein Rückruf kam, versuchte ich es noch einmal, und diesmal erreichte ich ihn. Er klang überrascht und entzückt, so als wäre meine Stimme der Traum vieler Monde und rührte an Saiten in seiner eigenen Brust, als ob ein Spatenvoll Erde umgegraben worden wäre und siehe da: Veilchen! Sonali, sag mir, was kann ich für dich tun! So verabredete ich mich endlich mit ihm. Kiran, die das Gespräch mit angehört hatte, sagte: Wenn das Ravi ist, bitte ihn, auf einen Abend zu uns herüberzukommen, Sonali; wir haben ihn ja schon eine Ewigkeit nicht mehr gesehen. Ich reichte ihr den Hörer. Wieder in meinem Zimmer, durchflutete mich eine ungeheure Erleichterung wie bleierne Müdigkeit. Ich zitterte am ganzen Leib. Ich gestattete mir zu erschlaffen und zu entspannen, zum erstenmal, seit Rose mit ihrem Problem zu mir gekommen war, oder seit meiner Krankheit. Oder seit meiner Entlassung oder seit Papas Tod, ich weiß nicht, was. Das alles war so überstürzt und so heftig auf mich eingestürmt, jeder Schock und jede Trauer war verbunden mit der oder dem vorhergehenden. Wann hatte ich das letztemal das Gefühl gehabt, ein normaler, gesunder Mensch zu sein, Papas ›Augenstern‹ mit einem eigenen Stern, dem ich folgte? Doch um auf die Gegenwart zu kommen, in die zurückzukehren wir ja immer wieder gezwungen sind, an jenen Ort, wo wir angeblich sein sollen – das Leben ist schon eine sehr persönliche Angelegenheit. Alle anderen Opfer waren immer noch dort, wo der Ausnahmezustand sie hingeführt hatte, ich jedoch konnte leichter atmen, weil für Rose eine Lösung in Sicht war.

Die nächsten Tage waren erfüllt von freudiger Geschäftigkeit. Kiran war mit der Vorbereitung für das Dinner und die Spieleparty beschäftigt, die sie am Divali-Abend immer gab. Ich war froh, daß sie *diyas* benutzte, statt das Haus mit bunten Glühbirnen zu schmücken, wie es einige von Neels Unternehmerkollegen heutzutage auf Firmenkosten tun. Obwohl das, wie ich annehme, auch nicht geschmackloser ist als elektrische Kerzen an einem Christbaum und gewaltige Einkaufsorgien, um die Geburt eines Flüchtlingskindes in einer Krippe zu feiern, ja, eigentlich sogar weniger geschmacklos, denn immerhin hatte es sich bei Ramas Rückkehr zu Ayodhya um ein königliches, ein triumphales Ereignis gehandelt und war Protzerei damals gleichsam an der Tagesordnung gewesen. Ich jedoch zog *diyas* vor, selbstgemachte brennende Dochte, die in Senföl schwammen, so alt wie das Divali-Fest selbst, Symbole der Kontinuität, von denen Papa immer gesagt hatte, sie behaupteten sich gegenüber jedem anderen Beziehungsgeflecht. Er, dem Kontinuität in menschlichen Angelegenheiten immer so wichtig gewesen war. Während ich dasaß und Dochte für Dutzende von *diyas* rollte, die wir in ein paar Tagen entzünden wollten, dachte ich an eine Feier vor einigen Jahren, in einem Restaurant, in das Rose Ravi Kachru und mich an jenem Abend einlud, an dem er in ihrem Hotel in London aufgekreuzt war.

Es war noch reichlich früh fürs Dinner, und außer uns waren erst wenige Gäste da. »Nun, Kleines, was möchtest du essen?« wandte Rose sich an mich, während Ravi noch so tat, als studiere er die Speisekarte, und sichtlich bemüht war, unsere private Ekstase in dem als schicklich geltenden Rahmen zu belassen, wie man es von jungen Menschen erwartet, die immerhin schon fast zweiundzwanzig sind. Wir hatten unsere Beziehung schon mehrere Male aufgelöst und wieder zusammengeflickt. Wäre sie ein Stück Stoff gewesen, das man zwischen uns aufspannen oder als Tischdecke verwenden könnte, hätte es ungeschickt und von verschwitzten Fingern gestopft ausgesehen, aber in der allzu irdischen Normalität von Roses Gegenwart hätte das keine Rolle gespielt. Ich hatte nie Hemmungen gehabt, ihr meine Blessuren zu zeigen. Sie war einer von diesen Menschen, für die Beziehungen einen Gebrauchswert besitzen wie ein Tischtuch und denen es nichts ausmachte, wenn sie unordentlich und geflickt aussahen; ja, Rose wäre einer besonders sauber und adrett wirkenden Beziehung eher mit Mißtrauen begegnet.

Ich kann euch gar nicht sagen, erklärte Rose, wie erholsam es ist, mal in einem Lokal zu sitzen, wo man die Speisekarte lesen und verstehen kann, was es gibt: bewährte englische Hausmannskost, englisch geschrieben un' ohne diese französischen Schnörkel, aus denen ich sowieso nicht schlau werde. Un' um Gottes willen, wandte sie sich an den Kellner, bringen Sie uns ein Bier. Ich hab' es so satt, mich mit Jahrgängen un' Lagen rumzuplagen. Energisch klopfte sie auf den Tisch. Un' was ist überhaupt auszusetzen an der guten englischen Küche? – Viel, sagte Ravi, denn die ist schrecklich. Bei der schmeckt Kohl wie nasser Flanell, und überhaupt ist alles totgekocht. – Soso, Sie sind also auch an diesem Komplott beteiligt, sagte sie, und in ihren blauen Augen blitzte es kämpferisch auf. Ob Sie wollen oder nicht, heute kriegen Sie ein anständiges Stück Roastbeef zum Abendessen, mein Jungchen. Un' wenn Ihre brahmanische Großmutter sich in ihrer Asche umdreht, dann müssen Sie das eben hinterher mit ihr ins reine bringen, das ist alles. Es wird Zeit, endlich mal wieder was zwischen die Zähne zu kriegen, das man nicht nur essen, sondern auch aussprechen kann. Gestern abend waren wir in einem von diesen Restaurants, die ganz auf französisch gemacht sind, un' da hat Marcella, nachdem wir mit dem Bestellen schon fertig waren, noch ihre Nase in diese Bestellungen reingesteckt. – Und wer ist Marcella? fragten wir beide wie aus einem Mund. Eine alte Flamme von deinem Onkel Ram. Oder vielleicht sollte ich sagen, fuhr Rose unvermindert kämpferisch fort, das, was man vielleicht ein ewiges Licht nennt, obwohl es neuerdings wieder aufflackert wie eine verdammte Leuchtboje. Dabei kommt Marcella genauso in die Jahre wie wir andern auch. Dein Onkel Ram behaupet, er hängt intel-lektu-ell an ihr. Spielt sich alles bloß im Kopf ab, sagt er, sie sind bloß gute alte Freunde. – Ach, sagten Ravi und ich, plötzlich aus unseren eigenen Nöten herausgerissen. Das hat Onkel Ram gesagt? – Un' könnt ihr beiden großen Intel-lektuellen, die ihr hier am Tisch sitzt, mir mal sagen, ob irgendwas, das sich da oben im Kopf abspielt, länger als zwei Minuten lebendig bleiben kann, ganz allein, mein' ich, ohne daß ein bißchen Alltagszuneigung mit im Spiel ist? Denn 'n bißchen davon ist bestimmt dabei, wenn ihr mich fragt. Aber laßt mich euch erzählen, was gestern abend passiert ist. Wir waren fertig mit dem Bestellen, un' war das ein Eiertanz! Dann steckt Marcella ihre Nase rein un' sagt, der Hummer wär' fünf Grad frischer als die Krabben, un' die Sauce drauf müßte 'n bißchen weniger von dem un' 'ne Prise mehr von dem haben, dann hätte das mehr Gourmetgeschmack. Un' da Ihre Hochwohlgeboren das sagt, bestellen wir alle um. Angeben kann man das nicht nennen, denn Marcella gibt nicht an. Sie ist die Bienenkönigin un' hat das nicht nötig. Sie weiß das einfach besser. *Sie alle* wissen das besser, der ganze verdammte Oberklassenklüngel. Sie wissen es am besten, hat gar keinen Zweck, groß dagegen anzureden. Alle andern haben zuzuhören un' zu tun, was ihnen gesagt wird. Man kann auch nicht sagen, was die ganze Aufregung über diese blöden Hummer un' Krabben soll un' was denn einzuwenden ist gegen 'n anständiges Stück Roastbeef – oh, keine Angst, denn wie die reden, mein Gott, das ist so überkandidelt, ein regelrechtes klassisches Ballett um irgendwelche Silben herum, bei dem man zwischen Hummer un' Krabben hier un' da mal 'n französischen Ausdruck einfließen läßt – Brüsseler Spitzen, die an den Kronjuwelen festgesteckt sind. Da kann man nicht einfach sagen: Hör zu, Marcella, komm mal runter von deinem hohen Roß, weil die ja gar nicht auf einem Roß sitzt – die *ist* einfach so. So ist das nun mal un' ist es immer gewesen.

Roses vielversprechende Schmähtirade war zu ein paar Tropfen reinster Verblüffung geronnen, und Ravi und ich, die wir uns so hochgeschaukelt hatten, unseren Zorn mit dem ihren zu vereinen, standen plötzlich gleichsam ernüchtert und mit leeren Händen da. Wir sahen erst einander an und dann Rose mit ihrem verwirrten Gesichtsausdruck – und dann bogen wir drei uns vor Lachen, hielten uns die Bäuche und vollführten einen Heidenlärm.

Keiner von denen, die ›es besser‹ wußten oder ›am besten‹, war bei uns, um uns zu sagen, wir sollten uns benehmen. Als der Kellner kam und die Biergläser mit einem: So ist's richtig, amüsieren Sie sich nur! vor uns hinstellte, da wußten wir, daß wir unbeaufsichtigt und unter uns waren, frei und gleichberechtigt beisammen, wußten, daß es uns erlaubt war, gegen alle Regeln zu verstoßen und auf den Tischen zu tanzen. – Rose, ach was bist du doch nur für eine *Rose*, rief ich, stand auf, tänzelte um sie herum und gab ihr einen Kuß, daß es nur so schmatzte, auf der ganzen weiten Welt gibt es keinen Menschen so wie dich! Und, Rose, sagte ich vorwurfsvoll, warum hast du mir nie zuvor von dieser Marcella erzählt? – Weil's da nichts zu erzählen gibt, Kleines. Wie ich schon sagte, das ist alles so eingefädelt vom Anfang der Welt an. Da gibt es welche, die befehlen, und andere, die gehorchen. – Dann auf die Veränderung, sagte Ravi und hob sein Glas. – Manche Dinge ändern sich nie, erklärte Rose mit großem Nachdruck.

An dem Abend, da Kachru herüberkam, saßen wir vor dem Dinner in meinem Zimmer – nicht im Wohnzimmer. Wie hübsch du's eingerichtet hast, sagte Kiran zweifelnd, diese vielen Bücher, und Neel ließ sich im Lotussitz auf dem Teppich nieder, um zu zeigen, wie entspannt er war und wie wenig es ihm ausmachte, daß es bei mir indischen Whisky gab. Mama gesellte sich zu uns, da es ja ›nur Ravi‹ war und keine Party; denn nach Papas Tod hatte sie sich von Partys ferngehalten. Kachru war voll von seinen Auslandsreisen und sie voll von Fragen danach. Ich mußte sie regelrecht unterbrechen, um ihm zu sagen, daß Dev mit gefälschten Scheckunterschriften Geld vom Konto seines Vaters abhob, von denen der Manager der verstaatlichten Bank jetzt wußte, daß sie gefälscht waren; doch um entsprechend einzugreifen, brauche er die Erlaubnis von ›höherer Stelle‹.

»Du bist der einzige, der dem einen Riegel vorschieben kann«, wandte ich mich bittend an Kachru.

Kiran war die erste, die reagierte.

»Keiner von uns kann sich vorstellen, was Dev durchgemacht hat. Es muß für ihn als Kind ein traumatisches Erlebnis gewesen sein zu sehen, wie unglaublich seine Mutter behandelt wurde.«

»Jedenfalls wurde ihr Leben nicht mit den Wurzeln rausgezogen, als Onkel Ram wieder heiratete«, sagte ich.

»Du bist nie verheiratet gewesen, Sonali, und du hast nie ein Kind gehabt. Das kannst du nicht verstehen.«

Das Argument, gegen das man machtlos war. Es ist eine allgemein verbreitete Ansicht, daß man jede menschliche Erfahrung am eigenen Leib gemacht haben muß, um ›zu verstehen‹. Wenn dem so wäre, würden wir am Ende unserer Tage alle völlig zerzaust und gebeutelt herumlaufen. Da würden nie Schranken überwunden, die Alter, Geschlechts- und Rassenzugehörigkeit aufrichten; und von menschlichem Mitgefühl dürfte dann wohl kaum die Rede sein. Dann hätte auch Jesus Christus es sich ersparen können, sich für die Menschheit ans Kreuz schlagen zu lassen, wenn unsere Erlösung davon abhinge, daß wir uns jeden Karfreitag aufs neue selbst an ein Kreuz nageln müßten.

»Dev ist viel zu sehr verwöhnt worden«, sagte ich. »Das weißt du genausogut wie ich.«

»Aber doch nur, um ihn für all das Furchtbare zu entschädigen, das sein Vater ihm zugemutet hat.« Kiran war nicht von ihrer Meinung abzubringen. »Vergiß nicht, daß er in einem Hause aufwuchs, in dem seine Mutter zum Selbstmord getrieben wurde.«

»Vor dem Rose sie gerettet hat.«

»Begreifst du denn nicht, wie bitter es sein muß, ausgerechnet von dem Menschen gerettet zu werden, der einen indirekt dazu getrieben hat?«

»Mona hätte niemals zehn Jahre gewartet, um den Versuch zu machen, sich umzubringen, wenn Rose der Grund gewesen wäre. Ich glaube nicht, daß Roses Existenz viel an der Beziehung geändert hat, die zwischen

Mona und Onkel Ram bestand. Papa hat gesagt, erst als diese Affäre mit der Engländerin begann, über die ganz Lahore sich den Mund zerrissen hat, habe er Mona aufgegeben, und erst dann sei sie völlig verzweifelt.«

»Arme Mona!« sagte Kiran. »Wie Onkel Ram sich verhalten hat, das hätte jede Frau die Wände hochgehen lassen; und sie war schließlich eine schlichte, einfache, fromme Frau.«

»Ich habe sie zwar nicht so gut gekannt wie euer Vater«, bemerkte Mama, »aber ich weiß noch, daß ich noch nie etwas so Mitleiderregendes gesehen hatte wie diesen armen, verlorenen und verlassenen kleinen Jungen, damals, als wir sie das erstemal in ihrem Haus besuchten. Ich wüßte nicht, wie er Rose jemals verzeihen könnte – oder vergessen, was sie seiner Mutter angetan hat.«

»Aber er war doch gerade erst geboren, als sie herkam«, erklärte ich. »Für ihn hat sie immer existiert.«

»Das meine ich ja«, sagte Mama aufseufzend. »Einmal, als Bhabi-jān und ich zusammen in Lahore waren, nahmen wir an einem *kirtan* teil, den Mona abhielt. Sie war ja immer sehr fromm. Ich habe zwar manche orthodoxe Hindufrau erlebt, die mit einem verwestlichten Mann verheiratet war, aber nie so etwas wie das, was sich in dem Hause abspielte. Das war wirklich die Höhe! Warum Ram ausgerechnet an dem Tag eine Cocktailparty geben mußte, ist mir unerfindlich. Man konnte buchstäblich jedes Wort hören, das gesprochen, und jedes Glas Alkohol, das ausgeschenkt wurde. Ich begreife nicht, wie die arme Frau das ausgehalten hat. Ich war schon drauf und dran zu gehen, doch hat Bhabi-jān mich überredet zu bleiben; wir müßten Mona unterstützen. Bhabi-jān ist einfach wunderbar! Diese Charakterstärke! Ich weiß, daß ihre Anwesenheit Mona enorm viel Kraft gegeben hat. Sie hat sogar diesen langweiligen Arya-Samaj-Pandit in seine Schranken verwiesen, der bei Mona war. Der wollte nicht aufhören mit seinen Anekdötchen und Auslegungen; der war einfach verliebt in seine eigene Stimme. Bhabi-jān hat ihm gesagt, er soll weitermachen mit dem Rezitieren der Sutras und nicht allen anderen mit seinen weitschweifigen Erklärungen die Zeit stehlen. Arya Samajis können einem entsetzlich auf den Geist gehen; sie wollen immer, daß alle die heiligen Schriften bis ins Detail verstehen. Dabei sind die Sutras doch nur dazu da, um rezitiert zu werden.«

»Wenn man bedenkt, was er alles durchgemacht hat«, ließ Neel sich jetzt vernehmen, »ist es doch erstaunlich, was aus Dev geworden ist.«

»Ja, das finde ich auch«, stimmte Kiran ihm zu. »Es klappt doch alles. Ich erinnere mich noch, daß seine Mutter Mama vor Jahren erzählt hat, was für eine fabelhafte politische Karriere der Astrologe ihm prophezeit hat.«

Neel sagte, ganz vorbei könne man an der Astrologie nicht. Wissenschaften, die mit menschlichem Verhalten zu tun hätten, könnten eben nie hundertprozentig exakt sein; aber in welchem Maße die Vorhersagen von zuverlässigen Astrologen einträfen, das sei unglaublich. Woraufhin er und Mama mit einer Fülle von unglaublichen Beispielen aufwarteten.

»Ich würde sagen, alles in allem hat auch Rose es ganz schön weit gebracht«, sagte Neel. »Man muß nur mal überlegen, wo sie herkommt und so weiter. Es ist gar nicht leicht zu begreifen, wieso Onkel Ram sich ausgerechnet mit ihr zusammengetan hat. Gewiß, damals waren ja wohl nur die Töchter der Vermieterinnen oder Mädchen aus ähnlichen Kreisen zu haben – aber warum mußte er sie gleich heiraten? Wahrscheinlich ist es ihm seither nur peinlich gewesen. Manchmal hat er mir richtig leid getan.«

»Ihr könnt sagen, was ihr wollt, die Kinderstube zählt eben doch!« sagte Mama.

»Wenn sie bloß ihr Haar nicht so schreiend rot färben würde.«

Wo wenig Gemeinsamkeiten bestehen, können Verhandlungen zwischen Regierungen schon sehr zermürbend sein, doch nie hatte ich mich bei irgendwelchen Verhandlungen für meine Regierung so wundgerieben wie jetzt, als es um Rose und Dev ging. Ich sprach von Fälschung, und sie redeten von Astrologie und gefärbten Haaren. Aber schlimmer noch, zwischen uns dehnte sich eine Eiswüste, ein Niemandsland aus, in dem es keine Liebe gab. Was ich am anderen Ende dieser Wüste sah, war, daß meine eigene Familie sich mit Kind und Kegel gegen mich verbündet hatte. Blutsbande hin und her, es gab hier keine unverbrüchliche Grundlage für Brüderlichkeit. Das einzige, woran sie glaubten, waren eben ein paar Bluts- und Stammesbande, an sonst nichts, dachte ich. Vielleicht hat das aber weder mit Blut noch mit Religion etwas zu tun, und jede siegreiche Armee würde erleben, daß sie die Fahnen heraushängen und sie bejubeln. Derjenige, an den ich mich mit meiner Bitte gewandt hatte, hatte nichts gesagt. Er stand neben dem kalten Kamin; einen Arm hatte er auf das Kaminsims gelegt; mir zeigte er das Profil. In meiner Phantasie bekleidete ich ihn augenblicklich mit dem durchsichtigen Gewand und Turban des Mogul-Höflings, der einen edelsteinbesetzten Dolch im Gürtel trug und eine Rose in der Hand hielt, denn nur das höfische Gewand hatte sich im Laufe von zwei Imperien und einer kurzen Nachwehe der Freiheit verändert, sonst nichts. Aber Gewand, Dolch und Rose sowie die betonte Eleganz vermochten nicht das lebendige Wesen zu verdecken, das ich in dem Irrgarten gefangen zu sehen glaubte, wo es gehetzt hin und her lief in den immer wieder abbiegenden Gängen, die sich alle nicht als Auswege erwiesen, sondern als Sackgassen, und die zu keinem Ziel führten, denn ein Irrgarten hat kein Ziel. Ich weiß nicht, ob mein Gesicht verriet, wie sehr ich für Rose litt, oder ob man ein eigentümliches Mitleid für Ravi daraus lesen konnte, doch als er sich nach einer Ewigkeit in seiner Tweedjakke umdrehte, um mich anzusehen, hatte sein Blick eine Direktheit, die ich seit dem Tag am Ufer der Isis und den Hindernissen, die sich unserem Goldenen Zeitalter entgegenstellten, nicht mehr gesehen hatte. Ruhig, als ob kein Wort gesprochen worden wäre zwischen meiner Bitte und seiner Antwort, sagte er: »Ich werde sehen, was ich machen kann, Sonali.«

Neel und Kiran erhoben, von Mama unterstützt, lebhaft Einspruch. Sich in die Privatangelegenheiten einer anderen Familie einzumischen sei ganz und gar ungehörig. Außerdem sei es politisch unklug. Und bestimmt ganz unnütz, wo doch Rose es wunderbar weit gebracht hatte, wenn man bedachte, wo sie herstammte.

»Was will sie schließlich mehr?« wollte Mama erschrocken wissen. »Sie führt doch seit Jahren ein überaus angenehmes Leben.«

»Wie undankbar die Menschen sein können«, schloß Kiran.

Doch in diesem Augenblick gab es nur uns beide in dem Raum: Und der eine sah aus wie ein Mensch, der sich zögernd anschickt, einen Schritt vorwärts zu machen – einen Schritt, der bedeutete, daß er unter Umständen vielleicht doch wieder gehen lernte.

# KAPITEL 20

Die Wand über ihren Betten sah aus wie mit Blut bespritzt, und die obszönen Spritzer waren in Teak gerahmt. Nishi beugte sich auf ihrem Stuhl vor; was sie sah, bedrückte sie. Vor einer Stunde hatte ihre Mutter mit der Nachricht angerufen, ihr Vater sitze seit einer Woche im Gefängnis, und seit einer Stunde saß Nishi da, unfähig, sich von der Stelle zu rühren, wie angewurzelt auf dem Stuhl vor den Blutflecken mit dem Telefon daneben. Bisher hatte sie nie mehr als einen flüchtigen Blick auf das Bild geworfen. Der Gehilfe im Laden hatte die Familie von der Verhaftung unterrichtet, doch bald danach war das Telefon abgestellt worden, und die Nachbarn hatten es nicht gern gesehen, daß die Mutter ihres benutzte. Dann war ihnen der Strom abgestellt worden, und bis die Gasflasche kam, das hatte Tage gedauert. Sie hatte einen Petroleumkocher kaufen und sich nach Petroleum anstellen müssen, um überhaupt warmes Essen bereiten zu können. Schließlich hatte sie mit dem Roller zwei Meilen zurücklegen müssen, um ein freundliches Telefon zu finden. Als Dev eintrat, erkannte sie ihn an den Schuhen; es war schon sehr lange her, daß sie ihm ins Gesicht gesehen hatte, falls überhaupt jemals; die Gesichter von Daddy-ji und Rose hingegen kannte sie in- und auswendig.

»Ich habe Ravi für morgen zum Mittagessen eingeladen«, sagte Dev. »Aber erwarte nicht zuviel davon. Es könnte sein, daß er seinen Einfluß in diesem Fall nicht geltend machen möchte, was ich ihm nicht verdenken kann.«

»Warum sollte er das nicht wollen? Mein Vater hat gegen kein Gesetz verstoßen.« Sie hielt die Augen immer noch gesenkt. Trotzdem tauchte am Rand ihres Gesichtsfeldes die nicht mehr jugendliche Wölbung von Devs Bauch auf.

»Dein Vater ist ein Trottel. Sich der falschen Partei anzuschließen und mit den falschen Leuten zu verkehren! Er hat sich die ganze Sache selbst eingebrockt. Das hat er jetzt davon.«

Den Mund halten, sich beherrschen und Würde bewahren, riet Nishi sich selbst und verfolgte, wie die Schuhe bis an das Ende des Teppichs vorrückten, unter dem Gekleckse stehenblieben, zurückkehrten.

»Wenn er das Glück hat freizukommen, wird er sich in Zukunft vorsehen müssen...«

»Hör auf!« befahl Nishi mit einer Stimme, die dem wilden Schrei glich, den sie zum Schluß ihres unbeschreiblichen Gewaltaktes ausgestoßen hatte, ehe ihr Körper von ihren beiden Kindern entbunden worden war, der Krönung der einzigen beiden Taten in ihrem Leben, bei denen es kein Zurück gegeben hatte bis zum bitteren Ende. Bis auf diese beiden Ereignisse hatte sie stets Mitleid und Gnadenaufschub erlebt.

Die Schuhe gehorchten zwar und blieben stehen, doch ihr Besitzer sagte scharf: »Reiß dich zusammen!«

Ihre Leibeshälften lagen auseinandergerissen auf dem Entbindungsstuhl, unter den maskierten und unbeteiligtforschenden Blicken von Fremden mit ihren Gerätschaften, in der Nähe von Glasschränken, in denen Reihen von Gläsern mit Tumoren, Totenschädeln, Zangen und Skalpellen fein säuberlich nebeneinander standen. Es war Nacht, und erbarmungsloses klinisches Licht fiel gleißend auf ihr entblößtes und zerrissenes Fleisch. Ihr Schrei schockierte niemand außer sie selbst. Ihre Ankündigung, daß sie Mutter sei, weckte unverfälschten Protest zu neuem Leben, Schreie, die sie für das erschöpfte Ende von unsäglich anstrengenden Wehen hielten; nicht einmal, als sie

sie hörten, erkannten sie den Schrecken jener, die ausgeschickt werden, für etwas zu kämpfen und zu sterben, woran sie selbst nicht glauben. Ein Fremder legte das Kind, das sie nicht gewollt hatte, wie eine Trophäe neben sie; im nächsten Jahr noch ein Kind, das sie nicht gewollt hatte; legten sie wie Trophäen neben sie und schafften sie, als sie die Augen schloß und so tat, als schliefe sie oder als wäre sie tot, hinaus in den Trophäenraum. – Morgen früh wird es ihr bessergehen; es ist eine schwere Geburt gewesen, hörte sie sie sagen. Am nächsten Morgen, nachdem sie gebadet und bandagiert worden war und das Blut der Schlacht abgewaschen, nachdem Stacheldrahtstiche sich tief in ihr Fleisch eingegraben und es zusammengenäht und ihre Stimme wieder ihre normale Höhe erreicht hatte, da hatte sich unerbittlich und unsichtbar eine Mauer um sie herum errichtet, die jede Erinnerung an die Gewalttätigkeit der Nacht aussperrte. Durch Sehschlitze in den Festungsmauern, sicher und unerreichbar, konnte sie lächeln und zu Telegrammen, Geschenken und Blumen nicken. – Na, wer sagt's denn, quietschvergnügt ist sie heute morgen, unsere Mummy, bereit, eine richtige Mummy zu werden. Mit ihren verschiedenen Ichs zurechtzukommen war nicht schwierig, sofern sie ihr inneres und ihr äußeres Selbst auseinanderhielt. Zog sie beides aber zu einer Einheit zusammen, zeigte sich ihr die Welt, so wie sie war, und dem widersetzte sich ihr trotziger, widerstrebender und erregter Wille.

Das Mittagessen am nächsten Tag war so groß und schwer wie die Stunde, die sie damit verbrachten, es zu verzehren. Sie interessierte sich nicht für Devs Unterhaltung. Das war auch besser so, dafür konzentrierte sie sich auf Fleisch und Spinat und das Weiterreichen des Chutney, statt darüber zu reden, welch ein Verantwortungsbewußtsein die Zeitungen entwickelt hatten, die endlich nicht mehr an allem und jedem herumkritisierten; und darüber, wie gut die Debatte über die Verfassungsänderung lief, jetzt, wo die Opposition ausgeschaltet war; sei die Verfassungsänderung erst mal durch, könnte man Madames Sohn wirklich zum Planungsleiter machen und könnte das Auto, das er bauen wollte, endlich über die Straßen rollen.

»Ich hab' gar nich' gehört, daß es das Auto gibt«, sagte Rose; man merkte ihr an, daß sie sich schon vorm Essen ein paar Gläschen genehmigt hatte. »Un' wie soll'n Auto, das es gar nich' gibt, über die Straßen rollen?«

Dev tat, als wäre sie Luft, und fuhr fort: »Sobald ein paar Muster fertig sind, sollte Madame das Projekt verstaatlichen. Dann ist die öffentliche Hand dafür verantwortlich. Schließlich soll es ein Volkswagen werden.«

»Für mich hört sich das an wie des Kaisers Neue Kleider«, sagte Rose. »Erst mal gibt's gar kein Auto, un' dann wird das, das es gar nicht gibt, verstaatlicht. Un' nach allem, was ich in den letzten Jahren davon gehört hab', gibt's davon noch nicht mal 'n Prototyp.« – »Mummy, warum langst du beim Spinat nicht noch mal zu?« sagte Nishi.

»Was meinst du, Ravi? Sollte man das Projekt nicht verstaatlichen? Dann kann die Regierung mit Franzosen, Italienern oder Japanern zusammenarbeiten, und das Auto läuft in Null Komma nichts vom Band.«

Ravi murmelte etwas davon, daß die Lizenz nur für ein privat und ausschließlich mit indischen Mitteln in Indien produziertes Auto gelte, und Nishi sah, wie der Kopf ihres Mannes mit einem Ruck hochfuhr; offenbar spürte er so etwas wie Gegenwind.

»Richtig«, pflichtete Rose Ravi bei. »Entweder man ist Unternehmer, oder man ist es nicht, un' wenn er einer ist, wozu dann dies ganze Geschrei? Wer soll denn diesen vielgerühmten Wagen überhaupt produzieren – er oder die Japaner?«

Geräuschvoll schob Dev seinen Stuhl zurück und stand auf. Ravi folgte ihm, ging jedoch zuvor um den Tisch herum zu Nishi und sagte ihr, Madame sei im Moment auf

Reisen, im Süden, und er könne nichts versprechen, aber er werde sehen, was sich für ihren Vater machen ließe. Nachdem die Männer sich zurückgezogen hatten, blieben Nishi und Rose zurück; sie hatten nichts anderes zu tun, als zuzusehen, wie die Krumen vom Eßtisch gebürstet, Geschirr und Besteck fortgeräumt und das Tischtuch abgenommen wurde. Nachdem die Diener gegangen waren, fielen schräg Sonnenstrahlen auf eine Schale mit Äpfeln und Orangen, wärmten das Holz der Tischplatte und ihre darauf ruhenden Arme. Das erinnerte Rose an ähnlich sonnenerhelltes Schweigen, wobei – entsprechend der Jahreszeit – statt der brütenden Hitze linde Lüftchen geherrscht und sie Tag um Tag darauf gewartet hatte, daß Post mit der Nachricht von ihren Eltern eintraf, daß es ihnen gutgehe, und nach diesem Brief dann auf den nächsten. Die Qual des Wartens vermischte sich im Unterschied zu anderen Qualen mit Umrissen und Gestalten von Dingen, die außerhalb des eigenen Selbst existierten. Ihre Erregung und ihre Angst während des Krieges wegen der Bombenangriffe auf London mußte sich unauslöschlich den Straßen und Gebäuden, Bäumen und Steinen von Lahore eingeprägt haben, dem Bazar, den sie so oft besucht hatte, und dem winzigen Laden, in dem Mr. Parameshwar Singhs Shampoo ihr in die Augen gelaufen war, so daß sie brannten. Luftschutzkeller hatten letztlich nicht viel genützt. Was sollten überhaupt unterirdische Schutzräume, und warum hatte Ram hier einen für Wertgegenstände einbauen lassen, fragte sie Nishi. Warum diese nicht oben im Safe aufbewahren oder im Schließfach in der Bank? Die Depression, die Nishi benebelt hatte, war plötzlich wie verflogen, und munter antwortete sie: »Die könnte man nicht in einer Bank aufbewahren, Mummy, weil sie bald nach Mauritius gebracht werden, um dort in einer Bank deponiert zu werden. Daddy-ji hat vielleicht ein Gewölbe für Wertgegenstände einbauen lassen, aber Dev hebt ganze Stöße von Geld dort unten auf, die Anzahlungen von Scheinfirmen und von Händlern, die das Auto ausstellen werden, sobald die Muster erst einmal fertig sind.«

»Aber wenn es doch noch keine Musterwagen gibt, was macht dann das Geld da unten, und was hat überhaupt Mauritius damit zu tun?«

»Sie werden demnächst fertig werden. Es treffen ja immer weiter Teile ein, und auch die werden unten gelagert. Sie kommen direkt vom Flugplatz und brauchen vorher nicht durch den Zoll.« Mit der Schnelligkeit eines Kobolds sprang Nishi auf und verließ das Zimmer.

Rams Geld, wenn auch nicht in Mauritius, das könnte schon sein, dachte Rose aufseufzend. Ihr Glaube mußte Mona während der Zeit ihrer schlimmsten Prüfungen geholfen haben, warum hätte sie sonst so daran festhalten sollen? Damals, als sie nach dem Schattenspiel – bei dem Draupadis Ehre unbefleckt geblieben war – heimgefahren waren, hatte Rose neidvoll zu ihr gesagt: Ich wünschte, *ich* hätte etwas so Festes, an das ich mich halten könnte. – Ich weiß nicht, was du unter *Festes* verstehst, Rose-ji, hatte Mona erwidert, aber woran wir alle uns festhalten, das sind doch die Fragen, nicht die Antworten. Wird dies geschehen oder nicht? Wird mein Sohn der Beste in seiner Klasse sein? Wird er, wenn er einmal groß ist, ein nettes Mädchen heiraten? Ich weiß nicht, wie das bei den christlichen Gebeten ist, Rose-ji, aber bei uns gibt es keine einfachen und raschen Antworten auf die Fragen, weil Zeit nicht nur Uhrzeit ist; die Antworten müssen sich ergeben, wenn es soweit ist. – Das verstehe ich nicht, Mona, sagte Rose. – Das habe ich auch nicht getan, bis ich folgende Geschichte hörte, sagte Mona und erzählte sie. Ein Lehrer bat einst einen seiner Schüler, ihm ein Glas Wasser zu holen, woraufhin der junge Mann ging, ihm diesen Gefallen zu tun; doch unterwegs traf er ein schönes Mädchen, in das er sich verliebte und das er heiratete. Sie lebten glücklich zusammen, bekamen drei Kinder und bestellten ihre Felder. Einmal kam es zu einer Überschwemmung, dann folgten Trockenzeiten, und so mußten sie sehr hart arbeiten, um sich von diesen Mißgeschicken wieder zu erholen, doch schließlich war alles wieder gut. Die Kinder wuchsen rasch und gesund heran, und der ganzen Familie ging es gut, als eines Tages der Lehrer in dem Dorf eintraf, nach seinem Schüler suchte und zu ihm sagte: »Wo bleibt das Glas Wasser, mein Sohn? Ich warte schon eine halbe Stunde darauf.« Verstehst du jetzt? sagte Mona und zog, als ihr Auto auf der Einfahrt zum Haus hielt, ihren Schal fester um sich und sammelte Handtasche und die Tüten mit Erdnüssen und der Zuckerwatte, die sie für Dev gekauft hatte, ein. Sie rief nach dem *chowkidar*, der herbeieilte, um das Tor zu öffnen, das er der Kühe wegen verriegelt hatte; er solle sich beeilen, sie könnten nicht die ganze Nacht warten. – Was bedeutet die Geschichte denn, wollte Rose wissen, war es ein Traum, den der Schüler träumte, oder hat der Lehrer nicht gemerkt, wieviel Zeit inzwischen vergangen war? Oder was sonst? Doch Mona stieg aus, mitten hinein in das kleine Erdbeben an Aufregung, das ihre Ankunft hervorgerufen hatte. Wenn diese Fragen das einzige wären, woran ich mich halten könnte, überlegte Rose, während sie Mona ins Haus folgte, ohne zu wissen, was nun wirklich und was nur dem Anschein nach passiert war, hätte ich noch weniger als jetzt das Gefühl, etwas Festes zu haben, an das ich mich halten kann.

Zögernd stand Rose vom Tisch auf und ging hinüber auf die Veranda, wo dasselbe schmeichelnde Licht die Zeit der Chrysanthemen und Hummeln um die Rosen verkündete, die Zeit von Radieschen und Sellerie, und nahm auf einem Korbstuhl Platz, um die Sonnenstrahlen auf ihren Füßen zu genießen. Mit der Zeit der Uhr waren diese, während sie schlief, bis zu ihrem Schoß heraufgekrochen; Rose wachte auf und sah Ravi aus dem Haus auf sie zukommen. Er fragte, ob er sich zu ihr setzen dürfe. Rose kam es vor, als wäre ein halbes Leben vergangen, seit er damals in London das Glas erhoben hatte, um einen Toast auszubringen: »Auf die Veränderung!« Vielleicht war aber, wenn man anders rechnete, auch erst eine halbe

Stunde seit diesem Glas Bier vergangen. Oder noch nicht einmal das, so klar erinnerte sie sich, wie nahe sie drei sich an diesem Abend über dem englischen Roastbeef gekommen waren.

»Wie geht es Ihrer Mutter?« fragte sie; einem so blassen Typ, der gut daran täte, sich einmal tüchtig zu sonnen und sich eine gesunde Farbe zu holen, diese Frage zu stellen, schien angebrachter als die nach seiner Frau.

»Die ist putzmunter wie immer.«

»Bhabi-jān bedeutet ›Bruders Frau‹, nicht wahr? Ist es in Ihrer Glaubensgemeinschaft eigentlich Sitte, die Mutter mit Schwägerin anzureden?« Pandschabis verwendeten oft Verwandtschaftsbezeichnungen statt Namen, und Kaschmiris, die als subtiler galten, verwendeten statt richtiger Namen wahrscheinlich Beziehungen, die es gar nicht gab, bloß um zu zeigen, wieviel verfeinerter und kultivierter sie wären als andere. Und nach dreiundvierzig Jahren hier in Indien hielt sie nichts mehr für unmöglich, egal, um welche Glaubensgemeinschaft es sich handelte. »Eigentlich nicht«, sagte Ravi lachend, »obwohl ich meinen Vater Bhai-ji genannt habe, was Bruder heißt. Ich muß mich einfach daran gehalten haben, wie andere in der Familie ihn nannten.«

Vielleicht hatte er sich aber auch wirklich für den Bruder seines Vaters gehalten oder geglaubt, sein Vater und seine Mutter wären Bruder und Schwester. Vielleicht hatten sie ihm ihre Blutsverwandtschaft verheimlicht. Das war durchaus möglich nach dem, was sie in größeren Familien an Schlafgewohnheiten erlebt hatte, wo die Männerbetten auf einer Veranda aufgereiht waren und die der Frauen auf einer anderen, als ob sie einander nicht kennen, obwohl sie nach den Kinderscharen im Haus zu urteilen einander im Dunkeln ziemlich oft besucht haben mußten. Das Mr.-Wu-Thema gab es in endlosen Variationen. Meine Herren, war das alles verwirrend!

»Sonali hat Sie meinetwegen um einen Gefallen gebeten«, sagte sie.

»Um darüber mit Ihnen zu sprechen, bin ich hergekommen. Ich habe mich lange mit Dev unterhalten. Er ist sehr wütend, daß ich davon angefangen habe. Er sagt, das Geld gehört ihm. Er läßt sich von mir nicht dazu bewegen, mit dem Fälschen der Schecks aufzuhören.«

Diese Nachricht versetzte ihr einen heftigen Stich. »Wovon wir reden, das ist Scheckfälschung – nicht davon, ob jemand noch einen Drink will«, sagte Rose. »Es ist gegen das Gesetz.«

»Ich weiß«, sagte Ravi.

»Und der Bankmanager, der weiß, daß sie gefälscht sind, muß zulassen, daß sie weiterhin ausgezahlt werden.«

»Es handelt sich um eine der Banken, die große Darlehen für das Auto gegeben haben«, sagte Ravi.

»Soll der Ausnahmezustand denn nicht dazu dienen, Gauner hinter Gitter zu bringen?«

»Doch«, sagte Ravi.

»Irgendwo stimmt etwas nicht.«

»Ich fürchte, Sie haben recht«, räumte er ein. »Ich begreife das nicht.«

Aber in einer Gesellschaft, in der man seine Mutter Schwägerin nennt, ist wirklich jeder Kuddelmuddel möglich.

»Wenn nicht einmal Sie, die Sie in dieser Gesellschaft eine so bedeutende Stellung einnehmen, es fertiggebracht haben, Dev zu überzeugen, schafft das niemand«, sagte sie.

»Es tut mir schrecklich leid, Rose. Sie hatten recht, als Sie einmal sagten, manches ändert sich nie.«

Doch wovon sie damals gesprochen hatte, das waren andere Dinge gewesen: verkrustete Gesellschaftsordnungen und nicht Taschendiebe, Straßenräuber und Banditen, die ungestraft davonkamen. Selbstverständlich, wo man selbst betroffen war, erwartete man törichterweise immer noch, daß (da der Allmächtige einem diesen Gefallen nicht immer tat) irgendein Magier seinen Zauberstab schwang und alles wieder in Ordnung brachte. Sie hatte auf Ravi Kachrus Zauberstab gezählt.

»Ich begreife nicht, wieso ich das nicht längst habe kommen sehen«, sagte sie. »Wenn ich nur nicht den Rest meines Lebens unter Devs Dach leben müßte! Bloß: wo soll ich hin, wenn er die Hand auf das Geld hält?«

»Das würden Sie doch auch nicht wollen, wo Onkel Ram hier ist.«

»Nein, solange er noch da ist, nicht. Aber wie lange wird er noch leben?« Jetzt war es wieder die mechanisch eingeteilte Uhrenzeit, die das Regiment übernahm und bei der eine Minute die andere unerbittlich ablöste.

»Ich wünschte, ich hätte helfen können«, sagte Ravi.

Jetzt wurde Rose streng: »Sie hätten helfen können, indem Sie diesen ganzen Quatsch von vornherein nicht mitgemacht hätten.«

Deshalb vergaß sie auch, ihm zu danken oder erstaunt darüber zu sein, daß es ihm über den Kopf gewachsen war, wie er es ausdrückte. Das hätte er wissen müssen, als er es in Gang setzte.

Einige Tage später ging sie gerade beim Grabmal spazieren, als Nishi herausgeflogen kam, um ihr zu berichten, in einer Stunde werde ihr Vater entlassen. Rose beschloß, zusammen mit ihr zum Gefängnis zu fahren; auch schlug sie vor, ihn für die Nacht mit herzubringen. Für die Nacht mit herzubringen, wiederholte Nishi mit hoher, klarer Stimme. Ich hole mir nur schnell eine Strickjacke und bin gleich zurück, sagte Rose, und auch das Ende dieses Satzes wurde zwitschernd von Nishi wiederholt: ... bin gleich zurück. Nervosität brachte manche Menschen dazu, den Schluß der Sätze von anderen nachzuplappern, doch hatte Nishis Nervosität sich früher nie auf diese Weise geäußert; jetzt sah sie so ruhig und gefaßt aus, und es war schon seltsam, wie sie ihr ›zurück‹ hinter Rose hertirilierte.

Nishi wappnete sich innerlich gegen jedes Gefühl, als sie unter dem Torbogen mit der Aufschrift ›Gefängnis‹ hindurchfuhren. Ruhig betrat Nishi das Büro des Direktors, genau so, wie Ravi es ihr gesagt hatte, doch der Anblick des verhutzelten Männchens, das als kleines schmutziges Bündel in der Ecke einer Bank an der Wand wartete, ließ sie hemmungslos aufschluchzen, und zwar über sein ganzes bisheriges Leben und nicht nur über die letzten vierzehn Tage. Falls überhaupt jemals, war es gewiß nicht oft vorgekommen, daß ein Brillant von dieser Größe das trübe Licht der schwachen Glühbirne im Büro des Direktors angezogen und gebrochen hatte. Dieser kam halb aus seinem Sessel hoch, um die reiche schluchzende Besucherin zu trösten, doch als die Memsahib ihm einen Wink gab, sie allein zu lassen, schickte er statt dessen nach einem Glas Wasser für sie.

Rose trat an die Bank. »Nun, K. L., ich habe Sie zwar schon an manch finsterem Ort gesehen, aber Sie in einem solchen Loch besuchen zu müssen, hätte ich mir nie träumen lassen.« K. L. gab etwas von sich, das auf gespenstische Weise Ähnlichkeit mit einem belustigten Glucksen hatte, sich jedoch mit einiger Übung rasch verbesserte, als er und Rose sich über *jelabies* in heißer Milch unterhielten, Monas Lieblingsgebräu, wenn es galt, ein Fasten zu beenden; offenbar hatte K. L. das im Gefängnis am meisten vermißt. Nishi, die immer noch stand, hörte schlagartig auf zu weinen, als sie ihren Vater sagen hörte, er werde wohl noch länger auf *jelabies* verzichten müssen. Er könne nämlich nicht mit ihnen heimfahren, da er einen jungen Mithäftling in der Zelle habe, den er unmöglich im Stich lassen könne. Nishi müsse dafür sorgen, daß auch der Junge freigelassen werde; nur dann könnten sie zusammen heimgehen. Rose fand heraus, daß es sich um einen Studenten handelte, der offenbar mit gebrochenem Bein daniederlag, falls es das war, aber jedenfalls sofort ärztlicher Hilfe bedürfe. Dafür werden wir sorgen, sagte sie mit einer Zuversicht, die sie nicht fühlte, aber K. L. machte keinerlei Anstalten, sich zu erheben. Ich habe nun mal Angst, setzte er ihnen geduldig auseinander, daß die Tore sich mit metallischem Klick hinter mir schließen und der Junge vielleicht noch Jahre hier bleibt; deshalb kann ich unmöglich mitkommen, es sei denn, er kann auch raus.

Nishi, das erkannte Rose, wollte sich mit seiner Weigerung, das Gefängnis zu verlassen, nicht abfinden. Sie hatte etwas Unheilverkündendes in den Augen und sah ihren Vater starr an. – Sag ihm, daß er mitkommen muß, sagte sie mit schriller Stimme zu Rose. Er muß verrückt sein, wenn er glaubt, daß wir ihn hierlassen. Rose betätigte sich wieder als Dolmetscherin, denn nur sie sprach seine Sprache, die nicht die Sprache seiner Tochter war; Rose hörte darin die eigensinnige Weigerung ihrer Eltern, London zu verlassen: Bomben hin, Bomben her, andere Menschen blieben auch hier, oder? Und sie hörte, wie Lala-ji sich weigerte, die paar Meter Straße auf dem Bauche kriechend zurückzulegen, obwohl er sich völlig bewußt war, was das bedeutete: daß sie ihn ergreifen, an das Gerüst fesseln und fast zu Tode peitschen würden, wenn er es nicht tat. In allen Fällen gab es im Kern eine Eigensinnigkeit, die nicht nachgeben wollte. Trotzdem versuchte sie, K. L. zu überreden, mit ihnen nach Hause zu fahren.

»Was ist mit deinem Laden?« wollte Nishi wissen.

Er schien nicht zu begreifen und sah sie verwirrt an. Als ob er noch nie etwas von einem Laden gehört hätte. Es kostete ihn mehrere Sekunden, bis er begriffen hatte, was das Wort ›Laden‹ bedeutete. Seine Miene hellte sich auf.

»O ja«, sagte er. »Deine Mutter wird sich drum kümmern müssen, bis ich heimkomme. Das muß sie ja jetzt schon. Deine Mutter ist eine sehr tüchtige Frau.«

Nishi erinnerte sich, wie es gewesen war, als ihre Mutter sie von der Verhaftung des Vaters unterrichtet hatte: wie sie die Sachen mit dem Telefon, der Gasflasche, den Nachbarn und dem Zwei-Meilen-Weg bis zu einem freundlichen Telefon erzählt hatte. All diese Umständlichkeit und Hektik, und daneben noch das Essen, das gekocht werden mußte. Ganz im Gegensatz dazu war Nishi wie vor den Kopf geschlagen und völlig gefühllos gewesen; apathisch hatte sie auf dem Stuhl gesessen und es vermieden, die gerahmten Blutspritzer anzusehen. Nun, ob tüchtig oder nicht, darum ging es im Moment nicht. Es war einfach nicht zu fassen, daß ihr Vater seinen Laden vergessen hatte und ihn als etwas Nebensächliches abtat, mit dem ihre Mutter schon fertig werden würde. Ihr wurde übel, und ihr war flau im Magen, als sie begriff, was sie mit ihm gemacht haben mußten, daß er sogar das Wichtigste in seinem Leben vergessen hatte und seine Gedanken wirre Wege gingen wie jetzt, wo er Rose belangloses Zeug von Deutschen und Russen und der Behandlung von Kriegsgefangenen im Zweiten Weltkrieg erzählte.

»Meine Frau wird sich besser um den Laden kümmern als ich«, schloß er und setzte dann, als gelte es, sie höflich zu verabschieden, noch hinzu: »Kommt bitte wieder und bringt ein Entlassungsschreiben für den Jungen mit.«

Genausogut hätte er sagen können: Sorgt dafür, daß Tausende von Leuten entlassen werden; so etwas war unmöglich und unrealistisch. – Ihr könnt mir glauben, fuhr er fort, der Junge hat keine Gewalttaten begangen und nicht gegen irgendwelche Gesetze verstoßen. Er hat keineswegs geplant, irgendwas zu stürzen, als sie ihn ins Gefängnis steckten und ihm unterwegs praktisch das Bein brachen. Er ist fleißig dabei zu studieren... – Aber wer soll dir das glauben? brach es aus Nishi heraus. Ihr Vater schien peinlich berührt von ihrem Verhalten. »Mrs. Rose«, wandte er sich flehentlich an diese, »bitte erklären Sie meiner Tochter, in welch einer mißlichen Lage ich bin.«

»Ich weiß, wie Ihnen zumute ist«, versicherte Rose ihm, »aber wir machen uns solche Sorgen um Sie. Wir können Sie unmöglich hier zurücklassen.«

»Genau diese Gefühle bewegen mich in bezug auf den Jungen«, erwiderte er augenblicklich.

K. L. setzte seine Brille ab, putzte sie sorgfältig an seiner verdreckten *kurta* und setzte sie wieder auf. Rose sah aus wie ein Wesen von einem glücklicheren Stern: korpulent und hellhäutig, das große weiße Gesicht freundlich, strahlte sie rückhaltlos Wohlwollen und tröstliche Güte aus. Sie kam von dorther, wo es saubere Laken, reichlich zu essen und frische Luft gab. Ihr Anblick erfrischte ihn, aber eine Rettungsleine war es nicht. Es verlangte ihn nicht, danach zu greifen und von hier zu verschwinden. Ihn zog es genau in die entgegengesetzte Richtung, zurück in die Zelle. Merkwürdige Dinge taten sich in Gefängniszellen. Aurobindo, ein bombenwerfender Terrorist, hatte dort eine religiöse Vision gehabt, ein Ashram gegründet und war zum geistigen Führer geworden; auch wenn K. L. das nicht war und nie sein würde, schon weil er nicht an die Religion glaubte und nie daran glauben würde, hatte er genau den Menschen gefunden, zu dem er wohl geworden wäre, hätte das Unglück es nicht gewollt, daß er im Geschäftsleben eine Pleite nach der anderen erlebte. Eigentlich war er dazu geboren, ein Lehrer zu sein, Geist und Gemüt von jungen Menschen anzurühren und ihnen etwas mitzugeben, das sie ihr Leben lang mit sich herumtragen konnten; es hatte einer Gefängniszelle bedurft, den alten Traum in neuem Licht erstrahlen zu lassen und sein Leben mit seiner wahren Bedeutung zu durchdringen. Wenn schon nicht die ganze, so konnte zumindest ein Teil dieser Mission erfüllt werden.

Ich werde ihn zwingen mitzukommen, dachte Nishi, aber da begriff sie, wie idiotisch diese Vorstellung war, wo er und Rose irgendwo in weiter Ferne in ein ernsthaftes Gespräch vertieft waren, einander den Oberkörper zuneigten, nickten und murmelten, als wäre sie, Nishi, überhaupt nicht vorhanden. Sie wandte sich ab und wollte sich auf den Stuhl an der gegenüberliegenden Wand setzen, da hörte sie ihn sagen – und das klang wirklich so, als hätte er den Verstand verloren –, er und der Junge arbeiteten an einem Theaterstück, natürlich nur im Kopf, denn sie hätten ja weder Bleistift noch Papier, und das sei auch nur eine Therapie für den Jungen, um ihn von seinen Schmerzen abzulenken. Der Junge sei aus dem Holze, aus dem man die richtigen Studenten schnitze, einer, dem das Studium wirklich etwas bedeute; deshalb habe er es auch wieder aufgenommen. Dann senkten sie die Stimme, und Nishi hörte nichts mehr, sah jedoch, wie Rose zum Aufseher hinüberging. Als ihr Vater sich erhob und sich zum Gehen wandte, sah sie, daß er humpelte. Während ihres überstürzten Abschieds war es zu spät, ihn zu fragen, was denn mit seinem Bein los sei, und da sie sich wie verbohrt auf seine Entlassung konzentrierte, vergaß sie auf der Heimfahrt sogar Rose.

Das mit Dev war schon eine sonderbare Sache, dachte Rose, als sie mit einem steifen ›Gin and Lime‹ dasaß, den sie nach ihrer Rückkehr unbedingt brauchte. Seit sie hierher nach Indien gekommen war, hatte es immer Dev gegeben, de facto schon, solange sie Ram kannte. Rams Vater hatte die Nachricht von seiner Geburt nach London telegrafiert: Achtpfündiger Junge geboren am 15. um 9 Uhr 11 vormittags. Mutter und Sohn wohlauf. Erwarten ungeduldig deine Heimkehr. Vater. Sie waren in ein Haus gekommen, in dem Dev bereits lebte; und getraut worden waren sie auf der erhöhten Veranda vor seinem Kinderzimmer. Trotzdem war er erst in dem Augenblick Wirklichkeit für sie geworden, da sie ihn im Garten herumtollen sah; dabei war er die ganze Zeit über im Haus herangewachsen. Und doch hatte sie auch wieder kaum mitbekommen, daß er da war; denn die ganzen Jahre über war er immer der arme Dev gewesen, der irgendwelche Examina nicht schaffte, neben dem Swimmingpool des ›Gymkhana‹ Berge von Sandwiches mit Hühnersalat verdrückte und zusammen mit den hoffnungsvollen Sprößlingen der besten Familien immer wieder bei Dummejungenstreichen erwischt wurde. Selbst als sie Mona half, bei der Suche nach einer passenden Braut Annoncen aufzugeben, hatte sie immer noch nicht ganz begriffen, wie es mit Dev eigentlich aussah. Doch genauso wie damals, als er in Lahore in Fleisch und Blut im Garten aufgetaucht war, hatte der Ausnahmezustand Dev jetzt unübersehbar in ihr Blickfeld gerückt: wie er Türen ausfüllte, daß kein anderer mehr durchkam, wie er unerwartet am Ende von Korridoren auftauchte, wie er im selben Augenblick, da sie ihr Zimmer verließ, auch die

Tür des seinen hinter sich zumachte, und wie er bald nach Rams Schlaganfall heimlich das Konto plünderte, das ihr und Ram gemeinsam gehörte. Aber immer noch nicht als Persönlichkeit, wenn das menschliches Geben und Nehmen bedeutete. Als ganz kleines Kind war er vor ihr zurückgewichen, immer weiter zurück, zurück, bis er gegen irgend etwas stieß, sich umdrehte und davonlief. Heute war es genau umgekehrt. Er kam auf sie zu oder blieb, wo er stand, breiter, fleischiger, eine Gestalt, die sich durch nichts verdrängen ließ, weder lächelte noch redete, sondern höchstens wie beiläufig sagte: Schöner Tag heute, nicht? oder fragte: Was gibt's zum Mittagessen?, irgendwas. Sein Gesicht und seine Manieren waren nichtssagend und neutral, doch manchmal, hinter geschlossenen Türen, hörte sie ihn sagen: »Sie ist von meinem Vater ausgehalten worden, warum soll ich also ihr Konto nicht kontrollieren?« oder: »Sie hat meine Mutter fast umgebracht« oder: »Sie hat sich als Hausherrin aufgespielt und alle rumgescheucht, obwohl es das Haus meiner Mutter war.« Doch dann dachte Rose auch wieder: Habe ich ihn all dies wirklich hinter verschlossenen Türen sagen hören? Fühlte oder dachte Dev wirklich so? Oder horchte sie auf eine Stimme in ihrem Inneren? In den meisten indischen Häusern gehen nicht nur Laute, sondern auch Gefühle zwischen den einzelnen Zimmern hin und her, die Treppen hinauf und herunter und verklingen zuletzt wie Musik. In diesem Haus hatte es nicht genug Zeit gegeben, damit Gefühle erblühen und welken konnten. Statt dessen hielten verschlossene Türen Sätze gefangen, von denen sie nicht sicher war, ob sie sie wirklich gehört hatte; und doch, war es wirklich nur Einbildung? Wie konnte man sich einbilden, daß jemand von einem sagte: »Irgendwann werde ich ihr noch mal den Hals umdrehen.«

Was ist Wahrheit und was nicht? Und muß man Wahrheit beweisen können? Manchmal spürte sie, wie sie einen steifen Hals bekam, wie sie die Füße nachschleifte, wie sie sich Wörter wie ›Hinterhalt‹ ausdachte, die es ihr unmöglich machten, sich von der Stelle zu rühren, und das bewies doch bestimmt einiges, oder? Und dann waren da noch die hinter Schloß und Riegel gehaltenen Laute und Sätze, die nicht herauskonnten, an verschlossenen Türen rüttelten, um ins Freie zu gelangen und ausgesprochen zu werden. Da diese so gewissenhaft unter Verschluß gehalten wurden, hatte sie nicht die leiseste Ahnung gehabt, daß immer mehr Autoteile und Bündel von Banknoten sich im Keller häuften, daß ein Auto hier in diesem Haus im Entstehen begriffen war, so wie in dem anderen Haus, in Lahore, ein Kind herangewachsen war. Die ganze Heimlichkeit bewies ihr mehr als alles andere, wieviel bereits unwiederbringlich verloren war, wie allein sie war. Sie umklammerte das Ginglas; die Hälfte des Drinks wärmte bereits wohlig und tröstlich ihr Inneres. Sie versuchte sich auszumalen, wie das Leben in diesem Haus aussehen würde, wenn Rams symbolische Existenz ausgelöscht war. Ein kühles Lüftchen vom Fenster – dort draußen war es angenehmer als in der Stadt – hatte ihr das Gefühl vermittelt, schon wochenlang Divali zu haben, obwohl das erst gestern gewesen war. Es war das erste Divali-Fest seit Rams Schlaganfall, das Fest der Lichter, mit dem nach vierzehn Jahren Krieg und Exil die Rückkehr jenes anderen Rama in sein Königreich gefeiert wurde. Beunruhigend stieg eine kurze, gleichwohl sehr lebhafte Erinnerung an ihr erstes Divali-Fest in ihr auf: Mona kniete unten auf der Veranda, um eine *diyah* zu entzünden; die Hand hatte sie um das Flämmchen gekrümmt, um es vor der nächtlichen Brise zu schützen. Plötzlich sah sie zu Rose auf dem Balkon auf. Ihre Blicke begegneten sich und hielten einander stand, bis Rose instinktiv zurückwich, im Schatten Asyl suchte und damit zu dem Eindringling wurde, der sie in Monas Augen war. Am ganzen Leibe zitternd, hatte Kumar sie dort hinter einem Pfeiler stehend gefunden und gesagt: »Wollen Sie die Divali-Lichter ansehen, Memsahib?«

»Was ist Divali?« hatte Rose gefragt.

»Der Beginn des Winters«, hatte er erwidert.

Warum hatte er damals nicht gesagt, es sei das Fest der Wiederkehr und der Thronbesteigung von Rama, ein Fest der Freude und des Überschwangs, der Lichter, des Schmausens und Spielens? Der Beginn des Winters und ein weiteres Exil, das war es für Sita gewesen.

Als Kumar eintrat, um ihr Zimmer aufzuräumen, die Tagesdecke vom Bett zu nehmen und ihr noch ein Glas einzuschenken, erzählte sie ihm von dem Besuch im Gefängnis. Das einzig Gute, was dabei herausgekommen wäre, sei das Ende der brutalen Behandlung, die Nishis armer Vater über sich habe ergehen lassen müssen. Da der Befehl für seine Entlassung von höchster Stelle komme, so hatte sie dem Gefängnisdirektor gesagt, müsse ab sofort Schluß sein mit der Prügelei; das hatte der Direktor augenblicklich verstanden. Es handele sich offensichtlich um eine irrtümliche Festnahme, hatte er gesagt; diese Irrtümer seien höchst bedauerlich. Er werde dafür sorgen, daß der Häftling anständig zu essen bekomme und sich waschen könne, und daß ein Arzt geholt werde, um den Zellengenossen des Häftlings zu untersuchen, der über so hohe Beziehungen verfüge und im Begriff stehe, entlassen zu werden. Es bedürfe ja nur eines Wortes von ›Ganz Oben‹, um auch den Zellengenossen herauszubekommen. Die Zellen würden für weitere Häftlinge gebraucht; man habe einen Umschlag wie nie.

Als Rose das Wohnzimmer betrat, dachte Nishi: Ach du liebe Zeit, sie hat zuviel getrunken, und jetzt wird sie Ärger machen wie damals, als Mr. Neumann zum Dinner kam und Ravi zum Lunch. Hätte sie Leila und Pritam bloß nicht für diesen Abend eingeladen, doch Leila hatte unbedingt über die Sterilisierung der Protestanten reden wollen. Wir können uns nicht auf unseren Lorbeeren ausruhen, hatte sie mit kehliger Stimme ins Telefon gesprochen. Rose hatte den gewichtigen Gang, den sie immer hatte, wenn sie angetrunken war. Als Kumar kam, um sich wie stets zu erkundigen, was der Bettler zu essen bekommen solle, hatte Nishi sie sagen hören: Mach du das nur, ich bin heute abend zu müde. Aber sag ihm, daß ich ihn morgen besuchen werde.

»Es gibt Leute, die mögen zum Likör gern was Süßes«, führte Pritam gerade aus. »Champagner wird am Ende der Mahlzeit zusammen mit etwas Süßem gereicht, warum also nicht auch ein Häppchen von irgendwas zum Likör? Wir sind auf der Suche nach dem passenden Gebäck: dünn, knusprig und mit Füllungen, die zu verschiedenen Likören passen.«

»Dafür find' sich kaum 'n Markt«, sagte Rose. »Wieviel Leute gibt's denn, die Likör servier'n?« Womit sich Nishi in ihrem Verdacht bestätigt sah. Alkohol ließ Rose betont stark Cockney sprechen, und wenn das der Fall war, mußte man sich auf etwas gefaßt machen. Nishi konnte sich kaum auf das Problem konzentrieren, das Leila mit den Videofilmen hatte, die sie und Pritam aus dem Ausland bekamen. Die Dienerschaft durfte jeden Sonntag den hindisprachigen Film im Fernsehen sehen, und jetzt erwarteten sie, sich auch die Videofilme ansehen zu dürfen, doch dem müsse sie einen Riegel vorschieben, denn die Liebesszenen darin seien zu peinlich für sie.

»Was meinst du damit, peinlich?« wollte Rose wissen.

»Schließlich sind sie es nicht gewöhnt, Tantchen.«

Rose fuhr auf ihrem Sessel hoch und setzte sich kerzengerade auf. »Vergewaltigung sind sie gewöhnt, nich', un' da wer'n sie sich an 'n bißchen Geknutsche auf'm Bildschirm schon gewöhnen.«

»Aber wirklich, Mummy...«, begann Nishi.

»Komm mir jetzt nich' mit Mummy un' so. Wenn du un' ich vergewaltigt werden, kommt die Polente un' sucht nach den Bösewichtern. Aber wenn denen so was passiert, kümmert sich kein Schwein darum.« – »Ich weiß nicht, woher du deine Weisheit hast«, sagte Dev, abgelenkt von Dünne und Aroma des herzustellenden Gebäcks.

»Von ihnen selbst, zufällig.«

Als sie das letztemal in der Nähe des Brunnens mit

dem Bettler ins Gespräch gekommen war, hatte er ihr erzählt, wie er sich nach dem Verschwinden seiner Frau auf die Suche nach ihr gemacht hätte. Er hatte angenommen, die Polizei hätte sie aufgegriffen. Die waren nämlich wie eine Armee mit Mannschaftswagen in ihr Dorf gerumpelt gekommen, waren herausgesprungen und hatten es besetzt. Der Grundbesitzer, dem der größte Teil des Ackerlandes gehörte und für den sie arbeiteten, hatte während der Erntezeit nach der Polizei geschickt, um zu gewährleisten, daß sie nicht mit dem vollen ihnen zustehenden Ernteanteil verschwanden und sich auch nicht irgendwelcher Tricks bedienten, um sich in den Besitz von einigen Parzellen zu bringen, wie das in der Gegend schon vorgekommen war und was womöglich ansteckend wirken konnte. Daß im Gleichschritt marschiert, die Sensen geschultert und bei der Feldarbeit Lieder gesungen wurden, hatte ihn nervös gemacht. Die Polizei hatte die Kornspeicher geplündert, Rinder und Hühner gejagt, Kochtöpfe zerschmettert und dort, wo sie dem geringsten Widerstand begegneten, die Hütten in Brand gesetzt. Dann hatten sie sich an den Frauen vergriffen und ihr Mütchen an ihnen gekühlt, so daß viele die Flucht ergriffen hatten. Sein Nachbar hatte gesagt, er habe fünf Frauen in Richtung Bakhadda fliehen sehen. Er fand sie, zusammen mit acht Polizisten. Zwei von den Männern hatten auf der Seite gelegen und auf Grashalmen gekaut. Die anderen hatten um eine Frau herum einen Kreis gebildet. Durch das Gebüsch hatte er beobachtet, wie die Spitze eines *lathi* den Sari der Frau bis über ihre Hüften hochhob, stocherte und zustieß und sie um die eigene Achse drehte wie eine Marionette. Ein weiterer *lathi* gesellte sich zu dem ersten. Sie war die einzige, die noch bekleidet war und aufrecht stand. Die anderen lagen wie übereinandergeworfene Leichen herum. Er hatte sich in die Büsche übergeben und sich verborgen gehalten, bis er das Klirren von Ketten hörte und sah, wie die Frauen, jede ans Fußgelenk der vor ihr gehenden gekettet, nackt davongeführt wurden. Seine Frau jedoch war nicht unter ihnen. Mit wilden Augen hatte er immer noch die niedrigen Berge durchstreift und nach ihr gesucht; dann waren die Bauern nach und nach aus ihren Verstecken ins Dorf zurückgekehrt und hatten Suchtrupps nach ihm ausgeschickt. Nachdem die Ernte eingebracht worden und die Polizei wieder abgezogen war, hörte er, seine Frau sei zusammen mit einigen anderen in einen der berüchtigten Ziegelöfen am Ganges verschleppt worden.

Rose sah die harten Umrisse und Züge von vier Gesichtern und erkannte, daß sie, ohne es zu wollen, laut gesprochen hatte.

»Ich kann mir nich' vorstell'n, daß dir oder mir so was passiert, verstehst du?« schloß sie. »Was soll's also, wenn sie auf'm Bildschirm sehen, wie sich zwei Liebende küssen? Ich würd' sagen, das ist weniger peinlich als das, was sie im richtigen Leben zu seh'n kriegen.«

Man wandte sich wieder der Frage zu, was in den Teig für das Gebäck alles hineingehöre, und Nishi betete darum, daß Leila nicht von der Sterilisierung der protestantischen Dienstboten anfing. Da Rose sich in dieser Stimmung befand, war das nicht der richtige Abend für dieses Thema, und in ihrem Eifer, das zu verhindern, brachte sie, ohne zu überlegen, das einzige andere Thema zur Sprache, das ihr noch einfiel. »Ich hoffe, du hast keine Schwierigkeiten mehr mit deinem Auto, Leila?« Rose reagierte, als hätte sie nur auf dieses Stichwort gewartet. »Auto? Was soll eigentlich mit den vielen Autoteilen passier'n, die ihr im Keller gelagert habt, Dev? Wozu diese Heimlichkeit, un' warum kann es nich' bei Tageslicht gebaut werden wie andere Autos auch?«

Wut verzerrte Devs Gesicht und ersetzte die neutrale Maske; der Umstand, daß Daddy-ji nicht da war, legte sich Nishi wie kalte graue Asche ums Herz.

Soviel hatte Rose nun wieder nicht getrunken, als daß sie – sich Devs jetzt jeden wachen Augenblick bewußt – nicht bemerkt hätte, wie sich seine Miene veränderte. Sie war erschrocken und beschloß, den Bettler zu warnen, sich möglichst nirgends blicken zu lassen, wo doch das Jugendlager bis an die Zähne bewaffnet war und Nishi und die Kekstante es darauf angelegt zu haben schienen, alles, was sich blicken ließ, sterilisieren zu lassen.

Am nächsten Abend, nach ihrer Stunde bei Ram, machte sie ihren üblichen Spaziergang. Der Bettler, der für gewöhnlich in der Nähe des Brunnens frische Luft schnappte, war nirgendwo zu sehen. Wahrscheinlich war er schon von allein darauf gekommen, daß es besser wäre, möglichen Gefahren aus dem Weg zu gehen. Sie mußte mit Nishi über Geld reden und versuchen, über sie finanzielle Regelungen mit Dev zu treffen, und wenn sie noch so mager ausfielen. Sie durfte nicht alles schleifen lassen. Wenn Ram nicht mehr war – und das konnte schon morgen der Fall sein –, war sie Dev auf Gnade und Ungnade ausgeliefert und mußte um jeden Penny betteln. Rams noch atmender Körper erlegte Dev einige Zurückhaltung auf, mit der es bestimmt aus und vorbei wäre, sobald der letzte Lebensfunke den Körper verließ und der Leichnam nicht mehr oben lag, eine stumme, aber erhabene Mahnung, wer Herr im Hause war.

Sie betrat das Grabmal. Das gemäßigte Klima, das darin herrschte, machte es weder gemütlich warm noch angenehm kühl. Die Warnung vor kommender Kühle ließ es als das erscheinen, was es war: ein Grabmal, unter dem die sterblichen Reste eines türkischen Sultans begraben lagen. Kein idyllisches Plätzchen für ein Picknick, wie etwa der an einer Hauptverkehrsader gelegene Lodi-Park, in dem mitten in der gebändigten Sauberkeit von Blumenrabatten und abendlichen wie morgendlichen Spaziergängern die blauen Kuppeln der Lodi-Königsgräber in der Sonne schimmerten. Das Grabmal war ein trostloser Ort, woran auch die Tatsache kaum etwas änderte, daß hier ein großes Wohnhaus und eine Happyola-Fabrik gebaut worden waren. Unregelmäßig verstreute und zerspellte Sträucher und Büschel eines süß duftenden Grases verstärkten nur noch das Gefühl der Ferne von irgendwas, machten sie zu gespenstischen Überbleibseln ehemaliger Gartenanlagen. Vielleicht aber waren die Türk-Dynastien zu sehr damit beschäftigt gewesen, Krieg gegen die Ungläubigen zu führen und Siegestürme, Moscheen und Grabmäler zu errichten, als sich auch noch mit dem Anlegen von Parks und dem Regieren zu beschäftigen, wie die Moguln und die Briten es getan hatten. Das Schweigen der Grabanlage umschloß sie, und als ihre Augen sich an das Dunkel gewöhnten, sah sie Mineralien freundlich aufblinken und erkannte in der Ecke die Umrisse des Bettlers, freilich nur deshalb, weil sie so genau wußte, wie er aussah. Sonst verschmolz er förmlich mit der Mauer. Er schlief, und sie beschloß, den armen Kerl nicht zu stören.

Rose setzte sich, um noch einmal gründlich nachzudenken. Inzwischen konnte sie die Beine ohne größere Mühe zum Meditationssitz zusammenlegen. Damit hatte sie ja bei Lala-ji angefangen, und es war ihr mit zunehmender Übung immer leichter gefallen. Als sie das erstemal hierherkam, war das Haus noch im Bau gewesen. Als Jack sein Haus baute, waren vielerlei Dinge zu berücksichtigen gewesen; man brauchte nur einmal an das Bier zu denken, das darin lagern mußte. Bei Rams Haus war das nicht wesentlich anders. Sonali hatte ihr erzählt, eine landwirtschaftlich genutzte Fläche sei entgegen dem Rat der Fachleute in Baugrundstücke aufgeteilt worden. Praktisch war beim Einzug noch eine Familie dazugekommen, denn Ram war aus keinem anderen Grund zu ihr zurückgekehrt, als daß Ziegel und Mörtel sich bezahlt machen mußten; irgend jemand mußte ja in den Mauern leben, die sie hochgezogen hatten. Jetzt gehörten sie, ohne daß sie selbst es merkten, Rams Sohn und wurden von ihm in Besitz genommen, wie man nur Ziegel und Mörtel in Besitz nehmen konnte. Unter normalen Umständen hätte sie Dev nie als Bedrohung ihres Seelenfriedens empfunden; jetzt jedoch war er das sehr wohl. Da war eine Fabrik gebaut worden, die dem Gesetz nach eigentlich gar nicht erlaubt war, und diese Fabrik stellte ein Getränk her, das niemand brauchte, und versteckte Autoteile, die eigentlich nicht ins Land kommen durften. All dies bestärkte Rose in ihrer Überzeugung, daß ihr Schicksal ein paar sehr dumme Wendungen genommen hatte, oder vielmehr darin, daß alberne und vermeidbare Mißgeschicke es eigentlich nicht verdienten, Schicksal genannt zu werden. Doch selbst wenn es denn Schicksal war – die Mächte, die es eigentlich besser wissen müßten, waren eben manchmal wirklich tückisch, z. B. die barbarische Behandlung, die Sita zuteil wurde. Und natürlich mußte man dagegen ankämpfen. Doch mußte ausgerechnet sie damit anfangen, jetzt, mit dreiundsechzig, wo sie ihr ganzes Leben oder zumindest seit sie Ram kannte, immer Zwängen unterworfen gewesen war, die sie nicht verstand?

Der letzte Rest Widerstand in Roses englischen Beinen schwand, und sie fühlte sich im Lotussitz so entspannt wie ein Yogi. Ihre Gedanken waren wunderbar klar. Sie erkannte, daß sie nie ein Spielzeug in der Hand des Schicksals gewesen war. Verlockt von der Neugier, vom Geheimnis angezogen und bezwungen, war sie dem Unbekannten gefolgt und um die halbe Welt gereist. Wissenschaftler und Forschungsreisende hatten das vor ihr getan und würden es auch weiterhin tun. Sie war aus freien Stücken hier, und nur ihre Zweifel und Ängste hatten sie gelähmt. Nicht einmal Mona, die sonst das ergebenste Wesen war, das man sich denken konnte, hatte sich mit allem abgefunden. Und dann sprang Rose noch eine andere Tatsache an. Mona hatte geweint und gewütet, hatte das gesamte herzerweichende Melodrama der Religion mobilisiert, um sich zu helfen, hatte ihre Welt und alle, die sie darin liebte, eng umklammert und an sich gedrückt, hatte sie nie losgelassen, gleichgültig, ob das nun Schicksal gewesen war oder nicht. Rose hörte ihr helles ansteckendes Lachen, ihr laut protestierendes Weinen, den tigerhaften Appetit auf Freude und Kummer namens Mona, all diese Dinge, die das Haus in Lahore bis in die Grundfesten erschüttert hatten. Da gab es Stimmen um Rose herum, die nicht abließen, ihr zuzuflüstern, noch sei es nicht zu spät, um mit Dev fertig zu werden, den Versuch zu unternehmen, sich Gerechtigkeit zu verschaffen, Szenen zu machen: Auch Monas eindringliche Stimme war darunter. Rose-ji, raff dich auf und setz dich mit meinem Sohn, der jetzt dein Sohn ist, auseinander! Warum hast du die ganze Zeit untätig herumgesessen? Sie war bereits auf den Knien, im Begriff aufzustehen, als sich ihr ein Tuch über den Kopf legte und Arme die ihren umklammerten. Sie hörte noch einen satten, zufriedenen Grunzlaut, dann verlor sie das Bewußtsein.

# KAPITEL 21

Zwei Tage nach dem Divali-Fest wurde Roses Leichnam im Brunnen gefunden. Als ich eintraf, um meinen Platz unter den Trauernden im Wohnzimmer einzunehmen, brachte Dev gerade eine Gruppe von Besuchern an die Tür und empfing eine andere. Es lag keinerlei Grund vor, an der Haustür vor Ankommenden oder Davonfahrenden irgendwelche Erklärungen abzugeben, doch hörte ich, wie er halblaut murmelte, daß diese Tragödie nun wahrhaftig nicht nötig gewesen wäre. Rose habe zuviel getrunken, nach dem Abendessen das Haus verlassen, sei auf unsicheren Beinen zum Brunnen gegangen und hineingefallen. Das betroffene Schweigen von Roses Freunden im Wohnzimmer stand in krassem Gegensatz zu der aufgeregten Unterhaltung im Vorraum, wo ich an jenen vorüberging, die gekommen waren, um Dev zu seiner am heutigen Vormittag erfolgten Ernennung zum Kabinettsminister zu gratulieren; auch im Jugendlager draußen wurde politisch frohlockt. Ein jugendlicher Mann im Alter von achtunddreißig oder vierzig, der die *lungi* um die Hüften geschlungen und einen wirren Haarschopf hatte, streckte die Arme in die Luft, rollte mit den Augen, so daß man das Weiße sah, und zuckte zum *bhangar*-Rhythmus mit den Gliedern, während ein Kreis von schlaksigen Tänzern um ihn herumtanzte.

Ich setzte mich auf den Stuhl neben Nishi, den einzigen im Raum, der noch frei war. Schmerzlich war der Verlust für mich, nicht für Nishi. Außerstande, irgendwelche förmlichen Beileidsfloskeln von mir zu geben oder auch nur eine einzige Träne aus meinen trockenen, von Schlaflosigkeit gezeichneten Augen zu drücken, hatte mich eine eiskalte, verwirrende Wut gepackt, die ich mir nicht erklären konnte. Ich wollte Tatsachen hören, doch eine erwachsene Unterhaltung war etwas, das ich von Nishi nicht erwartete. Nicht, daß ich jemals viel mit ihr zu tun gehabt hätte. Als Gastgeberin vermittelte sie den Eindruck einer an Fäden gezogenen, nach dem Willen anderer tanzenden Marionette, die konventionelle, federleichte Antworten von sich gab. Im Inneren dieser ›Nishi‹, von zarten Vogelknochen eingesperrt, gab es vermutlich ein Wesen, das kein Mensch kannte und das vor Erfahrungen zurückschreckte, die viel zu schrecklich waren, als daß man sie jemals bewältigen konnte. Sie hatte mir immer leid getan. Aber jetzt erfüllte mich die mechanisch Trauer tragende Puppe mit Entsetzen, die mit Augen und Mund einen stetigen Fluß sanften Geplauders und eilfertiger Ohs und Ahs von sich gab. Ich war zwar darauf gefaßt gewesen, daß mit einigen Wiederholungen das Was und das Wie des Geschehenen heruntergebetet werden würde, aber doch nicht dies. »Ich nehme an, sie konnte es einfach nicht mehr ertragen. Ich sehe sie immer noch in Daddy-jis Zimmer sitzen, ihn ansehen, darauf warten, daß er sie erkennt, und Ram, Ram, Ram vor sich hin sprechen, als wäre es ein Gebet. Daß sein Zustand sich überhaupt nicht besserte, hat sie in Verzweiflung gestürzt. Ich nehme an, sie hat es einfach nicht mehr ertragen können. Nicht mehr«, flötete Nishi und schöpfte Atem, ehe es wieder von vorn losging. »Sie wird es nicht mehr ertragen haben …« Meine Hand schloß sich um ihr Handgelenk, und Nishi verstummte. Träumerisch wandte sie sich mir zu. »Würdest du hierbleiben«, flüsterte sie, »und ihre Sachen durchsehen? Würdest du dich um diese Dinge kümmern, bitte?«

Ich ging nach oben. Rose hatte also zu später Stunde verzweifelt das Haus verlassen, außerstande, es weiter zu ertragen, und war in den Brunnen gesprungen. Oder war betrunken gewesen und zufällig hineingefallen. Unsicher auf den Beinen, wie Dev an der Haustür gesagt hatte, noch ehe ich eingetreten war. Dabei war es auffallend gewesen, wie gut Rose sich auf den Beinen hielt, wenn sie ein bißchen was getrunken hatte; sie hatte dann die Füße bewußt schwer aufgesetzt, auf eine langsame, gemessene Weise. »Ram sagt, ich gehe wie eine, die Plattfüße hat«, pflegte sie zu witzeln. Ihr Gang hatte überhaupt nichts Unsicheres, besonders dann nicht, wenn sie ein Glas zuviel getrunken hatte. Und überhaupt: ihre Trinkerei. Nahm man diese Angewohnheit genau unter die Lupe, stieß man sich zunächst an den flammenden Wahrheiten, die sie taktlos von sich gab, an Enthüllungen, die alles andere als angenehm waren, wenn sie nackt auf dem Wohnzimmerteppich lagen oder beim Abendessen mit einem *roganjosh* heruntergeschluckt werden mußten. Wenn Rose betrunken war, hieß das für gewöhnlich, daß Rose sich im Reden große Freiheiten herausnahm und den Nagel immer auf den oft häßlichen Kopf traf. Verzweiflung mochte sehr wohl hinter Roses Trinkerei gestanden haben – aber war es die von Rose gewesen? Binnen weniger Minuten nach meiner Ankunft waren Legenden aufgekommen und zu ewigen Wahrheiten erklärt worden. Die Angehörigen meiner ermordeten Urgroßmutter hatten behauptet, sie hätte sich auf dem Altar von *sati* geopfert – aber selbst eine Ziege besitzt zuviel Verstand, um so etwas zu tun. Auf dem schuldgetränkten Boden ihres Scheiterhaufens hatten sie einen Schrein errichtet, um das Märtyrertum einer Frau zu preisen, die die letzte in der gesamten Region gewesen war, diese edle Tat zu vollbringen. Ein Ort, zu dem man hinpilgerte – und doch gab es ein Dokument auf dem Boden eines Koffers, der meinem Vater gehört hatte, das bewies, daß es Mord gewesen war. Als ich mich daranmachte, Roses Habseligkeiten durchzusehen, packte mich die Wut; dunkle Blutspuren um mich herum endeten in Denkmälern und Schreinen.

Hier in diesem Hause hatte das Umschreiben der Geschichte begonnen; die Lügen würden nie ein Ende haben. In keiner einigermaßen vernünftigen Regierung der Welt konnte Dev Minister werden; und mochte man seine Phantasie auch noch so anstrengen, nichts konnte einen davon überzeugen, daß Rose Hand an sich selbst gelegt hatte. Sie machte ihre Spaziergänge stets vorm Abendessen, nicht spät in der Nacht, wenn es draußen pechschwarz war. Warum sollte sie die Straße, an der es keinerlei Straßenbeleuchtung gab, überqueren, auf der anderen Seite über den steinigen Boden stolpern, ein beträchtliches Stück vom Grabmal entfernt vorübergehen, vorüber an dem Rowdylager, und sich in einen Brunnen stürzen, vor dem sie den Bettler ständig warnte? Es war klar, daß man sie umgebracht hatte; noch klarer war es, daß ihre Mörder nie der Gerechtigkeit überantwortet werden würden. Sie würden ihr angenehmes Leben bis zu Ende leben und als patriotische Bürger sterben. Ich hatte es nicht geschafft, der Hand eines Fälschers Einhalt zu gebieten. Ein von den Festungswällen der politischen Macht geschützter Mörder war den Händen der Gerechtigkeit noch weiter entzogen. Ich fragte Kumar, ob er an Rose irgendwelche Zeichen der Verzweiflung bemerkt hätte, was er verneinte. Zwar sei sie seit der Krankheit des Sahibs bedrückt gewesen, habe aber immer noch Witze gemacht und gelacht. Mit gedämpfter Stimme fügte er, als er Roses Koffer und Kartons vor mir aufreihte, noch hinzu, ehe ich heimführe, sollte ich mal mit dem Bettler reden. Der treibe sich stets in der Nähe des Brunnens herum, und in dem Brunnen habe man die Leiche ja gefunden.

Ich verbrachte den ganzen Tag in Roses Zimmer. Alles, was sie besaß, war hier versammelt. Ihr ganzes Sein auf diesen einen Raum zu konzentrieren und dafür zu sorgen, daß sich ja kein Kissen oder Aschenbecher in ein anderes Zimmer verirrte, bewies, wie sehr der Rest des Hauses ihr wie eine Wüste vorgekommen sein mußte. Jetzt war er eine Wüste für mich. Selbst wenn ich Hunger gehabt hätte, ich wäre außerstande gewesen, mit Menschen zu essen, die sich zu Handlangern eines Mordes gemacht hatten. Kumar brachte mir auf einem Tablett etwas zu essen und trug es unberührt wieder hinaus. Ich sagte ihm, ich brauchte ihn nicht, doch er wartete draußen auf dem Korridor auf mich und kam nach einiger Zeit wieder herein, um mir beim Packen und Sortieren zu helfen. Ich hatte mich geirrt. Wir brauchten einander. Er nahm Kleider von Kleiderbügeln herunter, zog Wäsche aus Schubladen heraus und legte sie auf ihr Bett. Ihr Leben hatte jäh geendet, doch das stimmte auch in bezug auf die Verwendung ihrer Kleider. Was ließ sich mit den weiten Kleidern einer Engländerin anfangen? Sie besaß, soweit ich wußte, keinerlei Verwandte, es gab niemand, der sich auch nur für ein Erinnerungsstück interessiert hätte. Es blieben nur diese Haufen Kleider, Schuhe, etwas Schmuck und Fotoalben, um zu beweisen, daß Rose hier gewesen war. Dieser Tod hatte in seiner Endgültigkeit etwas Furchtbares. In Kumars hagerer Gegenwart setzte ich mich auf ihrem Bett auf ihre Kleider und weinte, so wie vor Jahren, als ich Rose in ihrem Londoner Hotelzimmer das Herz ausgeschüttet und geweint hatte.

Mit tränenverschleiertem Blick nahm ich die Postkarte wahr, die sie an jenem Tag gekauft hatte; sie hatte sie am Spiegel ihres Frisiertischs festgesteckt. Damals, nach der Grundsteinlegung für die Happyola-Fabrik, war sie mir ebensowenig aufgefallen wie bei den wenigen anderen Gelegenheiten, da ich hier gewesen war, um ihr beizustehen, so gut ich konnte; dabei war da soviel Leben direkt unter meiner Nase, daß die Postkarte mir nicht sofort aufgefallen war. Ich hätte die Postkarte, die mir da ins Gesicht starrte, leicht ganz übersehen können: ›L'Embarquement pour l'île de Cythère‹ – ›Die Einschiffung nach Kythera‹. Damals hatte ich mich über die operettenhafte Scheinwelt des Bildes lustig gemacht, doch jetzt, nach so vielen Jahren, da ich selbst nicht mehr ausschließlich mit meiner verzehrenden Liebe beschäftigt war, übte die Landschaft mit den unmöglichen Bäumen und dem reizvollen Laub, dieser Einladung, die Phantasie spielen zu lassen, ihren eigentümlichen Zauber auf mich aus. Mir ging auf, was es mit dieser Einschiffung nach Kythera wirklich auf sich hatte, und diese Vorstellung ergriff mich genauso, wie sie damals das träumende und sehnsuchtgeschwellte Herz von Rose angerührt haben mußte; ich konnte nicht anders und weinte bitterlich, bis Kumar mich erregt bat aufzuhören, wobei er von Zeit zu Zeit einen ängstlichen Blick auf die Tür warf, gleichsam als übten wir Verrat an dieser Familie und als könnte man uns, wenn wir uns nicht vorsahen, auf frischer Tat ertappen. Ich nestelte die Postkarte los und ließ sie in meiner Handtasche verschwinden. Eine bezauberndere Erinnerung an Rose konnte ich mir nicht vorstellen.

Ich betrat Onkel Rams Krankenzimmer. Die Pflegerin erhob sich und wollte sich zurückziehen, doch ich sagte ihr, sie solle sich nicht stören lassen. Ich wollte Onkel Ram ja nur verständlich machen, daß Rose tot war. Dev hatte sich diese Mühe bestimmt nicht gemacht, und Nishi hatte genug um die Ohren. Immer wieder rief ich seinen Namen. Von ihm kam nicht einmal ein Blinzeln als Reaktion, auch nicht das geringste Zeichen, daß er bei Bewußtsein war, wie Rose es zu sehen behauptet hatte. Es hätte genausogut eine Leiche auf dem Bett liegen können. Sein Koma war vollständig. Hatte er, ihr Mann, die Frau gekannt, die durch sein Leben gegangen war? Die Pflegerin hielt mich für eine Verwandte. Ich stand am Bett, hatte die Hände vors Gesicht geschlagen und fing wieder an zu weinen. Dann riß ich mich zusammen, wischte die Tränen ab und kehrte zurück in ihr Zimmer, um die Sachen zusammenzupacken, die sie nun nie wieder brauchen würde.

Es war schwer, die bösartigen Gedanken über die Umstände ihres Todes nicht an mich herankommen zu lassen. Doch nach einiger Zeit merkte ich, daß es mich tröstete und beruhigte, ihre Sachen in den Händen zu halten. Kumar und ich brachten es sogar fertig, eine kleine Unterhaltung zwischen uns in Gang zu halten und das eine oder andere Scherzwort über die Dinge zu verlieren, die wir sie hatten benutzen sehen. Wir hatten sie beide sehr lange gekannt, ich fast mein ganzes Leben hindurch; für mich hatte sie etwas vom Strahlen, von der Wärme und dem Trost von Dingen des alltäglichen Gebrauchs gehabt.

»Sonali«, hörte ich meinen Vater sagen, der mich bei der Hand hielt, »komm, du mußt Rose kennenlernen.«

Ich war damals sieben und schaute zu ihr auf wie zu einem Wesen von einem anderen Stern; ein so loderndes Rot und ein solches Weiß hatte ich noch nie bei einem Menschen erlebt.

»Heißt sie so, oder ist sie eine?« hatte ich altklug gesagt und vor meinem stolzen Vater angegeben.

»Jetzt ist aber Schluß mit diesem vorlauten Geplapper«, wies meine Mutter mich zurecht.

Papa jedoch meinte: »Sie heißt nicht nur so, sie ist auch eine«, und Rose errötete vor Freude, als er zitierte:

*Doch dann ward's Frühling, und mit einer Rose in der Hand*
*Zerriß das fadenscheinige Gewebe meiner Reue.*

Hingerissen saß ich bei meinem Vater auf dem Schoß, ganz erfüllt von meiner Lieblingsbeschäftigung, dem Aufsehen zu Erwachsenen, wobei ich die ganze Szene um mich herum in mich aufnahm, vor allem aber die Frau, die auf dem Sofa neben mir saß. Onkel Ram und Mama saßen auf Sesseln uns gegenüber, gesittet, vollkommen und in sich selbst ruhend. Mir war fast, als wäre ein Kreis um jeden Sessel herum gezogen, wie er bei Kinderspielen die Grenze darstellt, die man niemals überschreitet. Papa und Rose hingegen wirkten eher unsicher, ihr Lächeln war zaghaft; sie hatten etwas Erwartungsvolles, das nur durch die Liebe anderer Erfüllung finden konnte. Ich wollte mich ihnen abwechselnd in die Arme werfen und ihnen versichern: Es ist genug Liebe für euch vorhanden, bei eurer lieben Sonali.

»Ich weiß nicht recht, ob ich verstehe, was das bedeutet, Keshav«, sagte Rose.

»Es bedeutet, ich bereue, bereut zu haben, mich für das zu entschuldigen, was ich bin, und die Arbeit zu verrichten, die ich tue. Wenn ich mich für die Zwickmühle oder besser für die Schaukel entschieden habe, dann werde ich mit dem ewigen Auf und Ab leben und das Beste daraus machen. Aber Sie, Rose, Sie sind gekommen und haben mir die Augen geöffnet, daß ich auf einer solchen Schaukel sitze und daß ich weder verloren noch dem Tode nahe bin.«

Entzückt entgegnete Rose: »Was Sie nicht sagen! Ich habe das nur deshalb erkannt, weil ich selbst auch immer auf einer saß.« Und weiter ging es mit ihrem augenzwinkernden Geplauder. Sie war sich nicht bewußt, was für ein Vermächtnis sie anderen hinterlassen hatte.

Ich ließ den Blick über die Koffer schweifen, die ich gepackt hatte, über die Decken und Laken und Vorhänge, die gleichfalls Rose gehört hatten und jetzt zusammengelegt auf ihrem Bett lagen, über das Fenster mit den abgenommenen Gardinen, ein in graues Licht gehülltes Rechteck, und darunter, weiter hinten, das Grabmal, das mich daran erinnerte, vorm Wegfahren noch den Bettler aufzusuchen. Kumar brachte mich hinunter zu meinem Wagen. Als ich einstieg und die Scheibe herunterkurbelte, hielt seine Hand das offene Autofenster heftig umklammert, als gälte es, das Auto am Davonfahren zu hindern. »Was kann ich sagen?« rief er. Jetzt war er es, der weinte; die Tränen liefen ihm über die eingefallenen Wangen. Ich legte meine Hand auf die seine. »Sag nichts«, erklärte ich fest, nicht sicher, ob das, was ich ihm riet, auch wirklich richtig sei. Genauso, wie es unsinnig war zu erwarten, daß den Toten jemals Gerechtigkeit widerfuhr, war es unsinnig, die Stellung und Sicherheit von Lebenden in Gefahr zu bringen. »Sie würde wollen, daß dir nichts passiert.«

Durch die Torflügel fuhr ich hinaus, vorüber am Brunnen. Hier war ich schon einmal gewesen, vor Generationen; was nach mir griff, war die Eishand eines Todes, von dem ich wußte, daß er Mord war. Ich folgte den Instinkten, denen auch meine Urgroßmutter gefolgt war, als sie ihren Sohn aus dem Haus fortgeführt hatte, fort von Spähern und Spitzeln, hinein in die Ungestörtheit des Gartens. Siebzig Jahre später und Hunderte von Meilen vom Schauplatz jenes früheren Verbrechens entfernt, stellte ich mein Auto auf einer Delhier Straße unter einem Baum ab, wo man es vom Jugendlager aus, das jetzt abgebrochen wurde, nicht sehen konnte. Der graue Schal, den ich umgelegt hatte, ließ mich mit dem Abenddämmer verschmelzen; ich kehrte zu dem Brunnen zurück, ein einzelner Fußgänger aus irgendeinem der wenigen Häuser in dieser Gegend. Vom Bettler war keine Spur zu sehen, aber auch sonst kein Mensch. In Roses Fußstapfen ging ich bis zum Grabmal. Wenn er nicht draußen ist, hält er sich für gewöhnlich im Inneren auf, hatte sie mir einmal gesagt, das ist sein Zuhause, ein anderes hat er ja nicht. Drinnen konnte ich nichts erkennen, bis meine Augen sich an das Halbdunkel gewöhnten. Nach einer Weile sah ich ihn: Er wirkte wie ein Teil der Wand, vor der er, zusammengekauert wie ein Fötus, lag; leise rief ich ihn an und sagte, ich hätte eine Nachricht für ihn. Erschrocken fuhr er auf und kam zitternd und vor sich hin brummelnd und sich seitlich voranschiebend wie ein Krebs auf mich zu. Nachdem ich mich hingesetzt hatte, begriff ich, was Rose gemeint hatte, als sie einmal zu mir sagte: Ein Mensch sollte zumindest imstande sein, sich selbst die Tränen abzuwischen. Ich kam mir genauso hilflos vor, wie er es war, und wußte nicht, ob ich die Hand ausstrecken und sie ihm mit meinem Taschentuch abwischen sollte. Auf so etwas bereitet uns unser gesellschaftlicher Verhaltenskodex nicht vor. Immerhin war ich froh, ihm von seinen künstlichen Händen erzählen zu können, die ich für ihn besorgt hatte; in ein oder zwei Tagen würde ich ihn hinbringen, damit sie ihm angepaßt würden. Hatte er erst einmal gelernt, damit umzugehen, konnte man ihm ein Handwerk beibringen.

Auf diese Nachricht hatte er gewartet, und jetzt, da ich gekommen war, sagte er mit tränenerstickter und heiserer Stimme, er könne unmöglich hierbleiben, nach dem, was er gesehen habe: daß nämlich einer von diesen Schlägern vom Jugendlager sie mit einem Sack erstickt hatte, während ein anderer ihr die Hände festhielt; beide hätten sie sie dann fortgetragen – zum Brunnen, in dem ihr Leichnam gefunden worden war. Wenn diese beiden jemals erführen, daß er hier im Grabmal Zeuge ihres schändlichen Tuns gewesen wäre, würden sie kommen und ihn holen. Aber ist sie denn nicht schon am frühen Abend hergekommen, brachte ich unter Mühen hervor, ehe es richtig dunkel war? Wie sollen sie ihren Leichnam denn bis zum Brunnen getragen haben? Ob sie denn keine Angst hätten haben müssen, gesehen zu werden? – Vor wem sollten sie denn Angst haben? fragte mich der Bettler. Das hier ist ihr *raj*. Sie tun, was sie wollen. Deshalb müssen Sie mich mitnehmen.

Wir traten hinaus in die tiefere Dunkelheit. Er legte die Strecke bis zum Auto fast genauso schnell zurück wie ich; beide hatten wir es inzwischen eilig, von hier fortzukommen. »Ich helfe dir«, erbot ich mich, doch er kletterte behende auf den Rücksitz und lehnte jede Hilfe ab; für mich war das eine Bestätigung dafür, daß er mit seinen künstlichen Händen gut zurechtkommen würde.

»Wie hast du deine Hände verloren?« fragte ich, als ich mich ans Steuer setzte.

Das Grabmal blieb immer weiter hinter uns zurück, und ich spürte, welch eine Veränderung mit ihm vorging. Es klang fast wie beiläufig, als er sagte: »Sie wurden mir im zweiten Jahr abgehackt, als die Polizei zur Erntezeit das Dorf noch einmal besetzte.«

Zum zweitenmal? fragte ich. Da erzählte er mir die Geschichte vom erstenmal, um dann fortzufahren, im darauffolgenden Jahre habe er sich zusammen mit den anderen Landarbeitern, die ja mit Naturalien, will sagen einem Teil der Ernte bezahlt wurden, einer Bewegung angeschlossen, die in den umliegenden Dörfern aufgekommen sei. Nie werde er vergessen, welch guter Dinge sie gewesen seien und wie sicher sie sich gefühlt hätten, alle miteinander. Sie hatten den Reis geschnitten, ihren Anteil gebündelt und nach Hause gebracht. Es sei einfach wunderbar glatt gelaufen, und sie hatten beschlossen, das nun jedes Jahr so zu machen. Doch genau daran waren zwei von ihnen – er einer davon –, die man wahllos herausgegriffen hatte, um ein Exempel zu statuieren, gehindert worden. Auf dem Hof ihres Grundherrn hätten sie in ihrem Blut gelegen; dann hätte man sie fortgeschleift und etwas außerhalb mit dem Gesicht nach unten zwischen Büsche in den Schmutz geworfen. Aber auch die Leute im Dorf hatten sich gehütet, es jemals wieder zu tun; wie das in den umliegenden Dörfern gelaufen sei, wisse er nicht.

Wir fuhren vorüber an dünnen Rauchsäulen von Holzfeuern und an säuberlichen Haufen von Reisspelzen, die verbrannt werden sollten. Es war inzwischen zu spät für meinen schmerzlichen Schock, und eine furchtbare Tragödie war nicht mehr zu verhindern; es war jedoch nicht zu spät für mich, darüber nachzudenken, ob die Legende von der friedlichen Veränderung, der ich hinter meinem Schreibtisch gedient hatte, nicht zu einer Legende anderer Art geworden sei, bei der Bürger aufs Rad geflochten wurden, bloß weil sie sich an ihr Recht erinnert hatten.

»Hast du dich nicht wehren können?« fragte ich.

»Was kann denn jemand wie ich dagegen tun? Es ist ihr *raj*.«

Sie, ihnen! Die herrschende Klasse auf der einen Seite, die Beherrschten auf der anderen. Die Macht war in andere Hände übergegangen, doch was sonst hatte sich dort geändert, wo er gelebt hatte? Wenn es jemals einen Notstand gegeben hatte, dann dort.

»Es gibt doch Gesetze, um die Bauern zu beschützen. Habt ihr denn eure Ernteanteile nicht im Landregister eintragen lassen? Hat man denn das nicht beweisen können?«

»In meinem Dorf herrscht das *raj* des Grundherrn, gleichgültig, ob es Eintragungen gibt oder nicht.«

»Hat denn keine politische Partei euch geholfen durchzusetzen, was euch zusteht?«

»Die sind im Grunde ihres Herzens alle Grundherren.«

Es gibt Ereignisse, angesichts derer Begriffe wie friedliche Veränderung und Fortschritt wie reiner Hohn klingen. Wie mein Urgroßvater zitterte ich bei dem Gedanken, was landauf, landab bei uns alles geschah.

»Wie bist du denn die ganze Strecke von Bihar bis hierher gekommen?« fragte ich.

Er war gesprächig, ein Mann, der nicht viel Gelegenheit hatte, sich im Reden zu üben.

»Mit der Bahn, zusammen mit meinem älteren Bruder und elf anderen, die als Wanderarbeiter für ein Anwesen angeworben worden waren, das nicht weit von hier liegt und einem gewissen Divan Singh gehört – das heißt, ich selbst natürlich nicht. Mein Bruder nahm mich mit, weil er sich weigerte, mich zurückzulassen. Er dachte, ich würde den Verstand verlieren, wenn ich im Dorf herumsitzen müßte. Warum einen Kadaver, der keine *paisa* mehr verdient, Hunderte von Meilen mitschleppen, sagte ich ihm, aber er wollte nicht hören. Du kannst betteln, sagte er.«

Er hatte versucht, auf dem Connaught Place die Bettlerarie zu singen und mit einem Ellbogen auf die leere Blechbüchse zu zeigen, die man ihm ans Fußgelenk geschnallt hatte. Aber die Bewohner von Neu-Delhi eilten mit starr abgewandtem Gesicht an ihm vorüber. Mancher Anblick überstieg selbst das Mitleid. Schließlich fand er mit Hilfe seines Bruders im Grabmal Unterkunft, und irgendwann tauchte wie aus dem Nirgendwo die Memsahib auf, versorgte ihn mit Essen und nahm ihn unter ihre Fittiche.

»Dein Bruder hat ein gutes Herz.«

»Er ist mein Bruder.«

Blutsbande. Familie. Lebensweise und Gefühle, die uns beide dorthin gebracht hatten, wo wir waren.

»Die Verwandtschaft der Memsahib muß doch zur Beerdigung kommen.«

»Ich glaube nicht, daß sie irgendwelche Verwandte hat.«

»Keine Brüder? Keine Schwestern? Keine Verwandten?« fragte er entsetzt.

Nur uns, hätte ich ihm antworten können.

»Welch ein Unglück, keinen Blutsverwandten mehr zu haben, der einen zur letzten Ruhe bettet.«

Doch Rose war über solche Dinge wie Blut, Rasse und geographische Entfernung hinausgewachsen. Ich fragte mich, wie ich zu der Überzeugung kam, daß es nichts gäbe, das bewies, daß es sie jemals gegeben hatte. Ich hatte mir die Gesichter der Besucher, die Nishi empfing, nicht angesehen, jener Menschen, deren Lebensweg Rose gekreuzt hatte – wäre sie nicht gewesen, würde ich nicht einmal den Menschen kennen, der jetzt hinter mir im Auto saß. Ob wohl Straßen und Gehsteige etwas aussagen konnten, die Orte hier und jenseits der Grenze, die sie zu den ihren gemacht hatte? Nein, es sei kein Unglück, sagte ich, ganz im Gegenteil sogar. Menschen wie sie, die Fremde geliebt und gern gehabt hätten, müsse eine besondere Gnade und eine besondere Gabe zuteil geworden sein.

Nach Roses Beerdigung fuhr ich jeden Nachmittag nach Tughlakabad, marschierte bis zur Erschöpfung die Felder ab und versuchte mit dem Bösen, das für mich in dem heimlichen und nie geahndeten Mord lag, ebenso zurechtzukommen wie mit der furchtbaren Weise, in der Rose umgebracht worden war – und mit der Leere, die Menschen hinterlassen, die nicht mehr da sind und zu denen jetzt auch Rose gehörte. Die zerfaserten und aufgerissenen Ränder eines katastrophalen Jahres lösten sich daheim in jungen grünen Erbsen mit Ingwer auf, den ersten dieses Jahres, und im wohlduftenden, gezuckerten und gewürzten Kashmiri-Tee, den Mama immer bereitete, sobald das kühlere Wetter einsetzte. Auf der nach hinten hinausgehenden Veranda wartete sie dann wohl auf einen *takht* hingestreckt mit beidem auf mich; das war ihre Art, ihre Liebe zu zeigen. Sie erzählte mir, sie sei selbst frühmorgens auf den Markt gegangen, um die Erbsen zu kaufen und um der Flut von Pandschabis zu entgehen, die später kamen und ihn überschwemmten, aber eine alte nicht von einer neuen Erbse unterscheiden könnten, die Ärmsten! Folglich sei es auch egal, was für welche sie bekämen. Die gleiche schmetterlingsleichte Fürsorge streifte mich jetzt, da ich gleichsam verwaist war, auch von Kiran und Neel. All dies lullte mich ein und legte sich schützend um mich, wenn es mich auch nicht heilte. Am dritten oder vierten Tag nach der Beerdigung war auch Kachru zu Besuch bei Mama, aß ihre Erbsen und trank ihren Tee, und als ich von einem meiner Ausflüge heimkehrte, hörte ich Mama zu ihm sagen: »Was für ein Schlag für Bhabi-jān.« Sein Eintreten für Rose sei höchst unklug gewesen, das habe sie direkt gewußt. Offenbar war Kachru jetzt nicht mehr Ober-Erklärer des Ausnahmezustands, sondern nur noch ein Abteilungsleiter, den man gleichfalls bald aus Delhi hinausjagen würde. »O mein Gott, welch ein Schlag für Bhabi-jān!« wiederholte Mama, als ich eine Tasse Tee von ihr entgegennahm. »Sag ihr, ich werde morgen kommen und sie besuchen.«

»Daß du in Schwierigkeiten gekommen bist, bloß weil du mit Dev gesprochen hast, tut mir leid«, sagte ich. »Ich denke, die Schuld daran trage ich.«

»Die Dinge sind außer Kontrolle geraten. Es gibt keine Regeln mehr, nichts, woran man sich halten kann. Ich habe nie geglaubt, daß es so weit kommen würde.«

Er verfiel in Schweigen, und das war ungewöhnlich für ihn.

Mama sagte: »Nun, laßt uns hineingehen; hier draußen wird es zu kühl.« Sie strich mir über den Kopf, zog den braunseidenen Schal enger um sich und steckte die Füße in ihre Hauspantöffelchen. Die Fliegendrahttüren kamen pendelnd hinter ihr zum Stillstand. Kachru und ich lehnten uns gegen die Polster des *takht*, wie wir es zu anderer Zeit und bei anderer Gelegenheit in seinem oder meinem Haus getan hatten. Gottes Speise ist Kinderspeise. Und nichts in der Welt hätte mich mehr erwärmen oder komischer klingen können als Mama, wie sie erzählte, daß sie den Pandschabis mit ihren Erbsen ein Schnippchen geschlagen hatte – während die Pandschabis vermutlich, ohne daß sie etwas davon ahnte, heimgingen und sich glucksend die Hände rieben, weil sie ihr bei den Möhren zuvorgekommen waren.

»Ich möchte, daß du eines weißt, Sonali: Ich habe mein Wort gehalten«, sagte Kachru. »Ich habe mein Bestes für Rose getan. Ich habe versucht, ihr zu helfen.«

»Davon bin ich überzeugt.«

»Ich habe es für dich getan. Zumindest eines habe ich für dich tun sollen.«

»Warum – so plötzlich?« fragte ich.

»Du hattest einen Ausdruck im Gesicht, so als wolltest du mich auf die Probe stellen, an dem Abend. Nur bin ich bei dir immer durchgefallen, aber einmal, ein einziges Mal, wollte ich es dir beweisen. Du bist immer so hell begeistert gewesen.«

»Das habe ich immer von *dir* gedacht, manchmal allerdings, wie ich meine, für die falschen Dinge.«

»Das ist schon möglich, bei meinen Reden, in bezug auf diese oder jene Theorie. Aber du warst – bist es noch – immer du selbst. Strahlend hell begeistert zu sein ist eine innere Eigenschaft.«

»Ist es denn zu hell gewesen, so daß du irgendwann einen Rückzieher gemacht hast?« fragte ich leichthin.

Er dachte ernsthaft darüber nach. »Du bist immer zu kühn für mich gewesen. Du hast unmögliche Normen gesetzt.«

»Es sind aber deine eigenen Normen, denen du nicht gerecht geworden bist«, verwahrte ich mich.

Wieder verfiel er in Schweigen, und wir verfolgten,

wie der dunkle Dunst der Dämmerung den Garten einhüllte.

»Ich mußte an Bhabi-jān denken«, sagte er schließlich. »Man kann nicht immer nur den eigenen Wünschen folgen.«

Ein unwahrscheinliches Ende von Weltveränderungsträumen, dachte ich; da war der Marxismus nicht an der vierten Phase der Revolution gescheitert, sondern an Bhabi-jān. Nur das völlig ungetrübte Engagement läßt sich – genauso wie die vollkommene Beziehung – mit einer Flaumfeder umwerfen. Wenn etwas dafür sorgte, daß Dinge lebendig blieben und um sich schlugen, dann waren das Zweifel und Unsicherheiten.

»Jetzt ist es zu spät«, sagte er, »aber wenn wir noch einmal von vorn anfangen könnten, würde ich es anders machen«, sagte er leise. »Ich habe mit Dev geredet, weil ich dich innig geliebt habe. Ich nehme an, das habe ich immer getan.«

Wie immer, sah ich das Leben falsch herum. Bimmies Hochzeit hatte mich von jedem Gedanken an eine Ehe geheilt, und die Heilige war ein Fehlschlag gewesen. Daß Kachru zugab, alles sei vergeblich gewesen und Jahre und Gelegenheiten vertan, erfüllte mich mit Erleichterung. Abgeschnitten von allem, das außerhalb unserer kleinen privaten Schöpfung geschehen war, besaß all dies jetzt etwas von dem Wunder, daß Abgebrochenes doch wieder zusammengefügt wurde, daß Kachru wieder zu Ravi wurde, eine Freundschaft wieder auflebte, Liebe wirklich Liebe gewesen war und kein Fehler, den er hatte vergessen wollen.

»Auch ich habe dich geliebt«, sagte ich, und das war wahr, genauso wahr wie alle reinen Geschenke, die wir in manchen Augenblicken unseres Lebens anderen machen.

»Aber möchtest du es noch einmal wiederholen?«

Es war eine herrliche, eine wahrhaft wunderbare Zeit gewesen. Sie gehörte in ihre junge und schimmernde Juwelenfassung, in die Vergangenheit. Es stand mir nicht zu, sie noch einmal zu wiederholen. Ich war frei davon. Aber vor allem war ich frei.

»Ich bin nie wieder so glücklich und so unglücklich gewesen wie damals«, sagte ich ihm, und das war eine ehrliche Antwort.

Er war niedergeschlagen über seine Versetzung, darüber, daß er in Ungnade gefallen war – Dinge, über die wir jetzt, da wir wieder miteinander redeten, diskutieren konnten.

Er stand auf, um zu gehen, und ich schob meinen Arm unter den seinen. Als wir auf die Veranda hinaustraten, war Kiran da. »Ravi, ich habe gerade eben von deiner Versetzung gehört. Wie schrecklich für Bhabi-jān!« Ravis Hand verkrampfte sich um meine, und der Geist von Rose brachte uns beide dazu, daß wir uns insgeheim ausschütteten vor Lachen. Ich brachte ihn hinaus zu seinem Wagen. Bestimmt begann Bhabi-jān bald eine Kampagne mit dem Ziel, ihrem Sohn die königliche Gunst wiederzugewinnen, doch für einen flüchtigen Moment hatten wir beide gespürt, wie absurd das alles war, und ich wußte, wir würden zu gegebener Zeit Mittel und Wege finden, unsere geheime Vergangenheit zurückzugewinnen und sie auf weniger schmerzliche Weise wieder aufleben zu lassen.

An dem Tag nach seinem Besuch erzählte Mama mir bei meiner Heimkehr von einem Spaziergang: »Eine Mrs. Carlyle hat angerufen und dich verlangt. Sie ist im ›Ashoka‹ abgestiegen.«

Der Name sagte mir nichts, bis ihre Stimme am Telefon sagte: »Ich bin Marcella Carlyle, eine Freundin von gemeinsamen Freunden«, und fragte, ob ich Lust hätte, am nächsten Tag mit ihr und ihrem Mann in ihrem Hotel zu essen. Da sei etwas, worüber sie gern mit mir reden würden.

Ich ging im ›Peacock-Room‹ geradewegs auf ihren Tisch zu und hatte keinerlei Probleme, sie zu erkennen. Ihr Gesicht war eines der Gesichter auf Gobelins, an denen man im Mittelalter monatelang gestickt hatte. Die Züge besaßen die Klarheit und Reinheit, wie das Menschenantlitz sie nur selten behält. Das einzige, was man hinzudenken mußte, war das mittelalterliche Gewand und der Kopfputz, Zelter und Windspiele, Knappen und ein blumenbestreuter Vordergrund, und die gotische Kostbarkeit wäre perfekt. Brian, stattlich, aber mehr so wie du und ich, hatte weder etwas Ritterliches noch den Zauber der Glasmalerei, als er aufstand, um mich zu begrüßen.

»Wie freundlich von Ihnen, daß Sie gekommen sind, meine Liebe«, sagte Marcella. »Ich habe das Gefühl, als würden wir uns schon lange kennen. Rose und Ram haben immer so freundlich von Ihnen gesprochen. Lassen Sie uns erst bestellen und dann reden.«

Das Bestellen überließ ich ihr. Rose hatte recht. Sie tat das seit Jahrhunderten.

»Wir sind nach Indien gekommen, um zu sehen, wie es Ram geht. Wir hatten so verstümmelte Berichte über seinen Zustand bekommen, daß ich fand, es blieb uns gar nichts anderes übrig, als selbst herzukommen. Wir wollten über ein neues Projekt reden, an dem Brian arbeitet. Sie wissen ja, Brians ganze Leidenschaft ist die Zeit von der Mitte des siebzehnten bis Mitte des achtzehnten Jahrhunderts.«

»Nein, das habe ich nicht gewußt.«

»Er hat beschlossen, sich von seinen Geschäften zurückzuziehen und sich ganz dieser Periode zu widmen, nicht wahr, Darling? Vor allem möchte er sein Interessengebiet auf den so wunderbar schöpferischen außereuropäischen Bereich ausweiten. Ich habe ihn überredet, mit Indien zu beginnen.«

»Es ist schon sehr merkwürdig, von einem Land, von dem Marcella so begeistert ist, nichts zu verstehen«, sagte Brian. »Diese Wissenslücke möchte ich unbedingt schließen. Sie werden uns dabei helfen, nicht wahr?«

»Eigentlich hat Ram uns bei diesem Vorhaben helfen sollen«, sagte Marcella. »Es gab ja praktisch nichts über die ornamentale Kunst dieser Zeit, das er nicht gewußt hätte. Aber als wir gestern in seinem Haus vorsprachen, hörten wir von Roses tödlichem Unfall und sahen, in welch einem Zustand Ram ist. Das war ein furchtbarer Schock für uns.«

Mitfühlend legte Brian seine Hand auf ihre, und sie bedachte ihn mit einem dankbaren Blick. Das Essen wurde aufgetragen, und Marcella fing an zu essen und gleichzeitig mit einer quecksilbrigen Schwerelosigkeit zu reden, daß es den Anschein hatte, als plaudere sie nur freundlich – nur, daß ständig Essen von ihrem Teller verschwand. Ich hatte dies Kunststück noch nie gesehen. Brian diskutierte mit dem Kellner über die magere Weinkarte des Hotels.

»Wir brauchen fachlich Hilfestellung – um uns ein Bild von dem Jahrhundert zu machen, sozusagen –, und dann müßten Sie uns helfen, für Ende nächsten Jahres eine Ausstellung zusammenzustellen; Brian eröffnet nämlich kommendes Frühjahr in London eine Galerie. Ram hat immer in den höchsten Tönen von Ihnen gesprochen und gesagt, wie ungewöhnlich klug Sie seien. Wissen Sie eigentlich, daß ich Ihrem Vater in seinem Haus mehr als einmal begegnet bin?«

»Ich habe aber keinerlei Ausbildung in Kunstgeschichte. Ich war nämlich Verwaltungsbeamtin, bis man mich kurz nach dem Ausnahmezustand hinausgeworfen hat. Von was anderem habe ich keine Ahnung und könnte Ihnen vermutlich überhaupt nicht helfen.«

»Das zu entscheiden, ist es viel zu früh«, sagte Marcella. »Wenn eine Karriere zu Ende ist, sollte man versuchen, eine andere aufzubauen. Berühmte Detektive bauen Kürbisse an, und Staatsmänner machen Kneipen auf. In Ihrem Fall aber – nun, Sie sind noch jung. Sie könnten doch noch mal ganz was Neues anfangen. Diese Sache hier hat doch genausoviel mit Geschichte wie mit Kunst zu tun, und soviel ich weiß, ist das Ihr Fachgebiet. Glauben Sie mir, es wird bestimmt interessant.«

»Es klingt wunderbar, nur kann ich...«

»Ich habe als junges Mädchen auch Kunst auf dem College belegt«, fuhr Marcella fort, als in einem Eiskübel eine Flasche Wein gebracht wurde. »Wie alle anderen Mädchen meiner Klasse hatte ich Bleistift und Papier gezückt, und sobald der Dozent die Dias vorführte, klappten wir alle den Block auf und machten uns daran, jedes Wort mitzuschreiben, das er sagte. Da hat er uns den Kopf ganz schön zurechtgerückt. ›Meine Damen‹, sagte er, ›klappen Sie die Hefte zu und machen Sie die Augen auf!‹ Für mich war das das einzige Rezept, das mir je beim Verständnis von Kunst – oder sogar vom Leben – geholfen hat. Ist das der Wein, Darling?«

Der Kellner teilte Brian im Flüsterton mit, in der Öffentlichkeit dürfe an indische Staatsbürger kein Wein ausgeschenkt werden.

»Ja ist denn das die Möglichkeit!« zwitscherte Marcella melodiös. »Dann wird dies eben eine Ausnahme sein, denn unser Gast wird ein Glas Wein mit uns trinken.«

Wir hoben die Gläser und stießen auf uns und auf die Ausstellung an.

»Wir zählen mit Ihnen«, sagte Brian.

»Warum ausgerechnet mit mir? Sie kennen doch bestimmt alle, die man hier kennen muß: Künstler, Historiker, Beamte und Fachleute.«

»Aber natürlich, meine Liebe«, sagte Marcella, »aber die sind alle bis über die Ohren mit dem Ausnahmezustand beschäftigt, und keiner möchte einen falschen Schritt tun. Und offen gestanden glaube ich, können wir nichts Besseres tun, als Sie für uns zu gewinnen.«

»Wir werden jetzt vierzehn Tage auf Reisen sein. Überlegen Sie sich's, und sagen Sie uns bei unserer Rückkehr, wie Sie sich entschieden haben. Über die Einzelheiten reden wir dann«, sagte Brian, der nicht daran zweifelte, wie meine Antwort ausfallen würde.

»Außerdem brauchen Sie sich doch nicht für Ihr ganzes weiteres Leben zu entscheiden«, sagte Marcella fröhlich. »Wenn es Ihnen keinen Spaß macht, können Sie ja später, wenn der Ausnahmezustand vorbei ist, immer noch etwas anderes anfangen.«

»Vorbei?«

Ein Wort kann den Anstoß für so vieles geben. Bis sie es aussprach, war es mir nie in den Sinn gekommen, darüber nachzudenken, daß der Ausnahmezustand ja auch einmal enden könnte und daß nicht meine ganze Zukunft an jenem dampfenden Julitag zu Ende gewesen war.

»Bis dahin wird es für Sie bestimmt eine reizvolle Erfahrung sein, mit Brian zusammenzuarbeiten«, versicherte sie mir. »Ihr beide werdet euch bestimmt sehr gut ergänzen.«

Marcella hatte, was das Essen betraf, vorzüglich gewählt, und Brians Wein war der beste, den das Hotel zu bieten hatte. Ich war hungrig und gefährlich nahe daran, mich dem reinen Vergnügen hinzugeben: weder Notizhefte noch Schreibtische brauchten mich zu hindern, ich brauchte nur die Augen zu öffnen. Ich sah Marcella an, deren Durchsichtigkeit die Kraft, die in ihr steckte, Lügen strafte. Eine Flamme ist beides. Nicht anders war das mit der Zivilisation, die sie hervorgebracht hat und die unvergleichlich ist in der westlichen Welt, denn sie hat nie eine Unterbrechung erfahren.

An diesem Nachmittag machte ich keinen Spaziergang. Ich ging direkt nach Hause, zog ein Geschichtsbuch aus dem Regal, schlug es auf und fing an zu lesen:

> Das siebzehnte Jahrhundert war das große Zeitalter des Mogul-Reiches. Akbar hatte Nord- und Zentralindien wieder unter seiner Herrschaft vereinigt und ihm persische Formen aufgedrückt. Seine Nachfolger führten sein Werk weiter, bis sich das Reich fast bis an das Kap Komorin hinunter erstreckte und persische Kleidung das natürliche Gewand Indiens zu sein schien. Indien bot der Welt ein eindrucksvolles Bild, und es entstand das moderne Märchen von Macht und Reichtum, das sich bis weit ins neunzehnte Jahrhundert hin-

ein halten konnte. Indien war das Land des ›Groß-Moguls‹. Zum erstenmal seit klassischer Zeit war Indien für eingehende und kenntnisreiche Beobachtung bereit. Indien hörte auf, ein Märchen zu sein, das mit der Wirklichkeit kaum etwas zu tun hatte... Indien war für Europa Wirklichkeit geworden.

Ich blätterte um und las weiter:

... es wurde allgemein anerkannt, daß es in Indien eine große Macht gab, die eine hochentwickelte Zivilisation umfaßte, welche mit großen Errungenschaften auf dem Gebiet der Literatur und der Kunst aufwarten konnte und geschliffene Manieren sowie ein kompliziertes gesellschaftliches Leben kannte. Mitte des siebzehnten Jahrhunderts nahm Indien in Europa ungefähr eine Stellung ein wie im achtzehnten Jahrhundert China. Das Indienbild, das sich bis dahin aus klassischen Quellen gespeist hatte, wurde von einem zeitgenössischen ersetzt.

Ich las weiter, zwei Wochen lang. Holländische und englische Reisende, so schrieb mein Historiker, waren genaue Beobachter gewesen. Der Italiener Manucci, der als Knabe nach Indien gekommen war und bis zu seinem Tod um 1718 dort blieb, strotzte von Anekdoten, war aber schwach, was die Fakten betrifft. Sir Thomas Roe war Botschafter James' I. am Hof von Jehangir gewesen. Der französische Goldschmied Tavernier berichtete vom ungeheuren Wert des Pfauenthrons. Der französische Arzt François Bernier lebte neun Jahre lang am Mogul-Hof; durch seine Berichte erfuhren der französische Minister Colbert und ganz Europa von Aurangzebs blutrünstigem Erbfolgekrieg und von der Gesellschaft der damaligen Zeit. Es gab enzyklopädische Berichte über die Verwaltung der Moguln, beginnend mit Abu'l Fasls Denkmal für Akbars Regierung. Es gab zeitgenössische indische Geschichtswerke sowie persönliche Dokumente und Schriftwechsel der Kaiser. Es gab in der Tat ungeheuer viel zu tun, um sich ein Bild von Brians Jahrhundert zu machen, das Gott sei Dank besonders gut dokumentiert ist.

Ich machte mich an die Arbeit. Eingetaucht in die Vergangenheit, bereitete ich mich die ganze Zeit über auf die Zukunft jenseits von Brians Jahrhundert und seiner Ausstellung vor. Darauf hatte Marcella mich gebracht; dieses Geschenk verdanke ich ihr. Obwohl es im Grunde auch wieder Roses Vermächtnis war; die Pfade, die den ihren gekreuzt hatten, kreuzten jetzt den meinen und erinnerten mich daran, daß ich jung war und lebendig und daß mein eigenes Jahrhundert sich vor mir erstreckte und nur darauf wartete, gelebt zu werden.

# GLOSSAR INDISCHER WÖRTER

*Angrezi bahu* – englische Schwiegertochter

*Arya Samaj* – 1875 gegründete Gesellschaft, die sich gegen orthodoxe Hindusitten und -rituale wandte, auf religiösem Gebiet für Reformen und auf gesellschaftlichem Gebiet für Fortschritt und Bildung eintrat.

*Ashram* – zu asketischen oder religiösen Zwecken gegründete Gemeinschaft

*Bhabi-jān* – Schwägerin

*bhangra* – im Pandschab bekannter Tanz

*Bhaiyon aur behenon* – Brüder und Schwestern

*boxwallah* – eingeborener Diener

*chaman* – hausgemachter Käse

*chappati* – ungesäuertes Brot

*chota peg* – ein kleiner Whisky

*chowkidar* – Wächter

*dal* – Linsen

*dharma* – Pflicht, Religion

*dhobi* – Wäscher

*diya* – Tonlämpchen

*dupatta* – langer Schal

*hai hai!* – Ausruf der Klage

*Hindu-Muslim ek ho* – Hindus und Moslems, vereinigt euch!

*Inquilab Zindabad* – Lang lebe die Revolution!

*Ishvar-Allah tere nam* – Ishvar und Allah sind Deine Namen

*jelabies* – mit Sirup gefülltes Konfekt
*jungli* – wild, undiszipliniert, unzivilisiert
*katori* – kleine Schale
*Kayasth* – Bezeichnung einer Unterkaste, deren Angehörige vornehmlich Bürotätigkeiten ausüben.
*khabardar* – Sei vorsichtig!
*kirtan* – Gebetsversammlung
*koftas* – Fleischklöße
*kurta* – langes loses Hemd
*lathi* – Stock (mit Stahlspitze, sofern Schlagstock der Polizei)
*lungi* – Stoffbahn, die man sich um die Hüften schlingt und die bis zum Boden reicht.
*mitha bhatta* – süßer Reis
*neta* – Anführer
*nivar* – Tuchstreifen
*Oof toba toba!* – Ausruf des Schreckens, des Bedauerns und der Verdammung
*Pandit-ji* – Gelehrtentitel, der dem Namen Jawarharlal Nehru vorangestellt wurde.
*raj* – Herrschaft
*Rashtrapapti Bhawan* – offizielle Residenz des Präsidenten von Indien
*roganjosh* – Fleischgericht
*Sab ko sammati de bhagvan* – In Gottes Augen sind alle eins.
*samosa* – mit Fleisch oder Gemüse gefüllte Teigware
*sati (suttee)* – eine Frau, die lebendig auf dem Scheiterhaufen ihres Mannes verbrannt wird.
*satyagraha* – wörtl.: Ergreifen der Wahrheit. Unter dieser Bezeichnung liefen Mahatma Gandhis Kampagnen des zivilen Ungehorsams.
*shastras* – Schriften
*shikar* – Jagd
*swarga* – Himmel
*takht* – Diwan
*thali* – rundes Tablett, auf dem Speisen serviert werden.

*thana* – Polizeiwache
*tilak* – auf der Stirn getragenes Kastenzeichen
*tonga* – zweirädriger Pferdewagen
*zemindari* – feudales Landbesitzsystem
*zindabad* – lang lebe!

# DANKSAGUNG

Die Autorin dankt folgenden Personen, Firmen und Einrichtungen für die Erlaubnis zur Verwendung von Zitaten aus ihren Werken:

Auf der Seite 348 für Zitate von Edward Fitzgerald, ›*Rubaiyat of Omar Khayyám*‹, B. K. Khanna and Bros., 158 Harris Road, Kalkutta (ohne Datum), Seite 50.

Auf den Seiten 170 und 278 sind die Zitate aus ›La Figlia Che Piange‹, die T. S. Eliots ›*Collected Poems 1909–1935*‹. Faber & Faber Ltd., London 1958, Seite 34, entnommen sind.

Das Zitat auf Seite 178 stammt aus »*The Puckle Circular*«, einem Originaldokument.

Die Zitate auf den Seiten 188–189 und 190–191 sind Originaldokumenten des Nationalarchivs von Indien, Janpath, Neu-Delhi, entnommen.

Das Zitat auf Seite 300 stammt aus dem Lied »*Why Was I Born?*« aus ›*Sweet Adeline*‹, Text von Oscar Hammerstein, Musik von Jerome Kern, erschienen 1929.

Die beiden Zitate auf den Seiten 362 und 363 stammen von Percival Spear, ›*India, A Modern History*‹, Ann Arbor: The University of Michigan Press, 1961, Seite 138 und 146.